QUEEN *of* GODS

Collection Stardust dirigée par Krysia Boillon-Roginski
Ouvrage dirigé par Krysia Boillon-Roginski

Couverture : Micaela Alcaino

Titre original : *Queen of Gods*

Pour la présente édition :

59, quai Alphonse Le Gallo
92100 – Boulogne-Billancourt
www.hugopublishing.fr

ISBN : 9782755671414 / 001
Dépôt légal : avril 2025
Imprimé en France par CPI Bussière
sur papier provenant de forêts gérées
de manière responsable

FSC
www.fsc.org
MIXTE
Papier | Pour une gestion forestière responsable
FSC® C108412

QUEEN *of* GODS

KATHARINE & ELIZABETH CORR

***The House of Shadows*, tome 2**

Traduit de l'anglais (Royaume-Uni) par Maud Desurvire

STARDUST

À notre famille

Les quatre ordres de Theodesmioi, les captifs des dieux

Theodesmioi de l'ordre de ZEUS, roi des dieux

Maître du Ciel et de la Terre

Les Duellistes combattent avec une agilité
et une endurance surhumaines
Les Viretemps contrôlent les nuages et le vent

Theodesmioi de l'ordre de POSÉIDON

Dieu de la Mer

Les Chantemers favorisent la vitesse
et la solidité des navires

Theodesmioi de l'ordre d'HADÈS

Dieu des Enfers, il règne sur le royaume des morts

Les Dissociants escortent l'âme des défunts
jusqu'à leur dernier voyage

Theodesmioi de l'ordre d'HÉPHAÏSTOS

Forgeron de l'Olympe et dieu de la Métallurgie

Les Ensorceleurs allient la magie aux métaux

Note : la majorité des villes abrite plusieurs Maisons affiliées aux ordres de Zeus, Hadès et Poséidon. L'ordre d'Héphaïstos, lui, ne compte que deux Maisons situées à Mycènes et Thèbes.

Prologue

Chante, déesse, la fureur...

Telle est l'intention du poète. Cependant quelle colère devrait faire l'objet de mon ode ?

Celle de Deina ? Dissociante, fille d'Hadès, demi-déesse, voleuse. Dupée comme d'autres avant elle par Thanatos, le dieu de la Mort. Les graines qu'il lui a données à avaler cette nuit-là à Thèbes lui ont permis de vaincre ce tyran d'Orphée et de sauver ses amis. Mais elles l'ont aussi unie aux Enfers. Le cœur figé par l'étau de l'éternité, contrainte de répondre à la convocation de sa divine génitrice, Deina traverse actuellement les ténèbres pour rejoindre le palais d'Hadès, et redoute de ne plus jamais revoir l'éclat du soleil.

Ou bien dois-je évoquer la rage de Theron, véritable prince de Thèbes ? Fils d'Orphée, cet autre Dissociant serait devenu la proie légitime des implacables Érinyes s'il avait assassiné son père. Au lieu de ça, il a enfermé à jamais l'âme sanguinaire de ce dernier à la Lisière. C'est en perdant Deina qu'il s'est enfin rendu compte de l'amour qu'il éprouvait pour elle. À l'heure qu'il est, il se cache avec ses compagnons dans la forêt aux abords de Thèbes. Entendez-vous cette mélopée ? C'est Theron qui fredonne un chant funèbre tandis que le feu dévore la dépouille de Chryse, la traîtresse. Intérieurement, il bouillonne, frustré et tiraillé entre son souhait de ramener Deina du monde souterrain et le devoir qui est le sien. Il doit avertir les Theodesmioi au service de Zeus, Poséidon, Hadès et Héphaïstos, du sort qui les attend après leur mort : non pas la sérénité des champs élyséens mais le cauchemar éternel d'une transformation en chasseurs de sang. Theron et ses amis ont échappé à leurs poursuivants et si tant est qu'ils survivent assez longtemps, ils visent à regagner Iolcos, cité aux larges artères dans le golfe de Pagases.

Sinon, pourquoi ne pas chanter la malveillance d'Aristée ? Le nouveau roi autoproclamé de la puissante Thèbes nourrit sa rancune et soigne ses blessures dans le somptueux décor de marbre et d'or de la Cadmée. Seul dans ses appartements, il complote pour éliminer ses ennemis et déploie ses espions pour les débusquer.

Et que dire de la fureur de mes sœurs, les Moires ? Car l'histoire n'aurait pas dû se dérouler ainsi. Cette nuit-là, dans la Cadmée, Orphée devait anéantir Theron ou bien l'inverse. Dans les deux cas, Aster et Dendris devaient mourir, et après avoir été témoin du supplice de ses amis, Deina devait être emprisonnée pour le restant de ses jours. Ainsi en avaient décidé les Moires. C'est ce qui se serait produit si je ne m'étais interposée il y a bien des années. Alors que Deina était atteinte de la peste, à l'article de la mort, j'ai poussé Thanatos à l'épargner. Il a remarqué cet éclat doré autour de son iris et osé *espérer*. Le moment serait-il venu d'avouer à mes sœurs que leurs desseins étaient depuis longtemps voués à l'échec et de révéler le rôle de Thanatos ? Je crois, oui. À l'heure actuelle, les allées couronnées de nuages de l'Olympe résonnent de leurs vives protestations. Dès lors qu'elles connaîtront l'entière vérité, leur ressentiment et leur amertume seront sans bornes.

C'est décidé, mon ode sera celle-ci. J'offrirai même au poète son premier vers :

Chante, déesse, la rage impuissante des Moires.

Car je suis Tyché, la divinité de la Fortune.

Et quand la chance vous sourit, le destin peut toujours attendre.

1

L'obscurité étouffante pesait de tout son poids sur Deina. À l'image d'une seconde peau trop serrée, elle oppressait son corps et l'empêchait de parler comme de voir.

Thanatos tenait toujours son poignet gauche serré. À chaque pas, il l'éloignait davantage de ses amis, de l'avenir dont elle avait osé rêver, et la rapprochait de la réclusion à perpétuité qui l'attendait. Ses doigts glacés lui brûlaient la peau. Néanmoins, elle avait cessé de résister. S'il la lâchait, elle était terrifiée à l'idée d'errer ici pour l'éternité.

Ils marchèrent des heures durant. Soudainement, l'obscurité fut éclipsée par un éclat fulgurant qui poussa Deina à se couvrir les yeux du bras droit. Cet éclat pâlit à son tour et se fondit dans la lueur ordinaire de lampes à huile.

Si l'on pouvait qualifier la cour d'Hadès d'*ordinaire*.

Deina cligna, le temps que sa vue s'accommode. Imperturbable, Thanatos avait relâché son poignet. Ils étaient revenus dans la salle du trône d'Hadès. Au mur, l'immense miroir en obsidienne n'avait pas bougé et la surface brillante de son disque noir lui renvoya une image indistincte d'elle-même et du décor qui l'entourait. Ici, les deux trônes vides, imposants sur leur estrade. Là, les serpents bleu azur qui les avaient attaqués, de nouveau pétrifiés et confinés dans des niches. Rien n'avait changé, sauf Deina. À sa grande consternation, ses vêtements de Dissociante avaient disparu. À la place, elle portait la tenue dont Hadès l'avait momentanément revêtue lors de leur dernière entrevue. Une longue robe asymétrique et vaporeuse en soie rouge grenat, serrée à la taille par une ceinture dorée et retenue à l'épaule par une broche en or sertie de rubis. D'autres pierres précieuses rouges ornaient l'ourlet. Elle était chaussée de délicates sandales dorées finement tressées et sa chevelure brune ondulée – Deina porta une main à sa tête – était apparemment retenue par le même genre de maille.

Elle s'en prit à Thanatos.

– C'est ton œuvre ?

– Non. La mienne.

La voix d'Hadès retentit dans l'immense salle.

Deina se retourna et constata qu'un des trônes vides était à présent occupé. La déesse des Enfers – qui prétendait être sa mère – portait la même robe bleu vif que la dernière fois. Elle croisa les jambes en affichant un large sourire.

– Ta nouvelle mise te déplaît, Deina ? Cette couleur te va bien, je trouve. Et Thanatos approuve. N'est-ce pas, Thanatos ?

Thanatos avisa Deina en battant des cils comme s'il venait seulement de remarquer sa présence. Ses yeux s'arrondirent à mesure qu'il détaillait son apparence, et une légère rougeur réchauffa ses joues pâles. Hadès ricana d'un rire effrayant.

Deina serra ses bras contre elle.

– Pourquoi me harcelez-vous ? réclama-t-elle.

La divinité inclina la tête.

– Parce que j'en ai le pouvoir.

Une force invisible poussa Deina à genoux.

– Et parce que tu m'as contrariée, poursuivit Hadès. Orphée ou Theron était voué à mourir. À l'heure qu'il est, l'un d'eux devrait errer sur les sentiers désolés des Enfers menant au tribunal des morts.

Sa voix se mit à vibrer de colère.

– Au lieu de cela, qu'est-ce que j'apprends ? Theron est en vie, libre, et Orphée, ni mort ni vivant, prisonnier de la Lisière...

Brusquement, elle pointa vers Deina un doigt accusateur.

– Lieu que tu as toi-même fabriqué !

Deina était clouée au sol ; son corps ne lui obéissait plus. Mais elle avait encore l'usage de la parole.

– Si c'était à refaire, je n'hésiterais pas, riposta-t-elle.

– Arrête, Deina..., murmura Thanatos dans son dos.

Mais elle l'ignora : il n'était pas question qu'elle dissimule la répugnance que lui inspirait cette créature assise paresseusement sur le trône. Si elle tentait de ravaler sa haine, elle s'étoufferait avec.

– Je referais pareil, voire pire. Je ne crains pas la colère des dieux. Et je n'ai pas peur de vous.

La déesse l'observa un instant. Ses yeux violets brillèrent dangereusement.

– Tu as tort.

Elle esquissa un geste en direction de Deina : d'une chiquenaude indolente de ses longs doigts bagués, elle musela Deina qui se retrouva incapable de remuer les lèvres, la langue ou la gorge.

– Tu devrais être terrifiée. Désormais tu es liée à moi et à ce royaume, ma fille. Et je peux t'obliger à faire n'importe quoi. Même t'arracher les cheveux, si ça m'amuse.

Aussitôt, Deina agrippa malgré elle ses cheveux et se mit à tirer sur son cuir chevelu. La douleur lui fit venir les larmes aux yeux au point qu'elle aurait hurlé si elle avait pu.

– Ou bien…, cogita Hadès tandis que les mains de sa fille retombaient. Je pourrais t'ordonner de t'éborgner avec une épingle.

Une longue broche apparut dans la paume gauche de Deina. De son propre chef, incapable de résister malgré l'effroi qui lui nouait le ventre, elle leva la pointe de l'épingle face à son globe oculaire. Alors que les muscles de son bras se contractaient, elle resserra la tige de métal pointue, prête à se transpercer l'œil.

– Ça suffit, Hadès ! intervint Thanatos.

La tête de la déesse pivota net pour fixer le dieu de la Mort tandis que le bras de Deina retombait le long de son corps ; elle manqua défaillir de soulagement. La broche roula sur le carrelage en marbre.

– « Ça suffit » ? répéta Hadès en haussant un sourcil indigné. Tu oses me donner des ordres ?

D'un coup, le puissant sortilège qui entravait le corps de Deina se dissipa : si elle n'avait pas tendu les bras pour se rattraper, elle serait tombée la tête la première sur le sol en pierre. Elle se força à se relever immédiatement ; quelles que fussent les intentions d'Hadès, mieux valait s'y préparer debout. La déesse reporta son attention sur elle.

– Alors, quel est ton sentiment sur Thanatos à présent ?

Deina serra les dents.

– Je le méprise. À cause de lui, j'ai avalé ces graines qui devaient soi-disant me donner la force de vaincre Orphée et de mourir dans la foulée. Au lieu de ça, elles m'ont liée aux Enfers, et à vous.

Elle se retourna pour le fusiller du regard.

– Thanatos prétendait être mon ami. Il disait vouloir m'aider, mais depuis le début, c'étaient vos intérêts qu'il servait.

Sa voix se réduisit à un chuchotement.

– Il m'a trahie.

Thanatos secoua la tête, le mot *non* se formant en silence sur ses lèvres.

Une dague apparut dans la paume de Deina.

– Dans ce cas.

Hadès sourit.

– Voici une occasion de te venger. Certes, sur ce coup, Thanatos a exécuté mes ordres, mais je suis lasse de son insolence et de le voir semer la zizanie. Ma fratrie de l'Olympe aussi. Il se mêle de ce qui ne le regarde pas et abuse constamment de son autorité. Si tu souhaites lui faire du mal, je ne te retiendrai pas.

Le poignard pesait lourd. D'un côté, Deina avait *très* envie de faire souffrir Nat. Un jour, elle lui avait jeté un couteau à la tête, mais il avait simplement rattrapé au vol la lame tournoyante ; et si, cette fois, Hadès l'empêchait de se défendre ? L'idée de voir Thanatos se tordre de douleur à ses pieds était séduisante. Mais au fond, si elle attaquait le dieu de la Mort, ce serait le vœu de sa mère qu'elle exaucerait. Cette seule raison suffit à l'en dissuader. Alors Deina laissa parler sa colère et se rua vers la déesse en brandissant le glaive pour la frapper…

La lame cingla le néant. Hadès s'était téléportée à la vitesse de l'éclair et se trouvait maintenant à ses côtés.

– Ne me cherche pas, mon enfant, avertit la divinité.

Deina l'ignora. Elle pivota pour lui enfoncer la dague dans la poitrine. Là encore, Hadès esquiva. Deina grogna.

– Battez-vous, bon sang !

Elle allongea un nouveau coup – encore dans le vide.

– Espèce de… lâche !

Hadès leva le bras et, du revers de sa main baguée, elle lui asséna une gifle cinglante qui lui fendit la joue et la projeta à terre. Le visage de Deina ruissela de sang. Poussant un cri de rage, elle planta le couteau dans le marbre vert, le carrelage se fissura et la lame vola en éclats.

Hadès l'observait froidement.

– Ces graines t'ont rendue puissante, ma fille. Mais elles ne te dispenseront pas de souffrir. Tu peux encore mourir. Et être réduite à l'obéissance.

Deina sentit Hadès prendre de nouveau le contrôle de son corps. Elle se releva, se dirigea vers Thanatos et s'immobilisa à un cheveu de lui. Alors même que son esprit lui criait d'arrêter, ses bras se levèrent pour l'enlacer par le cou. Ses pieds se hissèrent sur la pointe, et malgré la douleur qui irradiait de sa joue balafrée, elle sentit sa bouche former un sourire séducteur et s'avancer vers la sienne tandis qu'elle se collait à son torse musclé.

Peut-être Thanatos perçut-il les émotions que seul son regard pouvait exprimer : effroi, désespoir, fureur. Agrippant ses poignets, il la repoussa à bout de bras.

– Arrête, Hadès, abdiqua-t-il, tu as prouvé tes dires.

– À savoir ?

Thanatos contempla Deina d'un air triste.

– Deina n'est pas une divinité.

– Précisément.

À peine Hadès eut-elle prononcé ce mot que Deina fut libérée. Thanatos la lâcha en reculant.

– Elle pourrait néanmoins le devenir, nuança la déesse des Enfers.

Cette déclaration resta en suspens comme un souffle d'air chaud par une froide journée d'hiver.

– Alors ? relança Hadès. Pas de réplique pleine d'esprit, Deina ? Aucune question ?

– Si, une seule.

Deina se retourna face à sa persécutrice.

– Vous vous moquez bien de ce que je ressens ; ça, au moins, c'est clair. Vous m'avez privée de mes rêves. Séparée de ceux que j'aime.

Le souvenir de Theron, bras tendu vers elle, horrifié, qui la regarde disparaître dans le royaume souterrain, menaça d'anéantir le peu de sang-froid qui lui restait. Elle refoula son chagrin, déterminée à ne pas donner à Hadès la satisfaction de la voir pleurer.

– Alors, voici ma question. Vous souhaitez me retenir ici pour l'éternité en faisant de moi une divinité : *pourquoi ?* Ce n'est sûrement pas dans mon intérêt. Donc, je présume que c'est dans le vôtre.

Un spasme de colère déforma les traits parfaits d'Hadès. D'un bond, elle se leva du trône et prit l'apparence virile que Deina et les autres Dissociants s'attendaient à voir la première fois qu'ils avaient pénétré dans cette salle : une silhouette immense, puissante, aux épais cheveux noirs et à la longue barbe touffue, munie d'un grand sceptre à deux fourches. Le dieu arpenta l'estrade en fulminant, il renversa les trônes et frappa si violemment le sol de son sceptre que des écailles de marbre vert ricochèrent par terre. Une ombre le suivait à la trace ; quelque chose d'ancestral et de sinistre qui évoqua à Deina une corruption lointaine. Sans le vouloir, elle recula en frémissant.

Hadès interrompit sa crise de colère et la dévisagea. À mesure que sa respiration ralentit, il reprit son apparence féminine. Le sceptre se transforma en jonc qui vint orner son poignet. D'un geste, il redressa les trônes et restaura le sol en marbre. La déesse reprit place.

– « Pourquoi ? », demandes-tu. Ce à quoi je te réponds : Quelle importance ? Quand je veux quelque chose, Deina, j'ai coutume de l'obtenir.

Hadès descendit de l'estrade pour s'approcher.

– Ces graines que tu as avalées ont germé en toi et t'ont liée encore plus solidement au royaume souterrain.

En souriant, elle posa une main à plat sur le ventre de Deina avant d'effleurer sa joue pour cicatriser d'une caresse la blessure qu'elle lui avait infligée.

– Cessons nos querelles, ma fille. Laisse-moi au moins te montrer à quoi pourrait ressembler ton avenir si tu acceptais cette nature divine que tu es si prompte à rejeter.

La salle du trône disparut et Deina se retrouva assise dans un somptueux fauteuil au milieu d'un patio ouvert sur une nuit étoilée. Cette cour étincelait de reflets argentés éblouissants. Du lierre ardoise habillait les piliers de marbre bleu qui bordaient l'enceinte ; suspendues entre ces derniers, des draperies d'un gris métallique chatoyaient à la lueur de lampes à huile ; et des fourrures gris cendré ornaient le sol et les divans qui meublaient çà et là cet espace découvert. Sur certains étaient assises des femmes drapées de longues robes élégantes couleur lie-de-vin. D'autres, aux tenues identiques, attendaient postées près du trône ; les unes portaient du vin et des plateaux de fruits, d'autres chantaient et dansaient pour divertir Deina. Trop belles pour être mortelles, présuma cette dernière ; c'étaient sûrement des Lampades, ces nymphes des Enfers qu'on disait au service de Perséphone et d'Hécate. Et désormais de Deina aussi, manifestement. Sa robe grenat était maintenant d'un blanc immaculé, gansée de minuscules perles. Sa ceinture et ses sandales devenues argentées étaient piquetées de gemmes mystérieuses qui étincelèrent de reflets bleus lorsqu'elle se leva pour dire à Hadès que rien de tout ça ne la convaincrait…

– Deina ?

La voix de Theron. Le choc lui coupa le souffle. Un choc mêlé d'une lueur d'espoir qu'elle ne parvint pas tout à fait à étouffer. Ce n'était pas lui. Impossible. Et pourtant…

Deina jeta un coup d'œil par-dessus son épaule. Debout derrière le trône, visiblement sain et sauf, il lui lança ce sourire bien à lui, qui même à l'époque où elle le détestait, la faisait toujours chavirer. Aujourd'hui il n'en fallait pas plus pour la faire vibrer de désir. Il s'avança à grands pas et saisit sa main.

– Viens, mon amour, ma divine amante. Il est temps d'aller nous coucher, qu'en dis-tu ?

Il lui fit un clin d'œil. Sous ses airs espiègles, son regard ténébreux débordait de chaleur et d'envie. Deina se laissa guider hors de la cour dans une aile adjacente, au cœur d'une chambre décorée de fresques très colorées et parfumée de romarin et de menthe. Il l'entraîna vers un immense lit drapé de fourrures, se glissa derrière elle en enlaçant sa taille d'une main et écarta de l'autre ses longs cheveux pour embrasser doucement sa nuque.

– J'en rêvais, ma Deina, murmura-t-il. Nous voilà enfin réunis, rien ne pourra plus jamais nous séparer.

Le contact de ses lèvres la fit frémir de plaisir. Elle soupira et se laissa aller dans ses bras en fermant les yeux.

– Veux-tu que j'arrête ?

– Non…

Au son de sa propre voix, le charme fut rompu. Lorsqu'elle rouvrit les yeux, Deina se retrouva dans la salle du trône d'Hadès, mais Theron, lui, avait disparu. Elle inspira profondément, tremblant de sentir le vide derrière elle, comme si on lui avait subitement arraché une partie d'elle-même.

Hadès l'observait en souriant insensiblement, laissant entrevoir ses dents blanches et pointues.

– Comme tu vois, Deina, si tu cessais de résister bêtement, toutes ces richesses pourraient être tiennes. Renonce à ton humanité, elle ne fait que te freiner. Soumets-toi à moi, jure d'utiliser ton pouvoir comme je te l'ordonne et prends la place qui te revient, ma fille. Deviens une immortelle.

La déesse se mit à lui tourner autour, elle rôdait si près que Deina sentait l'effroyable chaleur qui se dégageait de son corps.

– Tu aurais tout ce que tu désires, et même plus. Fini de souffrir, de fuir, de te battre. Tu pourrais retrouver Theron. Ici. Maintenant. Je t'autoriserais à lui accorder l'immortalité.

Elle se pencha plus près pour lui chuchoter à l'oreille :

– Il vivrait pour toujours à tes côtés, prêt à satisfaire toutes tes demandes.

Hadès agrippa à deux mains le visage de Deina pour la forcer à la regarder.

– Ne me dis pas que tu n'es pas tentée. Je connais les secrets de ton cœur.

Deina voulut mentir. Rejeter l'offre d'Hadès d'un rire dédaigneux. Seulement, elle était bel et bien tentée. Plus qu'elle n'aurait pu l'imaginer. Après tout ce qu'elle avait enduré, entre leur descente aux Enfers, la mort de Drex, la trahison de Chryse et le supplice inoubliable de l'ingestion des graines, l'idée de vivre en paix auprès de ses amis lui faisait terriblement envie. Son esprit criait au répit et son corps avait soif des caresses de Theron.

– Je pourrais tous les faire venir ? Aster, Dendris, Theron ? Et d'autres personnes de la Maison ?

Deina se rappela avec un pincement de chagrin à quel point Anteïs lui manquait.

– Qui tu voudras, affirma Hadès. Tu es ma fille. Obéis-moi et je ne te refuserai rien.

Deina hésita. Capituler lui apparut soudain comme une décision évidente. Ses amis vivraient auprès d'elle. En sécurité.

Oui, ils seraient en sécurité.

La voix de Thanatos trouva le moyen de s'insinuer dans sa tête.

Mais ils seraient aussi morts. Certes, Hadès t'autorisera peut-être à accorder la vie éternelle à Theron, et encore, je serais toi, je lui ferais jurer de tenir parole, mais concernant les autres… les dieux ne concèdent pas volontiers l'immortalité aux humains. Elle les affranchirait pour qu'ils te rejoignent ici, mais très certainement en leur ôtant la vie. Et quand bien même elle s'abstiendrait, tu sais que les vivants ne peuvent survivre indéfiniment dans le monde souterrain. Et puis, n'avais-tu pas un autre rêve qui t'était cher ? Un rêve symbolisé par un dessin dans ta chambre que j'ai vu un soir il n'y a encore pas si longtemps ? Quelque chose qu'Hadès ne pourra jamais réellement t'offrir ?

Une image se faufila dans l'esprit de Deina : le croquis d'un navire aux voiles gonflées par le vent, chevauchant une mer démontée. Ce dessin ornait le mur de sa chambre à Iolcos – et sans doute s'y trouvait-il encore, supposa-t-elle. C'était sa vision personnelle de la liberté.

Voilà ce qu'elle avait toujours désiré. Mais qu'en était-il des envies de Theron, et de celles de Dendris et Aster ? Qui était-elle pour décider à leur place ? Deina se palpa le cou, où on lui avait récemment fixé un torque ensorcelé. Si elle les privait de leurs choix, elle ne vaudrait pas mieux que l'Ordre, qu'Orphée ou tout autre dieu... Et bien sûr, c'était le but de cette manœuvre. Si elle suivait la voie qu'Hadès lui montrait, elle deviendrait une divinité. Une déesse qui traiterait Theron et les autres comme ses jouets, qui les obligerait à se plier à ses quatre volontés et les punirait en cas de résistance.

Deina lança un regard à Thanatos et le remercia d'un signe de tête pour son intervention. Erreur : Hadès rejeta la tête en arrière en poussant un cri de rage qui fit trembler la salle. Le bracelet à son poignet se transforma de nouveau en sceptre, dont elle pointa la double fourche acérée vers Nat pour chasser le dieu de la Mort.

– Je te ferai payer cette ingérence, Thanatos ! Je veillerai à ce que tu sois pendu dans le Tartare et tu auras l'éternité pour méditer tes erreurs. Quant à toi, Deina, l'heure est venue de faire un choix. Que décides-tu ?

Deina secoua lentement la tête.

– Votre offre repose sur un mensonge. Si le seul moyen pour moi de vivre avec Theron, c'est que l'une de nous le force à venir ici en le privant de tout choix, voire lui ôte la vie, alors…

Deina se redressa, le regard défiant.

– Alors je préfère être seule. Je m'en tiens à ce que j'ai dit, mère : je méprise les dieux. Jamais je ne deviendrai l'une des vôtres de mon plein gré.

Un grondement féroce déforma la bouche d'Hadès. Un énorme marteau apparut dans sa main et elle arma son bras. Deina se força à garder les yeux ouverts tandis que sa mère assénait un coup qui lui serait sûrement fatal.

Mais le coup ne tomba pas. Le marteau se volatilisa et Hadès reprit rapidement place sur son trône.

– Non. Je ne te donnerai pas la mort. Ce serait trop facile. Tu passeras plutôt l'éternité isolée de tous et de tout avec pour seule compagnie le souvenir de tes erreurs.

Deina se retourna en cherchant Nat du regard. Il lui était redevable, il devait l'aider. Le dieu de la Mort réapparut en chancelant, une main tendue vers elle.

– Deina…

Trop tard. Nat et la salle du trône s'évanouirent. Deina et Hadès se retrouvèrent dans un espace exigu d'à peine huit mètres carrés et totalement dépouillé, à l'exception d'une sphère luisante, faible source de lumière qui ne faisait qu'accentuer l'obscurité autour. Pas de fenêtres. Ni de portes. Aucun repère précis. Le sol se confondait avec les murs, et les murs avec le plafond. Pourtant, ils étaient très réels. Deina se retourna pour palper le mur le plus proche. Sous ses paumes et au bout de ses doigts, une pierre compacte et très dure, froide et lisse comme de la glace.

Hadès sourit.

– Voici ta nouvelle demeure, Chthonia.

C'était le prénom que lui avait donné Hadès : le véritable nom de Deina, du moins à l'en croire.

– Ici le temps n'existe pas. Il se peut que tu aies faim ou soif, mais tu n'auras pas vraiment besoin de manger ou de boire. Tu ne vieilliras pas. Ne mourras pas. Nul salut dans la mort pour toi, en revanche, tu finiras sans doute par perdre la tête.

Un sourire au coin des lèvres, la divinité marqua une pause en l'observant.

– Si tu veux me demander grâce…

Pétrifiée d'effroi, Deina eut un haut-le-corps. Une part d'elle-même voulut l'implorer, mais elle ne parvint même pas à ouvrir la bouche. L'angoisse de vivre seule à perpétuité dans cet endroit la submergea.

Hadès claqua des doigts. Une petite table se matérialisa. Dessus, une carafe en argent massif ornée de pierreries et une coupe assortie. Elle en souleva brièvement le couvercle ; un parfum agréable se répandit, rappelant l'odeur du chèvrefeuille, d'un champ de fleurs sauvages ou de l'herbe coupée en été.

– Je ne me donnerai pas plus de peine avec toi, déclara Hadès. Tu ne me reverras plus, ni moi ni personne. Cependant, je ne suis pas cruelle : je laisse un ultime recours à ta disposition. Si tu changes un jour d'avis, la solution est là.

La déesse désigna la carafe d'un geste.

– Une gorgée de ce nectar suffira à amorcer ta transformation en divinité. Si tu prends cette décision, j'en serai informée et te libérerai de cette prison. Sinon…

Elle haussa les épaules.

– Pourquoi devrais-je choisir ? questionna Deina d'une voix rauque. Vous m'avez bien forcée à embrasser Thanatos. Pourquoi ne pas m'obliger à boire ?

– Je pourrais, en effet.

Hadès eut un rire sans joie.

– Mais ce serait moins amusant, non ?

En un claquement de doigts, la déesse disparut.

– Attendez ! Revenez ! paniqua Deina en tapant sur le mur.

Ses cris restèrent sans réponse.

2

Des traces de sang : c'est le seul dégât que causèrent les coups de poing qu'elle porta aux murs et au sol de sa prison. Mais Deina persévéra. S'emparant de la coupe en argent, elle grimpa sur la table et martela le plafond pour tenter de le percer ou au moins le fissurer. En vain ; sa cellule était bâtie dans un bloc de pierre indestructible. Elle se garda d'utiliser la sphère luisante comme arme : l'idée de se retrouver plongée dans le noir la terrifiait encore plus. Elle reporta son attention sur la table. Forte de ses nouvelles facultés, elle ne mit qu'un instant à déboîter un des pieds. C'est à peine si elle avait la place de prendre de l'élan, mais ça ne l'empêcha pas de frapper les murs de toutes ses forces. Voulant désespérément s'échapper, elle brisa le pied de table en mille morceaux. Elle en arracha un deuxième, puis un autre, jusqu'à ce qu'il ne reste plus que le dessus de table. Cernée d'éclats de bois, Deina s'écroula à terre et replia ses genoux contre elle en les enserrant de ses bras et de ses mains ensanglantées.

La carafe émaillée aimantait son regard. Elle contenait le breuvage des dieux. Sa planche de salut, mais aussi sa condamnation à mort. Si elle cédait, tout ce qui lui restait d'humanité – ses sentiments pour Theron et sa volonté d'aider ses amis – s'atrophierait.

Assise là à fixer l'argenterie finement ciselée, elle perdit très vite la notion de l'heure. Ici, le temps n'existait pas. Hadès n'avait pas manqué de le lui rappeler. Bien que son cœur silencieux ne marquât aucune cadence pour lui permettre d'évaluer la durée de sa captivité, elle n'avait de cesse de tâter son pouls, de chercher et d'espérer un signe de vie, un reste d'humanité, au moins partiel.

À un moment, un léger bruit retint son attention : le frottement contre le sol des rubis qui ourlaient sa robe. Cela lui donna une idée. Elle arracha une des petites pierres cousues dans l'étoffe de soie rouge. Son arête était suffisamment tranchante pour marquer le bois tendre de la table. En comptant ses foulées et en gravant un trait tous les mille pas, elle parviendrait peut-être à intégrer une notion de temps dans cette éternité vide de sens ? Elle tenta l'expérience, mais la pièce était trop étroite. Dans cet espace enceint de murs à peine plus larges que sa propre hauteur, Deina tournait en rond plus qu'elle ne marchait.

Et durant tout ce temps – pour ce qu'il valait –, elle fut hantée par la peur de sombrer dans la démence. Deina y avait été confrontée à Iolcos. À force de passer des heures à égrener les souvenirs et les regrets des défunts au cours des différents rites, les Dissociants risquaient à terme de perdre la raison. Leur cerveau se détraquait. Leur corps restait ancré dans le présent, mais leur esprit divaguait, égaré parmi les Lisières qu'ils avaient créées. C'était irrémédiable – pour tout le monde, sans exception ; la majorité de ceux qui étaient touchés dépérissaient vite. Deina supposait que les Dissociants chargés de veiller sur eux avaient pour consigne de ne pas s'acharner à les maintenir en vie. À la Maison, il n'y avait pas de place pour les inaptes au travail.

Terrifiée à l'idée d'oublier qu'elle devait à tout prix s'évader, Deina se mit à utiliser les pierres de sa robe dans un autre but. Curieusement, ses deux bagues étaient toujours à ses doigts. Le jonc d'or que lui avait offert Leida, et l'anneau sur lequel était montée l'agate ciselée par Drex. Deux personnes qu'elle avait aimées, victimes l'une comme l'autre des Enfers et d'Orphée. Mais ces bagues lui permettaient uniquement de garder ses morts en mémoire. Or elle devait aussi se souvenir des vivants. Elle ne savait pas écrire – elle avait tout oublié des leçons de Drex –, mais elle pouvait toujours griffonner sur le dessus de la table. Le sigil d'Hadès, ce symbole gravé sur son front, pour se rappeler qui elle était. Une flèche pour se rappeler Theron, le meilleur archer de la Maison. Une lance pour Aster. Un arbre pour Dendris. Une roue à cinq rayons pour illustrer les fleuves des Enfers et ne pas oublier où elle se trouvait. Et un navire semblable au croquis dans sa chambre à Iolcos. Emblème de la liberté dont elle avait si longtemps rêvé.

De temps à autre, elle s'assoupissait, davantage d'ennui que d'épuisement. Tant qu'elle était éveillée, assise près de la table, elle suivait du doigt, un à un, les sillons qu'elle avait tracés et recommençait dès qu'elle avait terminé en s'adjurant intérieurement de les mémoriser. Ou bien elle essayait de réfléchir à un plan en fixant cette image de deux guerriers immuablement aux prises, que Drex avait taillée dans l'agate. Car il existait forcément un moyen de s'échapper. Si elle cessait d'y *croire*, ça ne servait plus à rien de résister.

Thanatos commença à faire des apparitions dans sa cellule. Au début, elle l'ignora, convaincue qu'elle l'inventait de toutes pièces, qu'il n'était qu'un symptôme de sa confusion mentale. Alors il lui prit la main et lui parla, mais elle continua de l'ignorer car elle était fâchée et ne lui avait toujours pas pardonné ses mensonges et sa trahison.

Elle l'ignora, mais l'écouta. Il évoqua Theron, Aster, Dendris et les gardes de bronze qui les avaient aidés à s'échapper de la Cadmée, la citadelle de Thèbes. Il lui raconta qu'ils avaient brûlé la dépouille de Chryse avant de fuir la ville. Ils essayaient de rejoindre Iolcos et subsistaient grâce à de maigres vivres, des petits larcins et une grande ingéniosité. À chaque apparition, il lui faisait savoir que ses amis étaient toujours en vie. Pour eux, au moins, l'espoir était encore permis.

Et puis, un jour, Deina ne supporta plus son propre silence.

– Combien de temps ? demanda-t-elle à Nat, la voix enrouée par la sécheresse de l'air et à force de se taire. Combien de temps s'est écoulé dans le monde des mortels ?

Nat la dévisagea, puis se fendit d'un grand sourire.

– Tu es encore lucide. Je commençais à m'inquiéter…

– Combien ?

– C'est l'automne à Iolcos. Les moissons viennent de s'achever.

Seulement quelques semaines depuis cette nuit décisive dans la Cadmée. Nat perçut sans doute son étonnement car il ajouta :

– Les Enfers et le monde des mortels n'obéissent pas aux mêmes règles, tu le sais. Il arrive que des années au royaume des vivants passent en un clin d'œil ici. Et inversement, une journée là-bas s'apparente parfois à une éternité dans le monde souterrain.

D'un claquement de doigts, il fit apparaître une tasse qu'il tendit à Deina en s'accroupissant face à elle.

– Un peu d'eau ? Tu dois avoir soif.

– Oui, mais je ne suis pas idiote. Tu crois vraiment que je vais accepter à boire de ta part ? se moqua-t-elle. Tu veux que je te rappelle ce qui s'est produit la dernière fois que tu m'as proposé à manger ?

Nat secoua la tête comme s'il préférait oublier.

– Je jure sur le Styx que c'est de l'eau. Rien de plus. Allez, bois.

Deina avait soif. Elle prit la tasse à contrecœur et but une gorgée du liquide glacé qui la rafraîchit un peu.

– Tu as faim ? Je peux me risquer à une autre petite… acquisition.

Sans attendre sa réponse, Nat fit apparaître un plateau en bois garni d'une pile de galettes croustillantes et fumantes, agrémentées d'un filet d'huile et d'origan.

– C'est juste du pain – je le jure sur le Styx. Quelqu'un parmi les vivants doit se demander en ce moment même où est passé son dîner.

L'arôme du pain fit saliver Deina. Elle en déchira un morceau qu'elle se mit à grignoter sans quitter Nat des yeux.

– N'es-tu pas censé me convaincre de capituler ? Je présume que c'est la raison de ta présence ici. Hadès t'envoie pour que tu me persuades de boire le nectar.

Nat démentit d'un signe de tête.

– Pour Hadès, je suis de retour dans ma grotte. Vaincu. Rabaissé. Si elle vérifie, elle me trouvera là-bas – du moins, en apparence. En réalité, c'est Hypnos qu'elle verra, mon frère jumeau, le dieu du Sommeil.

– Pourquoi t'apporte-t-il son aide ?

– Parce que je ne sais plus combien de services il me doit. Il s'est permis un nombre incalculable d'incartades, notamment avec des nymphes qu'il a profondément déçues…

Une expression de dédain passa fugitivement sur le visage de Nat.

– Même pour un dieu, mon frère a une capacité de concentration très limitée. Bref, tout ce qu'il a à faire, c'est rester allongé les yeux fermés, position dans laquelle il passe déjà le plus clair de son temps.

Nat s'assit près de Deina, étira ses longues jambes devant lui et, en silence, dessina du doigt un motif sur le sol : un geste bien trop humain. Deina ne devait pas l'oublier : malgré les apparences, Nat n'était pas un mortel.

– Tu ne m'as toujours pas donné la raison de ta présence, Thanatos.

– *Nat.* C'est comme ça que tu m'appelais avant.

– Oui, mais c'était avant que tu me livres aux mains d'Hadès.

– Les graines ont fonctionné, non ? se défendit-il en tournant la tête vers elle. Si tu as pu déjouer les plans d'Orphée et du destin, c'est uniquement grâce à elles. Tu n'avais pas le choix, Deina.

Il leva une main vers son visage ; mais Deina se déroba, alors il la laissa retomber.

– Si je t'avais dit la vérité, tu les aurais avalées quand même et tu le sais. Car tu savais comment ça se terminerait, autrement. Theron serait mort dans la souffrance. Tes amis auraient été asservis ou tués. Et toi, tu serais emprisonnée dans la Cadmée avec un torque ensorcelé autour du cou et plus aucun espoir.

Plus d'espoir. Mais à présent qu'elle était enfermée dans les Enfers pour l'éternité, quel espoir lui restait-il ?

– Après qu'on a emmené Orphée à la Lisière, tu aurais pu me tuer. Je suis soi-disant une demi-déesse, comme Eurydice. Je ne me serais donc pas transformée en chasseuse de sang. Tu aurais pu me délivrer en m'ôtant la vie.

– J'avais juré de ne pas le faire. Hadès a jeté un sort à ces graines avant de me les confier, mais ce n'était pas par générosité.

Les dieux ne faisaient pas de cadeaux, tout le monde le savait, y compris les Theodesmioi. Au mieux, on devenait redevable, médita Deina. Si un dieu vous offrait quelque chose, vous finissiez tôt ou tard par le payer. Nat l'observait, l'air presque abattu.

– Je suis désolée, Deina. Je ne suis pas doué pour les excuses, je me sens rarement forcé d'en présenter, mais j'aimerais vraiment me racheter. Et t'aider.

– Dans ce cas, explique-moi pourquoi Hadès tient à tout prix à me garder ici. Et ne t'avise pas de me faire croire que c'est l'amour filial qui l'a soudainement envahie...

Nat eut un petit sourire.

– Anciens comme récents, les dieux n'ont pas la réputation d'être des parents particulièrement attentionnés ou affectueux.

Il haussa les sourcils en écartant grand les mains.

– Honnêtement, je ne sais pas du tout ce qu'elle te veut. Comme tu l'auras remarqué, nous ne sommes pas très proches.

Il étudia Deina de ses yeux bleu foncé que la lueur de la sphère faisait légèrement scintiller.

– La première fois que je t'ai vue, j'ai tout de suite su que tu étais liée aux Enfers. Je sentais l'énergie qui coulait dans tes veines et le... la...

Il marqua une pause.

– Je crois que le mot qui s'en rapproche le plus, c'est la *saveur*, ou peut-être le *parfum*, voire la *couleur* ; c'est très difficile à exprimer en se limitant à...

– Tu es en train de dire que j'ai le goût ou l'odeur des Enfers ? l'interrompit Deina.

Nat hésita.

– En quelque sorte, oui.

Elle fit la moue.

– Mais c'est une qualité, s'empressa d'ajouter le dieu de la Mort. Pour les dieux, le pouvoir a le même goût qu'un vin capiteux. Et de la même façon que chez les humains, les vins diffèrent selon leur provenance, je suppose que...

Il se frotta la nuque pensivement en laissant sa phrase en suspens.

– Ce que je veux dire, c'est que je sentais que tu étais partiellement issue du monde souterrain. Mais tu dégages quelque chose d'autre que je n'arrive pas à identifier. Un autre genre de pouvoir, je crois.

– Avec un goût différent ?

Le dieu se pinça les lèvres.

– Si on veut.

Deina ne put s'empêcher de rire.

– Ravi que ça t'amuse, dit Nat d'un ton sec, dans un accès de mauvaise humeur. Je suis pourtant sérieux. Cette influence que je perçois en toi est, à mon avis, la seule explication au fait qu'Hadès s'intéresse autant à toi. Car tu n'es qu'une demi-déesse de plus, sans talent particulier…

– Effectivement, tu n'es pas doué pour les excuses.

– La vérité est parfois désagréable à entendre, fille d'Hadès.

Il lui sourit d'un air narquois, puis s'adossa au mur en contemplant le plafond de la cellule.

– Le fait est que je voulais te sauver, Deina. Raison pour laquelle j'ai accepté de te proposer les graines qu'elle m'a données. Je voulais te sauver la vie et je ne voyais pas d'autre moyen d'y arriver.

Deina déchira un autre morceau de pain tiède qu'elle mastiqua du bout des dents. Malgré les mauvais coups de Nat, elle avait du mal à rester en colère contre lui. Dans cet endroit maudit, il était ce qui se rapprochait le plus d'un ami. Ou d'un simple allié. En tout cas, ça lui ferait au moins une voix à écouter, autre que celle dans sa tête. Il pourrait lui donner des nouvelles du monde extérieur et l'empêcher de devenir folle. Peut-être même, l'aider à s'échapper. Depuis le début, cependant, il n'avait jamais été honnête avec elle. Elle scruta son profil. Tout ça n'était peut-être qu'un numéro bien orchestré, partie intégrante des intentions inavouées d'Hadès. Comment avoir la certitude qu'elle pouvait se fier à lui ?

– Pourquoi voulais-tu me sauver ?

Il ouvrit la bouche pour répondre.

– Dis-moi la vérité, Nat. Si vraiment tu es désolé, sois honnête.

Il réfléchit ; elle le voyait presque peser le pour et le contre.

– Comme tu voudras, soupira-t-il finalement. En vérité, tu aurais dû mourir, Deina. Il y a deux ans de ça, voire plus, selon tes calculs. À cette époque, tu avais été touchée par une épidémie qui ravageait ta ville. Une nuit, je suis venu à ton chevet. J'étais censé faucher ta vie et envoyer ton âme au royaume des morts. D'ailleurs, si tu n'avais pas ouvert les yeux à la dernière minute, je l'aurais fait. Mais j'ai vu ce halo doré qui entourait ton iris gauche et senti ton pouvoir, et je me suis dit…

Il soupira encore, les yeux momentanément fermés.

– Pour tout te dire, je ne voulais plus être le dieu de la Mort. Je voulais m'affranchir des Enfers. D'Hadès. Des douleurs et des souffrances incessantes des êtres humains. Du fait que je côtoie étroitement l'existence limitée des mortels, j'ai une conception de l'infini qui fait apparemment défaut aux autres dieux.

Sa bouche se tordit avec mépris.

– Par bien des côtés, ils ressemblent à des enfants humains, et leur attention se borne souvent à l'instant présent. Alors que, pour ma part, j'ai entrevu les perspectives illimitées de l'éternité, j'ai ressenti son poids écrasant et, crois-moi, il est colossal…

Il se secoua comme pour dissiper les vestiges d'un cauchemar.

– La première fois que je t'ai vue, je me suis dit que tu étais peut-être suffisamment imprégnée par les Enfers pour prendre ma place en tant que dieu de la Mort. Alors j'ai rangé mon glaive et t'ai épargnée.

Accroche-toi.

La voix de Nat, et ce parfum de romarin porté par la brise nocturne qui filtrait par la fenêtre ouverte.

– Je me souviens, chuchota Deina. Tu m'as parlé.

Nat acquiesça.

– Ensuite, je t'ai suivie de près et observée chaque fois que tu pénétrais dans la Lisière.

Il laissa échapper un rire bref.

– Les Dissociants pensaient avoir trouvé le moyen de bannir tous les dieux de ce lieu, mais aucune construction humaine ne peut empêcher la Mort d'entrer.

Les traits de Thanatos s'assombrirent, l'atmosphère se refroidit et du givre se mit à scintiller sur le mur et le sol autour de lui.

– Je t'ai pourtant repoussé, moi, lui rappela Deina. Quand j'ai ouvert la Lisière pour enfermer Orphée, je t'ai empêché d'entrer. Pas mal pour une demi-déesse pas très talentueuse.

– Je n'ai jamais prétendu que tu étais une mortelle comme les autres.

Une pointe de séduction émana du sourire de Nat.

– Comme j'ai pu le constater la nuit où je suis venu te chercher, tu es une femme extraordinaire à bien des égards. Alors je t'ai surveillée. J'ai attendu et espéré qu'à mesure que ton pouvoir grandirait, je trouverais un moyen de t'attirer dans le monde souterrain. Et un jour, voilà que je te croise ici, en chair et en os, en train de forcer la porte des Enfers…

Deina n'avait rien oublié. C'était après qu'ils avaient franchi Océanus et ouvert l'accès au royaume des morts : Nat avait surgi dans les ténèbres, il avait guidé ses pas, l'avait encouragée à avancer. Puis il avait réapparu alors que les Enfants des Songes étaient en train de la mystifier. Elle avait toujours su que Nat, quoi qu'il eût affirmé, attendait quelque chose d'elle en échange de son aide. Une douleur sourde enfla au centre de sa poitrine ; Deina sentit sa gorge se serrer. Ses doutes se confirmaient… son cœur avait déjà été brisé par la trahison de Chryse, mais s'il n'avait pas été réduit au silence sous l'effet des graines, cette révélation l'aurait un peu plus déchiré.

– Tu t'es servi de moi.

Une lueur qui tenait du regret agita le regard de Nat.

– Au début, peut-être. Je voulais seulement être libre.

Deina reconnut cet accent de désespoir qui imprégnait la voix de Nat ; elle aurait pu l'entendre dans la bouche de Theron ou de Chryse – ou même la sienne. Cette note d'espoir presque anéanti. Quand on se rend compte que notre objectif nous échappe un peu plus d'heure en heure.

De ses doigts glacés, il effleura le dos de la main de Deina qui frissonna.

– J'ai ensuite compris que ma véritable mission n'était pas du tout celle que je croyais.

– C'est-à-dire ? s'étonna Deina.

Si Nat avait été humain, elle aurait cette fois qualifié son regard de nerveux.

– Les dieux connaissent la soif de plaisir, de pouvoir… mais ils en savent très peu sur l'amour. Et rien de l'amitié.

Il baissa les yeux.

– Je n'ai jamais rencontré quelqu'un comme toi, Deina.

– Tu dis ça pour m'inciter à rester et prendre ta place…

– Non… Enfin, si, j'aimerais que tu restes.

Il ouvrit la main et une flamme pourpre jaillit au centre de sa paume en dansant et crépitant.

– Reste ici avec moi.

– Ah ! Voilà, tu es toujours à la solde d'Hadès !

Deina le repoussa avec colère et se releva pour s'éloigner malgré l'exiguïté de la pièce.

Nat se leva d'un bond et agrippa ses poignets en la ramenant vers lui.

– Je te jure que je n'obéis pas à Hadès. Sinon pourquoi t'aurais-je aidée dans la salle du trône ? Hadès veut te forcer à rester. Alors que moi, je veux que ce soit ton *choix*.

Le regard de Nat s'embrasa – de colère ou de désir, voire les deux. Sur le moment, Deina crut qu'il allait l'embrasser. Mais il la relâcha.

– Je veux que tu préfères le royaume souterrain et l'éternité à quelques années d'existence dans le monde des mortels.

Il repoussa avec douceur une mèche folle derrière l'oreille de Deina en promenant les yeux sur son visage.

– Je veux que tu me choisisses *moi*.

Deina se retourna en frappant le mur du poing – mais à quoi bon ? Quel que soit son souhait, elle était désormais enchaînée à ce lieu.

– Je ne peux pas quitter le monde souterrain, tu le sais. Je n'ai d'autre choix que de rester enfermée ici en tant que mortelle ou de m'émanciper en tant que divinité.

Elle posa une paume à plat sur le mur, murmurant ses craintes à la roche muette et indifférente.

– Je suis la fille d'Hadès. Si je cède, je finirai par devenir comme elle. Réfléchis. Il y aura sûrement plus de haine que d'amour entre nous. Il se peut même que tu en viennes à me craindre.

Elle sentit Nat lui caresser brièvement le dos.

– Je n'imagine pas un monde où je n'aurais pas envie d'être à tes côtés.

– Nat…

– J'ai peut-être la possibilité de te faire sortir d'ici, avoua soudain Nat de but en blanc.

Voyant Deina se retourner, l'air abasourdie, il ajouta :

– Ce serait temporaire. Pour l'instant, je ne sais pas trop comment m'y prendre, mais si j'y arrive, la magie sera sans doute de courte durée. Ça te laisserait le temps de voir tes amis. Et de leur dire au revoir comme il faut.

– Et qu'espères-tu en échange ?

Deina le jaugea, méfiante. Allait-il l'obliger à jurer sur le Styx de boire le nectar ? Est-ce qu'un serment sur le Styx engageait les demi-dieux autant que les dieux ?

– Rien, affirma Nat. Je veux juste me faire pardonner.

Il agita une main devant l'autre ; une rose apparut dont il tenait la tige entre deux doigts, ses pétales blancs si translucides qu'ils semblaient sculptés dans la glace. Son parfum embauma la pièce. Il l'offrit à Deina.

– Si tu quittais cette geôle pour me rejoindre dans le monde souterrain, nous pourrions nous soutenir mutuellement. Je t'aiderais à te souvenir de ta nature humaine. Et tu m'aiderais à oublier que je serai l'éternel dieu de la Mort. Je te demande juste d'y réfléchir. Nous deux, ça pourrait marcher.

Deina prit la rose. Nat avait omis d'ajouter des épines à cette superbe imitation ; peut-être ignorait-il que, parfois, ce qu'on désire le plus est aussi ce qui nous fait le plus souffrir.

– J'y réfléchirai.

Deina coinça la fleur dans ses cheveux.

– Bien, comment est-ce que je sors d'ici ?

Nat lui adressa son plus beau sourire.

– Ravi que tu poses la question. Il y a trois obstacles à surmonter. À vrai dire, le plus simple, ce sont les graines. Elles agissent comme un élastique : si tu trouves une issue, tu parviendras à t'éloigner du monde souterrain, à l'image d'un archer qui bande la corde de son arc. Tôt ou tard, cependant, la traction exercée deviendra trop forte. Tu seras de nouveau catapultée ici sans avertissement.

– Et les deux autres obstacles ? enchaîna Deina qui préféra ne pas s'attarder sur l'idée d'être éjectée dans les Enfers comme une flèche dans une cible.

– Hadès a sûrement jeté un sort à cette pièce pour être avertie en cas d'évasion. Autrement dit, il faut qu'on te trouve un sosie. Enfin, le problème le plus épineux : comment te faire sortir à l'insu d'Hadès ?

– Attends, objecta Deina. Cette cellule n'a aucune issue, du moins pas à ma portée. Elle ne s'attend pas à ce que je m'évade, tout de même ?

Nat lui décocha un regard amusé.

– Hadès est une divinité. Paranoïa et méfiance font partie de ses attributs. Elle surveillera toutes les entrées, y compris le mur de nuit par lequel je circule entre les royaumes.

Deina se rappela l'accès par lequel Nat l'avait sortie de force de la citadelle de Thèbes et l'obscurité anormale et compacte qu'ils avaient ensuite traversée – des ténèbres identiques à celles qui encerclaient le palais d'Hadès. Elle se demanda brièvement si elle comprendrait un jour les rouages du royaume de sa mère. Sans doute que non, mais au fond, elle préférerait ne jamais y être obligée.

– Une fois dans le monde des mortels, poursuivit Nat, je pourrai t'emmener où tu veux, mais il faut déjà qu'on l'atteigne.

– Alors quelle autre issue existe-t-il ?

– Quel est le seul endroit où Hadès ne peut pas pénétrer et qu'il ne peut pas contrôler ? Réfléchis.

Nat s'appuya nonchalamment contre le mur en examinant ses ongles.

– Je laisse quelques instants à ton esprit borné de mortelle pour…

– La Lisière, le coupa Deina. Hadès n'a aucune autorité là-bas.

3

La fonction de Dissociant exigeait de passer une bonne partie de sa vie à la Lisière. Créée par les tout premiers membres de l'ordre d'Hadès, c'était un espace situé entre la vie et la mort. Un lieu accessible uniquement aux Dissociants et aux âmes qu'ils accompagnaient – ou emmenaient de force à des fins punitives. Un endroit protégé de tous les dieux, sauf, apparemment, de la Mort. À l'époque où elle était apprentie, Deina avait en premier lieu appris les rites de création d'une Lisière. Plus tard, en tant que novice puis adepte, elle s'y était surtout rendue dans le cadre de Dissociations, ce rite destiné à libérer les mourants pour les soulager de la douleur humaine et les guider dans l'au-delà. Une fois, elle avait convoqué la Lisière pour accomplir le rite punitif : dans ce cas-là, les damnés sont emprisonnés à perpétuité entre la vie et la mort et forcés de revivre éternellement leurs crimes. Avec Theron, ils avaient eu recours à cette cérémonie pour capturer l'âme d'Orphée sans le tuer. À chaque fois, la Lisière revêtait une apparence nouvelle et propre au rite pratiqué, au Dissociant et à l'âme concernée. Curieusement, chaque lisière s'inscrivait cependant dans le même espace. Anteïs, la mentore de Deina, avait un jour tenté de lui expliquer ce concept : la Lisière s'apparentait à un mégaron, un gigantesque palais abritant un dédale de pièces. Chaque fois qu'un Dissociant l'invoquait, une nouvelle salle s'imbriquait. Bien que différentes, elles étaient toutes reliées les unes aux autres. Anteïs l'avait aussi comparée à une grenade bourrée de graines. Des graines distinctes, mais parties intégrantes d'un tout.

Nat l'observait, son sourcil parfaitement dessiné haussé d'un air interrogateur.

– Je pensais au mégaron de Iolcos, expliqua Deina. Je n'y suis entrée qu'une fois. Sous la grande salle, il y avait une multitude de débarras et de réduits qui communiquaient tous entre eux. Une domestique m'a raconté qu'à condition de connaître le bon itinéraire, on pouvait circuler sous terre d'un bout à l'autre de l'enceinte du palais.

Nat lui lança un regard mi-amusé, mi-agacé.

– Je sais que les mortels ont une capacité d'attention limitée, mais est-ce vraiment le moment de deviser d'architecture ? On ferait mieux de se concentrer sur la Lisière.

– C'est précisément ce que je suis en train de faire, râla Deina. Chaque fois qu'on l'invoque, l'espace créé se relie à tous les autres. Exactement comme les salles au-dessous du mégaron.

Elle lui adressa un sourire grave.

– Je laisse quelques instants à ton cerveau divin pour percuter, d'accord ?

– C'est bon, j'ai saisi.

Nat se renfrogna.

– Tu penses pouvoir ouvrir une Lisière d'ici. Et ensuite… ?

Il l'encouragea d'un signe de tête.

– Ensuite, je rejoins la Lisière d'un autre Dissociant et ressors avec lui dans sa ville d'origine.

Deina fronça les sourcils.

– En théorie, ajouta-t-elle.

– Et j'imagine que tu souhaites retourner à Iolcos, puisque c'est là que se trouvent tes amis. Au cas improbable où ils survivraient à la traversée.

– Merci pour tes encouragements, ironisa Deina avec aigreur. Mais, oui, je veux retourner à Iolcos.

Perplexe, elle se mordit la lèvre en essayant d'imaginer les différents chemins qu'elle pourrait suivre et où ils la mèneraient. Peut-être à Iolcos. Peut-être ailleurs. Si seulement elle avait la place de marcher un peu ! Faire les cent pas l'aidait toujours à réfléchir.

– Sais-tu ce que manigance Aristée ? Peux-tu l'espionner ?

– Non. Je sais ce que font tes amis parce que ce sont des Dissociants et que leur relation avec Hadès les lie au monde souterrain. Même si je le voulais, je ne suis pas habilité à *espionner*…

Le ton dédaigneux de Nat n'échappa pas à Deina.

– … Que ce soit Aristée ou tout autre mortel non-Dissociant, tant qu'ils ne sont pas à l'article de la mort, je ne peux épier personne.

– Tu as une idée en tête ?

– Je t'en parlerai quand ce sera plus clair.

Décidant d'ignorer l'exiguïté de la pièce, Deina se mit à marcher de long en large.

– Toi, tu peux pénétrer la Lisière.

– Oui. Ça, c'est avéré, confirma Nat en se plaquant dos au mur pour ne pas gêner ses allées et venues.

– Donc, tu es aussi capable d'en ressortir.

– Évidemment, mais je ne peux pas la créer, il faudra que tu…

– Oui, je sais : c'est à moi de l'invoquer.

Deina pianota sur ses cuisses.

– Dans la Cadmée, quand j'ai fait naître la Lisière dans l'idée d'y enfermer Orphée, je n'ai pas eu recours au rite de rigueur. J'ai simplement fait de mon mieux pour que les Rémanents apparaissent afin d'y ligoter son âme. À présent, j'ai juste besoin d'un accès.

Elle ferma un instant les yeux et se concentra sur ses sens pour capter l'énergie du monde souterrain qui tourbillonnait autour d'elle comme un courant autour d'un rocher. En dépit de son cœur figé, l'excitation enfla dans sa poitrine.

– Je pense que je peux y arriver, Nat.

– Très bien, mais avant, je te rappelle qu'il nous faut quelqu'un qui se substitue à toi.

Nat claqua des doigts.

Sans résultat.

Deina haussa un sourcil.

– Il était censé se passer quelque chose ?

Le dieu de la Mort s'assombrit.

– Ils jouent les rebelles. Mais s'ils ont le moindre bon sens, ils devront se montrer coopératifs. Et vite. Mon frère Sommeil serait prêt à tout pour mener une petite vie tranquille et si j'insiste pour qu'on ne tourmente plus les mortels dans leurs rêves…

– Noms de dieux !

Deina sursauta alors qu'une créature surgissait à côté d'elle, surpeuplant fâcheusement la petite cellule. Elle avait déjà vu un de ces êtres surnaturels durant sa traversée des Enfers. Il ressemblait à un mortel de grande taille au dos voûté, mais avec des oreilles pointues au sommet de la tête, des mains et des pieds terminés par trois griffes et un épais pelage argenté. Tout en fixant Nat de ses grosses billes noires, il poussa de son large bec acéré un ululement lugubre en direction de Deina, qui se répercuta sur les parois.

C'était un des Oneiroi, les Enfants des Songes. Deina eut un haut-le-cœur ; de près, il empestait.

Nat lui fit signe. Clairement réticente, la créature approcha en traînant les pieds et le dieu lui murmura à l'oreille.

Après quoi, elle s'inclina devant lui en déployant ses ailes de chauve-souris d'un air de le remercier. Nat fronça le nez en le repoussant d'un geste, mais impossible de dissiper son odeur épouvantable.

– Il est d'accord pour prendre ton apparence et ta place ici aussi longtemps que tu résisteras à l'attraction des graines ; malheureusement, on ne peut prévoir combien de temps ça durera.

Il fronça les sourcils.

– Pour lui, le plus difficile sera de surmonter sa tentation de boire le nectar. Il n'a aucun effet sur les Enfants des Songes, mais ils en raffolent, donc pour renforcer sa détermination, je lui ai proposé un marché : la prochaine fois que je sèmerai la mort sur Terre, je l'emmènerai et le laisserai se nourrir des peurs des mortels pour faire de leurs derniers instants un cauchemar.

Si cette créature buvait le nectar, Hadès serait avertie et découvrirait le subterfuge. Deina avait besoin de quitter les Enfers le plus longtemps possible pour trouver un moyen de neutraliser l'effet des graines ; le marché proposé par Nat la révoltait, toutefois elle se connaissait assez pour savoir qu'elle ne protesterait pas. Du reste, quelle autre possibilité s'offrait à elle ?

– Prête ? la sonda-t-il. L'Oneiroi devra minuter sa transformation pour qu'elle ait lieu au moment précis où nous pénétrerons la Lisière. Il n'y a pas d'erreur ou de doute possible.

– Ça ne met pas du tout la pression, bougonna Deina avant d'inspirer un bon coup.

Le sang était un élément clé du rite de Dissociation ; on utilisait celui du mourant pour lier son âme au Dissociant qui menait le rite et créer une version de la Lisière propre à cet événement-là. Cette fois, Deina n'avait aucune âme à escorter. Elle espérait cependant qu'en utilisant son propre sang, son pouvoir de demi-déesse suffirait pour soumettre le rite à sa volonté. Et ouvrir sa propre Lisière.

D'une certaine manière, semblait-il, on en revenait toujours à l'espoir.

Deina serra les dents, elle saisit la broche qui agrafait l'épaule de sa robe et enfonça la pointe acérée de l'épingle sur plusieurs centimètres au dos de son autre main. Ligne écarlate sur sa peau, le sang sourdit et coula faiblement sur ses doigts et par terre. Elle se mit à réciter le chant antique des Dissociants tout en étalant le sang sur ses paumes, sur son sternum et sur le sigil qui marquait son front. Certains mots décrivaient la Lisière : *espace illimité, enserré par la vie et la mort, abîme de souffrances éternel bien qu'irréel...* Deina psalmodia chaque phrase avec toute l'assurance dont elle était capable pour forcer la Lisière à s'ouvrir et l'envelopper. Peu à peu, l'atmosphère se rafraîchit. Ça fonctionnait.

Nat glissa une main dans la sienne. À mesure que le petit cachot s'assombrissait davantage, le froid s'intensifia, pinça et endolorit les orteils et les doigts de Deina qui, par comparaison, trouva le contact glacial de Nat presque réchauffant. L'Enfant des Songes entama sa métamorphose. Le sigil de Deina lancina ; la Lisière était tout près. La transformation de l'Oneiroi s'acheva et Deina entrevit un reflet d'elle-même plus parfait que jamais.

Puis elle ne vit plus rien du tout.

*

* *

Avant même de recouvrer la vue, elle comprit qu'elle avait réussi. Ils étaient à la Lisière. Chaque version revêtait une apparence différente, mais la structure était toujours la même. Les accords de fond, le phrasé étaient identiques ; elle reconnut la trame du lieu, chaque fois tissé à partir du même chant. Elle rouvrit les yeux au cœur d'une clairière boisée : des peupliers blancs et des chênes aux branches dépouillées, jalonnés çà et là de conifères vert foncé. Bien qu'il flottât dans l'air une légère odeur de menthe, c'était visiblement l'hiver ici ; l'épaisse couche de feuilles mortes au sol scintillait de givre. Au milieu de ce calme feutré, Deina frissonna. Nat regardait avec intérêt autour de lui.

– Ça change. Chaque version de la Lisière n'est-elle pas censée refléter l'âme du défunt ?

– En théorie, si, admit Deina avec réticence. Mais je n'ai pas suivi le rite à la lettre.

D'un geste, elle balaya les environs.

– Ce décor n'est pas vraiment à mon image.

Pas du tout, même. Cet endroit semblait mort ou plutôt… maintenu en vie, comme un cadavre dont on voudrait empêcher la décomposition. On aurait plutôt dit un paysage tout droit sorti des Enfers. Le silence de Nat la mit mal à l'aise.

– Allons-nous-en.

Quand elle fit un pas en avant, quelque chose oscilla contre sa cuisse : un sablier accroché par une chaîne à sa ceinture. D'un noir brillant, sa surface polie ressemblait à du verre d'obsidienne, et le vase du haut était rempli d'une poudre argentée étincelante. Il était magnifique – encore plus que celui de l'archonte au mégaron –, mais d'où sortait-il ? De façon lente, mais continue, la poudre tombait déjà en tourbillons dans le vase du bas. Elle le tendit à Nat.

– Oh ! fit-il en inspectant le sablier. Alors ça, c'est inattendu.

– Qu'est-ce que ça signifie ?

– Ça signifie que les Enfers en ont fait un jeu. Lorsqu'il n'y aura plus de sable en haut, le temps qui t'est imparti sera écoulé. Les graines te ramèneront de force.

Deina retourna le sablier. Mais la poudre continua de descendre en vrille dans l'autre vase. Le secouer n'y changea rien non plus. Frustrée, elle le laissa retomber et osciller sous sa ceinture.

– Tous les royaumes divins sont-ils aussi joueurs ?

– Uniquement le monde souterrain, expliqua Nat.

Elle crut déceler dans sa voix un soupçon de fierté ou de respect mêlé de crainte.

– Les royaumes de Zeus et de Poséidon sont des lieux ordinaires. Les Enfers, eux, semblent presque s'animer parfois. Tu l'as déjà sûrement remarqué.

Deina se rappela le caractère soudain des changements de décor durant leur parcours pour retrouver Eurydice. Des embûches apparaissaient sans crier gare.

– Au moins, quand je serai sur le point d'être ramenée de force ici, je serai avertie.

– Peut-être.

En réponse au sourcil levé de Deina, il ajouta :

– Les Enfers sont joueurs. Mais ils ne jouent pas toujours franc jeu.

Pour changer.

– Raison de plus pour se mettre en route.

Deina s'efforça d'atténuer son ton agacé.

– Quelqu'un est-il sur le point de mourir à Thèbes, aujourd'hui ? demanda-t-elle.

– Pourquoi à Thèbes ? Je croyais que tu voulais aller à Iolcos.

– Thèbes, d'abord.

Elle le regarda avec impatience.

– Évidemment qu'il y a des mourants. Il y a toujours quelqu'un qui meurt quelque part. Surtout à Thèbes ; c'est une vaste cité. Nombreux sont les vivants et les morts.

Deina inclina la tête d'un air étonné.

– Que fais-tu ici, alors ? N'es-tu pas censé leur ôter la vie ?

Elle fit mine de tenir une lame et de faucher quelque chose à toute volée.

Nat leva les yeux au ciel.

– Je suis sur place, du moins pour partie.

Il tendit le bras pour montrer à Deina les lignes formées de tout petits symboles argentés qui s'entrecroisaient sur sa peau comme de vieilles cicatrices. En y regardant de plus près, Deina constata qu'elles ondulaient et changeaient constamment de place et de forme.

– Chaque fois qu'un mortel doit s'éteindre, son identité apparaît ici et une partie de mon pouvoir va réclamer son dû.

Il fronça les sourcils d'un air peiné.

– Ces lignes mouvantes symbolisent en quelque sorte la commémoration éphémère de leur trépas. C'est une illustration à peine fidèle du fardeau que représentent toutes ces vies fauchées.

Deina serra son épaule d'un geste compatissant. Nat se ressaisit en lui souriant.

– Je ne me présente en personne que dans certains cas. Pour des êtres exceptionnels.

Il lui fit un clin d'œil.

Deina lui donna un petit coup dans l'épaule.

– Hé !

– Ne me dis pas que je t'ai fait mal.

– Tu aurais pu.

Nat fit une moue.

– C'était ton intention.

– Arrête de me draguer. Ce n'est pas le moment.

Elle balaya du regard la clairière maussade.

– Et encore moins l'endroit. Est-ce que cette part de toi qui se trouve à Thèbes peut nous éclairer sur ce qui se passe là-bas ? Il faut qu'on trouve un mourant sur le point d'être emmené à la Lisière par un Dissociant. De préférence, un mort au sein du palais. Un proche d'Aristée.

– Tu es devenue bien exigeante depuis que tu sais que tu es une demi-déesse, marmonna Nat en fermant les yeux.

Les ombres qui planaient toujours à hauteur de ses épaules s'accentuèrent et se déployèrent en forme d'ailes.

– Voyons voir…

Il marqua une pause.

– Nombre d'entre eux sont des enfants. Pauvres, pour la plupart. Aucun Dissociant ne les accompagne, à ce que j'en vois.

Pas étonnant. Engager un Dissociant n'était pas donné.

– Il y a une Ensorceleuse à la Maison d'Héphaïstos qui est veillée par un Dissociant, poursuivit Nat. Un prêtre, au temple de Poséidon. Quatre hommes qui m'ont tout l'air de négociants ou de fonctionnaires. Cinq femmes, mariées à des hommes du même rang, toutes décédées en couches ; l'une d'elles habite la Cadmée. Ah, et il y a une prêtresse d'Aphrodite.

Il rouvrit les yeux.

– Tu veux bien me dire pourquoi nous allons à Thèbes ?

– Je veux savoir ce que mijote Aristée. Theron est le roi légitime de Thèbes ; Aristée va forcément le traquer sans relâche. En discutant avec un Thébain, j'arriverai peut-être à obtenir des informations. Et je pourrai alors prévenir les autres des manœuvres d'Aristée.

Deina lança un regard à Nat.

– Ce sera mon cadeau d'adieu, avant de revenir ici.

Si je dois revenir, ajouta-t-elle en silence, consciente de l'influence du sablier.

Qui choisir ? L'habitante de la Cadmée, la citadelle de Thèbes, paraissait toute désignée. Cependant, Deina n'avait pas oublié l'engouement d'Aristée pour l'ordre d'Héphaïstos, qui lui avait fabriqué de nombreux instruments ensorcelés. Et comme l'avait souligné Theron un jour, après leur arrivée dans les Enfers, Deina se fiait toujours à son intuition...

– Va pour l'Ensorceleuse, annonça-t-elle à Nat. Comment s'appelle-t-elle ?

– Asthénie.

Il cligna des yeux.

– Elle est déjà à la Lisière. Dépêche-toi.

Deina se mit à chanter en mêlant les couplets de différents chants. Des paroles évocatrices d'ouverture, de voyage et de contrôle de la Lisière. Des formules ciblées pour dissocier l'âme d'un Ensorceleur, invoquer Héphaïstos et exprimer le feu du métal et la chaleur d'une forge. Elle pria Hécate, déesse des Carrefours, de l'aider à trouver Asthénie.

Au début, l'ouverture forma un rayon de lumière réfractée et diffuse, comme si Deina regardait à travers une couche de glace. Une tache noire apparut au centre, qui grossit d'abord lentement, avant de s'étendre rapidement vers l'extérieur. Deina attrapa Nat par la main et pénétra dans cette obscurité.

Ensemble, ils suivirent à la hâte un sentier sinueux qui traversait toutes les Lisières imbriquées comme des bulles autour d'eux. De temps à autre, une de ces bulles disparaissait, aussitôt remplacée par une autre, ou un bloc se déplaçait pour combler les vides. La majorité des Lisières étaient voilées par des tourbillons de nuages, mais Deina entrevoyait parfois des silhouettes en mouvement à l'intérieur. C'était l'endroit le plus étrange qu'elle ait jamais vu, toutefois elle n'osa pas s'attarder pour l'observer ; elle avait déjà bien assez de mal à ne pas perdre de vue le sentier. L'idée de se perdre ici la fit frémir d'effroi ; elle resserra la main de Nat.

– On y est presque, murmura-t-il.

Brusquement, un autre recoin sombre apparut devant eux ; en une enjambée, Deina le traversa et émergea dans une atmosphère subitement douillette. La lueur d'une flambée dansait sur un coteau de rochers noirs disposés en arc de cercle, incrustés de cristaux veinés d'or et d'argent ; la fumée des flammes qui crépitaient s'élevait dans un ciel dégagé.

– Nom d'Hadès, qui êtes-vous ?

La question venait d'un homme aux cheveux bruns grisonnants et au regard interloqué. Son front était marqué par le sigil du dieu des Enfers, il portait autour du cou un torque en bronze et la toge rouge des doyens de l'Ordre. Un fil de vie luisant était enroulé autour de son poignet ; l'autre extrémité entourait la taille d'une jeune femme marquée par le sigil d'Héphaïstos. Le regard du Dissociant s'écarquilla davantage en remarquant le sigil sur le front de Deina, avant de dévier vers Nat. Le souffle coupé, il recula en hâte et se jeta maladroitement à genoux.

Nat avait pris l'apparence plus imposante et plus sévère de Thanatos, le dieu de la Mort. Les ombres sinistres dans son dos s'étaient déployées en ailes bleu nuit qui occupaient tout l'espace derrière lui. C'était sous cette forme qu'il était apparu à Thèbes pour escorter Deina aux Enfers.

– Nous ne voulons pas nous immiscer, expliqua Deina d'un ton qu'elle espéra rassurant. J'aimerais simplement poser deux ou trois questions à Asthénie. Après quoi, nous quitterons la Lisière avec vous et retournerons à Thèbes.

Elle s'approcha lentement de l'Ensorceleuse.

– J'espérais que vous pourriez me renseigner sur Aristée et ses agissements actuels.

La femme la dévisagea, puis tourna la tête en crachant par terre.

– Je refuse de prononcer le nom de ce monstre. C'est lui qui m'a tuée : il m'a fait empoisonner après m'avoir sollicitée pour lui fabriquer une nouvelle créature. Un aigle de métal, doué de magie, capable de retranscrire tout ce qu'il voit et entend.

Elle porta les mains à son ventre et son visage se chiffonna.

– Cette douleur… Je suis restée alitée des jours à suer du sang. Et ça aurait continué si les Anciens n'avaient pas dépêché un Dissociant. À la fin, je priais pour que la mort m'emporte.

– Je suis navrée, compatit Deina, faute de mieux. Savez-vous ce qu'il compte faire de cet oiseau ?

– Il a ordonné à mes semblables d'en fabriquer d'autres. Ils seront envoyés à travers tout le Dominion en tant qu'espions.

Asthénie s'égaya un peu et s'enquit :

– Est-il vrai que cet usurpateur pourchasse l'héritier d'Orphée ?

– Oui, c'est exact. Raison pour laquelle je cherche à connaître ses plans. Avez-vous une autre information qui pourrait m'être utile ?

– Uniquement que ce psychopathe est aussi à la recherche d'un objet rare forgé par le puissant dieu lui-même, celui qui nous dote de notre talent.

Elle toucha le symbole d'Héphaïstos sur son front et inclina brièvement la tête.

– Il a envoyé de nombreux Ensorceleurs pour le retrouver, ainsi que certains de ses sbires.

– Quel est cet objet ? demanda Deina.

– Un torque. Je ne sais même pas s'il existe vraiment, mais ce monstre est obsédé par les créations de cette divinité. Nos légendes parlent d'un torque fabriqué à la demande d'Éris. Il fut offert à un roi mortel que cette dernière adorait, afin qu'il contrôle les Theodesmioi et se serve d'eux pour vaincre ses rivaux sur terre. Cependant les autres divinités désapprouvèrent le fait qu'un mortel détienne un tel pouvoir. En théorie, le torque fut désassemblé et ses différents éléments furent cachés.

Le front d'Asthénie se plissa.

– Mais s'il a existé, ça m'étonnerait que les dieux n'aient pas totalement détruit une arme aussi dangereuse.

Éris était la déesse de la Discorde. Il était tout à fait plausible qu'elle en soit à l'initiative. Deina se tourna vers Nat pour lui demander s'il avait déjà entendu parler d'un torque de ce type, mais le Dissociant la devança :

– La porte des Enfers s'est ouverte…, bredouilla-t-il en continuant de fixer Nat, l'air terrorisé. Permettez-vous que j'achève le rite ?

– Bien sûr, approuva Deina.

Elle tira Nat en avant et agrippa l'épaule du Dissociant de l'autre main.

– Nous vous accompagnons.

Au contact de Deina, l'homme tressaillit. C'était pourtant un doyen, fort de nombreuses années d'expérience ; malgré l'angoisse qui entravait sa respiration, il connaissait son devoir.

– Sois sans crainte, Asthénie. Ton chemin se trouve par là.

Il indiqua une zone de ténèbres constellée d'étoiles.

– À ton arrivée devant les juges, tu seras envoyée directement aux champs élyséens, le paradis promis à tous les Theodesmioi.

À ce mensonge, Deina sentit son estomac se retourner. Génétiquement modifiés par le pouvoir divin qui coulait dans leurs veines, à leur mort, les Theodesmioi se transformaient en monstres sanguinaires. Le destin d'Asthénie n'était pas de se retrouver au paradis, mais de devenir une créature cauchemardesque. Révéler la vérité maintenant à l'Ensorceleuse serait cependant cruel et vain.

Le Dissociant récita la fin du rite de Dissociation et sectionna de sa lame le fil blanc scintillant. Asthénie fut engloutie par la porte des Enfers, puis la Lisière se désagrégea et disparut en tournoyant autour d'eux. L'instant d'après, ils se retrouvèrent dans une petite chambre ordinaire. Deina fronça le nez. Le parfum des herbes aromatiques suspendues au plafond masquait difficilement l'odeur nauséabonde de sang et de sueur. Au cœur de la pénombre, sur un lit près de la fenêtre, gisait un corps décharné : celui d'Asthénie, que Deina aurait eu bien du mal à reconnaître si elle n'avait su à quoi s'attendre. À son chevet se trouvaient deux autres Ensorceleuses.

Le visage crispé par l'épuisement, le Dissociant s'affaissa contre le mur. Deina vit apparaître un nouveau sceau rituel sur son avant-bras. Il ouvrit la bouche, mais n'eut pas le temps de formuler sa question que Nat claquait des doigts et attrapait Deina par la main. Une tornade se forma, qui balaya Thèbes et les déposa quelques instants plus tard à l'extérieur d'un bâtiment délabré. Deina le reconnut. C'était ce théâtre inachevé qui tombait déjà en décrépitude à l'époque, devant lequel elle était passée un nombre incalculable de fois.

Ils étaient revenus à Iolcos.

4

Deina leva le visage vers Nat.

Ils se trouvaient dans une ruelle étroite du quartier d'Apollon. Le gros de la citadelle apparaissait indistinctement au loin.

– Que fait-on ici ? Je voulais aller à la Maison.

– Tu as dit « Iolcos ». Techniquement…

Nat leva l'index en l'air.

– La Maison d'Hadès se situe hors de la ville. Mais nous aurons vite fait d'y arriver.

Il joignit le pouce et le majeur, prêt à les faire claquer, mais Deina retint son geste.

– Allons-y à pied. Les voyages en tornade, ce n'est pas ce qu'il y a de plus reposant.

Ils se mirent à remonter la rue d'un bon pas en direction des remparts. On jeta à Deina quelques regards nerveux – l'association du sigil sur son front, de ses yeux vairons et de sa belle robe longue émaillée de joyaux semblait dérouter les habitants. Moins qu'elle aurait imaginé, cela dit. Nat, en revanche, semblait passer inaperçu.

– Est-ce que les gens te voient ? interrogea-t-elle.

– Non. Ils pensent que tu parles toute seule. Mieux vaut rester discrets, je préférerais éviter d'attirer l'attention. Entrons en douce dans la Maison, libérons tes amis et…

– Comment ça, les *libérer* ?

– Oh, euh… ils ont été arrêtés dès leur retour et vont passer en jugement.

Deina s'arrêta net.

– En jugement ? Pourquoi ne me l'as-tu pas dit plus tôt ? Nous avons perdu du temps et… et…

Nat soupira.

– D'une, selon votre notion du temps, ça remonte à quelques jours à peine. Et de deux, nous n'aurions rien pu y faire. Nous n'avons pas perdu de temps. Et je savais que si je t'en informais, tu serais hystérique.

Deina ronchonna en tapant du pied.

– Je ne suis pas hystérique.

– Dixit la vagabonde qui divague toute seule…

Il n'avait pas tort : les passants étaient à présent plusieurs à la dévisager, l'air perplexes, se tâtant manifestement pour savoir si c'était un spectacle de rue ou s'il fallait appeler la garde civile pour la faire enfermer. Plusieurs, certes, mais là encore moins nombreux qu'ils n'auraient dû. Deina repartit en hâte vers les portes de la ville. Quelque chose lui paraissait anormal. Autant qu'elle puisse en juger, c'était la fin de matinée. Les rues étaient bien calmes pour cette heure de la journée et la saison. Les habitants ne traînaient pas et beaucoup jetaient au ciel des regards anxieux. Leur nervosité était contagieuse. Deina et Nat croisèrent un homme qui tirait un âne ; il avait laissé sur le dos de l'animal une grande cape que Deina escamota au passage, sans même ralentir son allure. La tête et le buste dissimulés sous ses pans, elle eut d'emblée le sentiment de passer plus incognito. C'est seulement quand elle s'engagea sur le sentier de la Maison d'Hadès qu'elle comprit pourquoi les habitants de Iolcos n'avaient de cesse de surveiller le ciel. Au sommet des remparts de la ville à présent derrière eux, deux immenses aigles de métal étaient perchés, immobiles. Ils luisaient sous les rayons du soleil d'automne. Deina faillit les prendre pour des statues, mais soudain, l'un d'eux pivota mécaniquement la tête et la fixa de son œil noir vif. Se détournant rapidement, elle se rappela les propos d'Asthénie sur cet aigle de bronze animé par une mystérieuse magie. Elle sentait presque le regard malveillant de l'oiseau lui transpercer le dos. Ce fut un soulagement d'atteindre la Maison.

Du moins, si elle avait pu entrer ; mais le grand portail en bronze était fermé.

– C'est bizarre, murmura-t-elle à Nat. On est en pleine journée.

Quoi qu'il se tramât, Deina était convaincue qu'Aristée en était responsable. Neidius aussi, sans doute – le commandant de la Maison d'Hadès qui avait livré Theron à Orphée : ça, elle ne l'avait pas oublié.

– Si tu frappais ? suggéra Nat.

Deina fit non de la tête. Aucun garde ne patrouillait sur les remparts ; les incantations récitées autour de la frontière jalonnée de pierres empêchaient tout mortel non marqué par le sigil d'Hadès de pénétrer dans le domaine à moins d'y être invité. Néanmoins, on postait toujours deux novices au sommet du clocher pour faire le guet. Avec un peu de chance, grâce à la cape qui couvrait sa tête, ils l'auraient prise pour une villageoise venue dans l'espoir d'acheter les services d'un Dissociant. Une vagabonde qui allait repartir bredouille vers Iolcos.

– Remontons un peu le chemin jusqu'aux rochers là-bas, décida Deina.

Quand ils arrivèrent à l'endroit indiqué, hors de vue du clocher, elle s'arrêta.

– Peux-tu nous faire atterrir dans les jardins d'un claquement de doigts, le plus loin possible de l'entrée princi…

Nat s'exécuta avant même qu'elle ait fini sa phrase. Prise de court, Deina perdit l'équilibre et trébucha contre lui. Le dieu de la Mort la rattrapa. Dans ses bras. Pendant que les contours sombres du labyrinthe végétal se dessinaient autour d'eux, il lui sourit, sans la lâcher.

– Tu vois comme c'est pratique de m'avoir sous la main ? Theron n'aurait pas pu faire ça. Je dispose d'une puissance dont il ne peut que rêver.

Deina n'était pas certaine que Theron ait un jour rêvé d'être puissant – du moins pas de la façon dont l'entendait Nat. Cependant, en appui contre le torse de ce dernier, qui la maintint le temps que son vertige se dissipe, elle ne pouvait nier que ce sentiment soudain d'être protégée et en sécurité était agréable. Elle n'était pas habituée à ça. D'ailleurs, elle ne pouvait pas se permettre d'y prendre goût. Elle repoussa Nat, qui la relâcha.

– Très pratique. Mais la prochaine fois, ça t'ennuierait de me prévenir ?

Nat lui fit un large sourire, puis acquiesça.

– Merci. Bien, maintenant, il me faut une arme.

Elle se retourna pour évaluer leur position.

– Par ici.

Deina se mit en route, suivie de près par Nat sur l'étroite allée.

– On va à l'armurerie ?

– Oui.

– Ce ne serait pas mieux de dérober d'autres habits, plutôt ? Tu parviendrais peut-être à entrer ni vu ni connu.

– Au contraire, je veux qu'on me remarque. Je compte bien faire usage de ma force.

Deina sentit un rictus féroce tordre sa bouche.

– Je veux que Neidius soit si terrifié de me voir qu'il se pisse dessus.

Elle lança un regard à Nat derrière elle.

– Sans compter que j'ai le dieu de la Mort avec moi. Et toute la *puissance* qu'on lui connaît.

– En effet. Et je suis ravi de t'être utile. Simplement, je préférerais…

– Rester discret ? devina Deina, un sourcil arqué.

– Oui, si possible.

Deina fit une moue dédaigneuse et repartit en hâte.

Au moins, en général, l'armurerie n'était pas gardée, toutefois il y avait toujours un expert de service, quelqu'un qui savait bien écrire pour noter sur une tablette en argile qui avait emprunté quoi. Armurier : c'était le genre de rôle que Drex aurait fini par obtenir s'il avait un jour atteint le grade d'expert. Et s'il avait survécu. Cependant, quand Deina et Nat entrèrent, la table à laquelle s'asseyait d'ordinaire l'armurier était déserte. L'obscurité entre les rayonnages était silencieuse. Tout le monde avait peut-être été sommé d'assister à ce prétendu procès. Sans tarder, Deina choisit deux longs poignards, dont elle attacha les gaines en cuir à sa ceinture. Elle réfléchit un instant, puis s'empara d'une lance et glissa le bras droit dans la sangle d'un grand bouclier.

– J'imagine que ce procès se tient dans la grande galerie.

Bien qu'elle eût chuchoté, Deina eut l'impression que sa voix avait résonné comme une cloche d'un bout à l'autre de l'armurerie.

– Nous devrions…

– Qui est là ? réclama une voix masculine. J'ai interdiction de délivrer…

La voix de l'homme, menu et un peu plus petit que Deina, s'estompa quand cette dernière se retourna. Elle le reconnut. Thadéus avait été amené à la Maison d'Hadès à la même époque qu'elle. Elle le trouvait plutôt sympathique, si tant est qu'elle ait éprouvé de la sympathie pour quiconque en dehors de Chryse. Il avait toujours été farceur. Capable de déceler le côté comique de presque n'importe quelle situation : sauf que là, il ne riait pas du tout. Il avait plutôt l'air épouvanté. Reculant, il se cogna contre le rebord de sa table et esquissa le geste symbolique pour conjurer le mauvais œil.

– Deina ? Mais… mais… c'est impossible. Tu es censée être morte.

Son épouvante s'estompait déjà ; les Dissociants côtoyaient suffisamment de fantômes pour savoir les distinguer des vivants.

– Où étais-tu passée ? Comment es-tu entrée dans la Maison ?

– C'est une longue histoire, abrégea-t-elle. Ça fait plaisir de te revoir, Thadéus.

Elle lui adressa un sourire qu'il ne lui rendit pas. Il avisa plutôt les armes sur lesquelles elle avait fait main basse.

– À qui parlais-tu, à l'instant ? questionna-t-il en regardant sans le voir le dieu de la Mort présentement invisible.

– Je parlais toute seule. Où sont passés tous les autres ? Pourquoi le portail est-il fermé ?

– Un couvre-feu a été imposé depuis environ un mois, depuis le tumulte causé par la mort du roi.

Il faisait sûrement référence à Orphée.

– Le portail ne s'ouvre qu'une fois le matin et une fois le soir, pour laisser entrer ceux qui ont besoin de notre aide, et aucun Dissociant n'est autorisé à quitter la Maison, sauf pour motif officiel. La ville est soumise aux mêmes règles, sur ordre d'Aristée.

Thadéus se renfrogna.

– S'il y a quelqu'un qui devrait être au courant, c'est bien toi.

– Et pourquoi ça ?

– Parce que c'est votre faute, avec Theron.

– Qu'est-ce que tu racontes ?

– Arrête, Deina. Neidius nous a raconté ce que vous autres avez fait. Vous êtes tous des traîtres, sans exception, l'accabla Thadéus. Vous avez trahi cette Maison, et trahi le roi. Au moment où je te parle, Neidius est réuni avec les autres Gardiens dans la grande galerie. Theron et Aster sont jugés, ainsi qu'une Dissociante de Mycènes. Ils vont être condamnés au rite punitif, et leurs corps incinérés. Des volontaires ont déjà été sélectionnés pour accomplir le rituel.

En menant à bien un rite punitif, ils gagneraient chacun un an de servitude en moins. Deina ne doutait pas que les Anciens aient eu l'embarras du choix en matière de volontaires. Theron était apprécié des novices et des experts, mais sa popularité s'arrêtait là. Surtout si les autres Dissociants le considéraient désormais comme un traître.

– Et que nous reproche-t-on, au juste ?

– Selon eux, Theron a échoué à ramener le fantôme d'Eurydice, et pour se couvrir, il a assassiné, avec votre appui, le prince Orphée.

– Quoi d'autre ?

– Ils racontent qu'en voulant protéger son maître, Aristée a tué Chryse et Drex. Et toi. Mais à l'évidence, ce n'est pas exactement ce qui s'est produit.

Thadéus prit un air calculateur.

– Aristée offrira probablement une récompense lorsqu'il apprendra qu'au moins l'un d'entre vous a survécu.

Il fouilla du regard l'obscurité entre les casiers d'armes comme s'il s'attendait un peu à voir surgir Drex et Chryse.

Deina aurait aimé que ce soit le cas. Un remords lancinant entrava sa respiration ; elle resserra sa prise sur la lance qu'elle tenait.

– C'est tout ?

– Non, Theron est aussi accusé de répandre des mensonges qui portent atteinte à l'honneur des dieux. Ces calomnies sont telles que Neidius a déclaré que ceux qui les répéteraient seraient dépouillés de leurs sceaux rituels.

Seule la peine capitale constituait un châtiment plus sévère. Les sceaux rituels apparaissaient comme des stigmates sur la peau des Theodesmioi pour attester des rites qu'ils avaient achevés et indiquer le gain de temps à déduire de leur asservissement. Arracher ces sceaux revenait à effacer ce temps gagné, en plus d'être atrocement douloureux. Voire dangereux ; certains n'y survivaient pas. Néanmoins, la curiosité dans l'intonation de Thadéus n'échappa pas à Deina. En dépit du risque, il brûlait de connaître la teneur de ces prétendues calomnies.

Deina avait dans l'idée qu'il regretterait son indiscrétion une fois qu'elle lui aurait tout dit.

– Ma mort n'est pas la seule information fallacieuse qu'on t'ait donnée, Thadéus. Drex a péri dans les Enfers, mais Aristée nous a empêchés de l'enterrer. Et nous avons bien retrouvé Eurydice, mais elle nous a suppliés de la laisser là-bas. Orphée était un monstre qui a sacrifié d'innombrables mortels pour assurer sa longévité en volant leur force vitale, et pour parvenir à ses fins, il s'est servi de la reine qui était elle-même une puissante Dissociante, jadis.

La colère montait en elle, mais Deina s'efforça de maîtriser sa voix :

– C'est Aristée qui a tué Chryse. Il l'a étendue de force sur un autel et massacrée comme un animal. Theron est le fils d'Orphée et le roi légitime de Thèbes. Quant à cet affront aux dieux qui soi-disant scandalise Neidius ? Dans les Enfers, nous avons découvert qu'à leur mort, les Theodesmioi ne vont pas à l'Élysée. Nous devenons des chasseurs de sang : des monstres invincibles, des créatures squelettiques qui errent au royaume des morts en quête de sang frais. Nous restons à demi-morts sans jamais trouver la paix.

Thadéus blêmit.

– Des chasseurs de sang ?

Deina soupira en se remémorant les paroles d'Eurydice :

– Le corps des mortels n'est pas censé canaliser le pouvoir éternel des dieux.

Elle marqua une pause pour lui laisser le temps d'assimiler, tout en voyant l'effroi poindre dans son regard.

– C'est la vérité. Quels que soient les mensonges qu'il débite, Neidius le sait. Raison pour laquelle je vais aller le trouver. Pour l'obliger à tout avouer. Nom des dieux, Thadéus, ajouta-t-elle avec dédain, t'es-tu au moins demandé pourquoi Theron et les autres seraient revenus ici s'ils étaient réellement coupables des crimes dont on les accuse ? Qu'auraient-ils à y gagner, enfin ?

Thadéus déglutit nerveusement. Quittant des yeux la pointe de la lance qu'elle tenait, il avisa furtivement quelque chose à l'écart : une longue corde suspendue aux combles. Deina pesta intérieurement. Elle avait oublié que l'armurerie disposait d'une cloche si besoin d'appeler à l'aide. Elle rajusta sa prise et pointa la lance sur Thadéus.

– Nous sommes tous deux des Dissociants, Thadéus. Mais Theron et Aster sont mes amis. Pour les protéger, j'ai combattu Aristée, enfermé Orphée à la Lisière et défié Hadès. Si tu me pousses à choisir entre leurs vies et la tienne, je t'éliminerai sans hésiter. Tu sais que je n'ai qu'une parole. Et tu connais mes capacités.

Ce n'était pas de la vantardise. Apprentis, Deina et Thadéus s'étaient affrontés à l'entraînement et elle l'avait systématiquement emporté. Maintenant que les graines avaient éveillé la part de puissance divine en elle, ce serait d'autant plus simple. Thadéus s'empourpra – sans doute au souvenir de ses humiliations antérieures, devina Deina.

– Faisons comme si de rien n'était, d'accord ? J'ai pris ce qu'il me fallait et me suis éclipsée avant que tu reviennes à ton poste.

Thadéus hésita, l'air profondément piteux et indécis.

– Mais… si Neidius l'apprend…

Deina démentit d'un non de la tête.

– Tu ne subiras aucun châtiment, encore moins de la part de Neidius, je te le promets.

Deina eut un sourire amer.

– Il aura très bientôt un problème bien plus sérieux à régler qu'un simple vol d'armes.

Thadéus prit une profonde inspiration, puis acquiesça.

– Alors, vas-y.

Deina tourna les talons et sortit en hâte sans un regard en arrière.

Maugréant tout bas, elle traversa promptement les jardins, dans le crissement de ses sandales sur le gravier, longea les terrains d'entraînement et se dirigea vers la grande galerie. Nat avançait sans bruit à ses côtés.

– Ce serait nous, les traîtres ? fulmina-t-elle, les dents serrées de colère. Alors qu'Orphée a envoyé d'innombrables Dissociants à la mort dans les Enfers et assassiné tous ceux qui en sont revenus, et que Neidius l'y a aidé ? Et pourquoi Theron ne m'a-t-il pas attendue ? Pourquoi avoir pris le risque de revenir seul ici ? Il connaît la fourberie de Neidius, il sait qu'il nous a tous trahis. Quel idiot !

– Je confirme. Il est à l'image de tous les êtres humains, comparés aux dieux, soupira Nat. Néanmoins, je suis bien obligé de te rappeler qu'il te croyait prisonnière des Enfers – ce qu'il suppose encore. Il n'avait aucune raison de t'attendre.

Pour toute réponse, Deina se contenta de grogner. Elle savait qu'il avait raison. Theron était revenu à Iolcos, convaincu qu'il était de son devoir de révéler à la population la vérité au sujet d'Orphée et d'Aristée, et d'avertir les Dissociants sur le sort qui les attendait à leur mort. Et puis, il avait toujours fait preuve d'imprudence. Il pensait sans doute ne jamais la revoir.

C'est quand on pense n'avoir plus rien à perdre qu'on est prêt à tout.

Mais il ne l'avait pas perdue. Pas encore.

La grande galerie apparut droit devant. Deina s'arrêta à l'ombre d'un bosquet. Par les étroites brèches ouvertes dans la maçonnerie, elle entendit un murmure. Une seule voix, plus précisément : manifestement, Neidius prononçait un discours.

– Peux-tu nous faire entrer en catimini par le fond de la salle ?

Nat sourit.

– Je peux même faire mieux : je vais t'octroyer mon pouvoir pour te dissimuler au regard des mortels.

Sans se départir de son sourire, il haussa un sourcil en lui tendant la main.

– Prête ?

Deina inspira à fond, prit sa lance de l'autre main et saisit celle de Nat.

– Prête.

Les arbres et les jardins furent immédiatement emportés, et alors que l'univers se fractionnait en tourbillonnant autour d'elle, Deina éprouva une sensation d'apesanteur qui lui retourna l'estomac. Elle serra étroitement les paupières. Maigre soulagement. Lorsqu'elle rouvrit les yeux, Nat et elle se trouvaient à l'intérieur de la grande galerie lugubre, tout près des portes en bois massif dont l'accès était à présent fermé au monde extérieur. Le filet de soleil qui filtrait par les minces ouvertures du toit s'étiolait bien avant d'avoir atteint le sol. La faible lueur qui éclairait la salle provenait des lampes à huile en bronze réparties dans des alcôves aux murs. Sous les pieds de Deina, du carrelage : des fleurs d'asphodèle en marbre blanc incrustées dans des pentagones de marbre noir. Le bord de chaque carreau était serti d'une ligne onduleuse bleu lapis. La dernière fois qu'elle avait foulé ce sol, elle s'était engagée comme volontaire pour ramener Eurydice des Enfers. Richesse et libération : voilà ce qu'elle avait espéré y gagner. C'était la récompense qu'on lui avait promise.

Ce n'était pas vraiment ce qu'elle avait obtenu.

– Tant que je te tiens, ils ne peuvent pas te voir, murmura Nat à son oreille.

Sans le lâcher, Deina se tourna vers l'estrade tout au bout de la large allée centrale, où les huit gardiens de la Maison, choisis parmi les plus anciens, avaient leurs sièges disposés en arc de cercle. Huit autres sièges bordaient l'allée, quatre de part et d'autre, face à face. Ceux-là étaient occupés non pas par des Dissociants mais par des membres des ordres de Poséidon et de Zeus, qui avaient tous deux des Maisons à Iolcos ; tous des anciens, devina Deina, et des gardiens aussi. Derrière les sièges, sur l'estrade, se tenaient des experts Dissociants armés ; les autres Maisons étaient escortées de leurs propres gardes du corps. Près de la porte barricadée se tenait également une poignée d'hommes lourdement armés. Sans sigil sur le front ni insigne, ils ressemblaient davantage à des mercenaires qu'à des patrouilleurs. Deina repéra tout ce beau monde en un coup d'œil, juste avant que son attention soit happée par les quatre silhouettes au pied de l'estrade, agenouillées et enchaînées sous la surveillance de quatre autres Dissociants munis de lances. Theron, Aster, Dendris et un autre que Deina ne connaissait pas. Il portait le sigil de Zeus ; à en juger par sa stature, Deina supposa qu'il s'agissait d'un Duelliste plutôt qu'un Viretemps. Un des gardes de bronze qu'elle avait délivrés, peut-être ?

Quel qu'il fût, il était clair qu'on l'avait torturé. Ils montraient tous des traces de coups. Le visage de Theron était ensanglanté et contusionné. Une profonde balafre barrait sa joue gauche et il avait un œil tuméfié. L'air à bout de forces, il fixait étrangement le sol, inexpressif. Dendris était bâillonnée pour éviter qu'elle n'utilise ses pouvoirs sur le bois. Aster avait la lèvre inférieure fendue et en sang.

Deina se raidit en luttant pour contenir sa rage. Theron et leurs amis avaient mis fin à l'effroyable règne d'Orphée. Ils avaient pris tous les risques pour rentrer à Iolcos. Mais au lieu de les accueillir en héros, on les avait traités comme des criminels. Enchaînés et tabassés comme ces voleurs pendus sur la place publique devant le mégaron, les jours de marché.

Seul en scène, Neidius décrivait en détail les prétendus crimes que Thadéus lui avait listés. Les gardiens et les chefs des autres Ordres partageaient-ils son avis ? Il était difficile de déchiffrer leurs expressions à la lueur des lampes, cependant Deina distingua la mine affligée d'Anteïs, sa mentore et seule femme nommée gardienne, qui pinçait les lèvres comme pour tenir sa langue.

– Et donc, pour terminer, bien que j'admette que cette affaire dépasse les attributions des Theodesmioi, je vous rappelle que le nouvel archonte nous a autorisés à exécuter ces criminels, étant donné la violente sédition dont ils sont accusés.

L'archonte dirigeait Iolcos au nom du roi ; Deina se demanda momentanément ce qu'était devenu son prédécesseur.

– Je rappelle également à nos hôtes, poursuivit Neidius en adressant un signe de tête aux anciens des autres Maisons, qu'ils sont ici à titre exceptionnel. Cette décision revient uniquement aux gardiens de la Maison d'Hadès.

Il se dressa de toute sa hauteur en lançant un regard menaçant et hautain à ses confrères assis sur l'estrade.

– Je sais que certains parmi vous plaident la clémence. À ceux-là, je réponds que me désobéir revient à désobéir à l'archonte et au roi. Me défier, c'est prendre le parti de ces traîtres. Et risquer de subir le même sort qu'eux.

Il croisa les bras et attendit.

Personne ne se leva pour défendre Theron et ses amis. Pas un. Pas même Anteïs.

Neidius afficha une morgue triomphante.

– Soit. Faites savoir que les gardiens de la Maison d'Hadès de Iolcos ont déclaré ces criminels coupables des charges retenues contre eux. Ils seront emmenés et soumis sur-le-champ au rite punitif. Des Dissociants attendent déjà dehors pour accomplir le rituel.

Il fit signe aux gardes, qui commencèrent à hisser Theron.

– Ces scélérats méritent de souffrir pour l'éternité pour leurs crimes.

Un cri de fureur s'éleva dans la gorge de Deina qui s'arracha à Nat. Le choc de son apparition résonna dans toute la salle. Deina ignora la stupeur générale.

– Le seul criminel ici, c'est vous, Neidius. Et il est temps que vous le payiez.

5

Deina pointa sa lance et la projeta avec force vers l'estrade. Elle avait bien visé, mais un garde bondit pour protéger Neidius, et la pointe en bronze se planta dans son bouclier. Poussant un juron, Deina dégaina un des longs poignards à sa ceinture et s'élança vers Neidius tandis qu'autour d'elle le désordre éclatait. La poignée de gardes Theodesmioi s'empressèrent de protéger leurs aînés, mais aucun ne se risqua à attaquer. Le groupe des mercenaires fit preuve de bien moins de retenue. Deina fut rapidement encerclée, mais le pouvoir acquis grâce aux graines la rendait plus preste. Plus robuste.

Quelqu'un se mit à scander son nom : Aster. Du coin de l'œil, elle vit un garde le gifler d'un revers de main qui l'envoya par terre, et sa colère s'embrasa. Elle multiplia les entailles et les coups de poignard. Repoussa violemment ses opposants à l'aide de son bouclier. Et ce faisant, elle continuait à se rapprocher de Neidius. Il était inimaginable qu'il lui échappe ; elle ne le lâchait pas des yeux alors même qu'elle voyait Theron se débattre de toutes ses forces contre ses chaînes. Malgré le danger et son état misérable, il essayait de l'aider en la prévenant des attaques et, rien que pour ça, elle l'adorait.

Pendant ce temps, le chef de la Maison d'Hadès hurlait sur ses hommes en les pressant d'abattre Deina. Leurs rangs s'éclaircissaient à mesure qu'elle se frayait un chemin en les éliminant un par un. Néanmoins, ils restaient nombreux. Trop nombreux. L'étau autour d'elle se resserrait. Deina se débarrassa du bouclier pour combattre à mains nues. Les quelques survivants finirent par être suffisamment près pour l'empoigner, lui arracher ses poignards et la clouer au sol au pied de l'estrade, sous la menace de leurs épées.

– Coupez-lui la langue ! ordonna Neidius d'une voix stridente de peur. Tranchez-lui les mains et les pieds et laissez-la agoniser avant de lui infliger le rite punitif !

On la projeta à genoux. Un des hommes agrippa sa mâchoire pour tenter de l'ouvrir de force. Deina le mordit et il poussa un cri en lui assénant un coup de pied dans le ventre.

– Arrêtez !

Anteïs s'était levée.

– Cette Dissociante était censée être morte, tuée par Aristée en personne. J'aimerais savoir pourquoi elle est encore en vie.

– Taisez-vous, Anteïs, rétorqua Neidius d'un ton hargneux. Vous n'êtes qu'une femme. Comment osez-vous me contredire !

– Je suis d'accord avec Anteïs.

Deina ne voyait pas qui s'exprimait.

– Nous autres, de l'ordre de Poséidon, souhaitons interroger cette… nouvelle venue. Relevez-la.

Les hommes qui la maintenaient bougonnèrent, revêches. L'espace d'un instant, Deina pensa qu'ils allaient ignorer l'ordre du Chantemer, mais ils la hissèrent finalement sur ses pieds en la faisant pivoter et en continuant de pointer leurs épées sous ses côtes.

Les yeux gris, les cheveux grisonnants et la peau brûlée par le soleil, le Chantemer qui était intervenu portait les toges bleu foncé des anciens de l'Ordre de Poséidon. Il jeta un coup d'œil derrière elle.

– Vous permettez, Neidius ?

La question était rhétorique.

– À votre guise, Lysigoras.

La voix de Neidius tremblait d'une fureur à peine dissimulée.

Lysigoras observa un instant Deina.

– Eh bien, Dissociante ?

Deina cracha le sang qui polluait sa bouche.

– Neidius ne vous a raconté que des mensonges. Si on avait permis à Theron et aux autres de se défendre…

– Ils en ont eu l'occasion, objecta le Chantemer. Nous avons entendu leurs allégations au sujet d'Orphée, des Dissociants et des autres victimes tombées de ses mains. Et de ce qu'il advient des Theodesmioi à leur mort.

– Tout ce qu'ils vous ont dit est vrai, s'empressa de corroborer Deina. Tout.

La mâchoire de Lysigoras se crispa. Il opina, presque comme s'il s'attendait à cette terrible confirmation.

– Mensonges ! Rien ne prouve leurs affirmations ! cria Neidius. Voulez-vous que sire Aristée apprenne que vous avez admis pareille calomnie, Lysigoras ?

– Ce qui m'importe, c'est la vérité, Neidius, répliqua ce dernier. En tant que chef de la Maison de Poséidon, je me dois au roi, mais aussi à ceux que je dirige.

Il reporta son attention sur Deina.

– Et donc ? Avez-vous une preuve de ce que vous avancez ?

Alors qu'elle hésitait, Deina entendit la voix de Nat résonner à son oreille. Il était invisible, mais on aurait dit qu'il se tenait juste à côté d'elle.

– Invoque les dieux, chuchota-t-il. Demande-leur d'arbitrer et de tuer le menteur devant l'opinion et d'épargner celui qui dit la vérité.

– Mais…

– Fais-le, Deina.

Elle leva lentement le menton.

– J'en appelle au jugement des dieux. Si je mens, qu'ils m'anéantissent ici et maintenant. Si je dis la vérité, je leur demande d'abattre Neidius à la place.

Lysigoras, comme d'autres, parcourut la salle des yeux.

– Les dieux n'ont pas l'air de vous entendre, commenta le Chantemer. Ou alors ils…

Il se tut en entendant Neidius gémir. Tandis que des hoquets de stupeur s'élevaient parmi l'auditoire, les gémissements de Neidius se transformèrent en cris. Ce fut soudain la panique générale. Des Theodesmioi de tous les rangs s'éloignèrent dans la bousculade à l'autre bout de l'estrade. Les hommes qui retenaient Deina la lâchèrent et foncèrent vers les portes. Elle se retourna à temps pour voir Neidius englouti par des flammes aux reflets noirs et pourpres. Sa peau pela et se racornit comme une feuille de papyrus tandis que ses cris d'agonie se répétaient à l'infini et que son corps commençait à se désagréger à partir des pieds. Sa tête disparut en dernier, sa figure écorchée figée dans un rictus de douleur qui finit lui aussi par tomber en poussière. Le feu se volatilisa. Et de l'existence de Neidius, il ne resta pas la moindre trace.

La salle résonnait d'un brouhaha de blasphèmes, d'exclamations incrédules, de contestations et de prières qui se chevauchaient, jusqu'à ce qu'Anteïs donne de la voix pour se faire entendre dans ce vacarme :

– Taisez-vous ! Les dieux ont parlé. Deina dit la vérité. Libérez Theron et ses camarades, dépêchez !

Deux Dissociants à proximité s'empressèrent de lui obéir. L'instant d'après, Deina se retrouva face à face avec Theron.

Il caressa d'un geste fugitif sa joue grêlée, et elle sentit sa main trembler.

– Est-ce vraiment toi ? souffla-t-il d'une voix étranglée par l'émotion.

Les yeux de Deina s'embuèrent.

– Oui, répondit-elle en lui souriant.

Elle effleura sa main du revers de la sienne.

– C'est bien moi.

Puis elle se retourna, les joues striées de larmes, pour se jeter au cou d'Aster et de Dendris.

– Je suis si heureuse de vous revoir, les amis.

– Pas autant que nous, s'exclama Aster. Tu nous as sauvé la vie !

– Une fois de plus, souligna Dendris. Contente de te revoir parmi les vivants, Deina.

Elle posa une main sur l'épaule de l'autre Theodesmioi, le Duelliste.

– Je te présente Critos. Chef – enfin, ancien chef – des gardes de bronze.

L'homme salua Deina en lui adressant un sourire timide.

– Nous nous sommes déjà vus. Lors de cette fameuse nuit dans la pièce secrète au sommet de la Cadmée.

Deina n'eut pas le temps de répondre qu'elle sentit quelqu'un l'empoigner et la tirer à l'écart de ses amis. Anteïs l'enlaça étroitement dans ses maigres bras.

– Je te croyais morte. Je ne croyais pas aux explications de Neidius, mais pensais qu'Orphée t'avait tuée.

Elle renifla, refoulant d'un battement de paupières des larmes qui ne lui ressemblaient pas.

– Et Chryse ?

– On l'a perdue, annonça Deina. Aristée l'a assassinée – c'est bien la seule chose vraie dans tout ce que Neidius vous a raconté.

Il était inutile de salir la mémoire de son amie en évoquant la trahison qui avait précédé. Anteïs l'observa d'un air inquisiteur.

– Tu n'es plus la même. Les Enfers t'ont changée.

Elle fronça les sourcils.

– Comment es-tu entrée ? questionna-t-elle en montrant d'un geste les portes de la grande galerie qui étaient à présent ouvertes.

– J'ai eu de l'aide. Tu as changé, toi aussi.

Anteïs avait vieilli depuis ce fameux matin d'été où Deina et les autres avaient rejoint le navire d'Orphée. Elle était encore plus maigre qu'avant, et son visage plus marqué.

– Tu es souffrante ?

L'ancienne secoua la tête.

– Non, simplement fatiguée. Et inquiète. À part Neidius peut-être, personne ici ne fut peiné que la longue hégémonie d'Orphée s'achève enfin, mais depuis que Theron et toi l'avez vaincu, le monde s'est encore plus assombri. Aristée règne par la terreur et la magie. L'archonte est mort – trop – subitement, et un autre, nommé par Aristée, lui a succédé. Les mercenaires qui t'ont attaquée étaient missionnés pour suivre de près nos débats du jour. Heureusement, en dépit de leur nombre, il semble que tu aies blessé ou tué la plupart d'entre eux.

Elle marqua une pause, l'air d'attendre une explication. Deina haussa les épaules.

– J'ai eu bien assez d'occasions de peaufiner mes techniques de combat dans les Enfers. Dommage que je ne les aie pas tous éliminés.

Aristée ne tarderait pas à apprendre ce qui s'était passé, et que Theron avait survécu. Au souvenir des oiseaux de bronze à l'œil torve, perchés sur les remparts de la cité, Deina frissonna.

– Allons à l'herbier, proposa Anteïs. Il faut que je soigne les blessures de tes amis, quant à toi, tu vas écoper d'un beau bleu à la mâchoire. J'ai un onguent qui pourra te soulager.

Deina tâtonna en grimaçant la zone endolorie par la poigne d'un de ses adversaires.

Anteïs gloussa doucement.

– Tu as toujours été bagarreuse.

Elle agita une main en direction des blessés et des morts que Deina avait laissés dans son sillage.

– Laissons les autres régler ce bazar. Allez, suivez-moi.

Le petit groupe suivit Anteïs hors de la galerie. Deina jeta des coups d'œil autour d'elle, mais Nat était introuvable. Tandis qu'ils marchaient, Theron la prit par la main. Il la serra fort, comme de crainte qu'elle disparaisse à nouveau.

Pendant qu'Anteïs nettoyait et pansait sa balafre, il ne la lâcha pas, jusqu'à ce qu'on apporte à manger et à boire sur une des grandes tables pourvues de bancs qui mesuraient toute la longueur de la serre. Tandis que les autres s'attablaient, Deina tira sa mentore à l'écart.

– Tu veux bien m'accorder un moment seul avec eux ? Il s'est produit des choses depuis leur fuite de Thèbes. J'ai besoin de leur parler en privé.

Anteïs voulut protester, mais Deina la coupa :

– Je te raconterai tout, promis. J'ai juste besoin d'un moment pour régler certains points avec eux. D'accord ?

L'ancienne soupira.

– Comme tu voudras. De toute façon, je dois retourner auprès de mes pairs. Nul doute qu'ils auront des questions et nous devons discuter des mesures à prendre concernant l'archonte. Vous pouvez rester ici en attendant.

Anteïs fit signe aux domestiques qui avaient apporté les vivres de la suivre dehors. Deina, Theron, Aster, Dendris et Critos se retrouvèrent enfin seuls.

Deina s'assit près de Theron en se servant une galette de pain. Curieusement, la faim lui tiraillait l'estomac et sa bouche saliva à la vue d'une assiette de fromages arrosés d'un filet de miel – un de ses plats préférés – pourtant, elle n'était pas affamée. Moins qu'elle aurait dû après le combat qu'elle venait de mener. Et moins que ses camarades, visiblement. Elle fixa son morceau de galette. Selon les mythes, les demi-dieux bâfraient et éclusaient comme tout le monde. Et ce pain était tout à fait appétissant. Cependant, elle était presque sûre que même sans manger, si elle avait dû à nouveau se battre là, tout de suite, elle aurait eu encore largement assez d'énergie. Bon, il fallait bien qu'il y ait des avantages à avoir du sang divin. À moins que la torpeur de son cœur ne fût en train de se propager au reste de son corps…

Elle chassa cette pensée et reprit une galette de pain qu'elle garnit d'une belle portion de fromage. Les autres mangeaient avec voracité ; ils savaient qu'elle était la fille d'Hadès et n'était pas une mortelle comme les autres, inutile de le leur rappeler.

Chaque fois qu'on l'interrogeait, Deina se débrouillait pour réorienter la conversation en demandant à ses amis des détails sur leurs aventures et leur cavale pour revenir à Iolcos. Ce n'étaient pas les anecdotes qui manquaient. À commencer par leur folle évasion dans les tunnels secrets de Thèbes. Puis la crémation hâtive du cadavre de Chryse dans un bosquet hors de la ville alors qu'ils entendaient crier au loin les gardes à leur poursuite. Des jours entiers à se planquer et de longues nuits à se hâter sur des sentiers peu fréquentés, à traverser des rivières à gué pour semer les chiens à leurs trousses, et à voler de la nourriture dans des fermes isolées. Ils avaient enduré de terribles épreuves qui auraient dû donner de vives émotions à Deina. Mais, malgré sa volonté de compatir à leur calvaire, le silence de son cœur la tenaillait comme une rage de dents.

Parmi ceux qui avaient fui Thèbes, certains n'avaient pas survécu. Cette nuit-là, des six gardes de bronze qui s'étaient échappés de la citadelle, deux avaient demandé à être relevés de leur vœu d'allégeance au roi et été affranchis par Theron, mais trois avaient péri avant d'atteindre Iolcos : deux furent tués par des éclaireurs aux abords de la colonie mycénienne de Gla. Une autre mourut noyée dans le détroit entre Eubée et le continent en tombant d'un navire à bord duquel ils s'étaient embarqués clandestinement. La voix de Critos se brisa lorsqu'il évoqua la scène. Remarquant la façon dont Aster et Dendris, qui étaient assis de part et d'autre de lui, lui tendirent la main pour le réconforter, Deina comprit que ces épreuves les avaient rapprochés. Au cours de leur périple, ils avaient sûrement connu autant de moments de joie que de chagrin.

Tous parlèrent de l'aide inattendue qu'ils avaient reçue de la part d'inconnus, et Deina comprit d'elle-même qu'une nouvelle amitié s'était nouée avec Critos et que le lien entre Theron, Aster et Dendris s'était renforcé. Tous trois avaient été marqués par leur calvaire mais, dans l'ensemble, ils n'avaient pas vraiment changé. Dendris avait conservé son franc-parler teinté d'un subtil sens de l'humour. Aster était presque toujours aussi obnubilé par la nourriture – ou sa pénurie – quand il n'expliquait pas en détail les batailles qu'ils avaient dû livrer. Et Theron avait conservé ce sourire de guingois et ce regard sombre et chaleureux qui lui avait valu de nombreux amis durant leur enfance ici. Il affichait même encore un brin d'arrogance. Néanmoins, à l'instar d'Aster et Dendris, il souligna le mérite de chacun dans leur survie. Par moments, ils rirent aussi en se rappelant les dangers ou les frayeurs qui, rétrospectivement, paraissaient comiques.

Alors que Deina se demandait si elle aurait un jour l'occasion de rire avec Nat de son évasion des Enfers, Theron lui prit la main et la serra.

– Tu ne nous as toujours pas raconté comment tu t'étais retrouvée ici. Comment t'es-tu échappée des Enfers ? Hadès s'est-elle laissé fléchir ? As-tu vaincu Thanatos ?

Deina ouvrit la bouche pour répondre quand elle sentit des mains fraîches agripper ses épaules – Nat. Sourire suffisant aux lèvres, le dieu de la Mort la serra plus fort d'une façon possessive.

– Non, elle ne m'a pas vaincu, fils de Thèbes : d'une, c'est impossible, de deux, elle avait besoin de mon aide.

Nat claqua des doigts. Un siège richement sculpté apparut au bout de la table ; d'un bond, il se cala au fond en laissant pendre une jambe bottée par-dessus un accoudoir.

– À nous deux, nous avons trouvé un moyen de la faire sortir temporairement des Enfers.

Aster, Dendris et Critos se turent. Theron s'assombrit.

– Temporairement ?

Depuis une fenêtre ouverte à proximité, Deina apercevait les longues ombres obliques que le soleil de fin de journée projetait sur le jardin d'herbes aromatiques qui s'étendait au-delà.

– Je n'ai pas pu éliminer les graines. Tôt ou tard, elles me ramèneront de force dans les Enfers.

– Quand ? réclama Theron.

Elle lui montra le sablier. La fine couche de poudre argentée dans le vase du bas s'était déjà épaissie.

– Jusqu'à ce que mon temps soit écoulé.

Elle se rappela l'Oneiroi et le nectar.

– Ou jusqu'à ce qu'Hadès découvre mon évasion. Et dans ce cas…

– Tu seras, je le crains, enchaînée dans le Tartare et la clé sera jetée, répondit Nat flegmatiquement. Et moi avec.

Aster et Critos la contemplaient avec tristesse. Dendris observait Theron, le front plissé d'un air inquiet, qui lui, lançait à Nat des regards noirs.

– Tout ça, c'est de ta faute, lâcha-t-il entre ses dents, la voix rauque.

– Certainement pas. Du reste, je me permets de vous rappeler que, sans mon aide, vous auriez péri dans les Enfers.

Nat bondit de son siège en se penchant au-dessus de Theron.

– Que ce soit bien clair, Dissociant. Contrairement à Deina, tu n'es rien pour moi. Raison pour laquelle je l'ai aidée à venir ici : pour qu'elle puisse sauver tes tristes miches. Une fois de plus.

La beauté de ses traits encore déparée par un air hargneux, il se rassit.

– Tu es revenue pour neutraliser Neidius, Deina ? demanda Aster.

– Ce n'est qu'en arrivant ici que j'ai appris votre arrestation, répondit-elle en surveillant Theron du coin de l'œil.

Il fixait d'un air furieux la coupe de vin serrée dans ses mains.

– Mais j'ai des infos sur Aristée. C'est ce dont je voulais vous parler. Vous êtes au courant qu'il continue de vous traquer ? Il a ordonné à des Ensorceleurs d'Héphaïstos de forger de grands oiseaux-espions en bronze. J'en ai vu deux perchés sur les remparts de Iolcos, à mon arrivée.

Dendris hocha la tête, la mine sombre.

– Aster et moi avons entendu les gardes parler d'un monstre de métal ailé. Avant ce simulacre de procès, on était détenus dans les cachots du mégaron. Je pensais qu'ils fabulaient.

– Non, c'est vrai. L'un d'eux ne va sûrement pas tarder à s'envoler pour avertir Aristée qui sera vite informé de votre libération et de la mort de Neidius. Vous n'êtes pas en sécurité ici.

Aster grogna en laissant tomber sa tête dans ses mains.

– Où veux-tu qu'on aille ? Et pour quoi faire ? Nous ne pourrons jamais vaincre Aristée seuls.

– Ce n'est pas tout.

– Je m'attends au pire, marmonna Dendris.

– Aristée est à la recherche d'un objet ancien dont il est question dans un des chants des Ensorceleurs. Un torque qui aurait été façonné par Héphaïstos en personne à la demande d'Éris. La légende raconte que ce torque a été réduit en pièces sur ordre des autres Olympiens. Aristée essaie de remettre la main sur ces fragments. Pour le reconstituer.

Deina regarda Dendris en haussant les épaules.

– Je te confirme : c'est pire.

La Mycénienne prit une brève inspiration.

– Que veut-il en faire ? Qu'aurait-il à y gagner ?

– D'après le chant des Ensorceleurs, ce torque permettait à son porteur de contrôler tous les Theodesmioi. Et de lever grâce à eux une armée.

Deina jugea inutile d'entrer dans les détails. Les Theodesmioi étaient formés au combat et puisaient leur force dans le pouvoir des dieux. Ils étaient tous habilités à utiliser ce pouvoir pour tuer – voire pire. Les Dissociants pouvaient invoquer des esprits, les Viretemps appeler la foudre, les Chantemers déclencher une inondation… Ses amis étaient à même d'imaginer les offensives que lancerait Aristée avec une telle armée.

Personne ne broncha. De même que personne, remarqua Deina, n'objecta que cette quête mystique d'Aristée était insensée. Critos avait vécu ensorcelé qui sait combien d'années. Quant aux autres, ils s'étaient trouvés nez à nez avec des monstres légendaires et étaient à présent attablés avec le dieu de la Mort. Tous savaient qu'un mythe pouvait refléter une réalité aussi tangible que celle du royaume des mortels. Tout aussi tangible, et bien plus dangereuse.

– Ah, le torque d'Héphaïstos. J'y étais, vous savez, raconta Nat sur le ton de la conversation.

Ils le dévisagèrent.

– Comment ça ? questionna Deina. Tu as assisté à sa conception ?

– Non, à sa destruction.

Il sourit ; manifestement, il avait retrouvé son calme.

– Je vais vous montrer.

Dans sa paume apparut une sphère dont la surface miroitait de reflets légèrement arc-en-ciel, comme si elle était nappée d'huile d'olive. Sans prévenir, il la lança en l'air.

L'herbier s'évanouit, exception faite des bancs et du bout de table autour duquel ils étaient regroupés. Ils se retrouvèrent derrière l'enceinte d'une colonnade. Les imposants piliers dorés scintillaient sous le soleil qui inondait ce lieu inconnu, ainsi que les jardins et les collines lointaines qui s'étendaient au-delà. Le sol était carrelé d'un marbre blanc somptueux. Au centre de l'enceinte se dressait une haute estrade également en marbre, taillée de marches d'un côté et délimitée à chaque angle par un grand pilier argenté. Un voile de mousseline était tendu entre eux pour faire de l'ombre au gros monsieur châtain – sûrement un dieu – qui était allongé dessous, sur un divan doré. Tandis que Deina assimilait tous ces éléments, un rectangle noir apparut en suspension dans l'air au milieu de l'enceinte. Ça, elle savait ce que c'était : le mur de nuit. Nat en émergea – pas celui qui était toujours attablé avec eux, mais un autre. Un double. Ou une évocation. Cet autre Nat s'approcha du personnage sur le divan et s'agenouilla.

– Vous m'avez fait appeler, glorieux Zeus ?

– Oui, Thanatos. Tu vas ôter une vie pour moi. Un gringalet qui ne mérite pas que je me fatigue, mais qui n'en reste pas moins un roi digne de ta plus grande attention. Il est devenu trop puissant. Un problème potentiel. Élimine-le et apporte-moi sa dépouille.

Le décor autour d'eux changea. Ils étaient maintenant sur un champ de bataille, mais les combats qui avaient fait rage étaient terminés. Il ne restait que les morts et les mourants, et ces derniers étaient assez nombreux pour que même le Dissociant le plus endurci en ait le cœur soulevé. Deina se couvrit la bouche. Les cadavres s'empilaient à perte de vue. Des cris, des gémissements, le bourdonnement des mouches et les croassements de corneilles noires venues festoyer emplissaient l'air. Et au milieu de cette hécatombe marchait une silhouette solitaire coiffée d'une couronne. Il ne portait pas d'armure ; Deina supposa que d'autres que lui étaient envoyés pour combattre à sa place. À mesure qu'il se rapprochait, elle distinguait à son cou un torque aux ciselures bien plus fines que tous les torques qu'elle avait vus. Elle l'entendit ensuite se gausser des ravages provoqués en son nom. À son soulagement, le mur de nuit apparut, Thanatos dégaina son épée de flammes silencieuses et faucha le fil de vie de ce roi.

Nouveau changement de décor : retour à la somptueuse colonnade. Face à Zeus, une table sur laquelle gisait la dépouille du roi ; Thanatos se tenait à une distance respectable derrière lui, et d'autres divinités étaient rassemblées. Parmi elles, deux membres de sa fratrie : Poséidon, un grand gaillard aux cheveux d'or muni d'un trident d'argent, et la mère de Deina, Hadès, vêtue de sa chère toge bleue. Le troisième, cheveux brun roux, en appui sur une béquille et les jambes soutenues par une armature en or entrecroisée, était vraisemblablement Héphaïstos, maître forgeron et neveu des trois dieux de l'Olympe.

– Eh bien, Héphaïstos, explique-toi ! tempêta Zeus. Dans quel but as-tu créé ce torque ? Et qu'est-ce qui t'as pris de l'offrir à un mortel ?

– C'était l'idée d'Éris.

Héphaïstos tendit la main pour effleurer le front du défunt roi.

– Je n'aurais pas dû l'écouter, j'imagine, mais j'ignorais ce qu'il en ferait. Je cherchais seulement à lui plaire. C'était… un bel homme. Fort et fascinant.

Il lança un regard mauvais aux autres dieux.

– Et je ne suis pas le seul parmi nous à avoir gâté un mortel.

Hadès eut un sourire diabolique.

– Traditionnellement, nous leur offrons plutôt des colliers maudits, l'immortalité sans la jeunesse éternelle ou bien un enfant non désiré. Mais jamais des dons qui pourraient réellement leur servir.

Son sourire s'effaça.

– Où avais-tu la tête, idiot ?

– À mon avis, sous la ceinture, marmonna Poséidon en gloussant à sa propre plaisanterie.

Zeus jeta à son frère un regard profondément méprisant.

– Peu importe, à présent. Ôte-lui ce torque, Héphaïstos. Ton savoir-faire est remarquable, comme toujours. C'est peut-être même ta plus belle création. Je me ferai un plaisir de la porter.

Hadès empoigna Héphaïstos tout en fixant Zeus.

– Pas si vite. C'est un objet redoutable, mon frère. Il peut contrôler tous les Theodesmioi. Or, ces derniers puisent en partie leur force dans nos pouvoirs. Pourquoi te reviendrait-il ?

Zeus pointa un index vers lui-même.

– Je suis le roi des dieux.

– Mais nous sommes tous les trois des enfants de Cronos, objecta Poséidon d'un ton grave. Toi, moi et Hadès. Elle a sans doute raison. Héra et les autres seront sûrement du même avis.

Zeus plissa les yeux et un éclat de foudre doré apparut dans sa main.

– Disons qu'avec moi, il sera sous bonne garde, Poséidon. Si je porte ce torque, il ne risque pas de tomber entre de mauvaises mains.

Il décocha alors un regard noir à Hadès.

Thanatos s'éclaircit la voix.

– Puis-je émettre une suggestion ? Pourquoi ne pas le détruire ?

Il se tourna vers Héphaïstos.

– Est-ce envisageable ?

– Oui. Si je le rapporte à ma forge, je pourrai annuler le sortilège et remettre chaque tige de métal à la fonte.

Héphaïstos soupira en se penchant au-dessus du cadavre étendu sur la table, son attention désormais concentrée non plus sur le roi mais sur le torque qu'il portait.

– Je préférerais le voir détruit sous mes yeux. Maintenant, déclara Hadès en croisant les bras.

– Le mieux que je puisse faire, c'est le réduire en pièces à l'aide de mon marteau. La magic subsistera, mais puisque vous refusez que je le remporte…

Héphaïstos inclina la tête face aux trois Olympiens.

– Et lequel d'entre vous conservera les pièces désassemblées ?

Il lança un coup d'œil à Thanatos, et Deina crut entrevoir une pointe de goguenardise dans le regard qu'ils échangèrent.

Un silence gênant s'étira quelques instants.

– Pourquoi ne pas les confier à un autre dieu pour qu'il les cache ? suggéra Thanatos.

– Toi, peut-être ? rétorqua Hadès avec sarcasme.

– Certainement pas. J'ai rempli mon rôle dans cette tragédie.

Thanatos désigna la dépouille du roi.

– Pourquoi pas la déesse de la Fortune ? Vous l'appréciez tous.

– Tyché ? s'étonna Zeus, sourcil levé d'un air songeur. Pourquoi pas ? Tant qu'elle ne révèle à personne leur emplacement. Et à condition que nous prêtions tous serment sur le Styx de ne pas chercher à reconstituer ce torque.

Il darda un regard sur son frère et sa sœur.

– Sommes-nous bien d'accord ?

Hadès et Poséidon approuvèrent d'un murmure.

– Très bien.

D'un geste vif, Zeus planta l'éclat de foudre dans le corps inerte étendu sur la table et une boule de feu jaillit. Lorsqu'elle s'évanouit, il ne resta du roi qu'une traînée de poussière et le torque.

– Désassemble-le, Héphaïstos.

Le dieu de la Métallurgie brandit son énorme marteau. Avant que le premier coup s'abatte, l'Olympe et les dieux se volatilisèrent…

Ils étaient revenus dans la serre à Iolcos, où le chant des oiseaux flottait par la fenêtre sous la lueur du soleil couchant.

6

Critos finit par briser le silence :

– De nous tous ici, je suis le premier témoin des exactions d'Aristée. Je sais ce dont il est capable. S'il venait à retrouver ces fragments de torque et trouvait le moyen de le réassembler...

Il n'acheva pas sa phrase. Il était bien trop aisé d'imaginer Aristée, torque au cou, arpenter un champ de bataille ruisselant de sang et jonché de cadavres, à l'instar de ce roi mort depuis longtemps.

– Mais tout de même, intervint Dendris en lançant un regard à Nat qui faisait rouler d'avant en arrière la sphère noire sur la table. C'est sûrement impossible qu'il le retrouve, encore moins qu'il restaure sa magie. Ces fragments sont sûrement trop bien cachés.

Nat ferma la main sur la sphère, qui disparut. Il recula au fond de son siège.

– Les pièces du torque ont été désassemblées et dissimulées séparément dans chaque royaume divin : l'Olympe, les Enfers et le royaume sous-marin de Poséidon. Autant dire qu'ils sont quasi inaccessibles pour un simple mortel. Cela étant dit...

Nat fit la moue.

– Moyennant un peu d'aide, les mortels sont capables d'infiltrer les territoires divins. Vous en êtes la preuve vivante, Dissociants. Sans parler de ceux qui ont déjà floué les dieux.

Il faisait allusion à Prométhée qui avait dérobé le feu sacré de l'Olympe pour en faire don aux humains. Mais Prométhée était lui-même un dieu. Un des Titans, la première génération divine. Zeus avait néanmoins fini par le capturer et le condamner. Deina frissonna. Passer l'éternité ligoté à un rocher, le foie tous les jours dévoré par un aigle, lui semblait encore pire que passer l'éternité prisonnière des Enfers.

– Il se peut aussi, poursuivit Nat, que Tyché n'ait pas si *bien* caché les fragments du torque. Les humains comme les dieux savent qu'il ne faut pas compter sur la chance. Tyché a peut-être vu dans cette tâche une occasion de s'amuser, un peu comme un jeu. Elle est inconstante et parfois malicieuse.

Tous les Dissociants autour de la table acquiescèrent ; les jeux de hasard étaient un de leurs passe-temps préférés. Il y avait eu bien des soirées à la Maison durant lesquelles Deina avait parié et perdu.

– Tu pourrais avertir les dieux pour qu'ils neutralisent Aristée, proposa Aster. Ils ne veulent pas qu'un humain détienne un tel pouvoir. Ça, au moins, c'est une certitude.

Nat secoua la tête.

– Ma certitude, c'est que Zeus, Poséidon et Hadès voulaient à tout prix s'approprier ce torque. Si je les informe qu'Aristée est à sa recherche, chacun marmonnera qu'il sera amusant de le regarder échouer. Ils le laisseront chercher avec l'espoir qu'il le retrouve pour ensuite s'en emparer. Et alors…

Nat tendit la main, et au centre de sa paume jaillit une mince flamme noire et pourpre.

– Vous connaissez l'histoire de Troie.

La flamme grossit et une image apparut à l'intérieur : celle d'une grande cité en flammes et en ruines, les vestiges de ses puissants remparts maculés de sang. Deina eut presque l'impression d'entendre les cris des mourants.

– Toute famille qu'ils forment, les dieux de l'Olympe se détestent d'autant plus pour cette raison. Ils adorent se servir des humains pour livrer leurs batailles.

Il referma la main et éteignit la flamme.

– Et peu leur importent les conséquences.

Que ce soit Aristée qui récupère le torque, ou un des Olympiens, les Theodesmioi seraient perdants.

– Nous devons l'en empêcher, déclara Deina d'un ton d'urgence. Nous devons retrouver au moins un des fragments et le cacher à Aristée. Si possible, le détruire.

Personne ne réagit. Elle vit Dendris et Aster échanger un regard sceptique. Et comment leur en vouloir ? Ils avaient déjà enduré tant d'épreuves. Deina sentait cependant que l'enjeu était crucial. Il fallait simplement qu'elle trouve les mots justes pour s'en convaincre, elle autant que les autres. Elle prit une profonde inspiration.

– Critos, je me doute que tu es épuisé. Tu aspires sûrement à prendre du repos loin de tout ce qui pourrait te rappeler Aristée. Dendris, tu dois avoir hâte de rentrer à Mycènes. Pour enfin explorer ces bois. Ceux que tu voyais au loin, mais que tu ne pouvais jamais atteindre à cause du torque autour de ton cou. Theron, je n'ai pas oublié ton rêve de devenir un aède et de ravir d'immenses foules grâce à tes odes.

Theron sourit doucement.

– Quant à toi Aster, il te tarde sûrement de retrouver Mélos.

Aster acquiesça, et Deina devina le désir ardent dans ses yeux. Peu de temps avant leur départ pour les Enfers, il était tombé amoureux de Mélos, un novice au regard ténébreux qui était son cadet d'un an.

– Mais tu l'as dit toi-même, tout à l'heure...

Aster fronça les sourcils.

– Qu'est-ce que j'ai dit ?

– Tu as demandé où vous iriez et ce que vous pourriez faire pour échapper à Aristée ou pour le vaincre.

– Ah, ça.

Il hocha la tête d'un air abattu.

– Et il s'agit bien de ça, poursuivit Deina. Vous vous êtes tous les quatre démenés pour revenir ici afin d'alerter les autres Theodesmioi sur ce qui se passe à notre mort. Et une fois la vérité révélée, j'imagine que vous espériez, d'une certaine manière...

Les mains en l'air, elle prit deux, trois grandes enjambées.

– Que cette vérité donnerait aux Theodesmioi le courage d'affronter les dieux. D'abandonner les Ordres. De vivre libres, quitte à ne pas pouvoir modifier notre sort ultime. Est-ce que je me trompe ?

– Non, confirma Dendris. Nous avons discuté des perspectives. Nous avions espoir de faire changer les choses, d'initier un mouvement.

– Exactement. Rendre la liberté aux Theodesmioi. Voilà pourquoi vous êtes revenus à Iolcos. Pourtant, même en connaissant la vérité, Neidius préférait vous réduire au silence plutôt qu'amorcer des changements.

Deina observa un à un ses amis sans ciller.

– Toutes les Maisons du Dominion sont peut-être sous le joug d'un autre Neidius. Quelqu'un qui préférera toujours le mensonge et son intérêt personnel à la manifestation de la vérité. Qui serait prêt à faire couler le sang plutôt que renverser l'ordre établi. Mais, même si chaque Maison de chaque Ordre s'insurgeait, tous nos efforts seraient vains si le torque d'Héphaïstos était reconstitué. S'il tombe entre les mains d'Aristée ou d'un monstre comparable, les Theodesmioi se retrouveront esclaves non plus des dieux mais de lui.

Elle serra les poings en espérant en avoir assez dit pour les rallier à sa cause.

– Nous ne pourrons pas l'utiliser dans notre intérêt, mais nous devons essayer de retrouver ce torque. Et si possible, le détruire. Sinon, notre rêve de recouvrer une liberté durable se réduira à ça : un rêve.

– Elle a raison, soupira finalement Theron. Fuir est la seule alternative.

– Fuir et se cacher, enchérit Critos. Car Aristée n'arrêtera jamais de te traquer.

Dendris frappa la table du poing.

– Même s'il renonçait à toi, nous restons marqués par le sigil des dieux. Grâce à ce torque, Aristée serait en mesure de nous obliger à revenir.

– Et les autres ? questionna Aster. Mélos ? Je ne veux pas encore l'abandonner.

Il lança un regard à Nat.

– Tu as délivré Deina de son torque. Ne peux-tu pas en faire autant pour tous les autres Theodesmioi ?

– Ça prendrait trop de temps.

Nat parut un peu irrité de devoir reconnaître ses limites.

– J'y arriverais peut-être pour la plupart de ceux de cette Maison, mais je n'aurais pas le temps d'aller plus loin qu'Hadès interviendrait. Le reste des Theodesmioi demeureraient prisonniers. Et Hadès s'apercevrait que Deina n'est pas là où elle est censée se trouver.

– On n'a pas le choix.

Deina jeta un coup d'œil au sablier.

– Il me reste du temps. Je peux au moins entamer les recherches, si vous avez besoin de réfléchir encore un peu ou de récupérer.

Dendris se pencha en arrière sur son siège en souriant faiblement.

– Comme si nous allions te laisser repartir seule à l'aventure ! Tu as passé trop de temps dans les Enfers, ça t'a ramolli le cerveau.

– C'est clair, approuva Aster. Après tous les sacrifices que tu as consentis pour nous ? Pas question que tu portes seule ce fardeau, Deina. Et puis, je ne compte pas passer ma vie à me cacher d'Aristée. Quel honneur y aurait-il à ça ?

Theron opina.

– S'il existe un moyen de neutraliser Aristée et la moindre chance de libérer les Theodesmioi, alors c'est un risque que nous devons prendre. Critos…

Il tendit le bras pour saisir la main de l'ancien garde de bronze.

– Je ne te demande pas de nous suivre, sauf si tu le souhaites. De nous tous, tu es celui qui a le plus souffert.

Critos réfléchit un moment, visiblement tiraillé.

– Je suis fatigué, finit-il par admettre. Je ne me rappelle pas combien d'années je suis resté captif des sorcelleries d'Orphée, mais je sais que je suis plus âgé que j'en ai l'air. À mesure que l'envoûtement se dissipe, je sens mes forces diminuer.

Il fixa une de ses mains en fléchissant les doigts.

– Je te suivrais volontiers n'importe où, Theron. Tu le sais. Cependant, la meilleure manière de te servir serait que je reste ici et fasse tout mon possible pour protéger la ville.

– Ça nous manquera de ne pas te voir combattre à nos côtés, mais je comprends.

Aster et Dendris approuvèrent d'un murmure.

– Quant à nous autres, conclut-il, c'est ensemble ou rien.

Nat applaudit.

– Un roi ne s'exprimerait pas du tout en ces termes. D'après mon expérience, ils envoient surtout les autres mourir en leur nom sans prendre de risques. Mais cela reste un bon discours.

– Rassure-toi, rétorqua froidement Theron, je n'ai aucune envie de marcher sur les traces de mon père. Critos a bien tenté de me convaincre du contraire, ajouta-t-il en souriant à ce dernier, mais je ne me vois pas gouverner le Dominion. Je n'aurais aucune confiance en mes propres décisions. Les rois ne valent pas mieux que n'importe quel citoyen, et ils sont trop souvent corrompus par l'influence dont ils jouissent. J'ai d'autres espoirs et aspirations.

Il pivota sur son siège pour faire entièrement face à Nat.

– En parlant d'influence, toi qui en as à revendre, es-tu prêt à nous en faire profiter un peu ?

Le visage de marbre, Nat ne répondit pas.

Un par un, chaque membre du petit groupe se tourna vers lui.

Le dieu resta muré dans son silence.

Deina soupira, regrettant de ne pouvoir lire dans ses pensées aussi facilement qu'il semblait lire dans les siennes.

– Tu nous aideras, Nat, n'est-ce pas ?

Il la regarda droit dans les yeux.

– J'ai accepté de t'aider à quitter temporairement les Enfers.

Il se laissa aller en arrière dans son fauteuil et croisa les bras.

– Mais je n'ai pas souvenir d'avoir fait d'autres promesses.

– Je croyais que Deina comptait beaucoup pour toi ?

Theron afficha un air malicieux que Deina ne connaissait que trop.

– Même si tu n'es pas disposé à remuer le petit doigt pour nous, elle, tu ne la laisseras sûrement pas tomber, pas vrai ?

Deina s'efforça de dissimuler un sourire.

– C'est vrai, Nat : tu as laissé entendre que je comptais à tes yeux.

Nat lui décocha un regard assassin, puis grogna en levant les yeux au ciel.

– D'accord. Je vous aiderai tant que je peux. Jusqu'à ton retour dans les Enfers. À partir de là, mon engagement prendra fin. Et personne ne doit soupçonner mon implication. Je ne suis pas trop en odeur de sainteté dans les couloirs dorés de l'Olympe en ce moment, ni dans les Enfers d'ailleurs.

Sur ces mots, Nat se leva, s'approcha de Deina et saisit ses mains pour les embrasser. Son regard glissa furtivement sur Theron tandis qu'il attirait Deina tout contre lui.

– Et je te confirme que j'étais sérieux tout à l'heure : tu comptes beaucoup à mes yeux.

Deina tenta de se dégager.

– Nat…

Il soupira en claquant des doigts. Dans la pièce, tout se figea : ses amis, le moineau perché sur le rebord de fenêtre qui lorgnait le pain, même les flammes des lampes à huile qu'Aster venait d'allumer.

– C'est mieux sans public ? En parlant des Enfers, il faut que je retourne discrètement jeter un œil à l'Oneiroi.

Subitement, Deina éprouva un léger malaise. Elle s'était habituée à la présence du dieu de la Mort. Il baissa vers elle ses yeux bleu saphir dans lesquels dansait une lueur d'amusement.

– Se pourrait-il que je te manque ?

– Non, s'empressa-t-elle de nier. J'espérais seulement que tu préviendrais les anciens à propos des chasseurs de sang. En dépit du sort que tu as infligé à Neidius, certains resteront sceptiques.

– Je vois.

Nat réprima un sourire, l'air peu convaincu par son argument.

– Mais merci de m'avoir protégée.

Elle effleura ses doigts.

– J'imagine que tu ne peux pas éliminer Aristée de la même manière ?

– Hélas, non. Neidius était étroitement lié aux Enfers par son rôle et sa position. Mon feu ne pourra pas détruire Aristée.

L'espace d'un instant, Nat eut l'air ailleurs, absorbé dans un espace-temps lointain.

– Si tu souhaites une intervention divine pour détruire Aristée, il te faudra un dieu plus puissant que moi.

Il sourit faiblement comme pour chasser la vision qu'il venait d'avoir tandis que les ombres tapies autour d'eux affluaient en s'enroulant autour de ses jambes comme des chats. D'un index, il souleva le menton de Deina ; au contact frais et bref de ses lèvres, un frisson qui était peut-être de plaisir la parcourut.

– Je serai de retour avant l'aube. Les dieux résistent à très peu de tentations, mais je te recommande vivement de ne rien tenter sans moi.

Il lui fit un clin d'œil, et les ténèbres s'élevèrent plus haut et le masquèrent entièrement. Lorsqu'elles s'évanouirent, Nat avait disparu.

Au même moment, les autres furent délivrés du sort qui les avait figés.

– Où est-il passé ? réclama Aster en regardant sous la table comme si le dieu de la Mort avait décidé de jouer à cache-cache.

– Il avait à faire, répondit Deina en essayant d'ignorer le regard pesant de Theron qui la fixait intensément.

– Il reviendra plus tard.

Les portes de l'herbier s'ouvrirent en grand. Anteïs apparut, accompagnée du Chantemer qui avait interrogé Deina dans la grande galerie et d'un autre homme qui arborait sur le front le sigil de Zeus. L'ancienne tenait quelque chose à la main : un petit écrin doré que Deina avait vu près du trône d'Orphée, lors de cette fameuse nuit dans la Cadmée. Il contenait les crochets que Drex avait ramassés dans les Enfers : ceux du serpent tué par Cadmus, le fondateur de Thèbes – du moins, c'est ce qu'affirmait Orphée. Anteïs le tendit à Theron.

– Tiens. Le reste de tes affaires, tes armes, tes sacs ont disparu, mais Neidius avait ceci dans ses appartements.

Theron prit le coffret sans mot dire.

– Je suppose qu'il comptait le remettre à Aristée. Heureusement pour toi, j'ai pu le récupérer avant un de mes confrères.

– Que veux-tu dire ? questionna Deina.

– Beaucoup d'anciens craignent Aristée, marmonna Anteïs, de même que ce nouvel archonte qu'il a nommé. Il est question de leur livrer Theron, voire de tous vous dénoncer.

Deina serra l'épaule de Theron.

– Sauf toi, Deina, poursuivit sa mentore, surtout après ce que nous a appris Theron sur tes liens de parenté. Les anciens redoutent Hadès. Mais moins qu'Aristée dans l'immédiat. La menace qu'il représente paraît bien plus… imminente.

Aster se mit debout.

– Alors, fournissez-nous des armes. J'en ai plein les bottes, mais j'aime mieux me battre pour sortir d'ici quitte à y laisser la vie, plutôt que moisir dans ces geôles nauséabondes en attendant qu'Aristée imagine un nouveau moyen de nous torturer.

– Assieds-toi, le gronda Anteïs.

Aster obéit instantanément.

– Inutile de te lancer dans un dernier combat héroïque, Aster, du moins pas aujourd'hui. Il y a une autre solution. Pour l'instant, rien n'a été décidé. On m'a obligée à promettre que vous ne franchiriez pas les portes de la Maison, mais j'ai quand même la ferme intention de vous faire sortir d'ici. Ces portes ne sont pas la seule issue.

Elle fit signe aux hommes qui attendaient derrière elle.

– Lysigoras est le chef de la Maison de Poséidon. Dorias est un Viretemps et un ancien de la Maison de Zeus. Tous deux m'ont proposé leur aide.

Lysigoras s'avança.

– Comme vous le savez, les terres de la Maison de Poséidon s'étirent jusqu'à la mer. Nous avons un petit bateau de pêche amarré de l'autre côté de nos remparts ; vous partirez d'ici avant l'aurore et nous vous ferons embarquer pour vous emmener loin d'ici.

Theron se leva.

– Merci de votre solidarité. Cependant…

Il lança un regard à Deina ; elle acquiesça.

– Nous devons d'abord retrouver quelque chose : un objet qui ne doit pas tomber dans les mains d'Aristée. Je ne suis pas sûr que fuir en bateau soit la meilleure façon de débuter nos recherches.

– Qu'est-ce que vous me racontez ? s'étonna Anteïs en se tournant vers Deina. Nous devons à tout prix vous éloigner de Iolcos.

Les traits tirés, elle se laissa tomber dans un fauteuil.

– Je suis vieille et fatiguée. Je n'ai pas eu la force de tenir tête à Neidius. Je n'ai plus le cœur à me battre. Le seul moyen pour moi de vous aider, c'est de hâter votre évasion. Alors, dites-moi, qu'y a-t-il donc de plus important que vous sauver la vie ?

Le plus rapidement possible, Deina révéla aux anciens tout ce qu'elle savait au sujet du torque d'Héphaïstos. Pour éviter d'impliquer Nat, elle raconta qu'elle en avait entendu parler dans le monde souterrain et exprima sa conviction : leur seul espoir de mettre fin à la tyrannie d'Aristée et d'offrir un semblant de liberté aux Theodesmioi était de retrouver les fragments du torque avant lui.

Dorias l'observa d'un air inquiet.

– Est-il bien judicieux de se fier à un mythe ? Et puis, Aristée n'a sûrement pas plus espoir de retrouver ces fragments que j'en ai de me laisser subitement pousser des ailes.

– Mais imaginez qu'il les trouve et reconstitue le torque ? insista Deina. Vous ne comprenez donc pas ? Il nous contrôlerait tous ! Nous serions livrés à ses caprices et à ceux des dieux.

À son grand soulagement, Lysigoras hocha lentement la tête.

– Je ne suis pas prompt à écarter les mythes antiques. S'ils nous sont transmis, c'est sans nul doute qu'ils contiennent une part de vérité. Vous ignorez cependant où se trouvent ces fragments, si j'ai bien compris ?

– Ils seraient cachés parmi les royaumes des dieux.

En prononçant ces mots à haute voix, Deina eut le sentiment que cette quête était d'autant plus impossible. Elle soupira.

– Même si nous ne savons pas par où commencer, nous devons tenter le coup.

– Eh bien, je peux peut-être vous aiguiller, glissa le Chantemer. Il existe une ode que nous autres, anciens, apprenons. C'est un poème déclamé quand une inondation menace de tout détruire : le récitant peut s'en servir pour invoquer une néréide afin qu'elle le mène à Poséidon en personne et qu'il puisse implorer ce dernier de dériver l'inondation. C'est un rite assez simple, mais qui exige un sacrifice.

Pour changer, songea Deina. S'il y avait bien une constante chez les déités, c'était leur insistance commune à vouloir que des créatures sans défense soient massacrées en masse sur leurs autels. Même quand la population était affamée, les enclos d'animaux près des temples de Iolcos étaient toujours bien approvisionnés.

– Il y a sur notre domaine un lac relié à la mer par un passage souterrain, poursuivit Lysigoras. Nous pourrions accomplir le rite là-bas. Il faudrait cependant que vous ayez en tête le nom d'une néréide, car pour ma part, je n'en connais aucune…

– Je trouverai, le coupa Deina.

Nat en connaissait peut-être une personnellement, voire intimement s'il était aussi dévergondé que ses congénères.

– Faut-il que nous vous accompagnions maintenant ?

Lysigoras fit non de la tête.

– Ce rite nécessite un peu de préparation. Des herbes spécifiques et autres. Le travail de quelques heures.

– Je ne serais pas contre une bonne nuit de sommeil, commenta Theron avec mélancolie.

Dendris bâilla comme une carpe.

– Et une autre collation, ajouta Aster. J'aimerais aussi passer voir Mélos.

– Ne lui dis surtout pas que je vais vous faire sortir d'ici, avertit Anteïs. C'est trop risqué. Si les anciens te soupçonnent de vouloir t'évader, ils te feront enfermer. Va le voir, mais évite les autres Dissociants, ça vaudra mieux.

Aster approuva tristement.

– En fait, fais tout ton possible pour ne parler à personne, poursuivit Anteïs qui se leva en grimaçant un peu. Vous trois – elle pointa du doigt Theron, Deina et Aster –, vous pouvez dormir dans vos chambres respectives et utiliser les thermes, mais évitez le réfectoire. Je demanderai qu'on vous apporte à manger et des lits pour Critos et Dendris. Vous pouvez passer la soirée ensemble. Je viendrai vous réveiller quand il sera l'heure de partir.

Elle marqua une pause, sourcils froncés.

– Dorias, pouvez-vous rassembler des armes, des provisions et tout le nécessaire, et nous retrouver demain à la Maison de Poséidon ?

Le Viretemps acquiesça d'un signe de tête.

– Bien.

Anteïs planta les mains sur ses hanches.

– Quelque chose à ajouter ?

Deina sourit.

– Non, à part que c'est toi qui aurais dû diriger la Maison à la place de Neidius. Tu penses à tout, Anteïs. Nous te sommes redevables.

– Si vous réussissez à nous libérer de ces maudits machins, répondit-elle en portant une main au torque qui enserrait son cou, alors c'est nous tous qui vous serons redevables. Ces horreurs que Theron nous a racontées sur le sort qui nous attend à notre mort… c'est d'une cruauté sans nom.

Une ombre passa sur son visage.

– Bien. On se retrouve dans quelques heures.

Une fois les anciens partis, personne n'eut l'air de vraiment savoir quoi faire de sa peau. Ils passèrent en revue leur plan en l'état, et discutèrent encore un peu de ce qu'ils avaient vécu depuis cette fameuse nuit dans la Cadmée. Deina en dit le moins possible sur son séjour dans les Enfers. Elle se sentait déjà à part ; exclue, en quelque sorte, de leur expérience commune. Et exclue par le fait que, contrairement à elle, ils étaient tous humains à part entière, animés d'un cœur battant et palpitant. De temps en temps, elle avait cru sentir des regards inquiets posés sur elle, mais peut-être n'était-ce que son imagination. Theron lui sourit, mais il semblait distant et n'esquissa aucun geste pour reprendre sa main. À un moment donné, des domestiques apportèrent des aliments frais, des draps et des couvertures, et des lampes supplémentaires furent allumées à mesure que le jour se diluait dans le crépuscule du soir. Aster partit à la recherche de Mélos. Dendris alla se laver. Quand Theron et Critos se mirent à parler tactique pour aider Anteïs à organiser une résistance contre Aristée, Deina en profita pour s'éclipser dans les jardins.

La lune n'était pas encore levée. Cependant cette pénombre ne la dérangeait pas ; cet endroit était le seul foyer qu'elle ait jamais connu. Même les yeux bandés, elle aurait su parfaitement s'orienter parmi ces allées. Au fil de sa promenade, elle huma le parfum du romarin qui bordait chaque sentier et débordait sur les pavés en effleurant ses chevilles. Le brouhaha de la Maison s'estompa, et elle finit par atteindre le potager cultivé tout au fond du parc. C'était l'endroit où elle retrouvait Drex en cachette. Avant qu'Orphée ne débarque à Iolcos, elle le payait pour qu'il lui apprenne à lire. À ce souvenir, son ventre se noua de chagrin. Elle s'assit sur le muret du potager. Drex aurait dû être là, aux côtés des autres. Mais il était mort. Sans sépulture. Et le pire, c'est qu'il avait été tué par sa faute. Elle avait fait des choix malheureux. Drex en avait payé les conséquences.

Était-ce un sentiment de culpabilité ou Hadès qu'elle entendait chuchoter au fond d'elle-même ?

Si tu étais une déesse, tu pourrais le ressusciter…

Deina secoua la tête. Si elle était une déesse, elle ne se soucierait plus de Drex. Seul l'accomplissement de ses désirs à elle compterait. Elle cueillit une pâquerette qui poussait dans une fissure du muret et commença à détacher ses pétales en essayant de ne pas ruminer sur l'attitude de Theron ou sur cette vision qu'avait projetée Hadès dans les

Enfers et ce baiser que son double chimérique avait posé dans son cou.

Si sa chambre n'avait pas renfermé tant de souvenirs de Chryse et de l'existence qu'elle menait avant l'arrivée des navires d'Orphée battant pavillon noir dans le port de Iolcos, elle y serait peut-être retournée. Du reste, elle n'était pas fatiguée. Tant qu'elle le pouvait encore, autant en profiter pour flâner, humer l'air frais de la nuit, observer le mouvement du clair de lune et sentir au-dessus d'elle l'étendue infinie du ciel.

Les heures s'écoulèrent. Tandis que Deina se promenait sur le domaine, la lune retomba vers l'horizon. La nuit se rafraîchit ; le bas de sa robe devint humide de rosée. L'ourlet adhérait désagréablement à ses jambes, ce qui lui donna soudain très envie de prendre un bain. Allongeant le pas, elle bifurqua vers l'entrée principale. Silencieux et à moitié endormis à leur poste, les gardes ne la questionnèrent pas.

À l'intérieur de la Maison, les galeries et les coursives étaient calmes. Les thermes des femmes étaient déserts. Deina se déshabilla près d'un des fours en pierre qui servaient à la fois à chauffer l'eau et à réchauffer la salle. Elle se lava rapidement et prit des habits propres dans la réserve à disposition : une paire de sandales en cuir, une ceinture et une tunique toute simple. Son tissu rêche l'irrita, mais cette tenue était plus à son image – plus naturelle – que cette longue robe rouge vaporeuse. Après avoir roulé la robe en boule et fourré les accessoires dedans, elle resta là un instant à fixer le sablier dans sa main. Une part d'elle brûlait d'envie de le ranger hors de vue pour oublier les Enfers, au moins un temps. Mais à quoi bon ? Les graines étaient dans son organisme. Elle pouvait toujours essayer de prétendre le contraire, elle restait la fille de sa mère. De plus, mieux valait qu'elle soit prévenue si la lente spirale de sable argenté accélérait brusquement. Résignée, elle raccrocha le sablier à sa ceinture et entra sans bruit dans l'aile de la Maison réservée aux novices et aux experts. Le foyer des femmes était vide, le feu dans l'âtre central réduit en cendres. Elle arriva finalement devant sa chambre. Elle poussa la porte. Ça sentait le renfermé. Deina traversa la pièce pour ouvrir les volets.

– Deina ? questionna une voix d'un air hébété. C'est toi ?

Elle se retourna.

Theron était étendu sur son lit. Redressé sur un coude, il cligna des yeux.

Machinalement, Deina agrippa son cœur qui aurait dû bondir de joie ou de stupeur, mais il resta muet, comme toujours depuis qu'elle avait ingéré ces maudites graines.

– Que fais-tu ici, Theron ?

– Je t'attendais, mais visiblement je me suis assoupi. Je voulais te parler.

Il se leva du lit.

– Je n'ai pas pu tout te dire devant les autres.

Il marqua une pause pour la contempler, l'expression de ses yeux noirs impossible à déchiffrer dans la pénombre.

Deina attendit.

Lâchant un rire nerveux, Theron passa une main dans ses cheveux.

– Je suis ridicule, n'est-ce pas ? Je rêve de ce moment depuis que je t'ai perdue à la Cadmée. J'ai préparé ce que je te dirais si l'occasion se représentait et tâché de ne pas perdre espoir. Et à présent tu es là, devant moi, et je…

Il se détourna en respirant de façon anarchique.

Deina fit un pas vers lui.

– Theron…

– Avant notre traversée des Enfers, j'ai perdu un temps fou à essayer de te détester.

Il se retourna face à elle.

– À me persuader que ma conduite envers toi était, d'une certaine manière, admissible. Mais quand j'ai appris que ces graines t'enchaînaient aux Enfers et que je risquais de te perdre pour toujours…

Il tendit le bras vers elle, mais arrêta sa main à un cheveu de son épaule dénudée, comme si Deina était un objet précieux susceptible de se briser au moindre contact.

– J'ai été idiot, Deina, et j'ignore comment arranger la situation. Je ne sais même pas s'il en est encore temps.

Deina attrapa ses mains.

– Moi non plus. Je ne perds pas espoir de m'échapper, mais je n'ai pas encore trouvé par quel moyen. Il n'en existe peut-être aucun. Quant à l'idée que tu m'accompagnes, même si tel était ton souhait, nous savons qu'un mortel en vie ne peut s'éterniser dans le royaume souterrain. À moins de mourir.

Ils savaient aussi tous les deux ce que leur mort signifiait : devenir un chasseur de sang.

Ils restèrent immobiles, les mains jointes et les yeux rivés l'un à l'autre. Deina ne put s'empêcher de repenser aux paroles d'Hadès : *Deviens une immortelle. Tu auras tout ce que tu désires et plus encore.* Pour l'heure, le désir qu'elle éprouvait pour Theron était une souffrance. Mais il ne fallait pas qu'elle cède à sa mère. Elle refusait de renoncer à ce qui lui restait d'humanité.

Theron l'attira plus près.

– Quand on approchait de Iolcos, voyant que tu n'étais toujours pas revenue, j'ai tenté d'imaginer ce que serait ma vie sans toi. J'ai essayé d'envisager de reconstruire ma vie, de tomber amoureux d'une autre.

Il hésita.

– Peut-être devrais-je redoubler d'efforts ? J'ai vu la façon dont Nat te regarde. Il a bien plus à t'offrir que moi. Si c'est ce que tu souhaites, si tu penses que ce serait le mieux à faire étant donné tous nos affrontements, je m'efforcerai de comprendre.

Deina baissa les yeux en sondant ses sentiments.

– Malgré toutes ses actions et ses mensonges, je ne peux nier que j'apprécie Nat. Mais ce que je ressens pour toi est différent.

Elle enlaça Theron par le cou. De si près, les battements de son cœur et la chaleur de ses mains dans son dos étaient perceptibles. Le parfum des huiles utilisées aux thermes collait à sa peau. Ses cheveux étaient ébouriffés de sommeil. Le Theron imaginaire qu'Hadès avait fait apparaître s'effaça dans l'ombre du vrai Theron. Elle se hissa pour l'embrasser doucement sur la bouche. Elle désirait bien plus qu'un baiser. Mais s'autoriser à tomber encore plus amoureuse, nourrir cet amour alors qu'elle serait arrachée à ses bras, forcée de retourner aux Enfers dès que le sablier se serait vidé…

Deina décida de s'en moquer. Elle l'embrassa encore. Cette fois, elle mordilla sa lèvre inférieure.

Theron gémit et l'enlaça, la figure enfouie dans ses cheveux.

– Je pensais t'avoir perdue.

– Et moi, je te croyais mort.

Cramponnés l'un à l'autre, ils s'embrassèrent comme si c'était la première et la dernière occasion, s'abandonnant au désir ardent qu'ils avaient refoulé et se caressant la peau, le corps, les cheveux, comme pour mémoriser chaque courbe de l'autre. Et rattraper le temps perdu. Mais le chant d'un coq poussa bientôt Deina à s'écarter en regardant par la fenêtre.

La cour devenait plus distincte à mesure que le ciel s'éclairait à l'est. Elle posa la tête sur l'épaule de Theron et ferma les yeux en s'agrippant à lui encore plus fermement. Il couvrit son cou de baisers qui la firent soupirer de plaisir.

– J'aimerais que ce moment ne s'arrête jamais, chuchota Deina. Je voudrais pouvoir empêcher le soleil de se lever.

– Peut-être qu'un jour… tu auras ce genre de pouvoir, répondit Theron à contrecœur.

Il n'avait pas plus envie qu'elle de songer à l'avenir.

– Mais tu resteras celle que tu es aujourd'hui. Une Dissociante. Une voleuse. Ma Deina. Regarde-moi.

Elle releva les yeux vers lui.

– Même si les dieux m'offraient le monde entier sur un plateau, s'ils m'accordaient une voix capable de charmer les étoiles et d'apaiser l'océan, c'est toi que je choisirais.

Il étreignit son visage à deux mains.

– Tu passeras toujours avant.

De l'autre côté de la cour, le toit en tuiles rouges du foyer des femmes reprit graduellement des couleurs. Deina s'efforça de graver cet instant dans sa mémoire. Tandis qu'elle refermait les yeux, Theron inclina la tête pour l'embrasser encore.

Soudain, une variation atmosphérique lui donna des picotements. Elle recula en jetant un coup d'œil par-dessus l'épaule de Theron.

Appuyé contre le mur, les bras croisés, le dieu de la Mort les observait.

7

Deina repoussa rapidement Theron tandis que Nat souriait – montrait les dents, du moins – devant leur étonnement.

– Je t'avais dit que je serais de retour à l'aube. J'espère que tout le monde a passé une agréable nuit.

Il arqua un sourcil et jeta un regard appuyé au lit défait où Theron s'était assoupi.

– Avez-vous toujours l'intention de chercher les vestiges du torque ? Tu sembles t'être un peu… écartée du sujet.

– Pas du tout, se défendit Deina en croisant les bras. Nous n'allons pas tarder à nous mettre en route pour la Maison de Poséidon. Son chef nous a parlé d'un rite pour invoquer une néréide qui nous mènera au royaume du dieu de la Mer. C'est là que nous entamerons nos recherches. Il existe un endroit où le rite peut être accompli.

– Je sais, répondit Nat. Bien avant ta naissance, je connaissais chaque pavé de cette ville, Dissociante.

C'était peut-être une illusion d'optique, mais ses ailes sombres semblèrent se solidifier.

– Ce chef a-t-il précisé que ce rite requérait un sacrifice ?

– Oui. Et il nous faut le nom d'une néréide.

Deina haussa un sourcil interrogateur. Alors comme ça, Nat se permettait des remarques suggestives sur Theron et elle ? Elle aussi pouvait jouer à ce petit jeu.

– J'imagine que tu en connais un paquet.

– Oh oui, des centaines.

Nat balaya d'un clin d'œil sa tentative pour le décontenancer.

– Elles ne peuvent pas se passer de moi. Et ça se comprend !

– Et combien d'entre elles t'adressent encore la parole ? enchérit Deina d'un ton mielleux.

– Quelques-unes, concéda le dieu avec nonchalance. Pour tout dire, en général, elles ne brillent pas par leur conversation.

Theron grommela à voix basse.

Nat s'esclaffa.

– Bien, ce fut un plaisir. Je vous retrouve à la Maison de Poséidon.

Le dieu se volatilisa. Theron soupira bruyamment en se frottant la figure.

– Tu crois qu'il serait envisageable de lui demander de frapper avant d'entrer… ?

Deina secoua la tête en se rappelant d'autres moments où Nat avait débarqué de façon inattendue.

– À mon avis, il ne comprendrait même pas le principe. Pire, il s'en ficherait royalement.

Elle attira de nouveau Theron vers elle, mais un petit coup à la porte, rapidement suivi de l'entrée d'Anteïs dans la chambre, les interrompit. L'ancienne tiqua un peu en avisant Theron, mais se contenta d'annoncer le départ :

– C'est l'heure. Dépêchons.

Près de la porte se trouvait le croquis d'un bateau encore punaisé au mur ; quand Deina était partie rejoindre le navire d'Orphée, elle ne l'avait pas emporté. Cette époque semblait remonter à une éternité. Elle décrocha le dessin et le glissa dans les plis de la robe rouge d'Hadès, avant de parcourir d'un dernier regard cette chambre qui avait été la sienne durant tant d'années.

Quoi qu'il arrive, elle n'était pas sûre d'y revenir un jour.

*

* *

Depuis les chambres à coucher, Anteïs les emmena promptement à l'herbier, où elle s'arrêta uniquement pour remettre à chacun une grosse bourse en cuir, puis elle leur fit traverser le jardin d'herbes aromatiques et enfin le labyrinthe. Le soleil perçait déjà l'horizon et la cloche de la Maison commençait à sonner le rassemblement des Dissociants au petit déjeuner, au travail ou en classe, quand le groupe arriva au fond du dédale de verdure devant un petit abri en pierre chevauché de lierre. L'ancienne souleva des branchages pour découvrir une porte tellement gonflée par l'humidité qu'il fallut la poigne d'Aster pour l'ouvrir. Avant que le soleil ne soit tout à fait levé, ils se réfugièrent à l'intérieur.

Sur les instructions d'Anteïs, Deina et ses amis déplacèrent le matériel de jardinage et des sacs pourris laissés à l'abandon pour dégager l'accès à une trappe. Un escalier en pierre descendait dans l'obscurité.

– Au pied de ces marches, un tunnel mène à la ville, expliqua Anteïs en allumant une lampe à huile qu'elle passa à Theron. J'ignore si quelqu'un à part moi connaît son existence, mais, de toute façon, nous avons un peu de marge avant que mes pairs ne lancent des recherches. Je leur ai dit que je vous amènerai tous à la grande galerie après le petit déjeuner. Mais je vous accompagne à la Maison de Poséidon.

Deina hésita.

– Que feras-tu quand ils découvriront ton mensonge ?

Une étrange lueur mi-chagrinée, mi-triomphante passa sur le visage de l'ancienne.

– Ne t'en fais pas. Ils ne pourront rien contre moi.

Elle désigna la trappe d'un vif mouvement de tête.

– En route. Aster, referme derrière nous.

Deina arriva complètement désorientée en bas de l'escalier en colimaçon. Les yeux rivés sur la lampe que tenait Theron, elle devina que le tunnel étroit devant eux ne s'étirait pas en ligne droite ; il présentait de nombreuses courbes et dénivelés et paraissait interminable, bien plus long que le sentier entre la Maison et les remparts de Iolcos. Il y faisait froid et humide. Très vite, elle entendit résonner la respiration sifflante de sa mentore. Elle se retourna pour lui proposer de prendre appui sur elle, mais Anteïs déclina d'un geste.

– On y est presque. Ne t'arrête pas.

Deina était sceptique ; rien ne laissait penser que le tunnel remontait vers la surface. Toutefois, deux virages plus loin, ils aboutirent au pied d'une nouvelle volée de marches. Essoufflée, Anteïs se fraya un chemin à l'avant du groupe.

– Cet escalier débouche sur une ruelle à deux pas de la maison close.

Elle lança à Theron, Aster et Critos un regard méprisant.

– *Vous, les hommes.* Au moins, à cette heure-ci, il ne risque pas d'y avoir foule dans le quartier.

Par contraste avec le confinement souterrain, le soleil matinal semblait éblouissant. Bien que la ruelle fût déserte, les voies menant au port s'animaient déjà entre les négociants qui regagnaient leurs navires d'un pas pressé, et les matelots qui revenaient avec leur pêche du jour. Le groupe se dirigea en hâte vers la Maison de Poséidon. De temps à autre, Deina regardait vers le ciel, scrutant nerveusement les toits des maisons, des échoppes et des entrepôts, à l'affût de la moindre trace des grands oiseaux de bronze. Ses craintes étaient partagées.

Vêtu de la toge de cérémonie bleu foncé des anciens de la Maison de Poséidon, Lysigoras les attendait. La partie la plus ardue de leur périple restait à venir, toutefois, Deina ne put réprimer un soupir de soulagement quand les portes du domaine se refermèrent derrière eux.

– Je vous présente Tauredos.

Lysigoras désigna un garçon solidement bâti aux boucles auburn, qui se tenait en retrait dans un coin. Ses yeux marron dégageaient un air un peu amorphe, néanmoins pour un jeune expert, il avait déjà le bras recouvert de sceaux rituels.

– Étant donné que cette quête concerne tous les Theodesmioi et pas que les Dissociants, j'ai recruté un volontaire parmi le nombre réduit de nos meilleurs Chantemers. Je lui ai expliqué votre objectif et lui ai fait jurer le secret. Il est conscient du danger.

Tauredos les salua en souriant timidement.

– Je devais embarquer sur un des bâtiments de guerre d'Aristée.

Il haussa les épaules.

– Je préfère prendre le risque de vous suivre plutôt que mourir noyé au service de ce maudit monstre.

Pendant que ses amis allaient le saluer, Deina continua à observer Lysigoras qui avait tiré Anteïs à l'écart, une main sur son épaule.

– Alors tu es venue, constata-t-il tout bas.

– Comme prévu.

– Et tu es sûre de toi ?

– Je ne changerai pas d'avis, mon vieil ami.

Lysigoras approuva, l'air grave. Deina n'eut pas le temps d'interroger sa mentore sur le sens de cet échange qu'il leur fit signe de le suivre.

Bien qu'implantée au cœur de la citadelle, la Maison de Poséidon était bâtie au plus près des flots. À mesure qu'ils approchaient des limites du domaine, Deina se rendit compte qu'à cet endroit, les remparts de la cité et ceux de la Maison fusionnaient. Au-delà, seule la mer s'étendait à perte de vue. Lysigoras les mena à un grand lac cerné d'épais fourrés au pied de l'enceinte. Le niveau de l'eau était bien inférieur à celui du terrain environnant et des marches gluantes d'algues brunes plongeaient sous la surface.

– C'est un lac d'eau salée, expliqua le Chantemer. Un bassin de marée où l'eau monte et descend. Grâce à des fissures dans le lit du lac, cet endroit est relié à la mer.

Il fit signe à des silhouettes stationnées entre les arbres. À leur approche, Deina reconnut Dorias, l'ancien de la Maison de Zeus. Il était encadré par un homme et une femme qui, à première vue, avaient à peu près le même âge qu'elle ; ils portaient chacun trois gros paquets.

– Tu as les provisions, Dorias ? s'enquit Anteïs.

– Oui. Tu as là des vivres et des outres d'eau pour quelques jours.

Sur un signe de Dorias, ses assistants distribuèrent les paquets. Deina remarqua que la femme en gardait un pour elle.

– Je t'ai aussi apporté les armes spécifiées.

Dorias posa son équipement et l'étala par terre. Repérant une hache, Dendris réagit avec enthousiasme. Il y avait des lances pour Aster, un arc et des flèches pour Theron, des poignards pour tout le monde et une paire supplémentaire de longues dagues pour Deina. Elle les ramassa, évalua leurs poids et leurs proportions, puis les cala dans sa ceinture. Aster croisa son regard.

– Presque comme au bon vieux temps, glissa-t-il, amusé.

– Pour finir, reprit Dorias, j'aimerais vous présenter Archis. En tant que Duelliste, Critos revendique son droit de trouver asile chez nous. En échange, Archis, une experte de ma Maison, également Duelliste, s'est portée volontaire pour représenter l'ordre de Zeus dans cette entreprise.

Archis arborait une longue tresse châtain clair et des yeux gris pâle. Moins jolie que Dendris avec sa chevelure brun doré et son teint mat, Archis était néanmoins hâlée et musclée et ses yeux se plissaient de façon charmante quand elle souriait. À l'égal des autres experts, l'essentiel de sa tenue consistait en une simple tunique assez élimée. Mais elle portait en outre une armure : des jambières, des protections pour les avant-bras et un plastron moulant qui mettait ses courbes en valeur et suscita chez Deina une pointe de jalousie. D'un pas nonchalant, Archis se rapprocha de Tauredos resté à l'écart des Dissociants. Deux inconnus. Ce n'était pas vraiment ce qu'avait prévu Deina, mais il était peut-être pertinent qu'au moins trois des quatre ordres de Theodesmioi participent à ce jeu de hasard particulier.

– Alors nous sommes prêts, observa Anteïs. Il ne nous manque plus que le nom de la néréide et quelqu'un pour libérer Tauredos et Archis de leurs torques.

Au moment où elle se tournait pour interroger Deina du regard, Nat émergea d'un recoin sombre. Des ailes bleu nuit se déplièrent majestueusement de ses épaules en projetant des ombres épaisses à la surface du lac, et les taches argentées sur ses bras rutilèrent. Anteïs et les Theodesmioi des deux autres Maisons tombèrent à genoux.

Nat étendit le bras comme pour les bénir.

– Votre dévotion est acceptée. Relevez-vous. Qui va accomplir le rite ?

Lysigoras le salua bien bas.

– Moi, Votre Grandeur.

– Invoque le nom de la néréide Ioné. Elle a de bonnes raisons d'en vouloir à Poséidon.

Le dieu de la Mort passa en revue le reste de la troupe rassemblée devant lui.

– Et qui va entreprendre ce voyage ?

Hésitants, Tauredos et Archis s'avancèrent et tressaillirent lorsque Nat effleura les torques en bronze qui ceignaient leur cou. Le métal vola en éclats. Deina vit la peur dans leurs yeux laisser place à l'admiration ; ils tâtèrent leur cou, émerveillés, tandis que les ailes de Nat se réduisaient à une petite ombre dans son dos.

À la surprise de Deina, ce dernier tendit ensuite la main à Anteïs.

– Et toi, Dissociante, es-tu prête ?

Elle poussa un long soupir en souriant faiblement.

– Oui, Votre Grandeur. Laissez-moi juste faire mes adieux.

La pièce manquante du puzzle qui tracassait Deina depuis le début se matérialisa subitement.

Nat et Lysigoras avaient évoqué la nécessité d'un sacrifice. Mais aucun animal ligoté n'attendait dans un coin.

– Qu'est-ce que tu fais, Anteïs ? murmura Deina.

– Le rite requiert un sacrifice, expliqua l'ancienne. Un sacrifice de sang *humain.*

– Quelle quantité ? chuchota nerveusement Aster. Quelques gouttes ?

– Une vie entière, présuma à raison Deina.

Elle le comprit au regard et au dos voûté de sa mentore, qui avait donc décidé de se dévouer.

– Non.

Deina se précipita vers elle.

– Il y a forcément une autre solution. Theron t'a expliqué ce que nous devenions à notre mort. Tu ne vas quand même pas…

– Je suis mourante de toute façon, Deina.

Elle lui prit les mains.

– Ça fait assez longtemps que je suis une Dissociante pour reconnaître les symptômes. C'est sans recours. J'ai prié les dieux de me guérir, mais ils ont fait la sourde oreille.

Le chagrin effaça la lueur de colère dans ses yeux.

– Au moins, de cette manière, ma mort sera prompte et utile à une juste cause.

Deina lutta pour retenir les larmes dans ses yeux.

– *Non.*

Anteïs essuya du pouce la larme échappée qui roula sur sa joue.

– Que peut-on faire d'autre, Deina ? Demander à l'un de tes amis de mourir à ma place ? Ils sont jeunes et robustes, tu as besoin d'eux. Ou bien capturer quelqu'un au hasard dans les rues de Iolcos ?

– Oui, approuva Deina. Quelqu'un qui ne mérite pas de vivre. Un assassin ou… ou…

– Un voleur ? termina gentiment Anteïs. Non. Aristée n'hésiterait pas à prendre une telle décision, mais moi, je m'y refuse. Nous n'avons pas le choix, mon enfant. Tu dois me laisser partir. Tiens.

L'ancienne lui mit dans les mains deux pots scellés.

– Emporte ça dans les Enfers : un supplément de pommade cicatrisante et de teinture pour stopper tes saignements mensuels. J'en ai donné aussi à Dendris.

Deina la remercia et rangea les pots dans sa sacoche tout en se demandant si les graines dans son organisme auraient le même effet sur son cycle menstruel que sur son cœur. Le cas échéant, elle pourrait toujours proposer la teinture à Archis. Elle serra tendrement Anteïs dans ses bras en s'efforçant de faire taire la petite voix dans sa tête : *Si tu étais une déesse, tu aurais le pouvoir de la guérir.*

Au loin, une cloche retentit et Deina sentit la main de Theron sur son épaule.

– C'est l'alerte. Ils ont constaté notre disparition.

Anteïs se dégagea de l'étreinte de Deina.

– Le temps presse. Critos, rentre avec Dorias avant qu'il ne soit trop tard.

Nouveaux adieux plus rapides. Critos étreignit Deina, Dendris et Aster pendant qu'Archis et Tauredos attendaient à l'écart d'un air embarrassé. L'ancien garde de bronze posa un genou à terre devant Theron.

– J'aimerais poursuivre ce voyage à tes côtés, mais comme je l'ai dit, je ne suis plus l'homme que j'étais. Je ne ferais que vous ralentir. Pardonne-moi, mon roi.

– Tu n'as pas à t'excuser, Critos, et inutile de t'agenouiller devant moi.

Theron l'aida à se relever.

– Sans ton aide, nous n'aurions jamais réussi à nous échapper de la Cadmée. Tu as largement prouvé ta valeur.

Il marqua une pause.

– J'imagine que je n'arriverai pas à te convaincre de quitter Iolcos ? Tu serais plus en sécurité ailleurs.

Critos secoua la tête en lui souriant.

– Pas plus que je ne pourrai te convaincre de prendre la place qui te revient à la tête du Dominion. Tu connais mes intentions. Je resterai ici et ferai mon possible pour m'opposer à l'autorité d'Aristée. À ton retour à Iolcos, je serai là.

Il donna à Theron une tape vigoureuse sur l'épaule.

– Je garde l'espoir de te voir un jour assis sur le trône de Thèbes.

– On a déjà vu scènes plus étranges, plaisanta Theron.

Il le serra rapidement dans ses bras et lui adressa un dernier signe d'adieu avant que Critos ne s'éloigne en hâte avec l'autre Theodesmioi de Zeus.

– Fais attention à toi, mon ami.

– Et maintenant, que fait-on ? interrogea Deina en s'efforçant de maîtriser sa voix.

– Anteïs et moi allons nous avancer dans l'eau en même temps que j'entonnerai le rite, annonça Lysigoras.

Tenez-vous prêt à prendre la parole quand la néréide apparaîtra. Au moment opportun, je…

Il déglutit nerveusement.

– Je procéderai au sacrifice.

– Et je me chargerai moi-même de trancher ton fil de vie, Anteïs, ajouta Nat en inclinant la tête. Tu es digne de cet honneur.

Ses ailes fantômes s'étoffèrent de nouveau et Nat dégaina son glaive. Bien qu'elle eût déjà vu son célèbre glaive dans le souvenir qu'il leur avait montré, Deina ne put s'empêcher de reculer devant les flammes argentées qui faisaient luire sa lame.

– Quant à vous, continua Nat, invoquez-moi quand vous reviendrez parmi les mortels.

– Tu ne nous accompagnes pas ? s'étonna Deina.

Il se rapprocha d'un pas allègre.

– Ma présence vous mettrait en danger. Poséidon passe le plus clair de son temps hors de son royaume à se prélasser dans l'Olympe avec le reste de sa fratrie de parvenus et leurs progénitures.

Nat ne cacha pas son mépris.

– Mais où qu'il soit, si un dieu tente d'infiltrer son palais, il le saura. Toi, avec un peu de chance, ton incursion là-bas passera inaperçue.

Tête penchée, Nat l'enveloppa dans ses ailes pour leur octroyer un moment d'intimité. Bien malgré elle, Deina ne put résister à son regard.

– Anteïs ne souffrira pas, je te le promets, glissa-t-il en lui volant un baiser furtif avant de la relâcher.

Deina rejoignit Theron sur la rive du lac sans tenir compte de son regard interrogateur. Les genoux immergés dans l'eau saumâtre, Lysigoras et Anteïs avaient déjà descendu quelques marches. Des ustensiles avaient été disposés dans l'herbe : une jatte visiblement en bois de pin, remplie à ras bord d'un liquide foncé ; une magnifique statuette de cheval ; un couteau. La statuette tenue en l'air au-dessus de sa tête, Lysigoras se mit à chanter. Les paroles étaient globalement impénétrables – vestige d'une langue archaïque tombée en désuétude et dans l'oubli, présuma Deina. Du peu qu'elle comprenait, le Chantemer rendait gloire à Poséidon. À la fin d'un couplet, il lança la statuette dans l'eau ; elle coula immédiatement. Ramassant la jatte et le couteau, il invita alors Anteïs à s'immerger davantage dans le lac jusqu'à ce qu'ils aient tous deux de l'eau jusqu'à la taille. Il reprit son ode. Mais cette fois, la sonorité des mots parut plus funèbre, emplie de douleur et de nostalgie. À maintes reprises, Lysigoras répéta le nom de la néréide : Ioné, Ioné, Ioné. Malgré la voix fluette et mal assurée du Chantemer, son chant était d'une grande beauté. Deina lança un regard à Theron. Ses yeux brillaient de larmes retenues. Lysigoras chanta plus fort, avec plus de conviction. Il déversa le contenu de la jatte sur la tête d'Anteïs puis laissa tomber le récipient vide dans le lac. Couteau en l'air, il continua sa mélopée, puis agrippa soudain l'ancienne par l'arrière de la tête et lui enfonça le couteau dans le ventre.

Theron empoigna Deina pour l'empêcher de se précipiter dans l'eau alors qu'Anteïs poussait un cri et s'effondrait de côté. Au même instant, le dieu de la Mort fendit l'air de sa lame ardente, puis se volatilisa. Secoué par un premier puis un second spasme, le corps d'Anteïs finit par s'immobiliser.

Lysigoras tenait encore le couteau ensanglanté. Il le jeta dans le lac en poussant un grognement et remonta péniblement l'escalier pour venir se placer aux côtés des autres.

Au centre des eaux troubles, une silhouette s'éleva.

La néréide était sublime : des formes voluptueuses, des yeux noirs et perçants, un teint pâle et de longs cheveux argentés qui drapaient ses épaules et son buste comme une grande cape. Elle recueillit dans ses mains un peu d'eau empourprée qu'elle laissa couler entre ses doigts et ruisseler sur ses bras.

– Cela fait bien longtemps que ce rite n'a pas été utilisé. Je n'ai même pas souvenir de la dernière fois. Vous devez avoir très envie de rencontrer Poséidon.

Elle porta son attention sur les Dissociants.

– Dommage, vous tombez mal. Il est sur le mont Olympe. Je ne peux pas vous y conduire.

S'emparant du corps d'Anteïs, la néréide s'éloigna à la nage, prête à replonger dans les profondeurs du lac.

– Attendez ! lança Deina, ce n'est pas Poséidon qui nous intéresse. Nous souhaitons simplement accéder à son palais.

La divinité marine marqua un temps d'arrêt. Pivota légèrement la tête vers elle.

– Pour quelle raison ?

– Nous avons de bonnes raisons d'espérer y trouver… quelque chose que nous cherchons.

Relâchant Anteïs, Ioné laissa le cadavre flotter à la surface pour lui accorder toute son attention.

– Dois-je comprendre que vous comptez le voler ?

De ses yeux noirs, intrigués, elle avisa le front de la Dissociante.

– Je te prenais pour une Theodesmioi, mais tu n'es qu'une voleuse.

Deina s'approcha plus près de la rive.

– C'est vrai, je suis une voleuse.

Elle s'exprimait fièrement ; pourquoi avoir honte de ce qu'elle était ? Parfois, voler était la solution de dernier recours.

– Mais je suis aussi une Theodesmioi. Une Dissociante.

– Hmm.

À la manière d'un oiseau, Ioné inclina la tête par saccades de gauche à droite, scrutant d'abord Deina puis ses camarades.

– Attendez-moi ici. Je dois rapporter mon offrande chez moi, mais je reviens vite.

Ioné reprit le cadavre qu'elle entraîna sous la surface.

– Adieu, Anteïs, chuchota Aster d'une voix étranglée.

Ne trouvant rien de valable à dire, Deina se concentra sur les cris des mouettes et le clapotis des vagues de l'autre côté des remparts. Quand elle s'imaginait vivre libre, c'était toujours à la mer qu'elle pensait. Anteïs aspirait à la même chose, n'est-ce pas ? La liberté pour tous ceux qui, comme elle, étaient soumis à la volonté des dieux. Deina serra les dents.

Mort au tyran. À bas les torques.

Ioné réapparut et gagna la rive d'une prompte ondulation. Elle fit signe à Deina.

– Approche.

Deina obéit et s'accroupit au bord de l'eau. La néréide posa une main sur sa poitrine. Une expression de surprise passa fugitivement sur son visage.

– Voleuse, Dissociante, et quelque chose d'autre encore.

L'attention d'Ioné dévia vers Theron, Aster et Dendris, comme pour tous les sonder.

– Cet objet que vous briguez... Poséidon regrettera-t-il de l'avoir perdu ?

– Oui. Si nous parvenons à atteindre notre but ultime, je crois qu'il le regrettera amèrement.

Ioné sourit.

– Je ne serais pas contre le voir souffrir.

Elle opina.

– Très bien, cautionna-t-elle. J'accepte de vous conduire à son royaume. Et si vous survivez au voyage, je vous indiquerai un passage dérobé pour accéder à son palais en évitant les gardes.

Comment ça, s'ils *survivaient ?* Deina lança un regard à ses amis.

– En quoi consiste ce voyage, au juste ? s'enquit Theron.

Au lieu de répondre, Ioné s'étira voluptueusement. Et ce faisant, elle se métamorphosa, se dépouillant de sa précédente apparence comme d'une tunique usée. Sa peau prit une nuance bleuâtre. Ce que Deina pensait être des cheveux ressemblait maintenant à de longs filaments d'algues vert foncé. Des cornes de corail rouge saillirent de son crâne en s'entortillant. Et à la place de ses ongles, des coquillages pointus poussèrent au bout de ses doigts désormais palmés. Seuls ses yeux noirs et vifs restèrent inchangés.

Le sourire de Ioné s'agrandit, laissant voir des petites dents de squale.

– Il consiste à vous jeter à l'eau. Dans des tonnes d'eau.

*
*   *

La néréide esquissa dans les grandes lignes le parcours qui les attendait. Sans leur révéler de quelle façon, elle les doterait de branchies provisoires et formulerait un sort pour les protéger, eux et leurs affaires, des désagréments de l'eau. Après quoi, elle invoquerait un puissant courant qui les entraînerait jusqu'au royaume de Poséidon. S'ils s'en écartaient, ils seraient perdus. S'ils essuyaient une attaque et ne parvenaient pas à repousser leurs assaillants, ils seraient perdus. Et s'ils résistaient au courant et s'attardaient trop dans l'eau, leurs branchies disparaîtraient avant qu'ils aient atteint le palais, et ils seraient perdus.

– Mais on ne sait même pas nager, objecta Aster. Comment voulez-vous qu'on se défende si on nous attaque sous l'eau ? Il doit bien y avoir une autre solution.

Ioné réfuta d'un signe de tête.

– C'est le seul moyen de vous rendre là-bas. Alors, que décidez-vous ? demanda-t-elle jovialement en les observant un à un. J'ai à faire. D'autres questions ou on y va ?

– J'en ai une, intervint Dendris. J'aimerais savoir pour quelle raison vous nous aidez. Pourquoi voulez-vous punir Poséidon ? Quel tort vous a-t-il causé au juste ?

La néréide s'assombrit. Prête à dégainer son poignard, Deina retint son souffle ; bien que ravie de constater que leur périlleuse évasion de Thèbes n'avait en rien altéré le franc-parler de Dendris, elle aurait préféré que la Mycénienne attende qu'ils soient arrivés à destination pour en user.

En fin de compte, Ioné haussa les épaules.

– Il me convoitait, alors il a abusé de moi. Je peux m'estimer heureuse, je suppose, que ce crime n'ait pas eu lieu dans un temple. Tous les mortels connaissent le triste sort de ma cousine Méduse.

L'estomac de Deina se noua. Elle avait entendu parler de cette histoire, mais pensait qu'elle relevait du mythe : Poséidon avait violé Méduse dans l'un des temples dédiés à Athéna. Au lieu de le sanctionner, la déesse avait châtié la jeune fille en la transformant en Gorgone.

– C'est affreux.

– Oui. Alors, exécutez votre plan. Dérobez cette babiole à Poséidon, qu'il se lamente !

Elle plongea les mains dans l'eau.

– La mer est étale. Il faut y aller. Que ceux qui ne souhaitent pas se rendre au royaume de Poséidon partent sur-le-champ.

Lysigoras agita la main en guise d'adieu et se dépêcha d'aller s'abriter sous les arbres tandis que Ioné grimpait sur la première marche du lac et se tournait, bras levés, face à l'étendue d'eau. De sa bouche sortit un rugissement sourd et inhumain qui poussa Deina à se couvrir les oreilles ; si le cri de guerre de la néréide était un chant, elle n'en comprit pas un mot. La surface du lac se rida graduellement, puis les ondulations se transformèrent en vagues qui tournoyèrent de plus en plus vite en spirale. Ioné avait créé un maelström.

Elle se retourna vers les Theodesmioi et éleva la voix pour se faire entendre malgré le tumulte des flots :

– Une fois pourvus de vos branchies, plongez immédiatement. Sinon, vous mourrez asphyxiés sur place.

Elle pointa Aster du doigt.

– Toi d'abord.

Il acquiesça, mais Deina devina la terreur dans son regard.

– Que vais-je ressentir ?

– Une sensation mi-agréable, mi-douloureuse. Pour t'offrir mon souffle, ma protection et sceller tes lèvres et ton nez, je dois d'abord t'embrasser. Et ce faisant…

Elle tendit ses doigts aux coquillages pointus.

Aster prit une grande inspiration et s'avança. Ioné glissa les mains dans son cou, posa sa bouche sur la sienne et le griffa brutalement. Aster poussa un gémissement. Mais il ne saigna pas. Quand Ioné le relâcha, Deina distingua de part et d'autre de sa gorge quatre branchies, qui semblaient avoir toujours été là. Ses narines étaient étrangement pincées. Les yeux exorbités, Aster se mit à chercher son souffle et remuer la mâchoire, tentant vainement d'ouvrir la bouche. Il avança en trébuchant, bascula dans le tourbillon et fut aussitôt aspiré au fond.

La néréide avait déjà transformé Dendris ; la Mycénienne se jeta dans le lac. Suivirent Theron, Archis et Tauredos. Ioné se retrouva finalement seule face à Deina. Tout sourire, elle la prit par le cou. Ses lèvres et ses doigts étaient moites. À son baiser, Deina réprima un frisson. Une douleur lui transperça la gorge alors même que son visage perdait toute sensation. Ses poumons la brûlaient. Étouffant, elle résista à l'envie de rester sur la terre ferme, s'avança en titubant et sauta au cœur du maelström.

8

Les eaux sombres et froides se refermèrent au-dessus de sa tête, et le courant emporta rapidement Deina vers le fond. Prise de panique, elle se débattit et laboura sa bouche pour tenter d'écarter de force ses lèvres afin de respirer... jusqu'à ce qu'elle se rende compte que la sensation de brûlure dans ses poumons s'atténuait. Elle n'était ni en train de s'étouffer ni de se noyer. Alors au lieu de lutter, elle tâcha de se détendre, bras et jambes relâchés, et de se laisser porter telle une lame transperçant la mer.

Un poignard, voilà. Une arme qui détruira les dieux...

Mieux valait penser à ça plutôt que ressasser l'image des eaux assombries par le sacrifice sanglant d'Anteïs. Peu à peu, la lumière faiblit et, dans le flot impétueux, la silhouette trouble du Chantemer Tauredos qui la précédait disparut dans l'obscurité. Le rugissement de l'eau devint assourdissant. Sans plus rien distinguer, elle se sentit aspirée dans un tunnel. Ballottée entre des parois rocheuses qui lui éraflèrent les genoux et les coudes, elle plissa les yeux en se protégeant la tête à mesure que la force du courant augmentait. Le tunnel se rétrécit davantage, le bouillonnement de l'onde glaciale s'accéléra considérablement, et alors qu'elle pensait finir broyée sous la pression, elle fut brusquement éjectée, telle la flèche d'un arc, hors du tunnel, jusqu'en haute mer.

Deina cligna des yeux. Il faisait bien plus clair, ici, comme si elle se trouvait sous un grand ciel bleu. Était-ce la mer qui bordait le littoral de Iolcos ? Le courant continuait de l'entraîner à toute allure. Elle distingua de nouveau Tauredos devant elle. Plus à portée de main miroitaient des poissons aux couleurs vives. Intriguée, elle les regarda slalomer en bancs entre des coraux multicolores, des rochers incrustés de bernaches et de mollusques et des plantes subaquatiques aux feuillages ondoyants. Requins, calmars, crabes géants : de tous ces animaux marins, elle n'avait vu jusqu'ici que les carcasses vendues à la criée. Peu après, la température de l'eau se rafraîchit et elle aperçut des mammifères encore plus grands aux flancs piquetés de végétaux et dont de minuscules poissons pâturaient les nageoires – tout un microcosme. Il y avait aussi des monstres phosphorescents indéfinissables qui traînaient derrière eux des tentacules plus longs que trois, quatre navires réunis. Mais dans l'ombre, d'autres créatures rôdaient. Elle entrevit des figures humaines et des bustes qui s'effilaient en longues queues robustes : des tritons. Ce n'était pas une mer comme les autres. D'un bref coup d'œil, Deina vérifia que les couteaux accrochés à sa taille étaient toujours dans leurs gaines. Malgré la beauté qui l'entourait et l'étrangeté de ce décor naturel, elle n'avait pas oublié les mises en garde de Ioné. Les picotements discrets à la base de son crâne l'avertirent de dangers inconnus.

Au-dessus d'elle, des créatures passaient en projetant des ombres difformes sur le fond rocheux. Deina se contorsionna en arrière pour mieux voir. Elle plissa les yeux, mais le poids écrasant de l'eau l'empêchait de discerner le moindre détail. Ces animaux-là avaient de grandes ailes, c'est tout ce qu'elle pouvait affirmer. Un genre d'oiseau ? Confinée presque toute sa vie dans le périmètre de Iolcos à cause de son torque, elle connaissait mal les oiseaux marins. Du reste, étant donné leur environnement, se pouvait-il que ces ailes soient celles d'un oiseau ordinaire ? Les ombres s'étendirent alors qu'une volée de créatures piquait subitement vers la surface de l'eau et la transperçait comme une pluie de lances. Suivant sans effort la vitesse du courant, l'une d'elles remonta d'une brasse vers Deina en repliant ses ailes dans son dos.

Des ailes sombres et miroitantes, comme incrustées de joyaux. Le bas de son corps était par ailleurs couvert de plumes et elle avait des serres en guise de pieds. Stupéfaite, Deina constata cependant que sa tête et le haut de son torse étaient ceux d'une mortelle. Une superbe femme aux grands yeux et aux cheveux d'or onduleux.

La sirène lui sourit, puis se mit à chanter.

C'était en théorie impossible ; l'eau aurait dû s'engouffrer dans sa bouche, et le fracas du courant assourdir ou couvrir le moindre son. Pourtant, Deina entendait ce chant aussi distinctement que si elle avait été réunie avec la sirène dans le silence nocturne de la grande galerie de la Maison. Et elle n'avait jamais rien entendu de tel. Même la voix de Theron n'était pas comparable à celle-ci. Soudainement troublée, elle éprouva une nostalgie si profonde qu'elle crut que son cœur figé allait d'un coup exploser. La sirène s'exprimait dans une langue inconnue, mais d'instinct, Deina comprit exactement quel message elle véhiculait : la joie de rentrer chez soi après une longue et douloureuse séparation et de découvrir que vos proches ne vous ont pas oublié et que vous leur avez manqué. On se souvient encore de vous, et on vous aime toujours.

Les ailes de la sirène devinrent des bras qu'elle tendit comme pour enlacer Deina, et la mélodie changea. À présent, elle chantait la paix, la bienveillance et la sécurité.

N'était-ce pas exactement ce dont rêvait Deina ? Soudainement perdue, elle lança des regards autour d'elle. Cet endroit… elle n'y avait pas sa place. Que faisaient-ils ici ? Cette sirène venait sûrement à sa rescousse. Pour l'emmener dans un lieu merveilleux où elle pourrait écouter à l'infini cette musique envoûtante. La force du courant rendait la tâche difficile, mais Deina tendit le bras vers sa main délicate. Elle y était presque. La sirène effleura son poignet de ses doigts effilés.

Quelque chose de pointu ratissa sa peau. Un nuage de sang se répandit dans l'eau et provoqua une douleur aiguë dans le bras de Deina. L'apparence de la sirène sembla vaciller momentanément pour laisser voir une créature au vilain bec crochu, au corps couvert d'écailles et aux ailes hérissées de griffes. Deina recouvra brusquement la mémoire. La sirène n'était pas là pour l'aider. C'était le genre de pièges auxquels Ioné avait fait allusion.

La créature marine dissimula sa colère, et sous des traits à nouveau angéliques, chanta encore plus mélodieusement. Cette femme ravissante implorait Deina de la suivre hors du courant ; l'envie viscérale que son chant suscitait était quasiment irrésistible. Sans cette douleur au poignet qui la rattachait à l'instant présent et au souvenir de celle qu'elle était, Deina se serait jetée dans ses bras. Le sang continuait de couler des lacérations que lui avait infligées la sirène. Deina enfonça ses ongles dans les plaies. Elle creusa la chair. L'élancement était bien réel et assez intense pour modifier sa perception du chant enjôleur. Grâce à cet écran de douleur, la voix de la créature se déforma et perdit sa beauté. Ce ne fut bientôt plus qu'un hurlement inarticulé, avide, amer et menaçant…

Aussi brusquement qu'elle était apparue, la sirène remonta rapidement à la surface. Avait-elle renoncé ? Deina se contorsionna et scruta le ciel au-dessus des flots à la recherche d'un battement d'ailes suspect. Devant, Tauredos bataillait pour se défaire d'une autre assaillante qui l'éjecta soudain du courant ; alors qu'elle passait devant lui comme une flèche, Deina eut juste le temps d'agripper sa main et parvint à l'entraîner dans son sillage. Des griffes lui lacérèrent le dos, l'attrapèrent et la tirèrent vers la surface. Deina se débattit comme un diable ; la sirène la relâcha et le courant l'aspira à nouveau. Deina commençait cependant à avoir du mal à respirer. Palpant son cou, elle s'aperçut que deux de ses quatre branchies avaient disparu. Il ne lui restait plus beaucoup de temps. Mais l'implacable sirène fondait déjà sur elle. Luttant contre la sensation de vertige qui brouillait sa vue, Deina tâtonna pour dégainer au plus vite un de ses poignards. La sirène l'empoigna à nouveau, cette fois par les cheveux, et au contact de ses serres enchevêtrées dans son cuir chevelu, la douleur déferla. Elle lutta pour se dégager en donnant des coups de couteau au hasard – en vain. La sirène la tira de plus en plus haut jusqu'à ce qu'elles crèvent la surface. Le nez et la bouche de Deina se descellèrent à la disparition de sa dernière paire de branchies. Emplissant ses poumons, elle agrippa une des jambes emplumées de la sirène, la tira d'un coup sec vers elle et, avec toute la force qui lui restait, lui planta son couteau, lame vers le haut. Du sang chaud lui éclaboussa le bras, la sirène poussa un cri déchirant et lâcha enfin prise. Deina replongea et avisa un autre essaim. Certaines continuaient de leur tourner autour, d'autres s'enfuyaient vers une île qui affleurait au loin. Les flots se refermèrent de nouveau. Le courant la rattrapa et l'emporta en avant. Mais sans branchies, impossible de respirer, et la goulée d'air qu'elle avait réussi à prendre n'allait pas faire long feu.

Alors, ça y est, Nat ? Je vais mourir ici ? Est-ce seulement possible que les Enfers me réclament déjà ?

Deina résista tant bien que mal à l'envie irrépressible d'ouvrir la bouche. Droit devant elle, ça s'éclaircissait – si elle s'accrochait encore un peu…

Le courant la recracha – et il était temps – sur une petite plage de sable blond et chaud. Pour ce qui était de ses camarades… ses épaules s'affaissèrent. Ils étaient tous là, en vie. Mais aucun n'était indemne ; visiblement, ils pansaient tous des plaies multiples. Elle entendait d'ici Aster jurer. Ôtant le sac sur ses épaules, Deina examina le sablier – la poudre continuait de s'écouler lentement en spirale, mais ne formait pour l'instant qu'une fine couche dans le vase du bas –, puis elle s'étendit sur le sable. Reprenant haleine, elle contempla le ciel, les yeux plissés. Il était dégagé. Lumineux. Trompeur. Déjà, car il y avait trop de vert dans ce bleu azur. Grimaçant à cause de ses entailles dans le dos et sur le crâne, elle se releva péniblement et constata que ce ciel n'en était pas un. C'était un immense dôme, d'un bleu canard pâle et homogène, qui dominait l'horizon. De l'autre côté de la paroi, on distinguait tout juste des formes mouvantes : les silhouettes sombres d'énormes créatures nageant dans la mer qui les encerclait. À l'intérieur du dôme, une autre mer bordait la plage sur laquelle ils avaient échoué. Des points lumineux scintillaient au milieu de cette étendue d'eau comme si des étoiles avaient été englouties au fond. Derrière elle se trouvait un petit amas de rochers ; elle grimpa au sommet et s'aperçut que la plage et les rochers s'étiraient en courbe et se rejoignaient en formant une boucle. Au centre, dans le lointain, se dressait l'île qu'elle avait entrevue tout à l'heure. Cette île était isolée par un lagon aux eaux cristallines et peu profondes. Et au sommet de l'île se dressait un palais.

Quoique, le mot était trop ordinaire pour un tel édifice. Même d'ici, Deina voyait bien qu'il était beaucoup plus vaste que le mégaron de Thèbes, sans compter qu'il flamboyait de couleurs.

Dans son dos, quelqu'un poussa un cri de douleur. C'était Theron. Deina sauta des rochers et courut le rejoindre. Dendris, qui enveloppait encore son avant-bras dans un bandage, arriva en même temps et se posta près de lui pour le protéger.

– Qu'est-ce qui t'arrive ? s'inquiéta Deina.

– C'est encore ton genou ? questionna Dendris. Il s'est fait une sérieuse entorse durant les affrontements aux abords de Gla. Je n'arrête pas de lui dire de le bander, mais crois-tu qu'il m'écouterait ? Tu parles !

Elle secoua la tête en faisant les gros yeux à Theron, mais son regard n'exprimait aucune méchanceté. Uniquement de la bienveillance.

– Ce n'est pas mon genou, pesta Theron en lançant un regard furieux à la ronde de visages qui désormais l'encerclaient.

Il changea de position pour leur montrer quelque chose qui s'était planté dans son mollet.

Aster poussa un sifflement sourd.

– C'est quoi… une dent ?

– Dépêche-toi de l'extraire, conseilla Archis.

– Surtout pas !

Avec une vivacité étonnante vu son gabarit, Tauredos s'agenouilla en retenant Theron par le poignet.

– C'est une griffe de sirène. Si tu te contentes de l'arracher, la poche de venin à l'extrémité se percera et infectera la plaie. Et ce sera la mort assurée en quelques heures. Heureusement, j'ai emporté mon matériel.

Le Chantemer ouvrit sa besace pour en sortir un petit rouleau de tissu. Il contenait divers outils en bronze et en fer. Tauredos en choisit un semblable à une aiguille courbe, qu'il saisit délicatement entre le pouce et l'index.

– D'ordinaire ça sert à réparer les voiles, mais je pense pouvoir déloger la griffe et…

Theron recula en dégageant son poignet.

– Pas question, protesta-t-il avec véhémence. Tu veux *déloger* la griffe ? Je crois pas, non !

Tauredos soupira bruyamment.

– À part te laisser mourir, la seule alternative c'est de t'amputer. À toi de voir, Dissociant. Mais je te suggère de vite te décider.

Aster s'accroupit près de son ami.

– Laisse-le faire, Theron.

Il lança un regard amical au Chantemer.

– En plus, je suis sûr que notre ami ici présent fera preuve de dextérité.

– Je confirme, opina Tauredos. J'irai doucement. Et je pourrai même te recoudre.

Theron grogna.

– OK. Finissons-en.

Deina fouilla dans son sac pour trouver le pot qu'Anteïs lui avait remis et le tendit à Tauredos.

– C'est un baume cicatrisant.

– Je m'en servirai après. Visiblement, tu en aurais toi-même bien besoin.

Au souvenir des entailles dans son crâne et son dos, Deina sentit la douleur se raviver.

Tauredos la chassa ainsi que Dendris et Archis.

– J'ai besoin d'un assistant, pas de spectateurs.

Deina partit sur la plage, les deux autres filles sur ses traces.

D'abord, il fallait qu'elle lave au mieux le sang qu'elle avait sur elle – le sien et celui de la sirène. Elle escalada de nouveau l'amas rocheux et s'agenouilla pour recueillir dans ses mains un peu d'eau limpide dans le lagon. Mais quelque chose la fit hésiter. Les poils de ses bras se hérissèrent et sa nuque picota, comme si l'eau elle-même ou le gros sable gris qui formait son lit comportaient un danger. Deina frissonna. Retournant à la plage, elle utilisa plutôt son eau potable pour rincer ses plaies. Tout en appliquant le baume d'Anteïs, elle écouta Dendris et Archis qui bavardaient à proximité, posées sur les rochers.

– … C'est à ce moment-là qu'on a pris une décision, racontait Dendris. On devait réagir. Aristée est assez dangereux comme ça sans le torque d'Héphaïstos. Et peut-être que nous pourrons nous en servir à l'avantage de tous les Theodesmioi. Et toi, Archis ? Pourquoi t'es-tu portée volontaire ?

La Duelliste lâcha un rire lapidaire.

– À la seule fin purement égoïste de me libérer de mon torque. J'ai juré de vous aider à retrouver ces fragments. Mais une fois la mission accomplie – si on en sort vivants –, je compte bien déserter.

– Mais ton Ordre te traquera, non ?

– Sûrement. Et s'ils me retrouvent, je suis morte.

Deina remit le couvercle sur son pot et se tourna vers elles juste à temps pour voir le grand sourire qu'arborait Archis.

– Mais il faudra déjà qu'ils me retrouvent.

La Duelliste se releva et parcourut des yeux les environs, les mains sur les hanches.

– Je croyais que Ioné devait nous retrouver ici ? J'aimerais bien en finir.

– Ah oui ? enchérit une voix.

Deina se retourna vivement et vit Ioné sortir des vagues à grandes enjambées. La néréide ne s'était pas donné la peine de reprendre son apparence plus attrayante.

– Tu pourrais regretter ce vœu plus tôt que tu ne le penses.

Deina pencha la tête.

– Merci de nous avoir guidés jusqu'ici.

– Je vois que vous avez réchappé aux sirènes.

Ioné jeta un coup d'œil à Theron qui clopinait vers elles dans le sable, flanqué d'Aster et Tauredos.

– De justesse, visiblement.

– Maintenant, voulez-vous bien nous expliquer comment nous introduire dans le palais ? Vous parliez d'un passage dérobé...

– Je vais vous montrer.

Ioné grimpa sur la crête rocheuse. Quand tout le monde l'eût rejoint, elle pointa du doigt l'île au centre du lagon.

– Vous voyez ce surplomb rocailleux juste là, à droite ? À sa base, il y a une petite caverne, l'entrée d'une galerie qui conduit au palais souterrain.

– Souterrain ? s'étonna Theron.

– L'édifice que vous apercevez n'est que la partie émergée du royaume de Poséidon. Elle se prolonge et s'étend sous l'île. Ses trésors sont cachés tout en bas. Je vous suggère de commencer vos fouilles par là.

Ioné révéla d'un sourire ses dents pointues comme des aiguilles.

– Ça vous prendra peut-être un peu de temps. Quelques heures. Quelques jours. Voire plus.

Deina ne put s'empêcher de jeter un œil au sablier.

La néréide leur tendit une sphère. Elle était de dimension analogue à celle dont s'était servi Nat pour leur projeter ses souvenirs du torque, mais elle brillait d'un éclat bleu pâle.

– Voilà de quoi vous orienter, indiqua Ioné. Le palais est éclairé, mais le tunnel est depuis longtemps passé aux oubliettes. Regardez bien où vous mettez les pieds.

Elle mit brusquement la sphère sous le nez de Deina, mais cette dernière déclina. La dernière fois qu'elle avait eu affaire à une lanterne magique, la dague en cristal volée à Orphée, ça avait mal fini.

– Dendris, prends-la, toi.

La Mycénienne prit la sphère et la leva devant ses yeux en l'examinant avec intérêt. Elle la secoua et son éclat augmenta un peu.

– Il y a de l'eau à l'intérieur.

Ioné opina.

– La mer a ses propres secrets que même Poséidon ignore. Bien, je vous laisse. Si vous revenez ici, lancez ça dans les flots…

Elle tapota la sphère en cristal de roche.

– … et je viendrai à vous.

D'un bond, elle descendit des rochers, commença à s'éloigner et juste avant de gagner la rive, elle s'arrêta un instant :

– J'allais oublier : pour traverser le lac, vous devez appeler les chevaux. Toucher le sable gris qui tapisse son lit est fatal. Du moins, pour les mortels.

– Attends ! cria Theron qui maugréa en essayant de la rattraper sur la plage. Quels chevaux ? Comment fait-on pour les appeler ?

Ioné s'avançait déjà dans l'eau.

– Utilisez un escargot de mer. Vous devriez en trouver dans le coin.

La néréide plongea en avant et les vagues se refermèrent sur sa tête.

– Un escargot de mer ? Pour l'amour des dieux, qu'est-ce qu'elle veut qu'on fasse d'un mollusque ?

Deina rassembla ses forces pour hausser un sourcil.

– « Pour l'amour des dieux » ?

Theron esquissa un léger sourire.

– Vieux réflexe.

Il soupira.

– Je ne sais même pas à quoi ressemble un escargot de mer.

Tauredos descendit la plage de sable blond et sortit un couteau de sa ceinture.

– Je vais te montrer. Au sein de l'ordre de Poséidon, outre les chants rituels, nous avons des chants d'étude. Pour apprendre à tracer un itinéraire, à hisser une voile ou, en l'occurrence, à identifier les créatures marines pour distinguer celles qui sont nuisibles aux navires de celles qui sont comestibles. Chez nous, il y a des dessins partout.

D'un geste habile, il traça quelques lignes dans le sable.

– Voilà le type de mollusques qu'on doit chercher. Ils mesurent à peu près cette taille.

Il écarta les paumes à environ dix centimètres d'intervalle, puis se gratta la tête d'un air songeur.

– Dans un de ces chants, un passage raconte que ces animaux peuvent en quelque sorte servir de clairon pour avertir d'autres bateaux, en cas de banc de brume par exemple.

Tout le monde se dispersa pour trouver quelque chose qui ressemblait au dessin du Chantemer. Ils retournèrent des pierres et fourragèrent parmi les longs enchevêtrements d'algues rejetées sur le rivage. L'odeur qui s'en dégageait obligea Deina à froncer le nez. Ce fut un soulagement d'entendre Archis pousser un cri de joie.

– Et maintenant, comment ça marche ? demanda-t-elle à Tauredos.

Il ressortit sa panoplie d'outils et, procédant sans se presser, avec une mesure qui poussa la Duelliste à piaffer d'impatience sur le sable humide, il fit un trou à la pointe du coquillage. Avec précaution, il le porta à sa bouche et souffla dedans, l'air aussi surpris que tout le monde d'en tirer un son harmonieux. Rapidement, ils remontèrent sur la crête rocheuse. Tauredos souffla de nouveau dans le coquillage, cette fois avec plus d'assurance pour que la note résonne sur le lagon. Theron lui prit le mollusque pour l'examiner – tout instrument de musique exerçait sur lui un attrait irrésistible. C'est alors que la surface de l'eau limpide se mit à miroiter et se rider comme si le vent soufflait, alors même que l'air était toujours aussi immobile. Les vagues gonflèrent de plus en plus et leurs cimes blanches s'épaissirent jusqu'à ce que l'écume jaillisse dans les airs en formant un troupeau de chevaux dont la robe blanche tourbillonnante semblait tissée par la brume. Le lagon retrouva sa quiétude. Les chevaux s'avancèrent au petit trot. Non pas vers Tauredos mais vers Deina. Quand ils atteignirent la berge en contrebas, ils se regroupèrent et attendirent, têtes rejetées en arrière.

Deina lança un regard à ses camarades.

– Quelqu'un sait monter ?

– Je saurais les diriger s'ils tiraient un char, avança Archis. Mais autrement…

Elle secoua la tête. Les autres restèrent silencieux.

– Bon, on n'a plus qu'à les enfourcher et essayer de ne pas tomber, marmonna Deina en descendant péniblement la rive pour s'approcher d'une des montures.

Légèrement translucide et froid au toucher, son corps lui sembla toutefois assez solide quand elle agrippa sa crinière. Le cheval eut l'air de deviner ses intentions ; il s'avança pour lui permettre de se hisser sur son dos et de passer les bras autour de son encolure. Dès qu'ils furent tous en selle, sa monture s'élança en tête à travers le lagon pour guider l'équipage en direction de l'île, sautant en l'air et replongeant dans l'eau, leur cadence identique à l'ondulation des vagues. Couchée sur son encolure, la joue collée à son pelage soyeux, Deina se cramponna. Mais en dépit du danger, elle sourit ; c'était presque comme si elle revivait la tempête qu'ils avaient essuyée à bord du vaisseau d'Orphée. De la même manière, elle avait conscience du danger et le sentiment d'être d'autant plus vivante. Pourtant, son cœur restait obstinément figé.

Alors qu'ils approchaient de l'île, son cheval changea de cap et ralentit en se dirigeant vers le surplomb rocailleux qu'avait indiqué Ioné. Il y avait là une petite plage en pente douce ; le cheval grimpa au trot sur la grève et Deina se laissa glisser maladroitement de son dos. Il hennit en lui donnant un petit coup de museau dans l'épaule. Elle voulut le caresser, le remercier, mais au moment où sa main l'effleura, le cheval s'évanouit en une gerbe d'écume.

Avec tristesse, elle se retourna et tendit le cou pour contempler la partie émergée du palais au-dessus d'elle en attendant que les autres la rejoignent. La façade était émaillée d'un agrégat de coquillages blancs ou aux innombrables nuances de couleurs vives, qui serpentaient sur les murs entre des arcades et des tours. L'endroit semblait paisible et de toute beauté, jusqu'à ce qu'une silhouette émerge d'un passage voûté. Un garde, manifestement : il était armé d'un trident et portait en bandoulière une coquille en spirale bien plus grosse que celle qu'avait utilisée Tauredos. À l'instar des sirènes et des tritons qu'elle avait vus rôder parmi les récifs coralliens, c'était une créature hybride. Elle avait le haut du corps, les bras et la tête d'un humain. Mais à partir de la taille, en lieu et place de jambes, Deina découvrit la queue, les pattes et les pinces d'un énorme homard. Elle frémit. Le garde porta la conque à ses lèvres et donna un coup de clairon qui résonna à travers le paysage rocailleux et poussa les lézards arc-en-ciel qui se prélassaient au soleil juste au-dessus de sa tête à se précipiter à l'abri d'une crevasse voisine.

Exactement ce qu'on devrait faire.

Sans bruit, les Dissociants reculèrent dans l'ombre au pied de la falaise. Dendris pointa un doigt ; le groupe la suivit vers l'entrée d'une petite caverne quasiment masquée par de gros rochers ronds. L'espace ne tarda pas à se réduire et à devenir à peine plus large qu'une brèche dans la roche.

À environ deux tiers du parcours, alors que l'exiguïté commençait à devenir vraiment gênante, Dendris s'arrêta en levant devant elle la sphère que lui avait confiée Ioné. Sa lueur laissa voir l'entrée d'un tunnel dissimulé dans un angle de la paroi.

– Prêts ? lança Dendris.

– Comme toujours, murmura Theron d'une voix qui se réverbéra sur les parois de la caverne. Si on s'en sort, j'aimerais partir longtemps dans un coin bien tranquille où je me la coulerais douce toute la journée.

Tandis qu'Aster acquiesçait, Deina leur emboîta le pas dans l'humidité étouffante de la galerie souterraine.

9

En silence, ils suivirent la piste qui descendait en pente douce. Peu à peu, le fracas des vagues sur la plage se fondit dans le bruit de l'eau qui gouttait. À part cela, Deina n'entendait que la respiration de ses compagnons – ponctuée d'un juron quand l'un ou l'autre se cognait le doigt de pied contre une pierre – et les fredonnements de Theron. Des ritournelles étranges, qui inspiraient la mélancolie et ne lui rappelaient aucun de leurs rites ni air connu. Le tunnel formait des zigzags interminables. De temps à autre, Dendris qui marchait devant secouait la sphère et l'éclat augmentait un peu. Mais à peine. Ils cheminèrent si longtemps que Deina commença à se demander si Ioné ne leur avait pas joué un tour. On aurait dit qu'ils marchaient depuis des heures ; elle se surprit à consulter le sablier de plus en plus souvent et à surveiller du coin de l'œil le pâle scintillement de la poudre qui s'écoulait. Ça n'en finissait plus et Dendris devait secouer la sphère de manière plus fréquente. Quelle que fût la magie qui l'éclairait, elle était lentement en train de se dissiper. Theron cessa de chanter et personne ne dit plus grand-chose, hormis Tauredos qui, par instants, maugréait contre l'étroitesse de la galerie et Aster, qui se plaignait d'avoir l'estomac dans les talons, mais Deina perçut leur inquiétude croissante. S'ils se retrouvaient plongés ici dans l'obscurité, seraient-ils capables de retrouver la sortie ? Elle pesta en essuyant une énième goutte tombée sur son visage. Ce bruit continuel d'eau qui goutte sur la roche lui mettait les nerfs en pelote.

Dendris s'arrêta sans crier gare, si bien qu'Aster, deuxième dans la file, lui rentra dedans.

– Aïe, mon coude ! râla Dendris en tentant maladroitement de garder la sphère en main.

– C'est toi, aussi ! Pourquoi tu t'arrêtes ? répliqua Aster en se massant la main.

– Vous n'entendez pas ?

Dendris les regardait avec impatience.

Theron tiqua, tête penchée.

– On dirait…

– Un martèlement, interrompit rapidement Archis.

Deina tendit l'oreille. La Duelliste avait raison. Au « ploc » permanent de l'eau qui tombait de la voûte se combinait un autre bruit légèrement différent. Elle sortit un poignard de son fourreau et suivit Theron en avant – s'ils devaient se battre dans cet espace restreint, ce serait nécessairement à l'arme blanche.

Le martèlement alla crescendo. Un faisceau de lumière apparut, dont un nouveau coude du tunnel révéla la source. La galerie aboutissait sous une sorte de disque d'environ soixante-dix centimètres de diamètre, qui était percé de trous multiples ; le jour filtrait au travers, de même que ce martèlement accompagné d'un fredonnement. Ce disque était fixé dans la voûte du tunnel. Theron, qui était le plus grand d'entre eux, tendit le bras et sauta, mais même pour lui, c'était trop haut pour qu'il l'atteigne tout seul.

Aster sortit une de ses lances, il saisit le talon en fer et la leva au-dessus de sa tête. La pointe de la lame de bronze foliacée ne fit que racler le disque. Il soupira et laissa la lance glisser entre ses mains.

– C'est trop court. Et au bruit, je dirais que c'est du métal, donc ce sera lourd.

Il secoua la tête en soufflant.

– Je pensais qu'après Chalcis, c'en serait fini de se retrouver coincé dans le noir dans des tunnels sinistres. Vous vous rappelez ? Il faudra qu'on le raconte à Critos à notre retour, il sera triste d'avoir raté ça.

Avec un sourire amer, Theron et Dendris hochèrent la tête.

Deina les observa. Malgré leur environnement et la menace qui pesait sur eux, la façon qu'ils avaient de se regarder tous les trois éperonna sa jalousie. Ils avaient changé depuis leur évasion de Thèbes, de même que leur relation entre eux. Deina se sentait exclue et avait honte de les jalouser. Archis aussi les observait ; en avisant son expression un peu nostalgique, Deina éprouva de la sympathie pour la Duelliste.

– Hisse-moi sur tes épaules, Theron, décida-t-elle. On verra si j'arrive à soulever ce disque et passer une tête.

– Je te déconseille de forcer si tôt sur ta jambe, observa Tauredos. Malgré la qualité de mon travail, les sutures pourraient sauter.

– Ça va aller, t'inquiète.

Theron s'accroupit pour que Deina se mette à califourchon sur ses épaules. Une moue dubitative aux lèvres, le Chantemer s'écarta. Theron se redressa avec précaution, mais chancela un peu. Par réflexe, Deina s'agrippa à sa tête.

– Bon sang, Deina, tu fais exprès de limer tes ongles en pointe ? Si ça ne te dérange pas, j'aimerais bien garder ce sourcil intact…

– Désolée.

Deina changea sa prise. Tandis que les quatre autres prenaient position à proximité, prêts à la rattraper, elle se remit d'aplomb, puis tendit le bras vers le disque. Encore trop haut. Elle parvint tout juste à le soulever du bout des doigts – comme le supposait Aster, il était forgé dans un métal lourd –, mais sans entrevoir ce qui se trouvait au-dessus.

– Je vais devoir monter sur tes épaules.

– Tu vas tomber, objecta Theron.

– Mais non.

Elle marqua une pause avant d'ajouter :

– Du moment que tu ne bouges pas, je ne crains rien.

– Aucune pression, murmura Aster.

Deina changea de position pour hisser son pied gauche sur l'épaule de Theron, qui saisit sa cheville en laissant entendre un grognement de gêne. S'efforçant d'ignorer ses muscles qui tremblaient sous son poids, Deina pencha la tête en arrière pour étudier le disque. Les trous dont il était percé étaient assez larges pour qu'elle y glisse les doigts. Si elle se redressait rapidement, elle pourrait s'agripper en se tenant accroupie sur les épaules de Theron.

– Bon.

Deina contracta ses muscles.

– Attention… je me lance.

Elle s'élança en l'air, coinça ses doigts dans les trous et se hissa à la force des bras jusqu'à avoir les deux pieds sur les épaules de Theron. Ils vacillèrent dangereusement. Aster et Tauredos saisirent Theron pour tenter de le stabiliser. Deina resta accrochée là un instant.

– Tu es sûre de ton coup ? lança Theron. Quand tu auras repoussé le disque, tu n'auras plus de prise. Ça risque de te déséquilibrer.

Deina lui sourit, tentant d'afficher une assurance qui lui faisait en réalité un peu défaut.

– Je sais ce que je fais. N'oublie pas que je suis une demi-déesse !

La plaisanterie ne fit rire personne.

Te targuer de ta différence n'est peut-être pas le meilleur moyen de réintégrer l'équipe.

Elle ferma momentanément les yeux, s'efforça de laisser de côté son agacement et ses doutes, et de trouver son point d'équilibre, puis poussa très délicatement vers le haut. À mesure que le disque se soulevait, elle entrapercevait un gros bloc de pierre pile devant ses yeux, et un sol qui partait vers un mur. Face à ce mur, quelqu'un se tenait debout, mais elle n'en voyait que les jambes. Le fredonnement provenait-il de là ? Poussant un han, elle parvint avec peine à pousser le bord du disque sur le sol avoisinant et s'agrippa d'une main au pourtour de l'ouverture circulaire. Reprenant courage, elle le repoussa un peu plus loin avec force. Le raclement du métal sur le sol en pierre produisit un tel bruit qu'elle était persuadée que quelqu'un allait venir voir ce qui se passait. Mais celui ou celle à qui appartenaient ces jambes ne réagit pas. Une fois qu'elle eut assez de place, Deina se redressa lentement.

Les jambes étaient celles d'un homme – du moins d'une forme humaine, se reprit-elle ; il se tenait près du mur opposé. Visiblement, il était en pleins travaux de peinture ou de lessivage ; quelle que soit sa fonction, il était absorbé par sa tâche et n'avait toujours pas remarqué son intrusion. Le seul bruit ambiant était celui de son fredonnement mélodieux. Elle profita du fait qu'il était occupé pour regarder autour d'elle. Les murs de la salle étaient parés de tableaux de ce que Deina aurait pris pour de simples fleurs si ce n'était ce poisson qui fila entre leurs feuilles et leurs tiges. Pour accentuer cet effet visuel, on avait peint le sol en marbre de diverses couleurs ; le disque de métal qu'elle venait de déplacer illustrait le centre d'une énorme fleur. La pièce était bordée de portes sur la longueur et à chaque extrémité. Les murs étaient ornés de statues placées à intervalles réguliers ; le bloc de pierre sous ses yeux en était l'un des socles. Des ronds de lumière dansante bleu-vert étaient projetés par d'énormes sphères en cristal – plus grandes que celle que transportait Dendris – nichées dans des alcôves ; Deina voyait des poissons luisants nager en rond à l'intérieur.

– Alors, Deina ? lança discrètement Aster.

Pour toute réponse, elle se hissa à travers l'ouverture. Étrangement, le chanteur ne réagit toujours pas. Sa concentration extrême et inébranlable lui rappela les gardes de fer captifs de leur armure ensorcelée. Aristée et Orphée avaient trouvé un moyen de contrôler les mortels corps et âme. Et elle savait que les dieux pouvaient en faire de même, avec encore plus de facilité. Deina l'avait expérimentée avec Hadès. Elle frémit au souvenir de sa propre main prête à enfoncer une aiguille dans son œil.

– Je pense que la voie est libre, chuchota-t-elle en bas. Il y a quelqu'un, mais manifestement, il n'a pas conscience de ma présence. Poséidon a dû l'envoûter ou quelque chose comme ça.

Elle leur fit signe de la rejoindre.

– Venez.

Elle entendit l'écho assourdi d'un débat entre ses camarades. Puis Aster s'agenouilla pour permettre à Dendris de grimper sur son dos. Deina tendit les bras et saisit une de ses mains pour l'aider à se maintenir en équilibre tandis que son amie se levait prudemment sur les épaules d'Aster. L'instant d'après, Dendris était accroupie près d'elle. Ensemble, elles hissèrent ensuite Archis. Theron suivit. Il y eut un moment de flottement – Deina eut l'impression qu'Aster et Tauredos se disputaient pour décider qui monterait en dernier. Aster, supposa-t-elle, avait eu gain de cause : la tête renfrognée du Chantemer apparut peu après tandis qu'il se hissait avec effort sur le marbre froid. Il ne restait plus qu'Aster dans le tunnel.

– Tenez-moi les jambes, ordonna Tauredos.

Il se glissa en avant jusqu'à ce que le haut de son corps pende dans le vide à l'intérieur du tunnel. Même avec quatre personnes pour le retenir, l'acrobatie était périlleuse. Les ongles enfoncés dans une petite imperfection du marbre, Deina serra les dents en s'arc-boutant de toutes ses forces pour ne pas déraper sur le sol lisse. Malgré leurs efforts, Tauredos glissa en avant.

– Dépêche ! lança Theron d'une voix tendue.

La tête d'Aster émergea. Theron se risqua à tendre le bras pour l'attraper et le tira tout entier par l'ouverture. Tauredos s'écarta du trou d'une roulade et reprit son souffle, étendu par terre.

– Tu as lesté ta tunique, Aster ? Tu pèses comme du plomb !

Ce dernier rigola doucement.

– Ça, Chantemer, c'est le poids de l'héroïsme pur. Allez, viens.

Il tendit la main à Tauredos pour l'aider à se relever.

– Partons à la chasse au trésor.

*

* *

Au bout de la galerie de fresques, ils furent confrontés à un premier choix : deux volées de marches, l'une montait, l'autre descendait.

– On va par où ? demanda Dendris en jetant un œil en bas par la cage. La néréide a dit de commencer par la salle des trésors. Maintenant, peut-on se fier à elle ?

Deina se rendit compte que tous les regards étaient sur elle. Elle était peut-être allée trop loin avec son histoire de demi-déesse. Se frottant la nuque d'une main, elle haussa les épaules.

– On peut essayer la salle des trésors. Mais rappelez-vous la mise en garde de Nat.

Pour qu'Archis et Tauredos comprennent, elle précisa :

– Thanatos, le dieu de la Mort.

– Oh, fit Archis en la jaugeant du regard. Alors comme ça, vous êtes copains tous les deux ?

– C'est une longue histoire, éluda Deina. D'après Thanatos, les fragments du torque ont été cachés par Tyché, la déesse de la Fortune. Et il a émis l'idée qu'elle ait pu considérer cette tâche comme un défi. Voire un jeu.

Elle soupira.

– On sait tous que les dieux adorent s'amuser. Ils passent leur temps à se prouver qu'ils sont plus malins que de simples mortels, et les uns que les autres.

Silence, hormis le faible bruit d'un chant et du métal sur la pierre.

– Toi, tu ferais quoi ? questionna Theron en lui donnant une bourrade affectueuse. Est-ce que d'une certaine manière, tu peux essayer de raisonner comme l'un d'entre eux ?

– Mais je ne suis pas l'une d'entre eux, se défendit aussitôt Deina. J'ai un peu plus de force qu'avant, c'est tout. Je n'ai aucune idée de ce qu'a pu décider Tyché.

Tous la regardèrent d'un air qui lui sembla, malgré elle, quelque peu sceptique.

– Vraiment, je n'en sais rien.

– Mais tu es quand même plus proche que nous de la déification. Et tu as toujours eu du flair.

Theron se mit à sourire.

– Comme quand on était apprentis, Phanius cherchait du plomb et tu en as volé au forgeron. Tu te rappelles ? C'est pareil.

Deina soupira encore. Phanius était un infâme novice, pas particulièrement brillant, qui pourrissait la vie des apprentis. Il cherchait du plomb qu'il pourrait cacher dans ses poings afin de prendre un avantage déloyal aux jeux de printemps. Non seulement Deina avait trouvé et dérobé du plomb qu'elle lui avait vendu mais, en plus, avec l'appui de Theron, elle avait convaincu les anciens de la culpabilité de Phanius dans cette affaire de vol et remporté la récompense offerte. Ce n'était certainement pas pareil, même si ça restait un bon souvenir. Elle ferma les yeux. Theron avait raison : elle était une habile voleuse. Et qui sait, peut-être avait-elle hérité d'un talent particulier de sa mère Hadès ? Un trait de caractère ou un savoir qui leur serait utile.

Que ferait une divinité ? Que ferait Hadès ? Que ferais-je si on m'avait confié la tâche de Tyché ?

Aucune illumination fulgurante ne vint éclairer son esprit. Panne totale d'inspiration.

– C'est impossible, gémit Deina. Je ne suis pas magicienne…

– Essaie encore, insista gentiment Theron en lui prenant la main. On ne sait pas combien de temps on a, et cet endroit est immense.

À contrecœur, elle ferma de nouveau les yeux. Cette fois, au lieu de s'acharner à réfléchir, elle se laissa porter par le flux et le reflux de ses sensations physiques. L'écho d'une chanson dans un couloir au loin. Un bruit sourd et métallique de marteaux. L'odeur légère de la mer. L'air moite et frais sur sa peau et la fermeté du carrelage et de la pierre sous ses pieds. Le goût du sel sur ses lèvres. Imprégnée de son environnement, Deina se remémora peu à peu l'image du torque tel qu'elle l'avait vu dans le souvenir de Nat : trois brins de métal entortillés en forme de cercle. Chacun de ces brins – d'or, d'argent et de bronze – avait ses ornements et luisait au soleil…

Tout à coup, le torque s'évanouit. Le souffle coupé, Deina le vit remplacé en imagination par la silhouette gracile d'une femme aux yeux ambrés et à la peau couleur de bronze, couronnée d'un magnifique diadème représentant des remparts et des tours. Elle serra plus fort la main de Theron ; l'image tremblota puis se fixa. Les détails se dévoilèrent, comme si quelqu'un avait allumé une lampe quelque part. Cette femme – Deina sut d'instinct qu'il s'agissait de Tyché – se tenait dans une vaste pièce somptueusement décorée. La déesse recula en gloussant, et Deina comprit, vexée, que ce n'était pas une plaisanterie qui la faisait rire. La déesse se moquait d'elle. Ou plutôt, de Poséidon ; derrière Tyché, il y avait un miroir accroché au mur qui reflétait la déesse de dos et l'imposant dieu aux cheveux d'or qui se tenait face à elle. Quand Deina porta une main à son visage, Poséidon en fit autant. Deina se gonfla d'orgueil. Elle était si puissante ! Elle avait la force de l'océan, le plus redoutable de tous les éléments ! Tyché ne pouvait tout de même pas la rejeter ! Elle décida de lui accorder une dernière chance de revenir à la raison, mais la déesse s'était volatilisée. Tant pis pour elle. Deina/Poséidon admira ses biceps. Il était temps d'accueillir ses solliciteurs. Ça lui remontait toujours le moral de voir des mortels implorer son aide ici, dans son lieu de prédilection…

Quelqu'un la secoua. C'était Theron qui lui tenait fermement les avant-bras.

– Qu'est-ce qui se passe, Deina ? Tout va bien ?

Un peu sonnée, elle ne savait pas si lui et les autres Theodesmioi la regardaient avec inquiétude, perplexité ou méfiance.

– Le cacher… le cacher au grand jour, balbutia-t-elle en sentant son visage reprendre des couleurs.

– Qu'est-ce que tu veux dire ? questionna Aster.

– C'est ce que j'aurais fait, si j'étais Tyché.

Deina haussa le menton.

– C'est tout ce qui s'est présenté à mon esprit : l'idée qu'elle dissimulerait le fragment du torque à un endroit où Poséidon le verrait tous les jours sans s'en rendre compte. Dans un lieu important à ses yeux. Pour que… qu'elle se moque en cachette de sa stupidité.

Inutile de leur raconter qu'elle avait eu une vision, encore moins qu'elle s'était vue en Olympienne.

Les uns après les autres, ses camarades se mirent à approuver d'un signe de tête, bien que Theron continuât de l'observer d'un air un peu troublé.

– Alors on monte, suggéra Aster. Direction la salle du trône. En général, c'est la pièce centrale d'un palais.

– Elle sera sûrement sous bonne garde, avertit Tauredos.

– Peut-être pas, puisque Poséidon est absent.

Archis dégaina son épée et s'élança dans l'escalier en leur adressant un clin d'œil par-dessus l'épaule.

– Je suis prête à courir le risque.

Aster, Tauredos et Theron s'empressèrent de la rattraper. Deina et Dendris échangèrent un regard, puis se mirent à gravir les marches ensemble.

L'escalier donnait accès à une nouvelle enfilade de salles tout en longueur qui débouchait sur un autre escalier. Ils le montèrent, de même que le suivant et celui d'après ; poursuivant leur ascension, ils traversèrent des galeries apparemment sans fin. À l'image de la première salle, chaque espace ruisselait de couleurs éclairées de taches de lumière bleu-vert. Des mosaïques de carreaux arc-en-ciel, des coquillages et des joyaux étincelants étaient incorporés à des fresques très élaborées. Certaines images représentaient des créatures marines, des algues en arborescence ou de magnifiques coraux. D'autres figuraient des humains, des tritons et des néréides qui se livraient bataille, à des ripailles ou des ébats sexuels et à tout un tas d'autres activités. Dans chaque pièce, ils croisèrent un ou plusieurs artistes semblables à l'homme qu'ils avaient vu dans la salle des fleurs, occupé à restaurer ou ajouter un élément de décoration. Tous étaient entièrement absorbés par leur tâche. Certains chantaient ou fredonnaient tout bas. Aucun n'était totalement humain, du moins, plus maintenant. La plupart avaient la peau par endroits revêtue d'écailles irisées ou rapiécée de nacre, quand ce n'étaient pas des membres entiers. Ils possédaient tous des branchies. Pas un seul ne prêtait attention aux Theodesmioi. Jusqu'au moment où Aster, trop occupé à regarder bouche bée une peinture au plafond, se cogne à l'un d'entre eux. Le peintre se redressa et continua à égriser un minéral visiblement précieux pour le réduire en pigment. Cependant, quelques mètres plus loin, un autre qui enchâssait des coquillages dans un mur, se détourna de sa tâche à l'approche des Dissociants et les observa avec curiosité jusqu'à ce qu'ils soient hors de vue. Deina croisa le regard nerveux de Theron. La scène se reproduisit dans la galerie suivante. Dendris qui avait pris un peu d'avance s'arrêta en leur faisant signe. Les Theodesmioi se regroupèrent. Tandis que Theron sortait une outre d'eau, Aster déballa un gros morceau de viande séchée qu'il se mit à couper en quartiers. Dendris lui décocha un regard légèrement exaspéré.

– À cause d'Aster, quelque chose a manifestement changé.

Sans relever les bougonnements de protestation de ce dernier, elle passa pensivement un doigt sur le plat de sa hache.

– Vous ne pensez pas qu'on devrait les assommer ? Ou les ligoter ? S'ils avertissent ces gardes aux pattes de homards de notre présence…

Deina observa furtivement un peintre à proximité. Cet homme borgne, dont le second œil avait été remplacé par une grosse perle, avait un regard fixe perturbant, mais son attitude n'était pas menaçante.

– Pour l'instant, ils ont l'air inoffensifs. À mon avis, on continue sur notre lancée sans s'occuper d'eux.

– Je suis d'accord, approuva Tauredos. Continuons à une allure régulière et évitons tout mouvement brusque susceptible d'attirer davantage l'attention.

– On est trop lents, c'est justement le problème, objecta Archis. On devrait aller plus vite et se disperser ; comme ça, on couvrira plus de terrain.

– Non, il ne faut pas qu'on se sépare, réfuta Theron en avalant une gorgée d'eau.

Il désigna le peintre d'un signe de tête.

– Quant à ces pauvres créatures, laissons-les tranquilles. Je doute qu'elles vivent ici de leur plein gré, au même titre que Critos n'avait pas choisi de devenir un garde de bronze.

Il eut un sourire fugitif, ses pensées visiblement tournées vers son ami.

– Si le temps n'était pas compté, je suggérerais qu'on leur parle, voire qu'on tente de les libérer. Mais en l'état, il faut qu'on s'active.

Theron lança un regard entendu à Aster, qui fourra rapidement son reste de viande séchée dans son sac. Deina se demanda néanmoins s'il l'avait vue consulter nerveusement le sablier. Quand ils reprirent leur marche, elle le décrocha de sa ceinture pour le ranger dans sa sacoche.

Escaliers et galeries s'enchaînèrent. Le palais semblait infini. Finalement, alors même que Deina pensait s'être totalement trompée et les avoir orientés dans la mauvaise direction, la pièce tout en longueur où ils se trouvaient déboucha sur un espace bien plus grand : une salle haute de plafond bordée de larges fenêtres avec vue sur le lagon et la mer au loin. Aucun peintre ici, mais Dendris repéra des gardes qui patrouillaient. Ils durent se faufiler en rasant les murs jusqu'à ce qu'ils atteignent une autre salle tout aussi énorme, qui abritait au fond un trône façonné de coquillages. À l'autre extrémité était accroché un immense miroir.

Tout à coup, deux autres gardes apparurent et remontèrent le balcon filant qui longeait la salle. Deina se plaqua dos au mur et n'osa plus bouger, très consciente de la nervosité qui figea ses camarades. Dès que les gardes furent passés, ils foncèrent vers une longue table drapée d'un tissu fin et s'entassèrent dessous. Juste à temps. Un autre peloton inspecta la salle du trône avant de poursuivre sa ronde. De sous la table, Deina ne voyait que la partie crustacée de leur corps ; d'une certaine manière, c'était encore plus effrayant.

– C'était vraiment moins une, souffla Dendris. Et maintenant, on fait quoi ?

– On ne sera pas en mesure de fouiller la salle en toute tranquillité, chuchota Aster. Il y a trop de patrouilles.

– Alors il faut qu'on vise directement le bon endroit.

Deina s'aperçut qu'Archis la regardait avec l'air d'attendre quelque chose. Elle changea légèrement de position pour essayer d'avoir une vue d'ensemble sur la salle sans agiter la nappe et trahir leur position. Les murs étaient peints du même genre de tableaux que les précédents, mais leur envergure était ici plus majestueuse. Des océans entiers étaient représentés, sillonnés de centaines de navires ou peuplés de créatures marines colossales. Et tout au fond, derrière le trône en coquillages, se trouvait une représentation à grande échelle de Poséidon lui-même, en marbre, métaux précieux et gemmes. Le dieu était présenté dans une pose héroïque : nu, musclé et séduisant, il émergeait des flots sur un char tiré par deux hippocampes. Ces créatures mi-poisson mi-cheval étaient dressées de façon majestueuse, la divinité, quant à elle, brandissait un trident de sa main libre et des vagues puissantes déferlaient autour d'elle. La scène occupait toute la hauteur du mur.

– Et moi qui trouvais Aster narcissique…, plaisanta Theron.

Résistant à l'envie de frémir, Deina se concentra sur la figure de Poséidon et sur ses yeux bleu-gris. Le regard de la divinité était fixé sur le trône devant lui.

– Je vais…

Deina se tut au son d'un cor qui retentit au loin. Tout le monde se figea. Un autre garde traversa lentement la salle dans un cliquetis de pinces ; Deina eut une folle envie de bondir de sous la table pour se jeter sur lui. Mais la créature finit par s'en aller.

– Je vais jeter un œil au trône. Attendez-moi là.

Sortant de sa cachette, elle fonça vers le siège divin et se réfugia derrière, où elle retrouva Theron qui l'avait suivie sans tenir compte de ses instructions.

– Tu n'es pas obligée de t'y coller toute seule. On forme une équipe, je te rappelle.

Il se pencha vers elle, un peu indécis, puis lui vola un baiser.

– Laisse-moi t'aider.

Pleine de reconnaissance, Deina sourit. Elle lui montra du doigt le dossier du trône, pour indiquer qu'ils devraient l'étudier de plus près. L'arrière ne comprenait aucun coquillage – ce n'était que du marbre incrusté de métaux précieux et de gemmes. Au bout de quelques minutes, Theron lui montra une image qui s'étendait sur la partie inférieure du dossier : plusieurs tritons qui contemplaient tous en adoration la représentation de Poséidon sur le mur opposé. Enfin, tous, sauf un. L'expression de ce triton-là étonna Deina. Au lieu d'être en adoration, ce triton affichait une moue presque méprisante. C'était à cause de l'arc condescendant que formait son sourcil…

Deina sortit son poignard et s'accroupit pour se rapprocher du triton. De là, elle remarqua que le sourcil d'origine avait été remplacé par une pièce de métal recourbée formée de trois brins entortillés ensemble.

Bravo, Tyché.

Elle ne mit que quelques instants à décoller le fragment de torque du trône. Lorsqu'il tomba dans sa paume, un frisson la saisit, comme une vague sensation de déjà-vu. Le fait d'avoir revécu les souvenirs de Nat avait manifestement laissé des traces. Elle se releva pour partir, mais Theron lui fit signe d'attendre. Prudemment, il passa une tête. Il leva la main ; Deina eut un mouvement de recul alors qu'un cliquetis de pinces sur le marbre signalait le passage d'une nouvelle patrouille. Le bruit s'affaiblit. Theron lui fit signe d'y aller et, ensemble, ils rejoignirent les autres en courant. Deina attendit, prête à bondir, une main sur le manche de son poignard, mais rien n'indiqua qu'on les avait repérés. Elle leva devant elle le fragment de métal.

– Ça y est, murmura-t-elle. On a un premier morceau. Le torque existe vraiment. On peut y arriver.

Ses paroles furent presque étouffées par un nouveau coup de clairon, plus près cette fois. Aster avait pris le fragment pour l'examiner. Il voulut le lui rendre, mais Deina secoua la tête.

– C'est plus prudent que tu le gardes.

Elle savait que le sablier était toujours là, à grignoter son délai, mais refusa de le consulter.

– Vous êtes prêts ? chuchota Theron. On a croisé des gardes seulement à cet étage. Si on réussit à redescendre sans être vus, on devrait être tranquilles.

Dans la salle du trône et la galerie contiguë, la voie semblait libre. Abandonnant leur cachette, ils traversèrent les vastes pièces et descendirent le premier escalier à toutes jambes. D'après Deina, on ne les avait pas repérés, mais personne ne semblait enclin à ralentir. Alors ils continuèrent à cavaler sur le marbre sonore, d'une salle à l'autre. Les peintres qu'ils croisèrent se retournèrent à leur passage, mais cette fois, Deina leur trouva une expression plus hostile que curieuse. Nombre d'entre eux étaient munis de burins et de lames. Et ils les tenaient différemment. D'une manière pas vraiment menaçante, mais évocatrice d'une force qui ne demandait qu'à se déchaîner, ce qui lui rappela qu'un burin pouvait s'utiliser pour créer la beauté autant que pour infliger la violence. Et à tout instant, le son du cor retentissait de plus en plus fort.

Ils poursuivirent leur descente, Deina avait les muscles des jambes en feu, et finalement la salle des fleurs réapparut droit devant. Alors qu'Aster passait devant elle à toute allure, elle agrippa son bras en le tirant de côté et le poussa derrière le socle d'une statue exposée à l'entrée de la salle suivante. Les autres virèrent sur les chapeaux de roues pour les suivre.

– Aïe ! siffla Aster en se frottant le coude. Qu'est-ce qui t'a pris ?

– Il y a un garde tout au fond de la salle.

Deina se colla dos au socle et jeta un coup d'œil furtif dans l'angle.

Posté à l'autre issue, un des gardes mi-homard mi-homme leur barrait le chemin. Deina pesta en reculant la tête.

– Il faut qu'on détourne son attention. Des idées ?

– J'ai un burin dans mes outils, proposa tout bas Tauredos.

Il déglutit nerveusement en avisant le garde.

– Je peux essayer de me faire passer pour un peintre. J'avancerai pas à pas le long du mur en faisant mine de travailler sur la décoration, et une fois assez proche de lui…

Il mina un coup de burin dans le torse du garde.

– C'est courageux de te proposer, répondit Aster, mais un burin pour seul déguisement, ça ne suffira pas. Et à moins que tu arrives à le réduire au silence instantanément, ça risque d'ameuter ses collègues.

– Et ça prendra trop de temps, ajouta Archis. Il se peut que, dans l'intervalle, d'autres gardes se pointent. On devrait attirer son attention et se ruer sur lui.

Theron pointa du doigt une des sphères éclairantes de l'autre côté de la salle.

– Se ruer sur lui, je ne sais pas, mais à votre avis, ce serait facile de briser un de ces bocaux ? Pinces de Homard rappliquera peut-être par ici pour voir ce qui se passe. Et pendant qu'il a le dos tourné, on se faufilera dans la salle des fleurs.

Malgré la tentative d'humour de Theron, Deina devina à son intonation ses craintes et ses doutes.

Dendris secoua la tête.

– Et que fais-tu des pauvres poissons à l'intérieur ?

Theron haussa un sourcil.

– Ça m'ennuie de te le dire, Dendris, mais c'est eux ou nous.

– Comme plan, il y a mieux, marmonna Aster, mais c'est le seul qu'on a.

En un tour de main, Theron encocha une flèche sur son arc bandé. Deina attendit aux côtés des autres, derrière l'autre extrémité du socle. La première flèche rebondit sur le cristal sans le briser. Theron jura tout bas.

– Essaie de viser ça.

Archis lui montra du doigt ce qui ressemblait à une légère veine d'un blanc laiteux visible dans le verre.

– Les Duellistes sont formés au repérage des failles.

Étaient-ils aussi formés à jouer d'insupportables fiers-à-bras ? Deina dut se mordre la langue. Tauredos croisa son regard et lui adressa un petit sourire bienveillant.

Theron sélectionna une nouvelle flèche et visa. La pointe se planta solidement à l'endroit précis qu'avait indiqué Archis. Deina retint son souffle.

Un bruit semblable au craquement de la glace, puis le bocal se brisa en d'innombrables morceaux qui s'éparpillèrent par terre dans un déluge d'eau et de poissons frétillants. Deina jeta un coup d'œil derrière le socle. Comme prévu, un cliquetis de pinces signala l'arrivée du garde. Elle se tendit, prête à réagir. Theron avait déjà encoché une autre flèche à son arc.

Va-t'en, se dit Deina d'un ton pressant. D'un œil mauvais, elle fixa le garde de dos en évitant à tout prix de regarder la zone de jonction entre son buste humain et ses pinces de homard. *Va inspecter l'escalier ou une autre salle.*

Le garde leva son cor vers sa bouche.

– Merde…

Theron décocha sa flèche. Elle se planta dans la poitrine du garde et écourta le coup de clairon. Mais trop tard. Un autre coup strident retentit en réponse.

– Sauvez-vous !

Ils détalèrent dans la salle des fleurs. Aster écarta le disque de métal de l'entrée du tunnel. Pendant que Theron les couvrait, arc bandé, Dendris s'assit au bord du trou, elle agrippa le bord opposé et se balança en bas, suivie d'Archis, Tauredos et Aster. Quand Deina atterrit à son tour, Dendris avait entre-temps allumé la sphère de Ioné. Elle la secoua, l'air inquiète. Sa lueur faiblarde clignotait avec hésitation.

La vibration d'une flèche décochée résonna juste avant que l'arc de Theron ne tombe avec fracas par le trou. Theron sauta aussitôt après. Il n'avait même pas touché terre qu'un gros bras musclé plongeait dans le tunnel en cinglant l'air de sa main griffue.

Aster tira Theron au sol et le poussa en avant. Tous s'enfuirent en hâte, courant aussi vite que possible dans le tunnel exigu. Juste avant un tournant, Deina jeta un coup d'œil derrière eux. Un des gardes avait passé la tête et le haut de son corps par le trou, mais il semblait coincé :

ses grosses pinces de homard ne passeraient jamais. Dès qu'ils trouveraient des marteaux, il ne mettrait sûrement que quelques minutes pour éventrer la voûte du tunnel. Mais ça leur laissait quand même un peu d'avance.

Malgré leur épuisement grandissant, ils continuèrent à courir dans le noir sans jamais oser ralentir, poussés par la crainte de ce qui pourrait les rattraper. Affaibli par sa blessure à la jambe, Theron commençait à fatiguer lorsque le tunnel bifurqua une dernière fois et que l'éclat aveuglant du jour fendit soudain l'obscurité. Deina accéléra, elle fonça vers l'entrée de la caverne et ressortit en trombe sur l'étroite plage de sable. Tauredos avait déjà à la main la coquille de l'escargot de mer. La note qu'il souffla fit frémir la surface du lac et les chevaux d'écume prirent peu à peu forme. Mais sur les hauteurs du palais, les gardes les avaient repérés. Ils commencèrent à descendre sur le flanc de l'île en ondulant sur leurs pinces. Les flèches qu'ils décochaient dans leur direction se rapprochaient de plus en plus. Dès que les chevaux atteignirent la berge, Theron tira Deina du rocher derrière lequel ils s'étaient abrités et la poussa vers l'une des montures.

– Vite !

Les chevaux s'élancèrent au galop sur le lac, mais les gardes de Poséidon étaient toujours à leurs trousses. Jetant un coup d'œil derrière elle, Deina constata avec désarroi qu'ils pouvaient nager tout en décochant leurs flèches.

– Plus vite !

Elle pria pour que sa monture comprenne et obéisse. Apparemment, oui ; elle la sentit bondir en avant face au vent qui fouetta ses cheveux en arrière. L'amas de rochers qui bordait le lagon se rapprocha. Ils allaient y arriver. Dendris n'avait plus qu'à jeter la sphère dans l'eau pour que Ioné vienne à leur rescousse…

Un cri retentit. Devant elle, le cheval que montait Tauredos venait d'être touché par une flèche. Sous le regard horrifié de Deina, l'animal disparut dans l'écume et le Chantemer fut jeté à bas dans le lagon. Il se releva à grand-peine. Deina amorça un virage, main tendue pour le hisser derrière elle. Il se mit à patauger vers elle, mais trébucha et baissa les yeux en poussant une exclamation d'effroi.

Deina retint son souffle.

Tauredos était rongé à vue d'œil par le sable gris. Tandis qu'elle se démenait pour le rejoindre sous les cris incrédules et épouvantés de ses amis, les jambes du Chantemer s'effritèrent sous lui et les eaux l'engloutirent davantage. Comme une traînée de poudre, la métamorphose se propagea à son buste et ses bras qui s'effondrèrent par blocs. Le sable emporta sa poitrine, son cou, sa mâchoire. Son corps se désintégra, puis la face supérieure de son visage et sa tête tombèrent en avant à la surface du lagon. La stupeur dans son regard se lisait encore quand ses yeux se désagrégèrent à leur tour en grains de sable gris et s'évaporèrent. Son cheval ralentit et s'arrêta. Médusée, Deina fixa ces eaux limpides et en apparence sans danger.

– Non !

Aster passa au galop devant elle en se dirigeant droit vers l'endroit où venait de périr Tauredos. Sur le coup, Deina pensa qu'il allait se jeter à l'eau. La même pensée avait dû effleurer Dendris car elle lui hurla de s'arrêter. Deina poussa sa monture vers Aster et peina pour le rattraper par le bras.

– Ne touche pas cette eau !

– Dépêchez-vous, tous les deux ! Ils se rapprochent !

Le cri venait d'Archis qui talonnait son cheval. Elle jeta sur les bas-fonds placides un regard hébété de stupeur.

Affolée, Deina chercha les autres du regard. Theron s'était brusquement retourné sur son cheval et s'acharnait à tirer des flèches sur les gardes à leur poursuite. Deina n'eut pas le temps de lui crier de se sauver que Dendris l'entraînait de force, loin de leurs assaillants.

– Si je rentre sans toi, Critos ne me le pardonnera jamais ! l'entendit dire Deina.

Theron et elle guidèrent leurs montures vers les rochers qui jalonnaient le lagon.

– Allons-y, Aster.

Les larmes aux yeux, Deina talonna son cheval. Atteignant la barrière rocheuse, elle se glissa à terre et se réfugia sur la crête aux côtés des autres.

– Dendris, la sphère, souffla-t-elle.

– Ils vont débouler d'un instant à l'autre ! paniqua Aster en armant sa lance.

La Mycénienne jeta avec violence le globe bleu pâle aussi loin que possible dans l'eau. Les boucles vertes de Ioné émergèrent et ils foncèrent pour la rejoindre.

– Prêts à rentrer ? demanda la néréide.

Deina hocha furieusement la tête. Une flèche ricocha sur un rocher à proximité – un des gardes avait gravi la crête.

Ioné leva une main. Le maelström réapparut. Deina tira brusquement Archis pour lui éviter une autre flèche tandis que Theron ripostait et que Ioné recommençait à les doter de branchies. Vint enfin le tour de Deina. Un baiser, un élancement, et la néréide la poussa dans la mer.

Les flots se refermèrent au-dessus de Deina, et la dernière image qu'elle garda du palais de Poséidon fut celle d'un garde brandissant une lance avec la satisfaction triomphante d'avoir réussi à chasser les envahisseurs.

10

Des mains robustes hissèrent Deina hors de l'eau, sur l'herbe engorgée de feuilles détrempées. Elle leva le regard vers des yeux bleu saphir et un sourire malicieux. Nat.

– Tu nous attendais ?

– Absolument pas : ça fait plus d'un mois que vous êtes partis selon votre calcul du temps, et je suis très sollicité, tu sais. En votre absence, l'hiver s'est installé à Iolcos. Pas que l'hiver, d'ailleurs.

Il effleura du doigt le creux entre ses clavicules.

– Mais toi et moi, nous sommes liés par les Enfers. J'ai senti que tu revenais ici.

Il releva vivement la tête vers Lysigoras qui accourait vers eux.

– Les Chantemers vous cherchaient ! Je crois qu'ils commençaient à perdre espoir.

Deina se remit debout avec lassitude. La traversée du retour s'était déroulée sans encombre ; pas d'attaque de sirènes, et les gardes aux pinces de homard ne les avaient pas poursuivis. Hormis Tauredos, ils étaient tous revenus sains et saufs au royaume des mortels. Les autres s'approchèrent.

Archis tremblait un peu. La bouche pincée en un trait hostile, Theron fixait Nat du regard.

– Votre Grandeur…, dit Lysigoras d'une voix haletante en s'inclinant devant Nat. Dissociants. On vient de m'informer de votre retour. Votre quête fut-elle fructueuse ?

En guise de réponse, Aster sortit le fragment de torque de la bourse accrochée à sa ceinture et le lui tendit. Tout le monde, y compris le dieu de la Mort, se rapprocha en cercle.

Archis montra du doigt des gravures dans les brins de métal entortillés.

– Ce sont des symboles ou un simple ornement ?

– Hmm, fit Nat, songeur. Héphaïstos a pris encore plus de risques que je ne croyais. Ça…

Il désigna les marques avec son auriculaire.

– Ce sont des caractères que les dieux utilisent pour écrire dans un langage connu d'eux seuls. En gravant une telle inscription dans un objet, la divinité lui attribue une partie de son pouvoir.

Il prit le fragment et le tourna pour l'examiner sous tous les angles.

– Mais je ne saurais dire si Héphaïstos cherchait à lier ce torque à son propre pouvoir ou à celui de quelqu'un d'autre.

Avec un haussement d'épaules, Nat rendit le fragment à Aster.

– Pas étonnant que Zeus ait souhaité le conserver.

Lysigoras leva les yeux.

– Mais au fait, où est Tauredos ?

Son regard impuissant passa de l'un à l'autre.

– Nous avons subi une attaque dont il n'a pas réchappé.

Deina aurait aimé en dire plus, qu'il s'était défendu comme un lion, mais il n'en avait même pas eu l'occasion.

– Je suis désolée, cher ancien.

– C'était un homme honorable, émit Theron. Robuste, habile. Et son sacrifice ne sera pas vain. Nous y veillerons.

Les autres murmurèrent en signe d'approbation, Aster glissa un bras sur les épaules de Dendris qui essuya une larme au coin de son œil.

– C'était un brave homme et sa disparition sera douloureuse pour cette Maison… Mais il connaissait les risques.

Lysigoras frémit et resserra l'épaisse cape sur ses épaules.

– Et si comme je l'espère, des odes sont un jour dédiées à cette épopée, son nom figurera peut-être dans ces récits.

Il jeta au ciel un coup d'œil inquiet.

– Venez. De nombreux changements sont survenus à Iolcos ces dernières semaines. Rentrons discuter.

Le ventre d'Aster choisit ce moment pour gargouiller. Le Chantemer âgé lui sourit gentiment.

– Et nous restaurer.

*

* *

Lysigoras les emmena à une petite grange qui servait à entreposer les produits du potager. L'endroit était poussiéreux et infesté de souris, mais tranquille. Seuls les plus fidèles assistants du Chantemer savaient qu'ils étaient ici. Ils se lavèrent et se sustentèrent, leurs plaies furent soignées, puis ils se reposèrent un peu, évitant soigneusement de discuter de leur quête ou de la guerre au sens large. Dès qu'il avait eu vent du retour de Theron, Critos s'était risqué à le rejoindre depuis la Maison de Zeus. Theron le questionna plus amplement à propos de Thèbes et le Duelliste sembla heureux de l'aider à enrichir ses connaissances limitées sur la ville qui l'avait vu naître. Assis près d'eux, Nat se joignit à leur conversation en évoquant ses souvenirs de la cité antique – sans doute dans l'intention délibérée d'agacer Theron, pensa Deina. Bien que ce dernier s'efforçât clairement d'ignorer le dieu de la Mort, il était à l'évidence fasciné par le vécu dont témoignait Nat en matière d'événements historiques. Aster sympathisa avec Archis qui avait en commun avec lui une passion pour les armes. Il sembla particulièrement inspiré par ses manchettes de protection qu'elle avait adaptées pour cacher à l'intérieur des lames de bronze retenues par un taquet ; une simple pression de ses poignets l'un contre l'autre suffisait à les éjecter. Pendant ce temps, Deina avait incité Dendris à lui en raconter davantage sur leurs aventures après leur départ de Thèbes. Elle se dit que c'était parce qu'elle aimait écouter son amie. Et c'était vrai, néanmoins une petite part d'elle-même commençait aussi à se demander si Dendris éprouvait plus que de l'amitié à l'égard de Theron et elle voulait vérifier cette hypothèse.

Il ne fut cependant pas possible de différer indéfiniment la concertation avec Lysigoras. Les nouvelles n'étaient pas réjouissantes. Seulement deux semaines après que Deina et ses camarades étaient partis à la recherche du royaume de Poséidon, Aristée avait mené un raid sur la ville. En découvrant que Theron avait non seulement survécu au jugement de Neidius mais s'était aussi échappé, il était entré dans une fureur meurtrière. Tenant la Maison d'Hadès pour responsable, il avait massacré les six derniers gardiens de la Maison et plusieurs anciens. C'était presque une chance, pensa Deina, qu'Anteïs ait trouvé rapidement la mort aux mains d'un ami. La plupart des Chantemers et des Duellistes de la ville avaient été enrôlés dans l'armée d'Aristée. Critos leur révéla que lui et d'autres Theodesmioi de la Maison de Zeus, qui avaient évité la conscription, avaient commencé à organiser et mettre en œuvre une campagne de sabotage pour essayer de reprendre un peu le contrôle de la ville. Mais les choses se corsaient ; non content d'avoir perpétré ce carnage, Aristée avait maintenant mis ses propres soldats – hommes et gardes de fer – en garnison ici, et ses navires de guerre étaient alignés sur les plages du port de Iolcos. Personne ne pouvait quitter la ville sans être fouillé. La garnison raflait presque toutes les denrées alimentaires et la population commençait à être affamée.

– D'où les portions plutôt chiches qui vous ont été servies, commenta Lysigoras en montrant d'un geste les restes de leur dîner. Nos réserves diminuent. Heureusement, si j'ose dire, qu'il reste si peu d'entre nous ici. Je peux tout de même vous fournir quelques vivres, ainsi que des bottes et des manteaux plus adaptés à la saison.

Les cinq Theodesmioi, plus Nat, l'ancien et Critos étaient regroupés autour de la table à l'extrémité de la grange.

– Et Aristée est toujours en ville ? demanda Theron qui était assis près de Critos, un bras sur ses épaules.

– Il est parti à bord de son vaisseau amiral il y a deux jours, répondit Lysigoras. Une quinquérème qui occupait un tiers du port.

Deina supposa qu'il s'agissait de l'imposante galère à cinq rangs de rames qui avait appartenu à Orphée.

– A-t-il remis le cap sur Thèbes ? Ça, je l'ignore. Ce sont là toutes les informations dont nous disposons...

Il pianota des doigts sur la table.

– Ce n'est pas prudent que vous restiez à Iolcos. Ni pour vous ni pour nous. À tout moment, Aristée pourrait ordonner à ses gardes de fer de passer la Maison au peigne fin. Nous ne pouvons pas nous permettre de leur barrer la porte.

– J'aimerais qu'on m'enferme dans une pièce avec Aristée, grommela Archis. Sans sa garde rapprochée, le combat serait expéditif.

– Et tu le perdrais sûrement, objecta Critos d'un ton grave. Tu es jeune et inexpérimentée, méfie-toi des souhaits que tu formules, ils pourraient bien se réaliser. En général, ceux qui sous-estiment Aristée finissent par perdre la vie.

Archis lui lança un regard mauvais et se tut.

Nat se pencha en avant, s'accouda à la table et posa le menton sur ses mains. Il les avait regardés dîner et, de ce qu'en avait vu Deina, apparemment, il s'était bien amusé.

– Alors, chers Theodesmioi ? Vous êtes parvenus à infiltrer le royaume de Poséidon, le moment est donc venu de décider de la suite.

– On doit le détruire, rétorqua aussitôt Aster. C'était l'objectif fixé.

Il marqua une pause, l'air soudain perplexe.

– On peut le détruire, n'est-ce pas ?

– Les Ensorceleurs d'Héphaïstos en sont sûrement capables, présuma Dendris. C'est du métal ensorcelé, identique à celui de tous les torques.

– Pas tout à fait, leur rappela Nat. Celui-ci fut forgé en personne par le dieu du Feu et il est gravé du propre langage des dieux. Si je l'avais su avant, je vous aurais prévenus : les Ensorceleurs ne seront pas en mesure de le détruire. Seul Héphaïstos a ce pouvoir et il ne pourra le détruire que dans sa forge, dans les profondeurs obscures de l'Olympe.

– Est-ce que tu peux le lui apporter ? questionna Deina. Et lui demander de le détruire ?

Nat renversa la tête en arrière en s'esclaffant.

– Que moi, je pénètre dans l'Olympe sans y avoir été invité ? N'y comptez pas. Aussi incroyable que ça paraisse vu ma beauté renversante et ma personnalité enjouée, il semble que ma compagnie n'enchante guère les autres dieux.

Son sourire s'estompa.

– Je serais repéré dès mon arrivée et aussitôt expulsé.

Comme par le passé, Deina mesura soudain l'immensité du personnage qui se tenait face à elle. À la différence que, cette fois, elle perçut l'abîme sans fin de son fardeau, le poids de sa solitude comme de son pouvoir. Les autres divinités le fuyaient-elles par crainte de la mort ? Ou bien parce qu'elles y aspiraient en secret ?

– En outre, poursuivit Nat, même si je parvenais à parler à Héphaïstos ni vu ni connu, impossible de savoir ce qu'il fera réellement du fragment. Il le détruira peut-être. Peut-être pas.

Theron grogna en se frottant la figure.

– Dans ce cas, nous ne pouvons que prendre la fuite. Il faudra être constamment en mouvement. Et conserver le fragment en lieu sûr jusqu'à ce qu'Aristée soit renversé, ou tué.

Le désespoir qui se lisait sur le visage de ses amis n'échappa pas à Deina. Toute une vie de cavale les attendait pendant qu'elle serait emprisonnée dans les Enfers, dans l'impossibilité de les aider – ou pas disposée à le faire si jamais elle cédait à sa mère et devenait une immortelle. Elle n'avait toujours pas trouvé le moyen d'empêcher les graines de la ramener de force au royaume d'Hadès.

Et le torque ?

La question infusa son esprit comme de l'huile se répandant dans l'eau.

Et si en plus de retrouver ses fragments, tu les ressoudais ? Si tu reconstituais le torque et utilisais son pouvoir pour te libérer de l'influence des graines ?

Elle chassa cette petite voix dans sa tête. Nat l'observait attentivement.

C'était absurde. Elle n'avait aucune idée du fonctionnement de ce torque ou du pouvoir qu'il renfermait, à part celui d'exercer une emprise absolue sur les Theodesmioi. Rien ne lui permettait d'affirmer avec certitude qu'il pourrait lui servir. Et pourtant, maintenant qu'elle avait germé dans son esprit, l'idée l'obsédait.

– Un Ensorceleur serait-il capable de ressouder le torque, Nat ?

Le dieu de la Mort ouvrit grand les yeux.

– Peut-être. Sous réserve qu'il dispose des trois fragments.

– Qu'est-ce que tu cogites, Deina ? s'enquit Theron.

– Fuir Aristée n'est pas une solution. Si nous avions le torque dans son intégralité, peut-être que… il nous serait utile. Au lieu de contrôler les Theodesmioi, les incantations gravées dans le métal pourraient permettre leur libération.

– De quelle manière ? s'étonna Dendris.

– Je ne sais pas encore. Mais si on l'avait dans les mains, on arriverait peut-être à résoudre cette énigme. Grâce à ça, on pourrait ordonner aux Ensorceleurs de se rendre dans chaque Maison pour libérer tous les Theodesmioi.

Pour l'instant, il était inutile de partager avec eux sa réflexion au sujet des graines. Déjà qu'elle s'en voulait de se bercer d'illusions, elle n'allait pas en plus donner de faux espoirs à ses amis.

– Theron le porterait pour en disposer comme il l'entend.

Theron secoua la tête. Eh bien, s'il n'en voulait pas, elle se dévouerait.

– C'est suivre une voie dangereuse que tenter d'usurper le pouvoir des dieux, souligna Lysigoras, l'air dubitatif.

– Mais c'est vous qui dites que nous ne pouvons pas rester à Iolcos. Puisque nous sommes forcés de partir, qu'avons-nous à perdre ? opposa Deina. Pourquoi ne pas tenter de retrouver les autres fragments avant qu'il ne soit trop tard ?

– Je crois que je préfère encore risquer ma vie que la passer à fuir, finit par approuver Aster. Il n'y a aucun honneur à vivre caché jusqu'à la fin de ses jours.

– C'est vrai, soupira Dendris. Mais le risque est grand. Imaginez qu'on réussisse et qu'au final, Aristée nous dérobe le torque ? Je ne suis pas convaincue par cette idée, mais une chose est sûre, nous devons rester soudés aussi longtemps que possible. Si la majorité accepte de se lancer, je vous suis.

D'un regard, elle sonda l'opinion de Theron.

– Je suis partante, décida Archis en vidant sa coupe de vin avant de la reposer brutalement sur la table. J'aimerais mieux me battre contre Aristée au grand jour, mais à défaut, c'est notre meilleure option.

Theron observa Deina. Le doute se lisait dans ses yeux. Mais elle sentait qu'il était tenté d'aller dans son sens. Il lança alors un regard à Nat et sembla aboutir à une décision.

– Je suis d'accord. Je n'ai aucune envie de porter ce torque, mais si nous réussissons, nous trouverons peut-être quelqu'un de plus apte à le manier. Je suggère que cette fois, nous tentions le royaume de Zeus. Est-ce que tu peux nous y mener, Thanatos ?

Le dieu de la Mort fit non de la tête.

– L'Olympe est le mieux gardé de tous les royaumes. Deina y sera peut-être admise, mais de simples mortels ? Impossible, à moins de changer votre nature.

Theron s'exclama d'un air contrarié :

– Je ne comprends pas ? Tu disais tout à l'heure que les mortels avaient accès aux royaumes des dieux. Que nous, Dissociants, en étions la preuve vivante. Si on n'arrive pas s'y introduire, alors on ne pourra pas…

– Comme d'habitude, tu n'écoutes pas, prince de Thèbes, le coupa Nat d'un ton brusque. Vous pouvez accéder à l'Olympe. Simplement, vous devez d'abord changer votre nature.

– Tu peux arrêter de parler par énigmes ? riposta Theron. Comment peut-on changer notre nature ?

– En déguisant votre apparence humaine, Dissociant.

– Et sur ce point, pouvez-vous nous aider, Votre Grandeur ? hasarda Aster.

– Sais-tu, Aster, que je préfère nettement ta déférence à la suffisance de Theron ?

Le dieu de la Mort lui adressa un clin d'œil qui lui empourpra les joues.

– Malheureusement, la réponse est toujours non. Mais je connais quelqu'un qui pourra vous aider. C'est une figure légendaire et une puissante magicienne. Je peux même vous conduire à elle. Il faut juste que nous trouvions un bateau.

Il tendit le bras vers Deina et glissa une main sur les siennes.

– Je connais ton amour de la mer. Ça me plairait d'avoir tes impressions.

Sa voix dégageait une tendresse inattendue. Se sentant observée, Deina n'osa pas regarder Theron. Elle sourit à Nat, mais retira ses mains.

– Vous disiez que votre Maison possédait un bateau, Lysigoras ?

Le Chantemer acquiesça.

– Aristée ne l'a pas réquisitionné. Pour l'instant. Il est amarré dans une petite crique juste derrière nos remparts. La marée sera haute peu après l'aube ; d'ici là, reposez-vous.

– Et toi, Critos ? reprit Theron en donnant une bourrade amicale à l'ancien garde de bronze. Je pensais que tu serais en sécurité ici, mais Iolcos m'a l'air encore plus dangereux que les royaumes divins. Veux-tu nous accompagner, cette fois ?

– Non. Mes connaissances des tactiques d'Aristée sont précieuses pour mes compagnons et j'ai promis de les aider ; si tu le permets, mon roi, ma place est ici. Néanmoins, j'ai un cadeau pour toi.

Critos souleva un paquet qu'il posa et déballa sur la table. Une mince couronne tressée de feuilles d'or étincela à la lueur de la lampe. Quelqu'un haleta d'émotion.

– La couronne de Thèbes. Je m'en suis emparé la nuit où nous avons fui la Cadmée. Elle sera plus en sécurité avec toi qu'ici.

Theron voulut protester, mais Critos lui prit doucement les mains. Il lui montra les épaisses marques de tissus cicatrisés qui défiguraient les poignets de Theron, souvenir indélébile du jour où Orphée avait abandonné son fils en bas âge ligoté à un poteau à flanc de montagne pour qu'il soit dévoré par les loups.

– Je sais que tu redoutes ton héritage de crainte de suivre la voie sinistre frayée par Orphée si tu montes sur le trône du Dominion thébain.

Un tressaillement douloureux agita les traits de Theron et déclencha chez Deina un élan de compassion.

– Mais tu n'es pas ton père, Theron : tu l'as déjà prouvé.

Critos serra ses mains plus fort, puis les relâcha.

– Ne laisse pas son fantôme te décourager ni sa malveillance déterminer le cours de ta vie.

– Critos a raison, Theron, enchérit Dendris, penchée au-dessus de la table. Tu ne seras jamais comme Orphée. Tu ferais un roi digne de son peuple. Bon, juste et clément.

Ses yeux brillaient comme si elle voyait réellement l'avenir qu'elle décrivait.

Critos poussa la couronne vers Theron.

– Au moins, si tu l'emportes, tu seras forcé d'y réfléchir.

– Tu es un ami dévoué, Critos, répondit Theron en souriant chaleureusement. Je ne sais pas ce que je ferais sans toi. Et je te promets de réfléchir sérieusement à tes paroles.

Il repoussa doucement la couronne vers l'ancien garde de bronze.

– Mais j'aimerais quand même que tu la gardes pour moi.

– Très bien.

Critos lui donna une tape vigoureuse sur l'épaule et rangea la couronne dans son linge.

– J'accepte cet échec, mais il n'est que provisoire. Nous en reparlerons à ton retour – bientôt, j'espère. Je ferais bien de retourner à la Maison de Zeus ; maintenant qu'il fait nuit, ce sera un jeu d'enfant.

– Et moi, je dois retourner dans les Enfers pour voir ce que fabrique cet Oneiroi turbulent, annonça Nat en se levant.

À la perspective de son départ, Deina se sentit soudain nerveuse. Mais son malaise était peut-être simplement dû à l'ampleur de la tâche qui les attendait. Après tout, ils s'apprêtaient à pénétrer clandestinement sur le territoire de Zeus, le roi des dieux.

– Je vous rejoindrai sur le bateau une fois qu'il sera en mer, ajouta Nat. Lysigoras, je ne vous reverrai pas avant que votre heure ait sonné. Espérons que ce soit dans un bon bout de temps.

Et il se volatilisa.

L'ancien des Chantemers leur souhaita bonne nuit et Critos fit ses adieux. Il parla d'un ton léger, sans s'attarder, puis s'éloigna en hâte comme s'il n'y avait aucun risque que ce soient leurs dernières retrouvailles.

Aster et Dendris entamèrent une partie de dés en picorant les maigres restes de nourriture, Deina ramassa un des couchages qu'avait fournis Lysigoras – rien de très solide, sinon une fourrure sur laquelle s'allonger et une couverture – et grimpa par l'échelle sur la plate-forme surélevée sous le toit.

– Ça te dérange si je me joins à toi ?

À mi-hauteur des barreaux, la tête de Theron apparut, nimbée en contre-plongée dans un halo de lumière, mais il faisait trop sombre en haut pour que Deina distingue son expression.

– Pas du tout. Je suis montée pour m'éloigner des souris, pas de toi.

Elle termina d'étaler la fourrure, s'allongea et rabattit la couverture sur elle en fixant les poutres du plafond drapées de toiles d'araignées, et un rond d'étoiles qui scintillaient par un petit trou dans le toit. Tandis que Theron s'installait à côté d'elle, elle repensa soudain au sablier et se redressa.

– Il faut que je vérifie...

Elle sortit la structure en obsidienne de son sac et observa les deux vases.

– Ah, non... Non, ce n'est pas normal !

Elle secoua l'instrument.

– Il me restait plein de temps au royaume de Poséidon...

Elle mit brusquement l'objet sous le nez de Theron.

– Regarde.

Il se cala sur un coude et contempla le sablier d'un air sceptique.

– Il n'est rempli qu'au tiers... Ce n'est pas si mal.

– C'est presque la moitié !

Tout en sachant que ça ne changerait rien, elle renversa le sablier et tapa sur le fond du plat de la main. La poudre argentée continua de s'écouler inexorablement vers le haut. Maudit truc. Pourquoi ? Pourquoi s'était-il soudainement rempli ?

Oh.

Parce que, pendant leur bref passage au royaume de Poséidon, le temps ici s'était écoulé plus vite. Par conséquent, dès son retour à Iolcos... le sablier s'était ajusté. Elle voyait d'ici Nat lever les yeux au ciel devant sa lenteur d'esprit. Deina se rallongea en poussant un grognement.

– Je suis désolé, soupira Theron en tâtonnant pour trouver sa main. Si seulement je savais quoi faire.

À cette proximité, Deina sentait la chaleur de son corps. Elle se rapprocha.

– Et moi donc.

Elle regarda fixement le temps qui tourbillonnait à l'intérieur du sablier.

– Ce n'était pas l'avenir dont je rêvais. Quand je me suis proposée pour l'expédition d'Orphée, ça semblait si simple. Retrouver la reine, toucher la récompense, racheter ma liberté. Quitter Iolcos pour toujours.

– On avait tous le même rêve, murmura Theron. La veille de notre départ, après le banquet, je n'ai pas fermé l'œil de la nuit. Alors je me suis occupé en réfléchissant à l'ode que je chanterais pour ma première représentation publique, une fois l'or d'Orphée récupéré.

Il rit doucement.

– J'étais tellement *persuadé* de l'emporter.

– Tu as toujours été sûr de toi. C'est pour ça que je t'aimais bien quand on était gamins. Ton assurance me laissait admirative. Je voulais te ressembler.

– Et moi, c'était ta combativité qui m'attirait. J'ai vu comment te traitaient les gosses – voire les enseignants – qui prenaient peur à cause de tes yeux vairons. Ils dissimulaient leur peur sous le masque de la cruauté. Et malgré tout ce qu'ils te faisaient subir, tu revenais toujours à la charge.

En se rappelant le passé, Deina songea qu'on pouvait probablement compter sur les doigts d'une main le nombre de fois où elle ne s'était pas battue contre quelqu'un. Ou pour quelque chose.

– Je t'ai toujours souhaité de réaliser tes rêves, poursuivit Theron. Tu te souviens de nos discussions ? Je dissertais sur l'idée que je me faisais de chanter dans un amphithéâtre et toi, tu devisais sur tes futurs voyages au long cours. C'est pour ça que je t'avais fait ce croquis, le dessin du bateau. D'ailleurs… j'ai été étonné de le voir, la nuit où je me suis introduit dans ta chambre. Je ne pensais pas que tu l'avais gardé… vu ce que je t'avais fait.

Le poing de Theron s'écrasant sur sa figure. Plus que la raclée qu'il lui avait infligée, c'était surtout son indifférence et ses moqueries ultérieures, la façon dont il l'avait exclue de sa vie qui l'avait blessée.

– Honnêtement, répondit Deina, je me demande bien pourquoi je ne l'ai pas déchiré et fichu à la poubelle. Je te détestais assez comme ça. Mais je n'ai pas pu m'y résoudre.

– Peut-être qu'au fond, je comptais encore pour toi ou que tu savais que je tenais toujours à toi ?

– Peut-être.

Ou alors, elle avait gardé ce dessin pour ne pas oublier qu'elle avait un jour compté pour lui. C'était précieux, les souvenirs. Lâchant le sablier, Deina leva sa main gauche pour contempler les deux bagues qu'elle portait. Témoignages d'affection reçus d'êtres chers aujourd'hui disparus. Une boule se forma dans sa gorge quand elle repensa au pendentif que lui avait offert Anteïs. Il faisait partie des nombreuses choses que lui avait confisquées Aristée. Sans doute ne le reverrait-elle jamais. Refoulant les larmes qui lui étaient brusquement montées aux yeux, elle se tourna sur le côté pour sourire à Theron.

– On ne peut pas changer le passé, mais au moins, il nous reste le présent.

Une main posée sur sa joue, elle l'embrassa tendrement et sentit son bras enlacer sa taille. C'était un baiser sincère. Agréable. Rassurant.

Alors pourquoi gardait-elle dans un coin de la tête l'impression qu'elle avait ressentie, lovée dans les ailes noires de Nat, quand *le dieu de la Mort* l'avait embrassée ?

Peut-être parce qu'avec lui, elle pouvait se projeter dans l'avenir. Ce n'était pas celui auquel elle aspirait. Mais... la perspective était réelle. Boire le nectar, devenir une immortelle, rester avec Nat dans les Enfers et espérer se consoler dans ses bras de tout ce qu'elle avait perdu... Avec Theron, elle vivait le présent. Selon toute probabilité, ils ne partageraient rien de plus.

Deina appuya son front contre le sien.

– On devrait dormir tant qu'on peut.

Il la serra plus fort.

– Je n'ai pas sommeil.

– Menteur. Tu bâillais à t'en décrocher la mâchoire pendant le dîner.

Theron ronchonna.

– Tu as raison. Comme toujours. Mais ne t'éloigne pas. Je détesterais que tu ne sois plus là à mon réveil.

Deina se retourna en calant son dos contre son torse et se pelotonna pour profiter de sa chaleur corporelle.

– Tu te rappelles notre traversée du Styx, entassés dans cette caisse en bois ? demanda-t-elle.

– Comment pourrais-je l'oublier ?

Theron déposa un baiser dans son cou, qui lui donna des picotements semblables à ce qu'elle avait imaginé dans la vision tentatrice d'Hadès.

– Repose-toi bien, mon amour.

La respiration de Theron ne tarda pas à ralentir et à devenir plus profonde ; il s'était endormi. Quelqu'un éteignit les lampes à huile, et peu après, Aster se mit à ronfler. Deina attendit que Theron se fût retourné pour se redresser sans bruit et fouiller dans son sac. C'était une nuit sans lune, mais la clarté des étoiles lui suffisait. Elle déroula le dessin du bateau qu'elle avait récupéré dans sa chambre. Ancienne et desséchée, la peau de bête s'était déchirée et le fusain s'était étalé si bien que le petit navire était pratiquement effacé. Presque toute la poudre noire s'était amassée dans les plis du parchemin. La brise qui ondoyait à travers la grange l'emporta.

Deina s'agrippa le ventre en ayant l'impression de voir son avenir s'évanouir sous ses yeux.

Ne sois pas ridicule. C'était un dessin, pas une prophétie.

Ça ne rimait plus à rien de conserver ce carré de peau. Toutefois, elle le roula soigneusement pour le ranger dans son sac, se rallongea et tâcha de dormir.

*
* *

Des voix manifestement agitées la tirèrent du sommeil. Deina reconnut celles d'Aster et de Dendris. Celle de Lysigoras aussi. Il faisait encore nuit, mais l'éclairage de la lampe à huile projetait des ombres étranges d'un bout à l'autre de la grange. À côté d'elle, Theron se redressa en bâillant, le regard flou. Deina le poussa du coude.

– Viens.

Son couchage rassemblé sous le bras, elle descendit l'échelle.

– … Pas sûre qu'elle soit revenue. Elle nous a peut-être lâchés. Ou alors elle a été enlevée par les soldats d'Aristée. On va devoir partir sans elle.

Dendris remballait ses affaires. Elle tendit à Deina une outre d'eau fraîche.

– Que se passe-t-il ?

– Archis a disparu, annonça Aster.

– J'ai envoyé deux Chantemers fouiller le domaine.

Lysigoras avait l'air inquiet.

– Mais la marée n'attendra pas.

– Nous non plus, enchérit Theron en bouclant sa ceinture avant de mettre son arc en bandoulière. Si quelqu'un l'a capturée, elle pourrait le mener à nous.

Personne ne l'avoua tout haut, mais Deina savait qu'ils pensaient tous la même chose : pour obtenir des informations, Aristée n'hésiterait pas à recourir à la torture. Au contraire, il s'en ferait une joie. En moins de quelques minutes, ils furent prêts à partir. Aster souffla la flamme de la lampe, et ils suivirent Lysigoras dans la nuit noire.

L'ancien les guida en silence sur un sentier étroit qui traversait des fourrés d'ifs dans l'enceinte fortifiée de la Maison. De l'autre côté des remparts, l'océan se fracassait sur les rochers gris déchiquetés sur lesquels reposaient ses fondations. À l'est, le ciel se colorait en bleu ; le prélude à une belle journée hivernale. Deina remonta la capuche de la cape que lui avait donnée Lysigoras et resta au plus près des arbres. Elle n'avait pas oublié les aigles de bronze envoyés par Aristée pour espionner la ville.

Une porte apparut. À moitié ensevelie sous un amas de lierre, elle était encastrée dans la muraille, là où la maçonnerie formait un angle qui repartait vers la ville. Lysigoras s'arrêta devant, mais, au lieu de sortir une clé, il se mit à chanter doucement. Deina ne comprenait pas les paroles, mais à l'égal de cette incantation utilisée à la Maison d'Hadès pour consolider la frontière et empêcher toute intrusion extérieure, elles étaient forcément empreintes de magie : les pierres qui encadraient la porte se mirent à luire faiblement. Un cliquetis se fit entendre et la porte s'ouvrit en grand. Aster et Theron suivirent Lysigoras sur le promontoire qui s'avançait de l'autre côté.

Un bruit de pas précipités poussa Deina à se retourner vivement. Archis déboula, mais en voyant Deina dégainer ses poignards, la Duelliste dérapa et s'immobilisa les mains en l'air.

– Ce… ce n'est que moi !

En appui sur ses genoux, elle reprit son souffle.

– Je me suis réveillée en retard.

– Où étais-tu ? réclama Deina.

– À la Maison de Zeus. Pour voir une personne chère avec qui je m'étais disputée. J'avais besoin de m'excuser. Et de lui dire au revoir.

La compassion tempéra l'agacement de Deina, mais Dendris ronchonna en la traitant d'irresponsable et abaissa sa hache en faisant signe à Archis de passer devant. Deina ferma la marche derrière la Mycénienne, puis toutes trois se dépêchèrent de rattraper les autres qui étaient déjà à mi-pente d'un escalier taillé dans le remblai. En bas, il y avait une petite crique. Sur un mince croissant de plage de galets était tirée ce qui s'apparentait à une grande barque de pêcheur.

Lysigoras les attendait sur la dernière marche.

– C'est ici que je vous laisse.

Il désigna d'un geste le torque à son cou.

Deina comprit : s'il tentait d'aller plus loin, le métal ensorcelé se resserrerait et finirait par l'étrangler. Bien que chef de sa Maison, sa liberté était limitée par les mêmes restrictions que les plus jeunes Chantemers.

– Ces hommes sont des pêcheurs employés par notre Maison. Ils vous conduiront où vous voulez.

Il inclina la tête.

– Bonne chance, Dissociante.

Deina le remercia d'un signe de tête. Il fallait espérer qu'ils joueraient de chance car ils allaient vraiment en avoir besoin.

Visiblement pressés de partir, les matelots leur faisaient signe d'approcher. Aster et Theron étaient déjà à bord ; ce dernier saisit la main de Deina pour l'aider à enjamber la coque.

– Ils aimeraient savoir vers où mettre le cap.

Pour ça, ils avaient besoin de Nat. Jusqu'ici, aucun signe de lui ; mais même Deina savait que Iolcos se situait au fond d'un golfe. Il n'y avait qu'une direction à prendre.

– Emmenez-nous loin de Iolcos. Peu importe l'itinéraire, du moment qu'on évite la flotte d'Aristée.

Le fond du bateau racla les galets et, tandis que les deux derniers matelots grimpaient à bord, les vagues emportèrent la petite chaloupe hors de la baie. Manœuvrant leurs rames, les quatre hommes les éloignèrent peu à peu de la ville. Cette fois, Deina ne se retourna pas.

*
* *

La matinée passa. Tapis au fond du bateau, têtes baissées sous le bord de la coque pour rester hors de vue d'éventuels guetteurs postés sur la côte, les Theodesmioi n'avaient pas grand-chose à faire à part attendre en observant les oiseaux marins qui tournoyaient au-dessus d'eux. L'aube n'avait pas tenu sa promesse. Des nuages cachaient désormais le soleil et s'amoncelaient en colonnes grises qui menaçaient d'éclater en orages. Tirant de toutes leurs forces sur les cordes qui la retenaient, les marins jetaient des regards anxieux à leur petite voile. Aster scruta le ciel d'un air sombre.

– On va se faire tremper jusqu'aux os, non ?

– Pourvu que non, répondit Theron. Avec un peu de chance, on sera déjà loin d'ici à braver la mort quand le déluge s'abattra.

Dendris leur sourit.

– Tant qu'on a les pieds au sec…

Ils se mirent à parler à voix basse d'un village qu'ils avaient traversé ensemble. Les pensées de Deina se tournèrent vers Nat. Et s'il ne revenait pas ? L'Oneiroi avait peut-être cédé à la tentation et brisé le sortilège. Gigotant, elle tenta de se défaire de cette désagréable impression de sentir des coups de griffes sur sa peau. Cette sensation l'avait envahie peu de temps après leur départ de Iolcos et ne faisait qu'empirer depuis. Était-ce lié à l'écoulement de la poudre argentée dans le sablier ? Elle était tentée de vérifier où ça en était, mais si le niveau était encore subitement monté en flèche, elle n'était pas sûre de pouvoir encaisser le choc. Elle interrogerait plutôt Nat.

Theron agitait une main devant ses yeux.

– Oh pardon… quoi ?

– Je disais : à quoi penses-tu ?

Il inclina la tête, une lueur inquiète dans ses yeux noirs.

– Où étais-tu partie ?

– Nulle part. Je pensais à l'Olympe, c'est tout. Je réfléchissais à l'endroit où pourrait se trouver le deuxième fragment.

Theron sourit, l'air soulagé.

– Ça nous aiderait beaucoup si Tyché avait caché chaque morceau près d'un trône. On irait plus vite.

– Curieusement, je doute que la logique soit un de ses points forts.

– Navire droit devant !

L'alerte venait du marin à la proue du bateau. Le capitaine, qui manœuvrait l'aviron de gouverne à l'arrière, regarda au large alors que les premières gouttes de pluie se mettaient à tomber.

– Eh bien ? questionna Deina.

– C'est une galère de combat, annonça l'homme d'un ton désinvolte en regardant droit devant lui comme s'il craignait d'être épié, même à cette distance.

– Une grosse. Elle ne se dirige pas vers nous, mais si on maintient notre cap, on croisera forcément sa trajectoire.

– Alors on change de cap, non ? suggéra Theron.

– Ça paraîtrait suspect. Il y a un compartiment secret sous les filets de pêche.

Le capitaine lâcha un petit sourire sans joie.

– Vous savez comme c'était avec les tributs exigés par Orphée. Un peu de contrebande, c'est ce qui nous a permis de tenir l'hiver dernier. Si vous arrivez à vous entasser là-dedans sans trop faire tanguer le bateau ni vous montrer, on devrait s'en tirer.

L'affaire fut délicate. Alors que le vaisseau se rapprochait, les Theodesmioi durent se glisser un par un dans le compartiment à peine assez large pour cinq. Sans compter que ça puait le poisson. Deina se retrouva écrasée entre Aster et la charpente du fond. À mesure que la météo se dégradait, la houle forcissait. Aster avait l'air à deux doigts de vomir.

Des cris retentirent depuis la galère, ordonnant aux pêcheurs de s'amarrer bord à bord, et une ombre se profila en travers de leur chaloupe. Deina se contorsionna en arrière, presque sur le dos, et ce faisant, mit un coup à Aster sans le vouloir. Par un interstice entre les planches, on distinguait plus ou moins le vaisseau dressé au-dessus d'eux. Aux bribes qu'elle capta, elle comprit que quelqu'un était en train d'interroger les pêcheurs, leur demandant leur provenance et leur destination. L'attention de Deina se fixa alors sur une silhouette penchée au-dessus du bastingage.

Cette toge d'un pourpre vif avait appartenu à Orphée. Le visage, en revanche, était celui d'Aristée.

11

Depuis cette fameuse nuit à Thèbes où Deina l'avait vu pour la dernière fois, quand il avait égorgé Chryse puis tenté par tous les moyens de la tuer aussi, Aristée n'avait manifestement pas changé. La cruauté qu'inspirait sa figure étroite était intacte. Deina se demanda si la cheville qu'elle lui avait broyée le faisait toujours souffrir. Elle espérait que oui.

Un de ses hommes le héla pour savoir s'il pouvait laisser repartir les pêcheurs ou s'il devait les enrôler et détruire leur embarcation. Deina retint son souffle.

Tyché, déesse de la Fortune, si tu m'entends…

Aristée agita une main et disparut. L'ombre se dissipa. Deina entendit les matelots rendre grâce en criant et bénissant Aristée, puis de nouveau le bruissement des rames qu'ils tirèrent avec force pour les éloigner du navire de guerre.

Deina éprouva un soulagement mitigé d'inquiétude. Tyché avait-elle entendu et réagi à sa prière irréfléchie ? D'un côté, ils avaient besoin d'optimiser leurs chances. De l'autre, être redevable à une divinité, ce n'était jamais bon.

Le capitaine s'agenouilla et Deina l'entendit chuchoter :

– Nous serons bientôt hors de vue. Ils ont hissé la grand-voile. Aristée doit être attendu en urgence quelque part.

Petit à petit, la houle s'apaisa. L'allure du bateau ralentit et Deina entendit un cri de surprise. La trappe du compartiment s'ouvrit en coulissant. Avec précaution, elle s'extirpa dehors. Nat se tenait à la proue. Les marins étaient à genoux devant lui.

– Que faisais-tu là-dedans, Deina ? s'étonna Nat.

Il haussa un sourcil en voyant les autres s'extraire à sa suite.

– Vous y étiez tous ? Ça devait être très douillet.

Il sourit mielleusement à Theron.

– Rebonjour, prince de Thèbes. Je t'ai manqué ?

Theron lui lança un regard noir.

– Bon, et maintenant ? les coupa Deina. Tu nous emmènes toujours voir ton amie ?

– Oh, c'est plus une simple connaissance, mais oui, allons-y.

Il poussa du bout du pied le matelot le plus proche.

– C'est bon, relevez-vous maintenant. Tiens.

Il lança quelque chose au capitaine. Deina entrevit une imbrication de pignons en métal.

– Glisse ça sur ton aviron de gouverne. Ça t'indiquera le chemin aller et retour. Et réparez-moi cette *voile*, si l'on peut dire.

– Oui, Votre Grandeur.

À l'entendre, le capitaine s'efforçait de maîtriser sa peur.

D'un air dégoûté, Nat parcourut du regard la petite embarcation et fit claquer ses doigts. L'enchevêtrement nauséabond de filets de pêche se volatilisa pour laisser place à une pile de coussins blancs qui dégringolèrent en se dispersant à travers le bateau. Archis en attrapa un au vol et colla sa joue à la douce étoffe en murmurant de plaisir.

Un autre claquement de doigts coiffa le bateau de fleurs blanches, les préférées de Nat.

– Viens t'asseoir près de moi, Deina. Vous autres, Theodesmioi, reposez-vous.

Nat lui tendit la main.

Son ton impérieux hérissa Deina, mais ils avaient besoin de lui. En plus, elle savait qu'elle prendrait plaisir à regarder la coque fendre les flots, assise à la proue, et ce n'était que pour un moment. Feignant de ne pas entendre Theron murmurer son nom, elle rejoignit Nat.

Ils poursuivirent leur voyage en avançant à bonne allure, et à mesure que les nuages se dispersaient, le soleil réapparut. Les terres qu'elle connaissait furent bientôt loin derrière eux. Le cap fixé par Nat les emporta vers l'ouest, au long d'un après-midi sans fin. Deina contempla avec joie l'horizon qui se déployait sous ses yeux. Ils traversèrent un archipel d'îles aux côtes dentelées, éparpillées sur l'eau comme une poignée de diamants bruts. Certaines étaient bordées de sable blond, d'autres chevauchées de forêts verdoyantes, denses et mystérieuses. Après quoi, même ces terres étrangères s'amenuisèrent et il n'y eut plus que l'immensité mouvante de la mer pour combler sa vue, et le vent qui sillonnait l'eau. Un vent tiède qui portait un parfum de plantes et de miel. Deina ôta sa cape et la fourra dans son paquetage. Elle ferma les yeux, huma l'air marin à pleins poumons et rit tout haut. Nat, qui l'observait, rit à son tour.

Un coucher de soleil rose et or illumina un banc de brume pâle accroché à l'horizon. Les marins hésitèrent, mais Nat leur ordonna de continuer droit devant. Le nuage les enveloppa momentanément. L'odeur suave de l'air s'intensifia au point d'en être presque écœurante.

Ils émergèrent de la brume dans une crique. Une langue de sable blanc étincelant bordait une luxuriante prairie parsemée d'arbres et de fleurs sauvages aux couleurs vives.

Effrayés, les marins attendirent à peine que leurs passagers aient sauté dans l'écume avant de repartir le plus vite possible à la rame.

Nat se leva en décrivant un grand geste du bras.

– Bienvenue sur l'île de Circé. Elle vous attend certainement.

– Circé ? s'exclama Aster. La légendaire et infâme sorcière qui a transformé l'équipage d'Ulysse en cochons ?

Ahuri, il commença à reculer, et sur le moment, Deina crut qu'il allait repartir en courant dans l'eau pour tenter de rattraper le bateau.

– C'est une très mauvaise idée. Les sorcières sont… des femmes vengeresses. Dangereuses. Au lieu de nous aider, il y a plus de chance qu'elle nous maudisse. Si on sollicite la faveur d'une sorcière, ça va mal se terminer.

– Et si vous sollicitiez plutôt une déesse ?

La voix était grave et mélodieuse, mais Deina devina la colère dans les yeux de la femme qui avait surgi de nulle part et posé cette question. Elle était pleine de dignité, sa peau était dorée et ses cheveux couleur de miel. Elle parcourut les Theodesmioi d'un regard dédaigneux et s'arrêta sur Nat.

– Thanatos.

Elle grimaça comme si ce nom avait mauvais goût dans sa bouche.

– Que fais-tu ici ? Ta présence est indésirable. Tu le sais pertinemment.

Nat se tenait aux côtés de Deina ; baissant les yeux, elle constata que l'herbe à ses pieds s'était flétrie en gelant.

Nat haussa les épaules.

– Ton île a toujours été très ombrageuse. Ce n'est tout de même pas ma faute, si ?

Circé l'ignora.

– Je suis la divine fille d'Hélios, et le pouvoir du dieu du Soleil coule dans mes veines et m'appartient.

Elle écarta les bras pour englober le paysage inondé de lumière.

– La froideur de la mort n'a pas sa place ici.

Nat jeta un regard en coin à Deina.

– En vérité, elle est contente de me voir. Nous sommes cousins.

– Des cousins éloignés, nuança Circé en le scrutant. Très éloignés. Va-t'en.

– Je m'en irai volontiers, à condition que tu acceptes d'aider ces mortels.

Il désigna d'un geste les Theodesmioi.

– Les aider ?

Circé arqua un sourcil.

– Et pourquoi voudrais-tu que je les aide ? Pourquoi tiens-tu à prêter assistance à de vulgaires mortels ?

– Quelles que soient mes raisons, cousine, ne compte pas sur moi pour me justifier. J'ai mes secrets.

Nat fixa la déesse droit dans les yeux.

– De même que tu as les tiens.

Pour toute réaction, Circé lui lança un regard noir.

– Si ça peut te faire partir, j'accepte d'écouter leur requête, mais je ne promets pas d'y accéder. Sinon, je pourrais prévenir les Moires de ta présence ici.

Elle sourit d'un air mielleux.

– Ça fait un moment qu'elles attendent que tu sortes de ta cachette infernale. À ce qu'il paraît, plusieurs dieux attendent de pied ferme des réponses de ta part.

D'un regard intense et curieux, Circé observa brièvement Deina.

– Alors ?

– Très bien. Je m'en vais.

Nat leva un index.

– Accorde-moi juste un instant.

Il se pencha vers Deina pour lui chuchoter rapidement à l'oreille :

– Je vous retrouverai quand vous vous évaderez de l'Olympe. D'ici là, quelques conseils : n'acceptez aucune nourriture de sa part et, au moindre marché qu'elle propose, obligez-la à jurer de tenir ses engagements. Et n'oublie pas : je lis dans les pensées des Dissociants mieux que dans celles de tout autre mortel. Theron commence à rêver du trône de Thèbes et Dendris à avoir des vues sur lui. Toi, tu suis une autre voie.

– Attends, quelle voie ? Une voie qui mène où ? questionna Deina.

Nat commença à disparaître.

– À la mort.

Il s'évanouit dans les airs, et ses paroles restèrent en suspens.

À la mort ? Mais qu'est-ce que ça signifiait ? Faisait-il allusion à la mort de Deina ? Celle de quelqu'un d'autre ? Il parlait peut-être de la fin de son humanité. Ou de lui-même… Deina prit conscience que tout le monde, y compris Circé, la regardait. La sorcière la toisa et bougonna ostensiblement.

– Suivez-moi.

*

* *

L'île de Circé était d'une beauté somptueuse, c'était indéniable. Deina entendait les autres murmurer de plaisir et d'émerveillement tandis qu'ils traversaient des bosquets d'arbres chargés de fleurs pâles agréablement parfumées et longeaient des cascades qui jaillissaient avec grâce pour alimenter des bassins cristallins. Des narcisses dodelinant de la tête frayaient avec des tournesols éclatants et des figuiers dont les branches ployaient sous le poids de fruits à l'aspect succulent. Ils croisèrent aussi des animaux : des chèvres qui bondissaient de rocher en rocher, un troupeau de chevaux et un arc-en-ciel d'oiseaux aux plumes lustrées qui filaient comme des flèches entre les arbres. Deina était néanmoins consciente de ne porter qu'une attention distraite à ce cadre enchanteur. Les paroles de Nat flottaient dans son esprit comme un étouffant brouillard. Elle se surprit à fixer le dos de Dendris en se rappelant le regard pétillant de la Mycénienne quand elle avait poussé Theron à monter sur le trône de Thèbes. Dendris était très séduisante. Deina se mordit la lèvre, minée par une jalousie au goût amer comme du vieux vin. Il se pourrait que Theron se décide finalement à devenir roi. Et qu'il prenne pour reine une mortelle comme lui, dont le cœur s'emballerait de joie à son contact. Au lieu d'une mortelle dont le cœur commençait lentement à se pétrifier…

Deina s'efforça de se dérider. Ses espoirs dépendaient de plus en plus de la reconstitution du torque, alors c'était vers ce but qu'elle devait tendre. Il était gravé du langage des dieux, ce qui la portait à croire qu'il serait assez puissant pour la libérer des graines. Et pour affranchir tous les Theodesmioi, bien sûr. Et ensuite ? Ensuite, elle l'utiliserait peut-être à d'autres fins. Pour que son cœur batte de nouveau. Et pour redevenir une humaine à part entière.

Ou alors, murmura une voix dans sa tête, *tu pourrais l'utiliser pour sacrer Theron roi de Thèbes. Pour éloigner Dendris. Et faire en sorte qu'il n'ait d'yeux que pour toi…*

– Par ici.

La voix de Circé interrompit sa réflexion. Deina comprit avec soulagement qu'ils avaient atteint le but de leur marche : un cercle de menhirs disposés à l'ombre de chênes plantés à intervalles rapprochés. Circé les mena jusqu'à deux plus grandes pierres verticales surmontées d'une troisième, couchée en travers, qui formaient une arche ombragée. Dans cette enceinte, l'air filtré par le feuillage était frais et pur. Le terrain formait une cuvette encaissée. La cime des arbres laissait apparaître un coin de ciel bleu limpide ; au centre du cercle, une pierre qui arrivait à mi-corps était drapée d'une étoffe rouge foncé. Devant les deux menhirs en vis-à-vis de l'arche était installée une chaise ornée du même tissu. Circé alla s'installer dessus, mains sur les accoudoirs, et regarda depuis son perchoir les Theodesmioi restés dans la pente en contrebas.

– Vous devez avoir faim, observa la sorcière.

Une table apparut près de sa chaise ; elle était garnie de fruits alléchants, de bols de crème et de pâtisseries enrobées de miel. Aster écarquilla les yeux en se léchant les lèvres.

– Tout ça a l'air délicieux.

Deina capta le regard de Theron et fit discrètement non de la tête, espérant qu'il comprendrait. Il saisit promptement Aster par le poignet.

– Merci de votre hospitalité, puissante Circé, enchaîna-t-il en la saluant, mais avec tout le respect que nous vous devons, nous ne pouvons accepter. Nous cherchons à pénétrer dans l'Olympe et le temps nous est compté…

– L'Olympe ?

Circé pianota lentement des doigts sur ses accoudoirs.

– Vous n'êtes pas les premiers à solliciter mon aide à cette fin.

Nouveau cliquetis d'ongles sur le bois ; Deina tressaillit.

– Je ne suis pas sûre de vouloir encore aider des mortels à infiltrer le royaume de Zeus. Je crois que je vais plutôt vous transformer en cochons. J'adore ces animaux. Ou bien en chiens. Ou en boucs.

Un long bâton en bois apparut dans la main de Circé.

– Arrêtez !

Deina tenta d'escalader la pente pour atteindre la sorcière, mais l'air qui l'entourait s'épaissit au point de presque paralyser ses membres. Elle tourna de force la tête vers les autres. Ils avaient l'air complètement bloqués, cloués sur place par une force invisible. Archis peinait, doigts tendus en vain, pour saisir la poignée de son épée. Aster grimaçait de douleur en essayant de brandir sa lance. Deina parvint à traîner un pied en avant.

– Je ne vous...

Elle se hissa un peu plus près.

– Je ne vous laisserai pas faire...

– Tu ne pourras pas m'en empêcher. Tu n'es pas une déesse.

Circé sourit.

– Pour le moment.

Horrifiée et présageant le pire, Deina la vit se lever en brandissant le bâton...

– Un de ces arbres est souffrant, haleta Dendris qui eut toutes les peines du monde à prononcer ces mots. Si... si vous ne faites rien, il mourra. Ce... ce n'est pas ce que vous souhaitez, n'est-ce pas ?

La sorcière abaissa légèrement son bâton.

– Lequel ? Montre-moi.

Dendris bascula un peu en avant, comme si ses jambes étaient toujours immobilisées, mais que le haut de son corps avait été relâché.

– Celui-ci.

Elle pointa du doigt un des chênes majestueux qui poussaient entre les pierres levées. Aux yeux de Deina, il semblait aussi sain et plein de vie que ses voisins ; pour eux tous, elle espérait vraiment que Dendris savait ce qu'elle faisait.

– Comment le sais-tu ? questionna Circé.

– J'ai du sang de dryade. Je perçois la souffrance de cet arbre.

Circé marmonna quelque chose et Dendris trébucha en avant, subitement libre.

– Dis-moi quel mal le ronge, et tes amis et toi aurez la vie sauve.

Dendris hésita. Deina sentait que l'envie de saisir sa hache la démangeait. Mais c'est avec soulagement qu'elle la vit plutôt s'avancer vers l'arbre et s'agenouiller en posant les mains sur son tronc. La Mycénienne se mit à chanter lentement quelques phrases qu'elle répéta en boucle, en observant une pause à intervalles réguliers d'un air de tendre l'oreille. Circé se remit à tambouriner des doigts. Deina sentait d'ici l'impatience grandissante de la sorcière.

– Eh bien ? réclama Circé.

Dendris enlaça autant qu'elle put la circonférence de l'arbre avant de reculer.

– Ce sont ses racines. Elles sont rongées par quelque chose de gros et de vorace.

Circé grimaça d'un air agacé.

– Encore ?

Elle s'approcha à grands pas de l'arbre, s'arrêta à environ six enjambées pour enfoncer son bâton dans le sol. Quand elle le retira, la terre s'entrouvrit en projetant de gros morceaux d'humus et d'herbe, et laissa apparaître la tête d'un monstrueux lombric blanc. Le bâton de Circé était planté dans le cou de la créature ; aveugle, ses énormes mâchoires béantes, il balançait la tête d'avant en arrière, continuant de chercher quelque chose à manger. Circé observa les Theodesmioi en haussant un sourcil.

– Son appétit serait peut-être rassasié par un peu de sang humain.

Elle sourit, et une épée apparut dans sa main libre. Dendris sortit sa hache de son harnais, mais elle n'eut pas le temps de viser que Circé tranchait déjà la tête du ver d'un coup d'épée. Son corps se figea dans un soubresaut.

À la seconde où le sortilège qui l'immobilisait fut enfin levé, Deina tomba à genoux. D'un rapide coup d'œil, elle constata que les autres avaient eux aussi été libérés.

– Il est… mort ? demanda Aster.

La tête décapitée avait atterri juste devant lui et le sang noir du lombric ruisselait dans l'herbe vers ses pieds. Il s'écarta d'un bond.

– Pas tout à fait, répondit Circé. Je le brûlerai plus tard et disperserai ses cendres dans la mer. Mais en attendant, je vais exaucer votre souhait et vous aider à vous introduire dans l'Olympe.

Elle descendit d'un bon pas jusqu'à la pierre drapée au centre du cercle.

– Dès lors que vous m'aurez fait cadeau de quelque chose.

– Un cadeau ? répéta Deina. Le geste de Dendris n'est-il pas un cadeau suffisant ?

Circé hocha la tête en signe de refus.

– C'était une contrepartie pour que je ne transforme pas tes amis en animaux. Là, c'est un nouveau marché que je vous propose.

Elle inclina la tête en étudiant Deina sans ciller.

– La magie est une forme de pouvoir, et tout pouvoir a un prix. Vous pouvez donc m'offrir l'une des choses suivantes : le pouvoir de communiquer avec les arbres de Dendris ; la vigueur d'Aster ; le souvenir qu'Archis garde de son frère ; le talent de chanteur de Theron. À moins que vous ayez autre chose en réserve. Et, non, Deina…

Main levée, Circé interrompit Deina qui allait s'exprimer.

– Je n'accepterai rien de ta part. Une ombre marche sur tes talons et je ne veux surtout pas m'y frotter.

Deina se souvint : Hadès, sous son apparence masculine, qui arpente l'estrade devant son trône. Cette sensation qu'elle avait eue d'une corruption ancienne pesant sur lui. L'image la fit frissonner de peur.

Non, je suis peut-être la fille de ma mère, mais je ne suis pas elle.

Circé s'esclaffa méchamment, comme si elle avait lu dans les pensées de Deina.

– Décidez-vous rapidement, vous autres. En attendant, je me prépare.

La sorcière retira l'étoffe sur la pierre et la clairière fut inondée de soleil, au point que Deina leva brusquement une main pour se protéger les yeux. Sur la surface de la pierre était posé un grand disque doré qui réfléchissait la lumière de la canopée. Du moins, elle pensait que c'était un disque ; alors qu'elle observait Circé, la sorcière se mit à jeter des herbes sur le miroir : elles coulèrent au fond. Deina se dépêcha de rejoindre les autres qui étaient déjà réunis au bord du cercle.

Les bras croisés, Archis se tenait légèrement à l'écart des Dissociants.

– Je vois, dit-elle d'un ton bourru. Vous êtes amis. Tous issus du même Ordre. Vous êtes forcés de vous tenir les coudes. Mais ne comptez pas sur moi. Je ne renoncerai pas au souvenir de mon frère. Il était ma seule famille. Je l'aimais plus que tout.

Sa voix était chargée d'émotion et ses yeux luisaient de larmes. Elle les essuya avec colère.

– Je l'aimais plus que tout et on m'a séparée de lui.

– Si tu l'oublies, tu ne seras plus triste, argumenta Dendris. En plus, tu dis que vous avez vécu ensemble jusqu'à l'an dernier : tu te rends compte de ta chance ? La plupart d'entre nous sommes arrachés si jeunes à nos familles que nous n'en avons même plus souvenir.

L'amertume envieuse dans la voix de Dendris était palpable. À son tour, Deina sentit la jalousie monter en elle. Elle avait quelques souvenirs de son père qu'Hadès avait reconstitués lors de leur première rencontre, mais cette poignée d'années vécues avec lui était lacunaire. Elle ne s'en satisferait jamais.

– Si nous voulons récupérer ces fragments de torques et aider les autres Theodesmioi, enchaîna Dendris, nous aurons besoin de la vigueur d'Aster. Quant à mon don, son utilité a déjà été prouvée. Nous en aurons peut-être encore besoin.

Archis se renfrogna, secoua la tête en signe de refus.

– Je vous l'ai dit : j'ai pris part à cette petite expédition pour me débarrasser de mon torque. Honnêtement, le sort des autres Theodesmioi m'importe peu. La majorité des anciens ne s'intéressent qu'à eux-mêmes. Vous croyez vraiment que les experts ou les novices sont différents ? Regardez ce qui s'est passé à Iolcos. La moitié des anciens voulaient vous livrer à Aristée.

Elle eut un rire moqueur.

– Vous tenez les dieux pour responsables de vos malheurs. Moi, je dis qu'on a les dieux qu'on mérite.

La mine sombre, Aster planta les mains sur ses hanches.

– Soit, tu n'as aucun honneur, mais pense au moins à ton avenir. Tu souhaites retourner dans le monde des mortels ? Alors tu es obligée de rester avec nous. Si nous revenons en vie, ce sera peut-être grâce à ma force et au sang de dryade de Dendris. Pas grâce au souvenir de ton frère.

– Et en quoi un talent de chanteur contribuera-t-il à notre survie ?

Archis désigna Theron d'un geste impatient.

– Et puis, le roi de Thèbes n'a pas besoin de savoir chanter. D'abord, c'est pour les aèdes, en plus, tous ces poètes sont une perte de temps.

Personne ne réagit. Theron fixait l'herbe sous ses pieds, la figure empourprée. Deina se rappelait avoir parlé devant Archis du rêve qu'il caressait depuis toujours : devenir aède et chanter les grands poèmes épiques relatant les aventures des héros antiques – du moins, avant qu'Orphée ne mette le feu aux poudres et ne les plonge dans le bourbier où ils se trouvaient. Soit la Duelliste avait oublié, soit elle s'en fichait complètement.

Néanmoins, si Theron montait effectivement sur le trône de Cadmus… Deina observa de nouveau Archis. Les bras fermement croisés sur la poitrine, elle fixait les autres d'un air de défi. Deina la comprenait. Elle-même ne serait pas prête à renoncer à ses souvenirs, même ceux dont l'évocation lui causait plus de peine que de joie. Elle se serait battue pour garder en mémoire les images de Chryse, Drex, Anteïs ou de son père, aussi douloureuses fussent-elles.

– Qu'en penses-tu, Deina ?

Aster la regardait avec inquiétude.

Elle inspira profondément.

– Nos souvenirs… c'est en partie ce qui nous définit. Ce serait injuste de priver Archis des siens. Si Circé te prend ton talent de chanteur, Theron, au moins tu pourras toujours te rappeler le don que tu avais jadis.

Theron leva vers elle des yeux totalement incrédules.

– Ne me regarde pas comme ça, se défendit Deina, tiraillée entre culpabilité et colère. J'étais prête à tout pour te sauver cette nuit-là dans la Cadmée.

– Je sais bien, mais… mais là, c'est différent, insista Theron. Tu sais ce que ça signifierait pour moi.

– Il a raison, enchérit Dendris en s'avançant furtivement devant lui, comme pour faire rempart de son corps. C'est injuste d'exiger ça de lui. Une faculté compte plus qu'un souvenir, et en l'occurrence, nous avons le choix.

– Tu sous-entends que moi, je n'ai pas eu le choix ?

Ce que Deina avait enduré dans la Cadmée était gravé dans sa mémoire dans les moindres détails : Chryse, les graines, surmonter la douleur physique, la voix de Nat,

Orphée… Une idée qui essayait depuis un moment de capter son attention se précisa brusquement.

– Attendez… et l'héritage de Cadmus ? Les crocs ? Tu les as emportés, Theron ?

Comprenant tout à coup, il se mit à fouiller dans son sac pour en sortir l'écrin doré que lui avait remis Anteïs. Archis demanda de quoi il s'agissait.

– Tu crois que Circé sera d'accord ? questionna Dendris qui ignora la question de la Duelliste.

– Il n'y a qu'un moyen de le savoir.

Theron redressa les épaules et s'élança dans la pente. Tout le monde le suivit.

Deina courut pour le rattraper.

– Ne les lui donne pas avant qu'elle ait juré de tenir ses engagements.

Il acquiesça d'un signe de tête.

– Puissante sorcière, commença-t-il en adressant à Circé un sourire de travers éclatant et en lui montrant l'écrin. Nous nous demandions si vous accepteriez ce présent comme alternative à ceux que vous suggériez. Vous le savez sans doute, puisque vous connaissez mon nom, je suis le roi légitime de Thèbes. Cet écrin contient l'héritage légendaire de la Maison de Cadmus, le fondateur de Thèbes : les crocs du serpent tué par Cadmus en sacrifice aux dieux pour bâtir la cité. Vous connaissez le mythe des Hommes-Semés.

Tout le monde connaissait cette histoire : après qu'Athéna avait ordonné à Cadmus de semer la moitié des dents du monstre, des guerriers étaient sortis de terre pour l'aider à bâtir Thèbes.

Circé ne quittait pas des yeux l'écrin doré.

Malgré la confiance qu'affichait Theron, Deina devinait sa nervosité à ses muscles contractés et à son port de tête. Elle savait que sous sa tunique, son cœur battait à tout rompre. Elle voyait que les autres avaient peur aussi. Mais elle, curieusement, se sentait détachée de l'issue de ce marché avec Circé. Elle se demanda alors si la glace des Enfers qui avait figé son cœur étendait à présent ses tentacules au reste de son corps. Pour s'emparer peu à peu d'elle. Et l'entraîner sur une voie au bout de laquelle elle deviendrait exactement celle que sa mère espérait. Comment de temps lui restait-il avant qu'il ne soit trop tard pour faire marche arrière ?

Lentement, Circé commença à opiner.

– Je me suis longtemps demandé où étaient passés les vestiges de l'héritage de Cadmus.

La sorcière sourit.

– C'est une contre-offre acceptable.

Elle tendit la main pour saisir l'écrin. Theron l'écarta.

– Prêtez d'abord serment sur le Styx. Si je vous remets ceci, vous devez promettre de tous nous faire entrer dans l'Olympe. En toute sécurité. Et de nous fournir une formule d'incantation qui nous ramènera dans le monde des mortels.

– Tu es dur en affaire, Dissociant ! fit Circé d'un ton brusque. Mais soit, je le jure. Maintenant, donne-moi ça. La potion pour vous transformer n'attend pas.

Theron lui remit l'écrin tandis que Deina demandait :

– Quel est l'effet de cette potion ? Thanatos a parlé de déguiser notre nature.

– En effet, elle cachera temporairement vos natures profondes. Elles seront enfouies trop profondément pour être décelables. Buvez.

Un à un, elle leur tendit un petit bol rempli d'un liquide comparable à de la lave. Deina avala en se raidissant, pensant ressentir une brûlure ; à sa surprise, la décoction était fraîche et avait un léger goût de plantes aromatiques qu'elle ne parvint pas à identifier. La potion n'eut pas l'air de faire effet. Du moins, c'est ce qu'elle crut, avant d'aviser ses bras.

– Qu'est-ce qui m'arrive ?

Ses bras avaient raccourci, leur envergure était plus frêle, et elle n'avait plus les mains calleuses de quelqu'un qui a passé des heures à s'entraîner au maniement d'épées, de couteaux et de toutes sortes d'armes. Deina releva les yeux et constata que son champ de vision avait changé : elle avait rapetissé. Les sceaux rituels qui s'étalaient en spirales sur son torse avaient disparu. Sa tenue n'était plus la même non plus. Fini les bottes, la cape noire et la simple tunique rapiécée. Elle était maintenant vêtue d'une élégante robe longue brun roux et portait des sandales aux pieds. L'étoffe plissée était si raffinée et légère qu'elle effleurait à peine la surface de sa peau.

– Où sont mes couteaux ? s'inquiéta Deina en tâtant son dos. Et mon sac ?

– Tout est encore là. Mais temporairement enfouis.

Le regard rieur de Circé s'agrandit.

– Désormais, vous êtes tous des nymphes, envoyées par Déméter pour porter un présent à Héra.

Elle tendit à Deina une boîte en cèdre.

Tous des nymphes ? Deina se tourna vers Theron et Aster. En effet, outre Dendris, Archis et elle, les deux garçons étaient maintenant de belles jeunes femmes sveltes, vêtues des mêmes robes plissées. Seuls leurs teints restaient inchangés. Aster s'auscultait, l'air épouvanté.

– Qu'est-ce que vous m'avez fait ?

La figure métamorphosée d'Aster était l'indignation incarnée.

– Je… je suis une *fille* ?

– Attention à ce que tu dis, Aster, avertit Dendris. Vous êtes en infériorité numérique. Et ma hache finira par réapparaître.

Theron avait l'air aussi ravi qu'Aster.

Deina dissimula un sourire derrière sa main et se retourna vers Circé en se retenant de glousser.

– Et nous pourrons pénétrer dans l'Olympe, déguisés ainsi ?

– Oui, ces artifices vous permettront de franchir sans danger les portes du royaume de Zeus, mais la transformation sera de courte durée. Quoi que vous cherchiez chez lui, vous avez intérêt à vite le trouver.

Deina perçut le ton interrogateur de Circé, mais décida de faire la sourde oreille.

– Par quel chemin y accède-t-on ?

– Quittez mon cercle sacré. Vous vous retrouverez là où il faut.

La sorcière indiqua d'un geste l'arche par laquelle ils étaient entrés et remit à Aster un flacon vert.

– Quand vous voudrez revenir parmi les mortels, buvez une gorgée de cette potion et prononcez le nom du lieu où vous souhaitez que la magie vous porte.

– Si jamais on est séparés, rendez-vous à Thèbes, suggéra tout bas Theron. C'est le dernier endroit où Aristée s'attendra à nous trouver, et si on met la main sur le deuxième fragment du torque, on pourra toujours demander aux Ensorceleurs d'Héphaïstos de s'atteler à sa reconstitution.

Le plan paraissait raisonnable, toutefois, Deina ne put s'empêcher de se demander si le souhait de Theron de retourner dans la ville où il était né ne cachait pas une autre ambition.

– Allez, en route ! lança Aster avec humeur. Qu'on en finisse.

Il commença à gravir la pente vers l'imposante arche de pierres, se dandinant maladroitement comme s'il avait du mal à apprivoiser sa nouvelle morphologie. Deina s'inclina devant Circé pour la remercier, rattrapa les autres et traversa l'obscurité pour s'engouffrer dans un endroit tout à fait différent.

12

Si Deina avait réfléchi à l'image qu'elle se faisait de l'Olympe, elle se serait représenté un espace en pleine nature entouré de colonnades. Au lieu de ça, elle se retrouva sur une route d'une largeur inouïe qui montait en courbe sur les flancs d'une majestueuse montagne. Tout en bas, elle conduisait à un tapis de nuages blancs qui cachaient entièrement ce qui se trouvait dessous. Tout en haut, elle rejoignait deux grandes portes argentées encastrées dans une voûte en pierre blanche. On aurait dit que ce portail tenait debout tout seul ; il n'était étayé d'aucun mur et bien qu'entrouvert, il n'y avait rien derrière, sinon les rochers à pic et enneigés de la montagne. Du moins, Deina ne distinguait rien.

Ils n'étaient pas seuls sur cette route, d'autres se dirigeaient vers les portes ou en redescendaient. La scène évoqua à Deina cette région des Enfers où ils avaient trouvé les ossements du Minotaure, de l'Hydre et d'autres créatures mythiques. Mais ici, les mythes étaient réels et déambulaient à leurs côtés. Devant les Theodesmioi marchaient quatre centaures, dont les sabots résonnaient bruyamment sur les pavés. En sens inverse descendait un petit groupe de nymphes, que Deina supposa être des dryades. En guise de cheveux, un feuillage touffu couronnait leur tête, et à entendre leurs voix quand ils les croisèrent, on aurait dit le murmure du vent dans des branches. Les dryades marchaient rapidement pour s'éloigner d'un troupeau de satyres, dont les figures et les torses superbes contrastaient singulièrement avec leurs pattes de boucs velues arquées vers l'arrière. Dominant de très haut tous les autres, un Cyclope monstrueux tirait avec effort une lourde charrette vers le portail argenté.

À mesure qu'ils gravissaient la large route, Deina remarqua que ceux qui approchaient du portail ne le franchissaient pas : ils se volatilisaient tout simplement. Elle se dépêcha de rattraper Theron. Bien que son visage fût méconnaissable, ses yeux foncés n'avaient pas changé.

– À ton avis, qu'est-ce qu'ils deviennent ?

Theron haussa les épaules.

– Comment veux-tu que je le sache ?

– Tu es encore fâché parce que j'ai suggéré que tu renonces à ta belle voix ?

– Qu'est-ce que tu crois ? rétorqua Theron qui semblait particulièrement tendu. Tu sais mieux que personne ce que le chant représente pour moi. Et puis, aurais-tu oublié que c'est grâce à ça que tu as échappé à Cerbère ?

– Bien sûr que non. J'essayais d'être juste, c'est tout. Et c'est précieux, les souvenirs. Ça fait partie de mes plus grandes frayeurs. Oublier un jour qui je suis. D'où je viens.

Elle inspira un bon coup pour tenter de dissiper son trouble.

– Et tous ceux qui me sont chers.

– Même moi ?

Deina acquiesça d'un air découragé.

– Même toi.

Theron soupira en glissant une main dans la sienne.

– Je comprends, murmura-t-il. Enfin je crois. Excuse-moi, Deina. Comme tu l'as rappelé, cette nuit-là dans la Cadmée, tu as renoncé à tout pour nous ayons la vie sauve. Je devrais être prêt à en faire autant.

Il serra fort sa main.

– Sauf te concernant, bien sûr... Jamais je ne renoncerais à toi de mon plein gré.

Deina voulut lui dire qu'il devrait y réfléchir, que ce serait peut-être mieux pour lui, mais ils étaient presque arrivés au portail ; Aster et Dendris s'étaient arrêtés, le regard levé face à l'imposante structure. À première vue, chaque porte paraissait estampée d'une figuration de sphinx : un corps de lion, une figure et un buste de femme, et des ailes d'aigle. Les sphinx étaient représentés de profil, chacun fixait inébranlablement son jumeau sur l'autre porte. Mais en observant la ferronnerie de plus près, Deina s'aperçut que la zone de leur corps qui faisait saillie sur la porte remuait. Les plumes de leurs ailes ondulaient. Leurs pattes piaffaient. Leurs queues s'agitaient. Quand le Cyclope passa d'un pas lourd devant eux, les têtes de sphinx aux regards inexpressifs pivotèrent brusquement d'un air de se fixer aveuglément sur lui. Le géant et sa charrette s'évanouirent dans l'air.

– C'est bon ou mauvais signe, d'après vous ? interrogea Aster. On l'a autorisé à entrer dans l'Olympe ou expédié ailleurs ?

– Il n'y a qu'un moyen de le savoir.

Tenant fermement la boîte que lui avait confiée Circé, Deina s'avança d'un pas décidé vers le portail. Avant qu'elle ne soit assez près pour se glisser dans l'entrebâillement, les têtes de sphinx pivotèrent d'un coup. Clouée sur place, elle sentit leur regard inquisiteur sonder son être comme un peigne ratissant son crâne.

Je suis une nymphe. Une nymphe qui apporte un cadeau pour Héra...

Le portail argenté disparut. Deina se retrouva dans un cadre somptueux. Un sol pavé d'or menait à un autre portail grand ouvert, doré cette fois, qui débouchait sur une ville fortifiée occupant tout le sommet de la montagne. La cité se composait de hauts édifices en pierre, chacun semblable au mégaron de Iolcos, mais à une échelle infiniment plus grandiose.

Aster apparut à ses côtés. Il contempla sa main et soupira d'un air déçu.

– Je suis toujours une nymphe.

– Tant mieux, sinon, on serait mal.

Dendris arriva, rapidement suivie d'Archis. Deina passa en revue les palais rutilants.

– Je propose qu'on vise celui-là.

Elle pointa du doigt les colonnes en marbre blanc du palais le plus imposant, perché au point culminant de la cité.

– Il domine tout le reste, c'est forcément celui de Zeus.

Elle attendit que Theron apparaisse, puis fit signe aux autres de la suivre sur le chemin menant au sommet. Partout trônaient des statues de dieux et de déesses démesurément plus grandes que nature, dont la peau, les cheveux et les habits précieux étaient tous somptueusement peints. Certaines étaient des sculptures chryséléphantines, dont les plaques d'or et d'ivoire scintillaient sous le soleil éclatant. D'autres étaient en bronze poli. Au passage des Theodesmioi camouflés, plusieurs des statues tournèrent la tête. Le regard fixe, froid, de leurs yeux ciselés dans le marbre et l'obsidienne fit frémir Deina. Ils suivirent de plus en plus haut le chemin pavé d'or jusqu'à ce qu'ils atteignent l'entrée d'un vaste cloître. Il y avait d'autres statues ici, toutes à la gloire de Zeus. Zeus qui lance la foudre, Zeus qui prononce un jugement assis sur un trône, Zeus à demi nu et sculptural. Les Theodesmioi se regroupèrent sous une voûte, à l'abri des regards.

– Et maintenant, par où va-t-on ? chuchota Dendris. On monte l'escalier qui arrive devant le palais ?

C'était la direction que suivaient manifestement tous ceux qui avaient emprunté ce chemin. Il menait sans doute à la grande salle, où l'on pouvait solliciter une audience avec la divinité et déposer le présent qu'on avait apporté. Mais si le plan de ce palais était similaire à celui de leur mégaron, alors d'autres portes donnaient forcément accès à des remises, des cuisines et des appartements privés.

– Si on cherchait de nouveau du côté de la salle du trône ?

Theron tripotait nerveusement les bracelets qu'il accumulait aux poignets. Il les remontait et les laissait retomber, un bras après l'autre, avec une régularité d'horloge. Deina se mordilla la lèvre inférieure. La salle du trône serait un point de départ évident, ça se pouvait, mais Tyché aurait-elle choisi deux fois la même cachette ? Elle ferma les yeux en tâchant de se laisser guider par ses pensées, comme elle l'avait fait au royaume de Poséidon, mais la seule image qui lui vint, c'était cette pléiade de statues dans la cour, illustration matérielle de la vanité sans borne de Zeus. Agacée, elle relâcha son souffle.

– Pour quoi Zeus est-il surtout célèbre ? Faites des propositions.

– Pour sa foudre.

– Parce qu'il a renversé son père.

– Parce qu'il a épousé sa sœur.

– Parce qu'il abuse des femmes, quitte à se transformer en animal.

À son ton et son expression, Archis était écœurée.

Deina essaya de calculer le nombre de femmes avec qui, d'après les mythes, Zeus avait couché, mais elle renonça vite.

– À mon avis, on devrait viser sa chambre.

– Tu es sérieuse ? répondit fébrilement Aster. Mais s'il nous surprend là-bas…

– Ne t'inquiète pas.

Deina parla avec une assurance toute relative.

– On se mettra d'accord sur un prétexte. Essayons par là.

Alors qu'ils bifurquaient dans une galerie qui les éloigna de la cour principale, elle marqua un temps d'arrêt pour lancer un regard à ses camarades.

– Et essayons d'avoir l'air naturels. Je vous rappelle que nous sommes des nymphes envoyées par Déméter pour livrer un présent.

Pointant Aster du doigt, elle ajouta :

– Redresse-toi un peu. Marche d'un pas plus… je ne sais pas, sautillant. Quelque chose comme ça.

L'œil mauvais, Aster se remit en route. Dendris réprima un rire, et pour cause : l'air hautain, il avançait en se trémoussant, adoptant une démarche que quelqu'un de très charitable aurait qualifiée de *chaloupée*.

Bon. C'était déjà ça.

*

* *

Le palais de Zeus était un gigantesque labyrinthe tentaculaire. Contrairement à la résidence subaquatique de Poséidon, il y avait ici un semblant de visées artistiques. La moindre surface disponible était parée d'or : de l'or martelé, gravé, plissé ou filé en forme de fleurs, d'arbres et d'animaux. La quantité d'or était telle que Theron se plaignit d'avoir mal à la tête à force d'être ébloui. Pris à part, certains ornements étaient magnifiquement réalisés, malheureusement la décoration était trop chargée pour qu'on en apprécie la beauté. De même que la profusion d'or, chaque salle qu'ils traversaient regorgeait de statues et de bustes en hommage à Zeus. Tout était trop clinquant, trop imposant, trop tape-à-l'œil. Rien ici n'était plaisant. Même les domestiques étaient des automates. Plusieurs fois, Deina fit signe aux autres de rester où ils étaient alors qu'une table passait précipitamment sur ses pieds fuselés en transportant des plats sous cloche. C'était un palais sans vie, inhospitalier.

Pas étonnant. Les dieux ne sont pas vraiment vivants.

Pour être vivant, il fallait être capable de grandir, de changer, d'apprendre. Les dieux ressemblaient plutôt à des insectes piégés dans de l'ambre. Deina grimaça en pressant une main sur son ventre, elle redoutait un peu de sentir les graines pousser et saillir à la surface de sa peau. Combien de temps lui restait-il ? Elle regrettait de ne pas avoir pensé à consulter le sablier avant d'avaler la potion de Circé. Préoccupée, elle prit un tournant et manqua se cogner à quelqu'un.

Zeus. L'immense pouvoir qui irradiait de l'être face à elle la poussa instantanément à fléchir le genou à l'égal de tous les Theodesmioi. Même s'ils n'étaient pas passés devant ses innombrables figurations, elle l'aurait reconnu à sa seule aura. Et encore, ces figurations le montraient sous son meilleur jour. Deina savait par Hadès qu'un dieu pouvait changer d'apparence à loisir aussi facilement que les mortels changeaient de tenue. Elle baissa la tête plus près du sol. Elle était une nymphe. Il ne fallait pas qu'elle oublie de se comporter en tant que telle.

– Que faites-vous donc ici, si près de mes appartements privés ? demanda Zeus.

Son ton était sec, mais pas méchant. Deina se rappela qu'il aimait bien les nymphes. Beaucoup, même.

– Zeus tout-puissant, souverain omnipotent de tous les dieux, roi du ciel et de la terre, maître divin de la foudre…

Réfléchissant à toute vitesse, Deina énuméra autant de titres qu'elle se rappelait. Ce palais n'était pas celui d'Héra. Il leur fallait un autre prétexte pour justifier leur présence ici…

– … Très illustre enfant de Cronos, c'est… c'est Héra aux fines chevilles et aux grands yeux qui nous envoie.

– Héra ? répéta Zeus d'un ton soupçonneux. Levez-vous tous, que je vous voie.

Ils obéirent.

À l'expression de ses yeux gris comme des nuages, Deina devina que le tableau n'était pas pour lui déplaire.

– Et pour quelle raison vous envoie-t-elle ?

Fort heureusement, sa méfiance s'était dissipée.

– Déméter nous a envoyées remettre un présent à sa sœur Héra. Mais Héra nous a ordonné de vous l'offrir et de le déposer dans votre chambre.

Deina lui tendit brusquement la boîte en cèdre sans relever la tête. Il s'en saisit et l'entrouvrit.

Elle ne bougea plus d'un pouce. Pour tout dire, elle n'avait pas vérifié le contenu de la boîte. Et si ce présent s'adressait bien à Héra, mais que c'était une facétie de la part de Circé ?

Ai-je remis au roi des dieux une amulette « contre les émanations de Zeus » ?

Ce dernier sourit. Derrière elle, Deina entendit une de ses camarades pousser un léger soupir de soulagement.

– Parfait. Exactement ce qu'il me fallait. Il faut croire qu'Héra est enfin revenue à la raison et m'envoie ce présent en guise d'excuses.

Il lorgna les nymphes d'un air lubrique.

– Apporté par des émissaires tout à fait *charmantes.* Je vais aller remercier mon épouse dévouée de sa prévenance. Apportez ça dans ma chambre.

Il indiqua d'un geste une grande porte à double battant au sommet d'un palier, à l'extrémité d'un énième couloir.

– Attendez-moi là-bas. À mon retour, comptez sur moi pour profiter comme il faut de votre compagnie.

Il rendit la boîte à Deina, commença à tourner les talons et s'arrêta un instant pour pincer la joue d'Aster.

– Ravissante. J'ai presque du mal à m'arracher à vous. Je n'en ai pas pour longtemps, mes beautés.

Dès que Zeus fut hors de vue, Deina fonça vers la porte en question, talonnée par les autres.

– Eh ben… c'était moins une, commenta Aster dès qu'ils eurent fermé les deux battants derrière eux.

Il tremblait, mais Deina ne savait pas si c'était de peur ou d'indignation.

– Il faut qu'on ressorte d'ici avant qu'il… qu'il…

Archis s'exclama de surprise. Elle avait ouvert la boîte en cèdre que Deina avait posée sur la première table venue et tenait devant elle un miroir à main. C'était le plus joli modèle que Deina ait jamais vu, il offrait un reflet bien plus net que l'eau ou les disques en bronze poli qui leur servait habituellement de glace. Pas étonnant que ce présent ait enchanté Zeus.

Pendant qu'ils se dispersaient pour fouiller la pièce, Deina promena son regard autour d'elle. La chambre était située au bord d'un précipice ; deux des murs n'étaient en fait que des rangées de colonnes dont un côté offrait des vues spectaculaires sur la montagne. Deina s'agrippa avec précaution à l'une des colonnes et se pencha dans le vide. L'à-pic au-dessous était vertigineux ; si quelqu'un tentait de s'échapper par-là, il se tuerait en tombant à pic au travers de la couverture nuageuse après avoir sûrement heurté une ou deux cimes escarpées au passage. Passant de l'autre côté de la pièce, Deina se retrouva à contempler la cité des dieux en contrebas. La chambre de Zeus avait été bâtie de manière à occuper le point culminant de l'Olympe. En matière de mobilier, c'était sommaire. Un canapé doré, deux fauteuils dorés, cinq tables dorées et un immense lit – à armature dorée – qui dominait l'espace. Oh, et bien sûr, le lit était flanqué de deux énormes statues de Zeus. Une odeur suave embaumait l'air ; une large jatte remplie de capitules de fleurs trônait sur une table dans un coin, à côté de jarres d'huile et d'un autre liquide qui sentait le miel.

Que ferait Tyché ?

Faute d'avoir réussi à soulever un des gros fauteuils en or massif, Aster s'était agenouillé pour regarder dessous. Archis et Theron examinaient le lit en tâtant chaque portion de l'armature. Mais cet endroit – ce palais tout entier – n'était-il pas davantage destiné à l'exercice du pouvoir qu'à la recherche du plaisir ? Quoique... Zeus ne connaissait probablement pas la différence... Le regard de Deina fut attiré par les imposantes statues dressées de part et d'autre du lit. Elle s'aperçut que Dendris les observait aussi.

– Examine celle-là, je m'occupe de celle-ci.

Ces sculptures étaient les plus réalistes qu'elle avait vues jusqu'ici. Le bronze poli brillait comme une peau huilée. Les boucles châtains de leurs cheveux semblaient presque souples au toucher. La statue face à Deina avait les hanches et un bras drapés de vrai tissu. L'autre était habillée en soldat – si tant est que les soldats partaient au combat nus comme des vers, exception faite d'une lance, d'un bouclier et d'un casque.

– Regardez ! s'exclama Dendris.

Perchée en équilibre sur le cadre de lit, elle étirait le bras vers la tête de la statue en soldat. Son casque en métal était relevé de sorte que la figure de la statue était visible.

– Le nasal à l'avant du casque : ce ne serait pas notre fragment ?

Elle poussa le bord du casque du talon de la main.

– Il est coincé. Impossible de le bouger.

– Attends, je vais essayer.

Poussant un grognement, Deina parvint non sans mal à pousser une table jusqu'à la statue. Elle grimpa dessus et tira de toutes ses forces sur le casque en serrant les dents de douleur alors que le métal lui entaillait les doigts. Soudain, il se décrocha de la tête en se fissurant. Dendris avait raison ; le fragment du torque avait été redressé et collé à la pièce qui servait à protéger le nez. Deina effleura le brin de métal entortillé et, comme dans le palais de Poséidon, elle sentit son énergie résonner. Le fragment était fixé à l'aide de boucles qui semblaient tissées de fil d'argent.

– Deina, tirons-nous d'ici, implora Aster.

Deina tira sur le fragment. En vain – il lui fallait un couteau ou quelque chose pour sectionner les fils. Ou bien un marteau. Elle lança le casque à Dendris et descendit d'un bond de la table.

– On emporte tout le truc et on réglera ça une fois que…

Une des grandes portes s'ouvrit en douceur. Plusieurs femmes entrèrent précipitamment. Non pas des femmes mais des néréides, réalisa Deina. Une dizaine. Elles ressemblaient un peu à Ioné lors de sa première apparition. Dès qu'elles avisèrent les Theodesmioi, les nymphes se figèrent.

Theron prit Deina par la main.

– Zeus est absent pour le moment. Nous allions partir.

Il l'entraîna vers la sortie. Ils n'eurent pas le temps de l'atteindre que la nymphe la plus près de la porte la claqua en plaquant la main dessus. Une grosse main poilue marquée de cicatrices et aux ongles sales. Deina remarqua que l'apparence de la nymphe ondulait, comme un plan d'eau ridé par le jet d'une pierre. Quand les ondulations cessèrent, elle se retrouva nez à nez avec un homme renfrogné aux sourcils broussailleux. Elle le reconnut ; dans la grande galerie, il avait assisté aux accusations portées par Neidius contre Theron et les autres. C'était l'homme qui avait tenté de lui arracher la langue. Était-ce à lui que Circé faisait allusion quand elle disait qu'ils n'étaient pas les premiers à la solliciter pour infiltrer l'Olympe ? L'homme jeta un regard furtif au casque que tenait Dendris, puis à la statue et à la table. Il afficha un large sourire.

– Je crois que vous avez quelque chose que nous cherchons. Une chose que réclame Monseigneur Aristée.

– J'ignore de quoi vous parlez, répondit Theron. Nous sommes des nymphes au service de Déméter. Si vous…

Sa voix se cassa.

– Si vous ne…

Manifestement, sa voix normale reprenait le dessus. Deina fit volte-face et vit Theron sous sa véritable nature, planté derrière elle. Dans son dos, la silhouette d'Archis commençait à se renfler et se déformer. Une autre dryade reprenait peu à peu une apparence masculine. Profitant de ce qu'il oscillait sur ses jambes, désorienté, Deina s'empara du couteau à sa ceinture et pivota pour poignarder dans le ventre l'homme qui bloquait la porte. Ce dernier poussa un cri, plié en deux. Deina le repoussa brutalement.

– Buvez la potion et courez ! cria-t-elle aux autres.

Tous avaient maintenant repris leur véritable apparence et étaient armés, mais les mercenaires d'Aristée aussi. Et le groupe de Deina était une fois de plus en infériorité numérique. Tant pis. Elle dégaina ses couteaux et fonça vers l'homme qui venait de cravater Dendris.

Ses pieds glissèrent et elle s'étala de tout son long. Devant ses yeux stupéfaits, le carrelage sous ses mains s'était couvert de givre. Nat était-il dans les parages ? Elle se rappela le rond d'herbe flétrie et gelée sous ses pieds, à leur arrivée sur l'île de Circé, et la fraîcheur de ses doigts. Une rafale glaciale l'enveloppa. Une forme apparut : non pas le dieu de la Mort, mais un rectangle d'obscurité absolue, en suspens dans l'air entre le lit et les colonnes qui donnaient sur la montagne. C'était le portail que Thanatos l'avait poussée à franchir quand il l'avait entraînée hors de la Cadmée. La porte d'accès aux Enfers.

Non, non, pas déjà...

Elle sortit au plus vite le sablier de son sac. La poudre argentée s'était presque entièrement écoulée. Elle regarda les tout derniers grains tomber dans le bulbe du bas. Le délai qui lui était imparti avait expiré.

Alors que les autres continuaient de se battre, une force invisible s'empara d'elle et commença à l'attirer irrésistiblement vers l'obscurité. Elle se jeta à genoux, tentant inutilement de trouver des prises sur le carrelage gelé.

Theron l'agrippa d'une main. De l'autre, il se tenait à l'une des tables en or massif. L'avancée de Deina vers le rectangle opaque ralentit momentanément, mais la table se mit alors à bouger. Theron lâcha prise quand elle se renversa et ils furent éjectés comme des flèches vers le portail béant.

– Deina ! Theron ! hurla Aster qui était maintenu à terre par trois hommes d'Aristée.

Leurs acolytes avaient capturé Dendris et Archis. La Mycénienne dégagea un bras pour lancer le casque vers Theron. Il s'efforça de l'attraper. Mais il était tombé trop loin.

– Lâche-moi !

Deina essaya de libérer sa main.

– Récupère le casque. Tu dois neutraliser Aristée !

Theron essaya une fois encore de récupérer le casque, en vain. Alors il rattrapa Deina dans ses bras.

– Non !

Deina le repoussa autant qu'elle put.

– C'est trop risqué. Laisse-moi partir !

Pour toute réponse, Theron la serra fort contre lui.

– Je t'aime, Deina. Je tiens plus à toi qu'à ma propre vie. Peu importe ce qui arrivera, je refuse de te perdre une nouvelle fois.

Ensemble, ils basculèrent dans les ténèbres.

13

La chute – si tant est qu'ils chutaient – priva Deina de tout repère. Elle ne pouvait que se cramponner à Theron, les paupières plissées face à l'absence terrifiante de lumière jusqu'à ce que son cachot se matérialise autour d'eux et qu'ils tombent lourdement sur la dalle en pierre. L'impact lui coupa le souffle. En dépit du choc et de son étourdissement, elle se força à se relever tant bien que mal en prenant appui, chancelante, sur le mur. Un hurlement perçant fit bourdonner sa tête ; elle se couvrit les oreilles et jura, impatiente que sa vision se rajuste.

– Deina ?

La voix de Nat. Il semblait atterré.

– Que fais-tu ici ?

– À ton avis ? rétorqua-t-elle, la vue encore trouble. Les graines m'ont ramenée de force.

Elle voulut lui montrer le sablier, mais il avait disparu.

– Parfait. Tu ne pouvais pas tomber plus mal.

– Parce que tu crois que j'ai fait exprès ?

Sa vision s'éclaircit et laissa apparaître l'Enfant des Songes qui avait repris son apparence normale, ses ailes parcheminées déployées et sa bouche en forme de bec ouvert, redoublant de cris qui résonnaient dans le petit cachot. L'odeur fétide de la créature lui donna des haut-le-cœur. Encore étourdi, Theron gisait près de ses pattes. L'Oneiroi l'avisa au même moment que Deina ; il s'accroupit, saisit la tête de Theron entre ses griffes et recula la sienne comme s'il prenait de l'élan pour lui planter son bec dans le crâne. Deina, qui avait encore un couteau à la main, se jeta sur lui.

Nat l'intercepta d'un bras musclé et l'agrippa par la taille en la collant à lui.

– Lâche-moi ! hurla Deina comme une furie.

Ignorant ses contestations, le dieu de la Mort tendit sa main libre d'un geste brusque, des flammes pourpres et noires dansèrent au bout de ses doigts. L'Oneiroi se recroquevilla en relâchant Theron, ses cris de colère se brisèrent, réduits à de misérables gémissements.

– Theron est indemne ! Arrête d'essayer de m'arracher le bras.

Nat la relâcha.

– Ton sortilège s'est dissipé ?

En réponse, Nat ramassa la carafe en argent qui avait contenu le nectar et la retourna. Une goutte glissa lentement et tomba par terre.

– Hadès va être avertie et penser que c'est toi qui as bu le nectar. Elle va débarquer d'une minute à l'autre.

Nat jeta la carafe dans un coin et empoigna l'Oneiroi par la peau du cou.

– Il faut que je sorte cette chose d'ici.

Hadès. La peur transperça Deina de part en part.

– Que dois-je faire ?

L'air plus troublé que jamais, Nat passa la main dans ses cheveux bruns et haussa les épaules.

– Improvise.

Sur ce, il se volatilisa avec l'Oneiroi.

Deina rengaina son couteau et tomba à genoux auprès de Theron.

– Tu es blessé ?

Elle palpa sa tête pour vérifier s'il saignait.

– Deina ?

Il frémit et se redressa péniblement, le nez froncé de dégoût.

– C'était quoi cette chose ignoble ? Et où sommes-nous ?

– Dans le cachot où m'a enfermée Hadès. Cette créature était un Oneiroi. Les Enfants des Songes.

Deina se massa les tempes pour tenter de dissiper un début de migraine.

– Je t'expliquerai plus tard. Hadès va arriver.

Theron balaya du regard la petite cellule comme s'il espérait y trouver une cachette.

– Que peut-on faire ?

Une chose était sûre, il n'y avait nulle part où cacher Theron. *Improvise*, avait suggéré Nat. Fais semblant. Deina tambourina rapidement des doigts sur le bord de la table à proximité. D'accord, mais semblant de *quoi* ?

La carafe en argent était toujours par terre, de même que la coupe dont elle s'était servie pour essayer de démolir le plafond. Deina secoua la tête, étonnée de sa propre audace, pour ne pas dire, sa propre bêtise.

Mais ça pourrait marcher. À condition de s'activer.

Deina ôta son sac en passant la bandoulière par-dessus sa tête et le fourra dans les bras de Theron.

– Donne-moi un coup de main. Sors la robe rouge, la ceinture, la broche et les sandales qui vont avec.

Elle retira en vitesse sa tunique et ses bottes – ce n'était pas le moment d'être pudique –, elle prit la robe rouge d'un geste vif et s'enveloppa dedans en rabattant ses pans.

– Attache-moi la broche à l'épaule pendant que je mets la ceinture.

Enfonçant ses pieds dans les sandales dorées, elle se dépêcha de lacer les cordons étincelants autour de ses chevilles. Elle n'avait pas le temps d'arranger sa coiffure ; avec un peu de chance, Hadès penserait que, rongée d'ennui, Deina avait arraché la résille dorée qui retenait ses cheveux.

Theron lui tendit sa tenue sale et son sac.

– J'en fais quoi ?

– Cache-les dans ton sac. Dépêche !

Aux picotements dans son dos, Deina sentit qu'Hadès était tout près. Elle ramassa en hâte la coupe vide.

– Quand elle arrivera, fais mine de… joue l'ingénu !

Vu la tête déjà perplexe de Theron, ce rôle devrait être facile à incarner pour lui.

– Ou bien fais semblant de composer une ode : on va inventer une belle histoire à Hadès.

Une inspiration de dernière minute illumina son esprit. Elle empoigna Theron par le devant de sa tunique, l'attira vers elle et colla sa bouche à la sienne.

Du coin de l'œil, elle repéra un éclat de couleur qui l'informa de l'arrivée d'Hadès. Dans un halètement théâtral, Deina s'écarta de Theron sans lâcher sa tunique.

Les yeux plissés, le dieu des Enfers les observait, son regard passa de l'un à l'autre jusqu'à ce qu'il se pose sur la coupe dans la main de Deina. Son sourcil s'arqua. Deina porta la coupe à ses lèvres et renversa la tête en arrière. Fit mine d'avaler. Abaissa la coupe et passa la langue sur ses lèvres.

Un sourire étira la bouche d'Hadès. Comme Nat avant elle, elle ramassa la carafe et la retourna.

– Je savais que tu ne pourrais pas résister.

– Tu m'as obligée. J'ai cru que j'allais devenir folle. Tu ne m'as pas laissé le choix.

Deina n'avait rien oublié : ce sentiment que sa vie s'était écroulée, qu'elle était à jamais prisonnière de ces quatre murs incassables. Elle n'eut pas besoin de se forcer à prendre un ton désespéré ou haineux.

– Je te déteste. Je m'en veux. Et pourtant…

Étouffant un gémissement de frustration, elle tira de nouveau Theron près d'elle.

– Tu as réussi à le convoquer ici ? C'est rare que le nectar fasse effet aussi vite.

Une pointe d'incrédulité perçait dans la voix d'Hadès. Deina devait à tout prix la convaincre.

– J'ignore comment j'ai fait. Dès la première gorgée…

Elle contempla la coupe dans sa main, puis la jeta en s'exclamant d'un air écœuré.

– J'ai très vite senti une nouvelle force couler dans mes veines !

Hadès n'avait jamais été mortelle. Elle ne saurait pas quel effet ça faisait de devenir immortelle.

– Continue, encouragea sa mère en l'observant, l'air intriguée.

– Cette force m'a rendue…

Deina ferma les yeux et pensa à la honte et l'impuissance qu'elle avait éprouvées quand Hadès l'avait forcée à étreindre Thanatos. Au rappel de ce souvenir, ses joues s'empourprèrent.

– Elle a éveillé en moi de nouvelles envies. Il me fallait quelqu'un pour les assouvir. C'était Theron que je désirais. Et il est apparu.

Elle se pencha tout contre lui en minaudant, l'air avide de ses caresses. Ce dernier eut une expression de dégoût.

– Où étais-tu passée, Deina ? demanda-t-il d'un ton brusque et effrayé. Quel est cet endroit ? Comment suis-je arrivé ici ?

Hadès soupira.

– Pour un prince, tu es un peu dur à la détente. Deina est ma fille. En buvant ce nectar, elle a commencé sa transformation en immortelle. Cela a suffi à aviver son désir et à t'amener ici.

Le regard de la déesse s'éclaira avec une avidité inattendue.

– Le pouvoir qu'elle maîtrisera une fois totalement transformée sera inouï.

Elle tendit les bras vers Deina. Lâchant Theron qui recula en feignant l'effroi, Deina saisit les mains d'Hadès.

– Bien, mets-toi à genoux, ma fille, et jure-moi obéissance et loyauté. Après quoi, je te révélerai ce projet que j'élabore depuis si longtemps.

Deina inspira profondément.

– Je m'agenouillerai devant toi. Et je jurerai de t'obéir. Mais d'abord, exauce mon plus grand désir.

Hadès s'esclaffa.

– Tu négocies déjà comme une déesse. Et il me semble que ton souhait le plus cher s'est déjà réalisé.

D'un geste, elle désigna Theron.

Deina démentit d'un signe de tête.

– Mon souhait le plus cher est de voir Thanatos humilié.

Elle s'imagina plaider pour le châtiment d'Aristée et n'eut aucun mal à rendre son discours fielleux.

– Il m'a trahie, et je veux qu'il soit puni pour tromperie. Je veux le voir pendu et abandonné à sa misère dans le Tartare.

Deina pressa la main d'Hadès sur sa poitrine, sans tenir compte de l'étonnement de sa mère.

– Aussi glacé soit-il, mon cœur brûle de se venger. Fais ça pour moi, et je jurerai volontiers de te servir pour l'éternité. Tes désirs seront des ordres.

Le visage d'Hadès s'enflamma avec avidité. Et tant mieux, car Deina comptait justement sur son ambition dévorante.

– Comme tu voudras, ma fille. Je vais convoquer Thanatos et nous procéderons à son châtiment.

Hadès éleva la voix.

– Allez, Thanatos. Montre-toi.

Ce fut sans effet.

– Thanatos ! aboya Hadès. Ne me provoque pas, ton supplice n'en serait que pire.

Mais le dieu de la Mort ne se montra pas.

– Nous a-t-il échappé ? questionna Deina.

Hadès afficha un sourire forcé.

– Impossible. Quel que soit le recoin sombre des Enfers où il rôde, je le retrouverai.

Son regard s'arrêta sur Theron qui était toujours recroquevillé le plus loin possible.

– En attendant, je vais te reconduire dans les appartements que je t'ai préparés. Ton prince peut t'accompagner. Je suis très contente de toi, ma fille. Je ne voudrais pas te priver de ta récompense.

La déesse claqua des doigts.

Une porte apparut dans un des murs. Hadès la poussa et fit signe à Deina et Theron de la suivre. Deina constata qu'ils étaient revenus dans le décor étoilé de la cour. À ses pieds, balisé par des piliers d'argent, un chemin menait au palais d'ivoire droit devant. Derrière elle, il n'y avait plus l'ombre d'un cachot. Uniquement des bois, des prés et le calme : du bétail qui broutait et un champ d'orge aux épis mûrs, chargés de gros grains blonds. L'herbe qui bordait le chemin était parsemée de minuscules émeraudes.

– Enfin, tu vois la beauté de mon royaume ! s'enorgueillit Hadès.

Deina se rappela la première fois où elle avait mis les pieds dans les jardins d'Hadès.

– Je n'en ai jamais douté.

Une fois dans le palais, Hadès leur fit traverser des salles aux hauts plafonds et des cours aux plantes luxuriantes où gazouillaient des fontaines. Dans l'une d'elles, un homme était affairé devant un long établi, penché sur des fragments de métaux et des bribes de papyrus. Sa concentration évoqua à Deina l'image de Drex occupé à tailler son agate, mais en passant devant lui, elle s'aperçut qu'en lieu et place de ses yeux, il y avait deux pièces de monnaie et il était vêtu d'un simple linceul.

– Tu as fini, Dédale ? s'enquit Hadès.

Le défunt artisan opina en levant une main. Quelque chose scintilla entre son index et son pouce : un objet argenté pointu d'un côté et convexe de l'autre, pareil à une larme de géant.

– Il est presque aussi brillant qu'Héphaïstos, commenta la déesse en poursuivant leur chemin. J'ai ma propre idée de l'avenir de Thanatos – j'ai enfin convaincu mes frères qu'il était plus gênant qu'utile –, mais ne t'en fais pas : ils ne s'opposeront pas à son châtiment.

Deina eut l'impression d'avoir déjà vu la cour suivante. Hadès s'arrêta et désigna d'un geste un escalier menant à un bâtiment entouré d'un portique.

– Voilà les appartements que je t'ai fait préparer. Profitez-en bien.

Son sourire laissa place à un grognement hargneux.

– Je reviendrai quand j'aurai retrouvé ce scélérat.

Hadès se volatilisa. Deina et Theron montèrent l'escalier. La pièce dans laquelle ils pénétrèrent était celle que Deina avait imaginée sous l'influence d'Hadès. Elle paraissait bien réelle à présent : ornés de fresques colorées, les murs étaient durs et froids au toucher.

– Bon, on a réussi à convaincre Hadès, soupira Theron en se laissant tomber dans un fauteuil. Parfois, je m'impressionne moi-même.

Deina, qui explorait la pièce, ne lui répondit pas tout de suite. Elle caressa les fourrures moirées qui recouvraient le lit au centre de la chambre. Elle effleura la sélection de robes et de tuniques propres – chacune de différentes nuances, mais toutes ornées de bijoux – qui avait été rangées dans une malle en bois de santal ouverte. Elle huma le parfum des brins de menthe et de romarin éparpillés sur le sol, qu'elle foula du pied. Sur une desserte, une carafe argentée était remplie à ras bord de nectar. Une coupe de raisin noir encore perlé de rosée était posée à côté. Elle en cueillit un grain qu'elle croqua. En éclatant, le fruit répandit un jus sucré dans sa bouche. Tout était aussi parfait que dans sa vision. Même mieux.

Une cascade de notes la fit se retourner ; Theron avait ramassé une lyre qui traînait contre un mur et grattait doucement ses cordes pour retrouver un air. En reconnaissant un bout de mélodie qu'elle l'avait entendu fredonner dans le tunnel du palais de Poséidon, Deina sourit, réconfortée par un petit élan de joie. Rien ne pouvait éteindre la passion de Theron pour la musique, pas même le fait d'être prisonnier des Enfers. Elle s'assit sur le lit et tapota la place à côté d'elle. Theron la rejoignit.

– Qu'est-ce que c'est ? Je ne connais pas cet air.

– Ce n'est pas extrait des rites ou des odes. C'est une composition personnelle.

Il eut l'air un peu gêné.

– Ça te plaît ?

– C'est magnifique. Mais un peu mélancolique.

– Ce n'est pas terminé. Je n'ai pas encore écrit toutes les paroles ni décidé de la tonalité générale que je vais donner au morceau : il sera peut-être très joyeux à la fin. Ou au moins, résigné.

Il se mit à parler gammes et accords. Deina fut presque aussitôt perdue – elle ne connaissait rien à la musique –, mais l'entendre disserter sur un sujet sans rapport avec les Enfers, le torque ou Aristée lui donna envie de le serrer dans ses bras.

– Surtout, ne change jamais, Theron. Quoi qu'il advienne, promets-moi que tu seras toujours le même.

Il leva vers elle un sourcil interrogateur.

– Mais les gens changent, c'est inévitable. On grandit, on s'initie à de nouvelles choses, et avec un peu de chance, on finit par mieux se connaître. Et pendant ce temps, le monde qui nous entoure évolue.

Il lui prit la main et sembla étudier un instant les deux anneaux qu'elle portait.

Naturellement, il avait raison. L'incapacité des dieux à apprendre de leurs expériences et à évoluer était une des raisons pour lesquelles Deina les méprisait.

– Depuis notre départ de Iolcos, continua Theron, le monde a changé. Nous avions retrouvé deux éléments du torque, et nous les avons perdus. Aristée s'est emparé des fragments et de nos amis.

– Tu crois qu'Aster, Dendris et Archis sont morts ?

Theron secoua lentement la tête.

– Non. Si c'était le cas, je le saurais. Au moins pour Aster ; on a grandi ensemble. J'espère qu'ils sont tous les trois encore en vie. Mais notre plan, lui, est fichu, ajouta-t-il, dépité. Cette quête était peut-être une mauvaise idée depuis le début. Passer notre vie en cavale serait sûrement moins éprouvant que le calvaire qu'ils endurent au moment où on parle.

La figure de Theron se chiffonna et il pressa la paume de sa main libre sur ses yeux.

– Il vaudrait peut-être mieux leur souhaiter une mort rapide. Je…

Il se tut, mais Deina le connaissait assez pour achever la phrase dans sa tête.

Je n'aurais peut-être pas dû les laisser.

Il était facile d'imaginer les atrocités qu'Aristée faisait probablement subir à leurs amis. Il ferait sûrement d'Aster un de ses gardes de fer : prisonnier d'une armure ensorcelée pour des décennies, privé de sa voix et de sommeil, il ne serait guère plus humain. Quant à Archis et Dendris… Deina n'avait pas oublié la façon dont Aristée l'avait touchée sur le chemin de Thèbes. Ce serpent avait suggéré qu'elle s'offre à lui en échange d'une cabine plus confortable. Elle avait refusé, mais l'intérêt qu'elle présentait aux yeux d'Orphée lui avait évité des représailles. Dendris et Archis, en revanche, n'étaient à l'abri de rien.

– On ne peut pas les abandonner, Theron. On ne renoncera ni à eux ni au torque.

Theron pivota pour poser les mains sur ses épaules.

– Je sais, tu espérais qu'on pourrait s'en servir pour libérer tous les Theodesmioi. C'était un espoir fondé, Deina. Mais dans l'immédiat, je ne vois même pas comment nous allons nous sortir d'ici.

Deina fixa ses yeux sombres débordants d'amour et d'angoisse.

– Ce… ce n'était pas la seule raison pour laquelle je voulais reconstituer le torque. J'espérais que… qu'il aurait une utilité pour me délivrer des graines.

Sa main s'agita devant son ventre.

– Afin que les Enfers n'aient plus autorité sur moi.

Et qu'à l'inverse, tu tiennes peut-être les Enfers sous ton emprise. Admets que tu rêverais d'exercer un tel pouvoir…

Ces mots lui vinrent spontanément à l'esprit, de même qu'un frisson d'envie. Ses pensées la ramenèrent momentanément sur l'île de Circé, et elle s'imagina être en mesure de subjuguer Theron à vie pour qu'il ne désire qu'elle.

Grâce à ce torque, ta puissance serait sans limites…

Elle plissa les paupières pour étouffer cette voix dans sa tête. Elle était de retour dans les Enfers et ses chances de recomposer le torque étaient plus infimes que jamais.

Lorsqu'elle rouvrit les yeux, Theron l'observait avec anxiété.

– Je… j'ai peur, Deina.

Elle leva les mains vers son visage.

– Je comprends. J'ai peur aussi.

Peur de ce qu'Hadès pourrait faire. De finir piégée ici. Peur pour ses amis. D'elle-même. Elle se jeta au cou de Theron.

– Je suis terrifiée. Mais on ne doit pas renoncer. On a peut-être encore une chance de sauver nos amis. Quoi qu'il advienne de moi, Nat trouvera bien le moyen de te faire sortir d'ici.

– Alors tu ne souhaites pas vraiment qu'il soit châtié ?

– Non. Et toi ? enchérit Deina en s'écartant un peu.

Theron inspira, l'air indécis, et s'efforça de sourire.

– Châtié, non.

Il tripota les poils soyeux de la fourrure entre eux.

– Mais que Thanatos soit contraint de se ridiculiser, ça ne me gênerait pas.

D'une main, il tint délicatement la joue de Deina.

– Je ne partirai pas d'ici sans toi.

– Et si le seul moyen de sauver les autres et de te mettre hors de danger, c'était de me laisser ici ?

Theron ne répondit pas.

– Je ne laisserai pas la lame d'Aristée emporter encore une personne que j'aime. Et je refuse que tu gâches ton avenir. Critos avait raison : tu ferais un très bon roi.

Deina marqua une pause.

– Tu y as réfléchi, n'est-ce pas ?

Une affirmation de la tête.

– Depuis notre dernière nuit à Iolcos, je m'interroge.

Theron grommela.

– Comme si j'avais mes chances contre Aristée ! Mais quand même…

Il le vaincrait peut-être, si tu disposais du torque...

Comme un bourdonnement d'insecte au fond de sa tête, la petite voix remit ça. Exaspérante. Tentante. Deina se pinça l'arête du nez et tâcha de se concentrer. Faire sortir Theron d'ici. Sauver ses amis. Retrouver le troisième segment du torque. Se débarrasser des graines et s'échapper des Enfers. Libérer les Theodesmioi. Vaincre Aristée. Une liste d'ambitions qui semblaient devenir d'heure en heure de plus en plus cruciales et de moins en moins réalistes. Des rêves et des interrogations, c'était tout ce qu'elle avait, comme autant de fils arachnéens filant entre ses doigts. Où était Nat ? Quelle était la finalité de cet objet que Dédale avait fabriqué ? Que mijotait encore Hadès ?

Pour les dieux, tout était un jeu. S'ils jetaient l'éponge, la partie serait terminée. Ils auraient perdu.

Voulant à tout prix se changer les idées, Deina empoigna Theron par le devant de sa tunique et le tira vers elle.

– Embrasse-moi.

Theron fit des yeux ronds, mais ne protesta pas. Il se contenta de l'enlacer en l'attirant contre lui, et l'embrassa à pleine bouche. Ses doigts s'emmêlèrent dans ses cheveux. Ils basculèrent de côté dans le moelleux du lit. Peu à peu Theron s'aventura plus bas, de sa bouche à son cou, de son cou à sa clavicule, plantant sur sa peau des baisers doux et chauds. Deina gémit de plaisir. Elle enroula une jambe autour de lui tandis qu'il remontait une main sur sa cuisse, retroussant le tissu léger de sa robe sur ses hanches. Puis, en un geste prompt, il la poussa sur le dos et se mit sur elle à califourchon, se redressant pour ôter sa tunique par la tête. Deina contempla son torse musclé et leva les mains pour caresser avec envie le contour des sceaux gravés sur sa peau et faire courir ses ongles sur son ventre ferme, admirant sa vigueur et sa beauté sans en perdre une miette. Theron frémit sous ses caresses. Il arracha la broche qui maintenait l'épaule de sa robe attachée et se pencha, tremblant, pour plonger son nez entre ses seins ; Deina se cambra en haletant. De nouveau, il l'embrassa sur la bouche, caressant du pouce la courbe de sa mâchoire, et lui sourit.

– J'ai toujours rêvé de ce moment. Toi et moi réunis, à jamais inséparables.

Avait-il déjà dit ça ? Un souvenir d'une précision glaçante tempéra les ardeurs de Deina. Elle visualisa le Theron fictif qu'avait fait apparaître Hadès. Elle le revit embrasser sa nuque et prononcer cette phrase presque mot pour mot.

Repoussant Theron, Deina se redressa et remonta ce qui restait de sa robe sur sa poitrine.

– Deina ?

À son intonation, elle devina sa peine et sa surprise.

– J'ai fait quelque chose qu'il ne fallait pas ? J'ai... je pensais que tu en avais envie.

Elle se retourna face à lui.

– Tu n'as rien fait de mal.

Elle caressa sa joue, puis le sigil qui défigurait son front.

– Mais alors, qu'y a-t-il ?

Il vint s'asseoir près d'elle, voûté, au bord du lit.

– Je croyais que le désir que je ressens pour toi était réciproque.

– C'est le cas. Je t'assure.

Son corps brûlait de sentir ses mains sur elle. Ça aurait été si facile de retomber dans ses bras, de poursuivre ce qu'ils avaient commencé.

– J'ai tellement envie de toi que ça me fait mal, Theron.

Elle sentit sa main se poser sur la sienne.

– Mais pas comme ça. Pas maintenant. Et encore moins *ici*.

Tandis qu'elle jetait un regard au décor luxueux qui les entourait, la question de Nat résonna dans son esprit : *Serait-il inenvisageable pour toi d'être heureuse ici ?* Si elle buvait le nectar, elle deviendrait une déesse, mais ni une divinité olympienne ni un des anciens dieux. Qui sait quelles limites Hadès pourrait lui imposer ? C'était peut-être l'intention de sa mère : la garder enfermée ici, la manipuler d'une façon ou d'une autre, et exploiter son pouvoir comme une sangsue se repaissant de sang. À cette pensée, tout son être se tendit, révulsé. Et pourtant, l'effluve de miel qui s'exhalait de la carafe de nectar la faisait saliver. Si Deina s'abandonnait au plaisir et laissait s'enraciner dans son esprit l'idée de rester ici avec Theron, elle ne pourrait pas résister plus longtemps.

– Parle-moi, Deina, murmura Theron en effleurant sa joue d'un revers de main. Dis-moi ce qui te préoccupe, comme à l'époque où nous sommes devenus amis. On allait s'isoler dans les dédales du jardin, dans ce petit abri couvert de lierre, tu te rappelles ? On se racontait tout.

Était-elle capable de revenir à cette époque ? Elle s'imagina lui décrire la voix dans sa tête et les fantasmes qu'elle nourrissait d'utiliser le torque, pas seulement pour aider les autres mais aussi à des fins personnelles. Peut-être qu'il comprendrait.

Peut-être pas.

Elle n'était pas sûre de supporter de voir son regard tendre devenir craintif. Mieux valait… qu'elle pèse ses mots.

– Cette chambre… ce lit : tout ça fait partie du plan d'Hadès pour me garder ici. C'est illusoire.

Pivotant vers Theron, elle posa une main sur son torse pour sentir les pulsations de son cœur.

– Alors que ça, c'est vrai. Même si c'est très tentant, il ne faut pas qu'on cède à cette illusion, Theron. On doit réfléchir. S'organiser. Mener le jeu.

Comme si l'idée qu'ils mènent la danse était trop absurde pour qu'il se donne seulement la peine de contester, Theron secoua la tête en soupirant et ramassa sa tunique abandonnée par terre tandis que Deina se glissait debout et s'approchait de la malle de vêtements. Parmi les étoffes pliées, il y en avait une gansée de gemmes qui scintillaient d'un étrange reflet écarlate, et qui était teinte dans cette nuance de bleu chaud que sa mère semblait affectionner. Une fois dévêtue de sa robe rouge déchirée, elle s'enveloppa dans le rectangle de tissu bleu qu'elle noua à l'épaule et ferma à la taille à l'aide de la broche et de la ceinture en argent qui étaient rangées avec. Il y avait à côté de la malle une paire de sandales argentées, et sur une table à proximité, un peigne et un petit miroir en bronze. Que ce soient Hadès ou les nymphes qu'elle avait croisées dans la cour la première fois qu'on l'avait amenée ici, quelqu'un avait pensé à tout.

Theron apparut derrière son épaule, son visage reflété près du sien. Deina reposa le miroir et se tourna vers lui.

– Alors ? Quel est le plan ? demanda-t-il.

– Retrouver le troisième fragment du torque, si toutefois c'est possible.

Theron commença à protester, alors elle ajouta :

– Si Aristée le retrouve avant nous, il aura tout ce qu'il faut pour le reconstituer. C'est notre ultime chance de le neutraliser. On doit au moins essayer. Et pour ça, on n'a plus qu'à espérer que Nat nous sorte d'ici.

Theron secoua la tête.

– Attends, est-ce que ce ne serait pas moins risqué de laisser le troisième fragment où il est ? On a réussi à retrouver les deux autres uniquement grâce à l'aide de Nat. Et tu sais à quel point le monde souterrain recèle de pièges. Disons qu'Aristée envoie effectivement sa bande d'assassins chercher le dernier fragment aux Enfers, quelles sont leurs chances d'en réchapper ?

– C'est vrai, Nat nous a facilité la tâche. Mais Aristée a forcément reçu l'aide de Circé aussi. Et on ignore si une autre divinité l'assiste en coulisse. On ne doit rien laisser au hasard, insista Deina. Il faut qu'on retrouve ce troisième fragment.

Theron ne semblait toujours pas convaincu.

– Est-ce que tu sais au minimum par où commencer ?

Deina rappela à sa mémoire une image des autres fragments : des spirales d'or, d'argent et de bronze aux gravures très élaborées entortillées ensemble. Chacun comportait une extrémité soigneusement arrondie, l'autre brisée, ce qui laissait penser que l'élément manquant était sûrement le fragment central du torque. Cette hypothèse lui donna des fourmillements dans les doigts, comme quand elle envisageait de dérober une bourse particulièrement bien garnie, en revanche, ça ne l'aiguilla pas du tout sur l'emplacement de ce troisième fragment. Elle repensa à la salle du trône de Poséidon, à la chambre de Zeus, et réfléchit à un éventuel point commun entre ces deux pièces.

– Bon, on sait que Tyché n'aura pas caché le dernier fragment dans la salle des trésors d'Hadès. J'ignore si ma mère est plus maligne que ses frères et sœurs, mais à mon avis, son ambition est plus simple.

– C'est-à-dire ?

Deina s'appliqua à trouver les mots pour exprimer son intuition.

– Tyché cible ce que les dieux pensent être leur force pour mettre en évidence leurs faiblesses. Poséidon se voit comme le chef tout-puissant des Mers, elle a donc placé le fragment près du plus grand portrait qu'elle a trouvé de lui. Zeus se croit irrésistible – elle arqua un sourcil. Tyché a ainsi caché le fragment dans sa chambre à coucher.

Theron se frotta pensivement le menton.

– Alors qu'est-ce qu'Hadès considère comme son plus grand avantage ? questionna-t-il. Ce miroir en obsidienne ? Ça a l'air d'être une mine d'informations pour elle.

– Peut-être, mais elle le consulte constamment. Si un élément avait modifié son aspect, elle l'aurait remarqué.

Deina mordilla l'ongle de son pouce tandis que Theron détachait un bout de peinture écaillée sur la fresque à proximité.

– Nat est chargé d'ôter la vie, finit-il par dire. Ce qui se passe après la mort est sans aucun doute le plus grand pouvoir d'Hadès.

– Ce n'est pas elle qui juge les âmes.

– Non.

Theron blêmit.

– Mais c'est elle qui applique les peines.

Le Tartare. Durant leur précédente descente aux Enfers, ils avaient affronté un paquet de situations épouvantables, mais en la matière, le Tartare risquait de tout surpasser. C'était le lieu du châtiment éternel, une prison dont personne ne pouvait s'évader, où les dieux envoyaient ceux qui les avaient offensés.

– Si tu dis vrai, alors je ferais mieux d'y aller seule, répondit Deina.

– Non. On y va ensemble.

Theron agita un index entre eux.

– Au cas où tu l'aurais oublié, on reste une équipe.

Deina lui adressa un sourire reconnaissant.

– On reste une équipe.

– En revanche, Deina… si Nat rapplique et propose de nous sortir d'ici, promets-moi qu'on le suivra. Avec ou sans fragment.

– Toi, oui, tu repartiras, nuança-t-elle gentiment. Tant que les graines sont enracinées dans mon corps, moi, je ne peux aller nulle part.

Elle soupira devant la figure décomposée de Theron.

– Désormais, Hadès pense que je déteste Nat, alors poursuivons sur cette lancée. Agenouille-toi devant elle. Et continue de jouer les angoissés.

Theron prit une profonde inspiration et tomba à genoux.

– Ça devrait être dans mes cordes.

Deina ferma les yeux.

– Puissante Hadès, m'entendez-vous ?

Les portes s'ouvrirent instantanément, et la déesse entra dans la pièce sans se presser. Ses yeux violets s'éclairèrent en avisant le lit défait.

– Je vois que vous avez pris du bon temps. Mon royaume ne tient-il pas toutes ses promesses ?

– Si, en effet. A-t-on retrouvé Thanatos ?

Hadès gronda férocement.

– Sa désobéissance est intolérable. Mais il est impossible qu'il s'échappe. Ta patience sera bientôt récompensée.

– Rassure-toi, j'ai trouvé une idée pour m'occuper.

Deina se força à prendre une voix enthousiaste.

– En attendant qu'on le retrouve, j'aimerais visiter le Tartare. Pour m'inspirer des châtiments qui y sont infligés et réserver un sort infiniment pire à Thanatos.

Elle saisit Theron par le menton en levant son visage de force.

– Et puis, je me suis beaucoup amusée avec lui, mais il a tout de même fallu que je le menace pour qu'il se soumette à moi. Il me paraît donc important de lui montrer où il finira ses jours s'il s'avise encore de me contrarier.

Hadès éclata d'un rire crépitant.

– Tu me ressembles bien plus que je n'espérais !

Prenant le temps de réfléchir, la déesse sonda Deina du regard.

– C'est entendu. Ta requête est acceptée. Retrouvons-nous dans le Tartare.

Elle agita la main et la pièce au mobilier élégant disparut. À la place, ils se retrouvèrent sur des dunes sinistres et austères, faiblement éclairées par les étoiles. Deina ne connaissait pas cet endroit, mais elle se souvint d'une description qu'avait donnée Dendris après leur traversée du mur de nuit, avant que ses amis ne découvrent la beauté des jardins d'Hadès : un désert de sable noir. Le paysage vallonné s'étirait à perte de vue, dans toutes les directions sauf une, dont l'accès était barré par un portail. Celui-ci ne ressemblait pas aux grandes portes en bronze que connaissait Deina. Les portes qui se dressaient à présent face à elle étaient… invraisemblables. Elle s'avança avec méfiance jusqu'à être assez proche du seuil pour les effleurer. Étouffant un cri, elle recula brusquement sa main, saisie d'un vif élancement dans les doigts.

De la glace. Ces portes étaient forgées dans une glace opaque qui brûlait d'un froid mordant, pourtant sa surface était fendillée, calcinée par une lave qui suintait de profondes entailles. Deina sursauta en arrière lorsqu'une des rigoles embrasées jaillit en ondulant sous la forme d'un serpent rougeoyant qui montra les crocs en sifflant avant de replonger dans l'abîme dont il était apparu. Au fur et à mesure que le feu liquide sourdait sur la glace, il gelait et noircissait. Et à mesure que la glace se formait, une nouvelle fissure apparaissait et davantage de magma se répandait. Et comme tentant de s'échapper, les serpents ardents jaillissaient continuellement du portail. De près, il semblait presque vivant.

Hadès se tenait à ses côtés.

– Le Tartare est le royaume des extrêmes. Une seule vraie constante le caractérise : la douleur.

La déesse pivota vers Theron.

– Tiens-toi prêt, fils de Thèbes. Rares sont les mortels qui ressortent en vie de cet endroit.

14

Prise de haut-le-cœur, Deina plaqua une main sur sa bouche et son nez dans la vaine tentative de masquer la puanteur qui saturait l'air de la vaste caverne où ils se trouvaient maintenant. Et encore, si elle avait pu, elle aurait fermé les yeux de toutes ses forces en se bouchant les oreilles et aurait enfoui son visage contre l'épaule de Theron pour chasser de son esprit la scène d'horreur qui les entourait. Theron la tenait toujours par la main et, de l'autre, se protégeait les yeux. Mais Deina ne pouvait pas s'offrir ce luxe. Pour entretenir son simulacre de ralliement à Hadès, elle devait affronter le Tartare et ses supplices pour donner le change et paraître… intéressée. Elle serra plus fort la main de Theron en espérant que sa mère ne remarquerait pas la blancheur de ses phalanges.

Tout autour d'eux, la souffrance régnait. Seule source de lumière : d'immenses torches fixées aux parois rocheuses, tamisées par les émanations étouffantes qui s'élevaient de lézardes dans le sol. Deina aurait pourtant préféré qu'il fasse plus sombre. Elle ne distinguait que trop les âmes de mortels torturées par la faim et la soif qui se bousculaient sur les berges du fleuve traversant la grotte. Chaque fois qu'une de ces malheureuses créatures essayait de recueillir un peu d'eau, le flot clapotant se transformait en boue puante. D'autres erraient près de couvertures sur lesquelles on avait disposé en abondance des aliments en apparence délicieux. En s'approchant, Deina constata que chaque mets devenait putride et grouillant d'asticots dès qu'un des fantômes tentait de s'en saisir.

– Pour quelle raison les a-t-on condamnés ? demanda-t-elle à Hadès.

– Ils nous ont tous fait offense. Ils ont été déclarés coupables d'impiété, de complot visant à déjouer la volonté des dieux ou de transgression d'une règle fondamentale à leurs yeux. Par conséquent, ils sont punis pour avoir déshonoré ceux qu'ils sont censés vénérer inconditionnellement.

Condamnés pour offenses aux dieux. Et les offenses envers les humains, alors ? Négligeables, manifestement. Deina baissa le regard avant qu'Hadès ne surprenne la colère dans ses yeux.

La déesse fit signe à quelqu'un qui se tenait dans l'ombre.

– Nous avons de la visite, Tisiphone.

Une des Érinyes. Deina sentit Theron tressaillir. La silhouette qui s'approchait d'eux évoqua à Deina les chasseurs de sang : un vieux cadavre putréfié. Presque entièrement chauve, Tisiphone avait encore quelques mèches de cheveux sales et hirsutes collés au crâne qui, comme une grande partie de sa peau, était couvert de pustules suintantes. Ses yeux rouge sang sans paupières étaient percés de pupilles reptiliennes verticales. Ses lèvres entrouvertes dardaient une langue fourchue. La parure de cette divinité infernale contrastait étrangement avec son apparence : sa tunique était tellement bariolée de colifichets cousus ou pendus à son cou qu'il était impossible de distinguer le tissu sous-jacent. Des serpents se lovaient autour de ses bras, de son torse et de son cou musclés, et un fouet était glissé dans sa ceinture.

Chaque lanière de cuir était armée d'un clou en fer. Elle s'inclina devant Hadès.

– Mes sœurs sont toujours à la recherche de cette crapule de Thanatos, siffla l'Érinye. Elles fouilleront les confins du royaume souterrain pour vous le ramener.

– Je n'en doute pas. Néanmoins, je vais me joindre à elles, décréta Hadès. Je veux être là quand il sera traîné hors du trou où il s'est réfugié. En attendant, montre à ma fille et son humain de compagnie tout ce qu'elle désire voir. Je vais lui accorder de châtier Thanatos et elle cherche l'inspiration.

– Mais elle est aussi condamnable que lui ! D'après vos dires, c'est elle qui a emprisonné Orphée à la Lisière.

Tisiphone bava, labourant l'air de ses mains griffues.

– Vous nous aviez promis Orphée, Hadès, geignit-elle. Vous aviez assuré qu'un jour nous pourrions nous amuser avec lui, mais maintenant, il ne viendra jamais jusqu'à nous ! Jamais !

L'estomac soulevé de dégoût, Deina s'efforça de ne pas imaginer ce que les Érinyes appelaient *s'amuser*.

Hadès fit apparaître son sceptre et Tisiphone recula en tremblant.

– Assez ! Vous vous contenterez de jouer avec Thanatos !

– Oui, bien sûr ! Très contentes nous serons !

Toujours recroquevillée, l'Érinye décocha un regard rageur à Deina.

– Parlez et je vous obéirai, puissante Hadès !

Elle se redressa lentement, surveillant d'un œil torve le sceptre à deux fourches.

– Comment t'appelles-tu, fille d'Hadès ?

– Chthonia.

Ce nom que lui avait donné la déesse des Enfers et que Deina n'avait jusqu'ici jamais accepté.

– Alors, suis-moi, Chthonia. Les damnés attendent ton inspection.

*
* *

La multitude d'ombres rassemblées près de la rive semblait infinie. Au début, Deina pensa que ces fantômes étaient inconscients de leur présence. Mais elle comprit ensuite qu'ils cherchaient expressément à ne pas attirer l'attention de Tisiphone. Lorsque l'un d'eux osa s'approcher en implorant son secours, l'Érinye grogna, hargneuse, et leva son fouet pour lui asséner plusieurs coups dans le dos. La créature éthérée poussa un hurlement tandis que les pointes en fer lacéraient sa peau, éclaboussant Tisiphone et Deina d'un sang visqueux et sombre.

Deina dut se mordre la langue pour se retenir de protester.

– Que… Comment est-ce possible ? Ce sont des spectres, des esprits…

Pour la première fois, Tisiphone sourit, exhibant une rangée de crocs aussi pointus que des aiguilles dans sa gueule béante.

– Dans le Tartare, ils reprennent chair pour que je puisse mieux les rosser et les corriger. Ne te fais pas de souci. La peau de cette créature se ressoudera sous peu.

Sentant la bile monter dans sa gorge, Deina serra les dents. Theron vomit. Tisiphone ricana.

– Poursuivons. Tu n'as encore rien vu.

L'Érinye continua de les guider à travers le désert sordide du Tartare. Le paysage n'était pas très différent des autres régions infernales qu'avait parcourues Deina. La caverne fut graduellement remplacée par une vallée encaissée entre de hautes cimes ensanglantées. Curieusement, les nuages maussades au-dessus d'eux répandaient le même éclat rougeoyant que les torches à présent disparues. De grandes colonnes de pierre apparurent, exsudant un liquide foncé nauséabond ; des damnés y étaient enchaînés. En passant devant eux, Tisiphone les fouetta violemment. Ils s'enfoncèrent davantage au cœur de ce spectacle perpétuel de souffrances. Deina n'avait de cesse de guetter un indice susceptible de la conduire à la troisième cachette de Tyché, mais Tisiphone, toujours vigilante, ne lui offrit guère l'occasion de vraiment chercher. Ce n'est que lorsqu'ils tombèrent sur des personnages que Deina connaissait des mythes antiques que l'Érinye ralentit le pas. Sisyphe : condamné à pousser en haut d'une colline un énorme rocher qui retombait toujours avant d'atteindre le sommet, après avoir révélé à Asopos où se trouvait sa fille Égine enlevée par Zeus. Les filles de Danaos : condamnées à vider un lac entier à l'aide de simples passoires pour avoir assassiné leur époux sur ordre de leur père. Tisiphone attira leur attention sur ces châtiments, même s'ils semblaient profondément l'ennuyer. Pas assez cruels, peut-être ? Après avoir invité Deina à étudier ces scènes, elle lorgna un moment Theron qui se tenait droit malgré une extrême pâleur. Rien d'étonnant à ça : d'après ce qu'on avait enseigné à Deina à la Maison d'Hadès, Tisiphone ne quittait jamais le Tartare. Theron était probablement le seul homme ni mort ni supplicié que l'Érinye ait vu depuis des siècles. Mais vu sa façon de le fixer, Deina eut du mal à déterminer si la déesse infernale brûlait de l'embrasser ou de l'écorcher vif et le dévorer. Ce n'est que lorsqu'ils croisèrent le géant Tityos que Tisiphone manifesta davantage d'intérêt pour ce qui se passait autour d'eux. Puni pour avoir tenté de violer la déesse Léto, Tityos passerait l'éternité, enchaîné à un rocher à gémir comme un animal à l'agonie, pendant que des vautours lui rongeaient chaque jour le foie et les viscères, lesquels repoussaient dans la nuit. Châtiment comparable à celui que Zeus avait infligé à Prométhée, c'était manifestement un des supplices préférés des Olympiens.

– Voilà qui pourrait faire l'affaire pour mon frère Thanatos, observa Tisiphone. L'entendre hurler m'apporterait un plaisir immense.

Elle décocha à Deina un regard un peu méfiant.

– Pas toi ?

– Si, approuva Deina.

Sentant que sa réaction laissait la déesse sur sa faim, elle se força à lui sourire en ajoutant :

– Ce serait très divertissant de lui rendre régulièrement visite pour voir ses entrailles lentement grignotées et arrachées.

Inspirant un bon coup, elle s'approcha tout doucement de la silhouette gesticulante de Tityos, comme si elle avait à cœur d'observer de plus près le travail des vautours. Ses sandales s'enfoncèrent dans la terre arrosée de sang. Derrière elle, Tisiphone se mit à questionner Theron.

– Quel est ton nom, mortel ?

– Theron.

– Tu es une brave bête ? Tu as des talents d'amuseur ?

– Je… je fais de mon mieux.

– Hmm. Tu as un joli minois. Ça me plaît.

Deina ferma les yeux pour réfléchir en s'efforçant de faire abstraction de la voix tendue de Theron et des sanglots désespérés de Tityos. Hélas, l'inspiration lui manqua. Elle n'arrivait même pas se figurer la déesse de la Fortune dans un endroit pareil ; ils ne cherchaient peut-être pas au bon endroit. Peut-être aurait-elle dû solliciter une entrevue avec Charon afin de chercher le fragment parmi les détritus que le passeur hissait hors du Styx, mais ce n'était pas le moment d'espérer une seconde chance. Il fallait à tout prix qu'elle retrouve ce fichu fragment avant le retour d'Hadès. Et qu'elle trouve de l'aide. Deina serra les poings en se creusant les méninges pour ressortir tous les récits qu'elle avait entendus sur le Tartare.

Au milieu de ses souvenirs, un nom finit par refaire surface. Deina esquissa presque un sourire.

Mais acceptera-t-il de m'aider ?

Possible.

Elle se retourna vers l'Érinye qu'elle surprit en train de caresser le torse de Theron. Tétanisé et en sueur, ce dernier détournait la tête, penché en arrière.

Deina revint en hâte vers eux et se retint de dégager brutalement la main de Tisiphone.

– Tisiphone ? héla Deina en masquant le dégoût qui lui retournait l'estomac, il y a un dernier site où j'aimerais me rendre avant de décider du châtiment de Thanatos. Tout ceci est assez divertissant, mais si je comprends bien, Tityos souffre uniquement le jour. La nuit, il se repose. Moi, je veux que le supplice de Thanatos soit continuel, sans répit. Pourrions-nous rendre visite aux anciens dieux, les Titans ? J'aimerais voir de mes yeux ce qu'ils endurent. Que le calvaire de Thanatos soit pire que celui de tous les damnés du Tartare.

Lâchant à peine Theron du regard, Tisiphone acquiesça.

– Comme tu voudras, Chthonia. Viens, mortel.

Un des serpents enroulés autour de ses bras commença à onduler sur les épaules de Theron. L'Érinye le saisit par la main et s'élança sur un sentier qui descendait plus loin. Deina suivit.

D'après les mythes, les Titans étaient emprisonnés dans les entrailles du Tartare où Zeus les avait jetés après la victoire des dieux de l'Olympe. En regardant derrière elle le cercle de ciel rouge mat au sommet du raidillon, Deina eut l'impression de se trouver maintenant au fond d'un énorme gouffre. Les parois autour d'eux n'étaient plus un rempart de roche, mais une épaisse muraille d'airain, froide comme la mort. Un vent glacial lui pinçait la gorge et il faisait si sombre qu'au-delà de la lueur projetée par la torche de Tisiphone, Deina ne distinguait pas grand-chose.

– Quel Titan souhaites-tu rencontrer ? demanda l'Érinye. La majorité est sous ma supervision.

Deina feignit de réfléchir en tapotant un index sur ses lèvres.

– Cronos, celui qu'on surnomme le Conspirateur et le Retors, finit-elle par répondre. Il a mené les Titans contre Zeus, Hadès et les autres Olympiens. Son châtiment est certainement exemplaire, non ?

– Cronos est bien trop bavard, siffla Tisiphone. Mais si tu désires t'entretenir avec lui…

Elle haussa les épaules en redressant brusquement la tête.

– C'est par là.

Toujours accrochée à Theron, l'Érinye leur fit traverser une plaine désolée. Deina les suivit de près ; elle percevait des choses dans l'ombre : des voix gutturales qui proféraient des jurons, des gémissements atroces. À mesure que ses yeux s'adaptaient à la pénombre, elle découvrait que cette région du Tartare était totalement aride : un immense vide, enclavé dans une triple enceinte d'airain. Au sol, de grands cercles étaient délimités à l'aide de cordes ; chacun renfermait un Titan, qui ne pouvait visiblement pas franchir cette mince limite. De temps à autre, l'un d'eux interpellait Tisiphone pour implorer sa pitié, quémander de l'eau ou une autre faveur. L'Érinye les ignora tous, sans exception.

– Voilà.

L'Érinye abaissa sa torche pour permettre à ses flammes d'embraser le tas de bois contenu dans un énorme chaudron de cuivre. Le feu prit rapidement, illuminant le spectacle face à eux : un grand cercle de corde déployé au sol et, à l'intérieur, une table ployant sous un amoncellement de victuailles et une silhouette allongée dans la poussière.

– Tu as de la visite, Cronos. C'est à toi, Chthonia, demande-lui donc de te raconter la nature de son châtiment. Pendant ce temps, je m'occupe de ton mignon.

Sans un regard en arrière, elle tira Theron vers un gros rocher à l'écart. Avant de se retourner face à Cronos, Deina attendit qu'ils soient installés et que Tisiphone n'ait plus d'yeux que pour Theron.

De l'autre côté de la corde, à portée de bras, le Titan s'était relevé. Deina tressaillit. Cronos lui décocha un grand sourire.

– N'aie crainte.

Faute de s'en servir souvent, sa voix grinça.

– Regarde…

Il leva une main griffue et esquissa un grand geste du bras ; un raclement se fit entendre comme s'il éraflait une tôle en fer de ses longs ongles.

– Tu es hors d'atteinte. Je ne peux pas franchir cette corde.

Les yeux très enfoncés de la divinité brillèrent sous sa tignasse emmêlée.

– Ainsi, tu souhaites en savoir plus sur mon châtiment ?

Deina jeta un coup d'œil furtif à Tisiphone. Occupée à caresser la tête de Theron, l'Érinye semblait totalement absorbée.

– Non, c'est votre aide que je veux.

Cronos la toisa un instant, puis éclata d'un rire rauque qui s'acheva en grognement.

– Tu te moques de moi. Comme si j'allais aider une amie de cette progéniture démoniaque ! s'esclaffa-t-il en hochant la tête vers Tisiphone avant de tourner les talons. Laisse-moi tranquille, mortelle.

– Mortelle, je ne le suis qu'à moitié, s'empressa de préciser Deina. S'il te plaît, grand-père, écoute-moi.

Le Titan marqua un temps d'arrêt en tournant légèrement la tête.

– Comment m'as-tu appelé ?

Deina inspira un bon coup. Se rapprocha, et baissa la voix.

– Grand-père. Hadès est ta fille. C'est aussi ma mère.

Cronos fit volte-face vers la frontière de corde et s'avança si près que Deina put distinguer la couche de crasse sur sa peau et dut se raidir pour réprimer un mouvement de recul. Il la jaugea de la tête aux pieds.

– Parle.

– Je suis une Theodesmioi, Dissociante de l'ordre d'Hadès. J'étais contrainte de lui obéir quand je vivais à Iolcos, et désormais je suis liée par sa faute au monde souterrain. Je veux me venger. Et je ne suis pas la seule.

Un sourire méprisant retroussa la bouche de Cronos.

– Même soutenue par de nombreux mortels, de quelle arme dispose une demi-déesse pour faire tomber une divinité ?

– Le torque d'Héphaïstos. Celui que Zeus, Poséidon et Hadès l'ont obligé à briser en fragments. Nous en avons récupéré deux sur trois.

Ce mensonge s'échappa sans difficulté de ses lèvres. Deina pariait sur le fait que Cronos ne connaissait pas la vérité, et qu'à l'instar de presque tous les dieux, il n'avait, en premier lieu, qu'une vague notion de ce qu'était la vérité.

Son air méprisant s'effaça derrière un regard calculateur.

– Allons bon. Je t'ai peut-être sous-estimée, petite-fille.

Le Titan s'interrompit en grimaçant et frottant son ventre amaigri.

– Tu penses que le dernier fragment que tu cherches se trouve ici ?

– Oui. Et il faut que je le retrouve avant le retour d'Hadès.

– Et moi, qu'est-ce que j'y gagne ?

– Si mes amis parviennent à reconstituer le torque, j'ai espoir qu'ils pourront s'en servir pour attaquer ou au moins menacer les trois dieux qui maintiennent la majorité des Theodesmioi sous leur dépendance.

– Tes amis sont des mortels, non ? Tenter d'usurper le pouvoir des dieux, c'est dangereux. À ce qu'il paraît, le dernier à avoir porté ce torque fut tout bonnement anéanti.

Deina hésita. C'était risqué de trop en dire à Cronos, cependant elle devait le convaincre – et vite, avant qu'Hadès ne revienne et que Tisiphone ne se désintéresse de Theron. Ou pire qu'elle s'en prenne à lui.

– Thanatos nous soutient. Si je retrouve le dernier fragment de torque, je le remettrai à mes amis.

Elle désigna Theron d'un signe de tête.

– Thanatos pourra, j'espère, le conduire à Thèbes où l'attendent les autres.

Cronos haussa les sourcils.

– Thanatos ? En tant que comploteur retors, j'admire sa ruse et sa duplicité, mais à ta place, je me méfierais. Et puis, c'est un dieu. Il se peut qu'il affirme vouloir t'aider. Il se peut même qu'il en soit convaincu, jusqu'à ce qu'il ait un aperçu du pouvoir que ce torque est réputé conférer. Crois-tu vraiment qu'il tiendra parole et fera ce que tu attendais de lui ? Surtout si tu n'es pas là pour le lui rappeler ?

Le Titan secoua la tête.

– Tout miser sur la Mort, mauvaise idée. Reconstitue le torque et réserve-toi le droit de le manipuler.

Ses paroles rappelèrent à Deina la petite voix dans sa tête qui tentait de la séduire avec des rumeurs de toute-puissance.

– Non. Je ne suis pas une déesse. Et je ne peux pas quitter le monde souterrain. Thanatos m'a fait ingérer des graines.

Deina porta machinalement une main à son ventre ; elle avait presque la sensation que des germes croissaient en s'accrochant à sa chair pour l'arrimer encore plus fermement au royaume d'Hadès.

– *Pour l'instant*, tu n'es pas une déesse.

Cronos lui lança un regard entendu.

– Mais je sens d'ici la force qui émane de toi. Une force prodigieuse qui te dépasse. Hadès n'est pas comme mes autres enfants. Il n'agit jamais sans motif mûrement réfléchi, et séduire des mortels en fait partie.

Prenant appui sur la barrière invisible entre eux, il débita ses paroles dans un bruit de ferraille tandis que ses ongles sales éraflaient le vide.

– J'ai une meilleure idée.

Il montra le sol du doigt et Deina constata que les deux extrémités de la corde qui l'encerclait étaient nouées ensemble.

– Défais ce nœud. En échange, je te ferai boire une potion qui arrachera ces graines à ton corps. Ensuite, je te dirai où se trouve le dernier fragment de torque. Je t'aiderai même à t'échapper.

– Quel genre de potion ? questionna Deina.

– Tu voulais en savoir plus sur mon châtiment ?

D'un geste, Cronos désigna la table. La pile de mets fins posés dessus – fruits mûrs, viandes rôties, pains frais, cruches de vin – aurait fait saliver Deina si la puanteur du Tartare n'avait pas été si oppressante.

– Chaque fois que je mange ou bois, je suis astreint à avaler une petite quantité de ceci.

Il lui montra une fiole fermée par un bouchon et remplie d'un liquide noir métallique, qui pendait au bout d'une chaîne à son cou.

– C'est plus fort que moi. Cette potion, qui ne s'épuise jamais, me fait régurgiter violemment tout ce que je viens de consommer. C'est ainsi que je suis puni pour avoir dévoré mes enfants et tenté de ravir le contrôle des Cieux et de la Terre à mon ingrate descendance.

Il sourit.

– Comme tu imagines, je m'applique à manger et boire en très petites quantités.

Deina fixa la fiole. Elle connaissait la légende de Cronos – personne n'y était étranger. Averti par une prophétie que l'un de ses enfants le détrônerait un jour, il les avait engloutis les uns après les autres dès leur naissance. Un jour, son épouse Rhéa finit par soustraire à Zeus son dernier-né, une pierre enveloppée dans des langes. Devenu adulte, le jeune dieu quitta la cachette où il avait grandi et obligea son père Cronos à avaler un vomitif qui lui fit recracher tous ses enfants encore en vie dans son estomac. En un sens, le châtiment du Titan était justifié, songea Deina.

– Naturellement, étant donné que tu es à demi mortelle, cette potion te tuerait, poursuivit Cronos. Mais il suffirait que j'y ajoute un peu de nectar…

Deina comprit enfin. La potion la débarrasserait des graines. Elle serait en mesure de quitter les Enfers sans recourir à la feinte élaborée dont elle avait usé avec Nat la dernière fois. Le nectar, cependant, l'empêcherait de mourir, mais la transformerait définitivement en déesse.

Elle regarda Cronos droit dans les yeux. Tous ses choix la ramenaient donc à ça ? Au sort même qu'elle s'échinait à éviter. Ce destin qu'elle s'était juré de ne pas jamais subir, quitte à en mourir : devenir une de ces divinités qu'elle abhorrait. Néanmoins… pouvoir se mesurer aux dieux d'égal à égal et disposer du torque à sa guise : ce n'était pas rien. Une image lui vint soudain à l'esprit : Zeus, Poséidon et Hadès, tous prosternés devant elle. Et Aristée mort à ses pieds. Une fois immortelle, elle pourrait l'obliger à lui rendre les deux fragments du torque puis l'abattre. Son regard dériva vers la fiole que tenait Cronos, puis vers Theron. Tisiphone continuait de le câliner en lui léchant la joue de sa langue fourchue tandis qu'il essayait tant bien que mal de reculer.

– Tisiphone a la vilaine manie de dévorer ceux avec qui elle s'accouple. Si tu étais une déesse, tu pourrais le sauver, murmura Cronos. Tu pourrais sauver la vie de tous tes amis. En tant que simple demi-déesse, tu ne pourras même pas sauver ta peau.

En proie à l'indécision, Deina fixait encore la fiole qui pendait à son cou.

– Décide-toi, chuchota Cronos. Je sens qu'Hadès ne va pas tarder. À son retour, tout espoir sera perdu. Ton destin t'a amenée à ce choix, mon enfant. La partie est presque terminée. Tu n'as plus qu'une manche à jouer. Si tu veux vaincre Hadès, c'est la seule solution.

Le destin. Elle pensait s'en être affranchie. Manifestement, elle s'était leurrée. La colère monta en elle, profonde, vive et aussi fulgurante que le soleil, avant de se réduire à néant.

– Ça va mettre combien de temps ? demanda calmement Deina. Avant que la potion fasse effet ?

– Et que tu entres pleinement en possession de tes pouvoirs ?

Cronos haussa les épaules.

– Il faut d'abord que ton sang humain se transforme en ichor. Ça prend un moment.

Forte et mélodieuse, la voix de Theron tomba sur le paysage morne comme la pluie sur un désert desséché. Tisiphone lui avait sans doute ordonné de chanter.

– Jure sur le Styx, exigea Deina. Jure qu'une fois que j'aurai bu la potion, tu me diras où est le dernier fragment et comment le récupérer, et que tu ne révéleras pas mes intentions à Hadès ou Tisiphone.

Cronos sembla amusé.

– Vraiment, Chthonia ? Nos intérêts sont alignés. Un serment est-il absolument nécessaire ?

Son sourire s'élargit.

– Allez. Laisse-moi t'aider, petite-fille. Défais ce nœud. Tu ne le regretteras pas.

– Jure-le, insista Deina. Et jure de nous ramener, Theron et moi, à Thèbes.

C'était mieux. Au moins, comme ça, elle n'aurait pas besoin de prendre le risque d'appeler Nat à la rescousse et Hadès ne saurait rien de leur complicité. Et puis, visiblement, le dieu de la Mort n'avait jamais de difficulté à la retrouver.

Le Titan prêta serment.

– Maintenant, la corde.

Il se frotta les mains.

– Défais le nœud.

Son ton impatient fit frissonner Deina, toutefois, elle n'hésita pas. Accroupie, elle souleva la corde, défit le nœud et replia les deux extrémités sur elles-mêmes pour créer une mince brèche dans le cercle. Ce fut plus simple que ce qu'elle avait imaginé. Soudain, un vent frais souleva la poussière en tourbillons, balaya sa peau et hérissa les poils de ses bras. Presque comme si un fantôme s'était frayé un chemin hors du cercle. Ou à l'intérieur.

Cronos poussa un long et profond soupir.

– Enfin !

Il s'approcha de la table, remplit une corne à boire du liquide contenu dans les cruches et versa dedans quelques gouttes de la fiole avant de mélanger le tout. Il lui tendit alors la corne.

– Tiens. Bois.

Theron chantait toujours, mais sa voix chancelait.

– Tisiphone ne va-t-elle rien remarquer ? glissa-t-elle à Cronos.

– Non. J'ai déjà recouvré un peu de mes forces depuis que tu as défait le nœud. Si elle remarque quelque chose, elle me verra simplement en train d'effectuer devant toi une démonstration de mon châtiment.

Deina prit la corne qu'elle renifla. Le parfum suave du nectar ne masquait pas totalement une autre odeur de fond plus légère, mais nauséabonde et viciée.

– Bois tout, par précaution, observa Cronos.

Fermant les yeux, Deina visualisa le croquis du bateau qu'elle avait décroché du mur de sa chambre. Elle visualisa Aster, Dendris et Archis, luttant pour se libérer des brutes d'Aristée, ainsi que tous les Dissociants et les autres Theodesmioi de Iolcos, toujours assujettis aux torques qu'ils portaient.

Au nom de la liberté. En notre nom à tous.

Deina porta la corne à ses lèvres et la vida d'un trait. À peine eut-elle fini qu'elle ressentit un tiraillement. Une douleur sourde dans sa poitrine ne tarda pas à irradier atrocement, comme si on enfonçait sans relâche des lames entre ses côtes et broyait son cœur glacé. Deina lâcha la corne et s'effondra à quatre pattes. Son estomac se souleva. Du vomi jaillit de sa bouche et de son nez, rapidement suivi de sang rouge foncé. Et au milieu de cette flaque sanguinolente, les graines : curieusement intactes, enchevêtrées de racines et grumelées de gros lambeaux de chair. La douleur ne fit qu'augmenter jusqu'à devenir presque aussi insoutenable que celle infligée par les scorpions d'Aristée. Aussi insoutenable que lorsqu'elle avait ingéré ces graines. Presque, mais pas tout à fait. Deina se cramponna à cette pensée.

J'ai supporté cette torture-là. Je supporterai celle-ci.

Le sang s'épaissit et noircit.

Encaisse.

Il devint si épais qu'elle parvenait tout juste à respirer.

Tiens bon.

Le supplice atteignit son paroxysme… et prit fin. Les dernières gouttes de sang imbibèrent la terre. Deina agrippa sa poitrine d'une main tremblante.

Quelle idiote d'espérer encore un battement de cœur. Les dieux n'en ont pas.

S'essuyant la bouche d'un revers, elle se releva péniblement, flageolante. Cronos l'observait.

– Le dernier fragment de torque, suffoqua-t-elle d'une voix tout juste audible.

– C'est elle qui l'a.

Il pointa Tisiphone du doigt.

– J'ai tout vu. Tyché lui en a fait cadeau pour compléter sa pitoyable collection de babioles. L'Érinye ignore ce dont il s'agit, mais elle veille jalousement sur ses breloques.

Il observa un silence en étudiant Deina comme pour mesurer sa force. Ou peut-être son désespoir.

– Elle ne te le cédera pas volontiers. En revanche, elle consentira peut-être à un échange.

Il n'y avait qu'une chose de Deina que Tisiphone convoitait. Elle adressa un signe de tête au Titan.

– Merci.

Il s'inclina.

– En cas de besoin, appelle-moi.

Deina sentit Cronos la suivre du regard tandis qu'elle repartait vers Tisiphone et Theron. L'Érinye était visiblement occupée à exhiber ses serpents en les faisant onduler sur les bras et les jambes de Theron, pour soit l'impressionner, soit le terrifier. À l'approche de Deina, c'est à peine si elle le lâcha des yeux.

– Bien, j'ai fait le tour, annonça Deina en espérant que sa voix faiblarde ne la trahirait pas. Je sais maintenant quel supplice cruel je vais infliger à Thanatos. Mon mignon vous a-t-il bien divertie ?

Elle tapota la tête de Theron sans tenir compte du regard paniqué qu'il lui décocha.

L'Érinye acquiesça.

– J'en veux un.

– Il y a l'embarras du choix, mais ils ne se valent pas tous. Celui-ci est particulièrement doué.

Deina pencha la tête pour déposer un long baiser sur sa bouche.

– Il a de nombreux talents qu'il ne vous a pas encore déployés.

Tisiphone émit un sifflement. Ses serpents se resserrèrent autour des membres de Theron qui étouffa un cri.

– C'est lui que je veux. On échange ?

Elle tendit son fouet à Deina.

– Torturer ces âmes damnées est très plaisant, tu verras.

Deina fit la moue d'un air de réfléchir à son offre.

– Je ne sais pas... Votre fouet est un peu quelconque. Comme vous, je préfère ce qui brille. En particulier les alliages de métaux. N'avez-vous pas un ornement de ce type à troquer contre lui ?

– Deina..., murmura Theron.

Elle fit la sourde oreille et patienta tandis que Tisiphone lui proposait diverses breloques répondant à sa description. Le fragment n'en faisait pas partie. L'Érinye commença à perdre patience, sifflant à chaque refus de Deina, jusqu'à ce qu'elle s'illumine soudain en farfouillant sous sa tunique.

– Et celui-ci ?

Légèrement incurvé, constitué de trois brins en or, argent et bronze entrelacés, et brisé aux deux extrémités, le troisième fragment du torque pendillait, luisant, au bout d'une chaîne rouillée.

– Hmm, médita Deina pour ne pas paraître trop enthousiaste. C'est d'accord. Je t'échange mon mignon contre ce collier.

Deina passa la chaîne à son cou et glissa le fragment dans l'encolure de sa robe alors que l'Érinye prenait Theron dans ses bras.

– Désormais, tu m'appartiens, mortel. Continue d'être charmant et obéissant. Sinon, tu goûteras de mon fouet.

– Qu'est-ce qui te prend, Deina ? implora Theron.

À l'entendre, il était terrifié, mais pour l'instant, elle ne pouvait pas le rassurer. Elle s'obligea à lui tourner le dos et repartit nonchalamment vers Cronos.

– Attends ! Ne t'en va pas !

Theron ne jouait plus la comédie. Il n'implorait plus, il criait :

– Ne me laisse pas ici ! Pourquoi me fais-tu ça ?

Une peur à l'état brut – Deina sentait qu'il était près de craquer.

– Tais-toi, mortel ! gronda Tisiphone. Encore un mot et tu tâteras de ma furie !

Deina ne s'arrêta pas. Les sanglots affolés et à moitié étouffés de Theron la déchirèrent comme un coup de poignard dans le cœur, mais si elle hâtait le pas, cela risquait de mettre la puce à l'oreille de l'Érinye. Et si Cronos ne parvenait pas à les faire sortir tous les deux d'ici ? Elle encore, elle avait bu le nectar, peut-être survivrait-elle ici. Mais Theron, non. Elle ne put chasser de son esprit l'image de Theron roué de coups de fouet par Tisiphone et conscient, ce faisant, de souffrir par sa faute.

Ils devaient à tout prix s'enfuir. Plus que quelques mètres, et ce serait terminé…

– Eh bien, Chthonia.

Sourire triomphant sur le visage, Hadès apparut juste devant Deina qui s'arrêta pile.

– Voici notre homme. J'espère que tu as préparé un châtiment approprié.

Agenouillé à ses pieds, ensanglanté d'ichor, tête basse et poignets ligotés sous la menace de deux femmes qui ne pouvaient être que les sœurs de Tisiphone tant leur ressemblance était frappante, se tenait Thanatos.

15

Si Hadès n'avait rien dit, Deina n'était pas certaine qu'elle l'aurait tout de suite reconnu. Ses vêtements étaient déchirés. Les lacérations sur ses bras nus témoignaient de la violence des coups de fouet des Érinyes. Les cordes autour de ses poignets étaient serrées au point de mordre dans sa chair, et les ombres d'ordinaire accrochées à son dos et ses épaules avaient disparu. Le dieu de la Mort était méconnaissable. Il ne ressemblait plus en rien au Nat séduisant et sûr de lui qu'avait connu Deina. Elle s'obligea à regarder une nouvelle fois ses bras en sang. La suite argentée de noms s'était effacée aussi. Comme si on avait éteint la clarté qui rayonnait au cœur de sa noirceur.

Était-ce une ruse ? Oui, forcément. Nat était puissant. Plus ancien qu'Hadès. Il feignait l'agonie pour fourvoyer Hadès et les Érinyes. Mais si ce n'était pas le cas ? Elle n'allait tout de même pas l'abandonner ici…

Hadès l'observait d'un air d'attendre quelque chose. Deina se força à sourire dans l'espoir que la déesse ne décèle pas sa nervosité. Et sa vulnérabilité.

– Ravie que vous l'ayez retrouvé. Je sais exactement ce que je vais lui infliger. Cette exploration du Tartare fut instructive.

– Et je suis ravie que ça t'ait plu, ma fille. Alors, dis-nous, quel sort réserves-tu à cette crapule ? Un châtiment amusant, j'espère ?

– Très amusant, je crois. Puis-je d'abord l'annoncer à Thanatos ? Je souhaite lui chuchoter tous les détails, le forcer à m'écouter, pour être certaine qu'il comprenne bien ce qui va lui arriver.

Hadès s'esclaffa.

– Excellente idée !

La déesse fit signe aux Érinyes de s'écarter ; elles reculèrent à contrecœur.

– Vas-y.

Deina saisit la figure de Nat à deux mains ; ses yeux étaient voilés de douleur. Elle se pencha en approchant sa bouche de son oreille.

– J'ai retrouvé le dernier fragment et je suis délivrée des graines. J'ai… j'ai cédé, Nat. J'ai bu le nectar. Je n'avais pas le choix.

Elle avait besoin de le dire à quelqu'un, mais n'était pas sûre que Theron comprendrait.

– Cronos a promis de nous faire sortir d'ici.

De sa position, elle distinguait le Titan toujours assis sur ses talons, toujours aussi émacié et crasseux.

– J'espère qu'il va vite recouvrer ses pouvoirs. Je lui demanderai de t'envoyer à Thèbes avec nous.

Elle marqua une pause.

– Je ne supporte pas de te voir dans cet état, Nat. Si c'est juste du cinéma, je t'en prie, fais-moi un signe.

– Bon, dis-moi quelles seront ses souffrances, s'impatienta Hadès.

Deina déglutit nerveusement et se releva.

– En punition de sa trahison, je veux que… qu'il soit enchaîné ici même, aux murs d'airain du Tartare, qu'il subisse une faim et une soif sans fin et soit tourmenté jour et nuit… par des centaines de sangsues qui se repaîtront de son corps dénudé. En outre, une fois par jour et par nuit, il sera gavé comme une oie et contraint d'avaler la même potion que celle de Cronos.

Hadès approuva.

– Très ingénieux. Qu'as-tu à dire pour ta défense, Thanatos ? Veux-tu présenter des excuses à Deina pour tes actes ?

Silence.

Allez, Nat. Lève-toi. Nargue-la. Montre-lui qu'en réalité, elle ne t'a pas atteint.

Deina jeta un nouveau coup d'œil à Cronos. Toujours aucun changement. Si elle lui criait à l'aide, serait-il capable de réagir avant qu'Hadès et les Érinyes ne comprennent ce qui se tramait ?

– Je… je regrette, Deina, murmura Nat.

Deina essaya de se rassurer. Il marchait dans le jeu du dieu repentant. D'un moment à l'autre, il redeviendrait lui-même. C'était imminent.

Mais c'est alors qu'il releva la tête pour la regarder et Deina comprit qu'elle avait tout faux. La peur transperça ses nerfs comme une aiguille de glace. Son regard dévia vers Hadès.

Elle ne souriait plus. Le regard violet de la déesse était maintenant glacial.

– Les Érinyes peuvent être très persuasives. Thanatos m'a tout raconté. Grâce à son soutien, tu as pu t'évader de ton cachot. Ouvrir un passage pour rentrer à Iolcos et tenter d'empêcher l'exécution de tes amis. M'amener à croire, avec la complicité d'un Oneiroi, que tu avais bu le nectar.

Un rictus lui tordit la bouche.

– Et tout ça, il l'a fait par amour. Pour toi.

Terrifiée, Deina garda le silence tandis qu'Hadès s'avançait lentement vers elle.

– Je t'ai offert le monde sur un plateau, espèce de misérable ingrate ! Et c'est comme ça que tu me remercies ? Toutefois, je suppose que je devrais m'estimer heureuse. Tu m'as forcée à appliquer une sanction que j'envisageais depuis longtemps, mais à laquelle je me refusais jusqu'ici.

Des ombres opaques s'étendirent peu à peu derrière les épaules d'Hadès.

– Désormais tout son pouvoir m'appartient.

Des ailes aux plumes noires mouchetées d'or jaillirent dans son dos, comme si on les avait arrachées au corps de Thanatos.

– Et nous allons à présent mettre en pratique ce châtiment si inventif que tu as suggéré. Puisque tu sembles être aussi attachée à Theron qu'à Thanatos, *tu* seras condamnée à les regarder souffrir tous les deux pour l'éternité.

La déesse tendit brusquement le bras en désignant Theron.

– Capturez-le.

Des vrilles grimpantes surgirent du sol. En un clin d'œil, Theron fut traîné à terre et ficelé comme un cochon prêt à être rôti à la broche.

– Non ! s'écria Deina en se jetant sur lui, un bras levé en protection, alors que Tisiphone brandissait son fouet et faisait pleuvoir les coups sur eux.

Les clous en fer incisèrent sa peau et la firent suffoquer de douleur. Mais elle n'eut aucun répit. Les deux autres Érinyes se mirent de la partie, elles lui fouettèrent le dos et les jambes, la poussèrent à genoux et l'arrachèrent à Theron qui se débattait vainement pour briser ses liens.

– Cronos, aide-nous ! hurla-t-elle.

– Cronos ? ricana Hadès. Parce que tu crois que…

La déesse se tut, le souffle coupé. Les Érinyes interrompirent leurs violences et se précipitèrent aux côtés d'Hadès. Deina essuya le sang dans ses yeux.

– Cronos…

– N'aie crainte, petite-fille. Je suis là.

La silhouette émaciée et les cheveux crasseux et emmêlés n'étaient plus. Debout hors du cercle de corde qui l'avait retenu prisonnier, Cronos ressemblait maintenant à un bel homme d'une trentaine d'années, athlétique et en bonne santé, aux boucles châtain coiffées d'un diadème doré et vêtu d'une tunique blanche ajustée par une ceinture en or. Il tenait à la main une faucille jaune cuivrée.

Hadès hurla de fureur et revêtit instantanément sa forme masculine. Le jonc qu'il portait au poignet redevint un funeste sceptre en bronze. Il le lança avec violence sur Cronos en même temps que ce dernier faisait tournoyer sa faucille dans les airs. Les deux armes se télescopèrent et la fourche à deux dents tomba par terre, sa hampe cendrée brisée en deux. Hadès rugit, se cabra et se transforma cette fois en gigantesque serpent aux écailles noir et bleu, à l'image de celui qui avait menacé Deina et les autres Dissociants par le passé. Comme le serpent attaquait, le Titan leva les bras en l'air et fit déferler une force invisible qui projeta Deina à terre.

– Soyez libres, mes frères et mes sœurs !

Les cercles de corde à proximité se mirent à frémir tandis que leurs nœuds se défaisaient lentement. Les Titans que distinguait Deina s'étaient tous levés, dans l'attente de leur libération. Cronos chancela, comme si l'énergie qu'il avait déployée l'avait affaibli.

– Sors-nous d'ici, Cronos ! hurla Deina.

Nat était toujours à terre.

– Nous tous !

Reprenant son apparence masculine, Hadès beugla sur les Érinyes tandis que les Titans qui avaient retrouvé leur éternelle jeunesse fonçaient sur lui.

– Arrêtez-les ! Arrêtez-*la* !

La furie peinte sur son visage, Tisiphone se jeta sur Deina qu'elle assaillit de coups de fouet. Cette dernière s'escrima à lui résister tout en protégeant Theron. Elle tenta de s'emparer de son fouet, mais l'Érinye l'empoigna en lorgnant la bague de Drex. Sans crier gare, elle lui croqua le doigt, arrachant peau, chair et os. Deina hurla. Tisiphone la relâcha en brandissant le doigt tranché encore orné de la bague et se remit à la flageller cruellement. Recroquevillée, Deina ne pouvait que tenir délicatement sa main mutilée et en sang et gémir de douleur en appelant de ses vœux la fin de ce supplice.

Si seulement j'avais mes couteaux. Je pourrais l'affronter à armes égales au lieu d'être rossée comme un chien à terre…

– Ça suffit, ma sœur.

C'était la voix de Nat. Levant les yeux, Deina le vit debout, une corde rompue encore enroulée autour des poignets et le fouet de Tisiphone à la main. À quelques mètres de là, l'Érinye gisait à terre. Elle feula en direction de Theron.

– Siffle autant que tu veux, rétorqua Nat avec hargne. Mais si tu t'approches encore de Deina, je te taillerai en pièces avec ton propre fouet. Cronos, mon vieil ami…

Il vacilla et, sur le moment, Deina crut qu'il allait s'effondrer.

– Si tu veux nous aider, c'est le moment.

Un peu en retrait, Cronos assistait au combat que se livraient Hadès, les deux autres Érinyes et les Titans fraîchement libérés. Il répondit à Thanatos d'un signe de tête. La dernière chose que vit Deina, ce fut une vague de ténèbres qui se souleva, culmina et s'abattit sur elle en les plongeant dans un silence absolu.

*

* *

– Deina ? Deina, est-ce que tu m'entends ?

La voix de Theron. Un chant d'oiseau aussi, et le grincement de branches courbées par la brise. Une odeur de terre humide et fertile portée par le vent glacial. À moins qu'elle ne fût en train de rêver, ils étaient sûrement ressortis des Enfers.

– Deina ?

Elle cligna des paupières, et les traits flous de Theron lui apparurent en se précisant peu à peu. De grands yeux sombres inquiets. Un petit sourire mal assuré au coin des lèvres. Deina lui sourit en tendant les doigts vers sa joue. Erreur : à ce mouvement, elle prit conscience de la douleur qui irradiait dans son corps et vit surgir sa main mutilée.

La morsure de Tisiphone…

Sa main était enveloppée de bandes de tissu ensanglantées, visiblement arrachées à sa propre robe. L'ourlet en lambeaux lui couvrait tout juste les genoux à présent. Ses bras étaient enserrés d'autres bandages de fortune et on avait aussi pansé sa cuisse gauche. Les élancements ravivèrent ses souvenirs. La fureur d'Hadès. Nat à genoux, brisé et vaincu. L'échange de Theron contre le fragment du torque. Le vomissement des graines. La potion de Cronos arrosée de nectar…

Qu'est-ce que j'ai fait ?

La réponse lui vint presque aussitôt : *ce qu'il fallait.*

Vraiment ? Il s'était passé tant de choses. De sa main valide, Deina agrippa sa poitrine et tâta le fragment ; il était toujours là, caché sous sa robe tachée de sang. C'était toujours ça. Néanmoins, Aristée avait sans doute mis la main sur le reste du torque. Aster, Dendris et Archis étaient certainement prisonniers, voire déjà morts. Sans compter qu'une guerre avait éclaté dans les Enfers. Que se passerait-il si elle s'étendait au royaume des mortels ?

Un tel événement ne serait pas sans conséquences pour ses amis. Ce seul argument aurait dû suffire. Mais elle ne pouvait pas totalement fermer les yeux sur une chose : elle n'était plus une mortelle, les conséquences pour elle seraient différentes.

J'ai fait ce qu'il fallait.

Peut-être. Ou peut-être que les graines n'étaient qu'un prétexte et qu'elle avait bu le nectar parce que, depuis le début, elle aspirait secrètement à devenir une immortelle.

Deina frémit, ce qui tira un froncement de sourcils inquiet à Theron qui l'aida à se redresser pour l'adosser à un tronc d'arbre manifestement très noueux. Il avait la peau crasseuse et des brindilles plein ses vêtements et ses cheveux, mais n'avait visiblement conservé aucune séquelle du déferlement de violence d'Hadès et des Érinyes. Ils se trouvaient dans une clairière boisée. Une zone forestière qui avait sûrement joué un rôle important par le passé. Des broussailles dépassaient de grosses pierres sculptées, dont le cours du temps avait érodé les motifs jusqu'à l'insignifiance.

– Ta main, murmura Theron, les larmes aux yeux. Tu aurais dû les laisser me capturer. Je t'entendais hurler et moi, j'étais étendu là, impuissant, pendant que…

Sa voix se brisa et il détourna le regard en s'essuyant le nez d'un revers de main.

– Ce n'est qu'un doigt, répondit doucement Deina.

Un simple doigt. Elle repoussa la soudaine crainte de ne plus jamais pouvoir manier une paire de couteaux.

– On s'en est tous tirés… n'est-ce pas ?

Theron lui indiqua en silence l'autre côté de la clairière. Nat était assis pas très loin, de dos. Voûté, il se tenait la tête dans les mains. De ce qu'en voyait Deina, ses bras semblaient cicatriser rapidement des tortures que lui avaient infligées les Érinyes.

– Il m'a aidé à poser tes pansements, raconta Theron. Il fallait qu'on stoppe l'hémorragie, alors on a découpé du tissu dans ta robe et on s'est débrouillés avec ça et le baume d'Anteïs – il était encore dans ton sac. Il n'a pas dit grand-chose.

Il jeta un regard soucieux vers Nat, puis s'efforça de sourire en tapotant un peu gauchement l'épaule de Deina.

– Es-tu délivrée des graines ? Par pitié, dis-moi que tu ne dois pas retourner là-bas.

– J'en suis délivrée. Cronos a accepté de nous aider. Il m'a donné quelque chose à boire qui me les a fait dégurgiter.

Inutile de parler du nectar. Pour l'instant.

Theron sourit, l'air soulagé.

– C'est la meilleure nouvelle depuis longtemps. En plus, tu as récupéré le troisième fragment, donc Aristée ne pourra pas le reconstituer. Question péripéties, on ne s'en sort pas trop mal.

Il rougit en regardant de nouveau Nat. À l'évidence, ce n'était pas le cas du dieu de la Mort. D'une voix un peu plus forte que nécessaire, Theron poursuivit :

– En dehors de ta main, évidemment, de tes bras et d'une grosse entaille dans ta cuisse, tes blessures sont moins graves que ce que je craignais.

Deina ne pouvait pas se résoudre à regarder sa main ; tant qu'elle l'ignorait, elle pouvait imaginer qu'elle était encore intacte. Avec précaution, elle tourna plutôt son attention vers son bras gauche, souleva le bord supérieur du pansement de fortune et se prépara à affronter le spectacle de la chair mutilée et de trous sanguinolents.

– Oh…

Sa peau était à vif, zébrée de longues éraflures et incrustée de sang. La blessure était cependant moins impressionnante qu'elle n'aurait dû. Si Deina avait été encore mortelle, ç'aurait été bien pire. Elle remit le bandage en place, déterminée à cacher la vérité à Theron aussi longtemps que possible.

– J'en ai vu d'autres. Anteïs a dû ajouter un nouvel ingrédient à son baume.

Un accès de tristesse lui serra la gorge, alors elle changea de sujet.

– Sais-tu où nous sommes ?

– Aux abords de Thèbes. On aperçoit la ville au-delà de ces arbres, elle est à quelques heures de marche. Je ne sais pas pourquoi on s'est retrouvés ici.

– C'est moi qui ai demandé à Cronos de nous envoyer à Thèbes. C'est le point de rendez-vous qu'on s'était fixé si jamais on était séparés, tu te rappelles ? Avant qu'on quitte Circé et que tout tourne mal, on avait convenu de se rejoindre à la Maison d'Héphaïstos.

Deina haussa légèrement les épaules.

– Je me suis dit qu'on devrait d'abord venir ici, au cas où, par miracle, Aster, Dendris et Archis se seraient évadés et nous attendraient là-bas.

Malgré le regard empreint de compassion qu'il lui adressa, Theron répondit simplement :

– Cronos a bien fait de nous envoyer dans un coin tranquille, plutôt que de nous faire apparaître au beau milieu de la ville.

– Si Cronos nous a envoyés ici, c'est pour accomplir un sacrifice.

Nat se releva tant bien que mal et se traîna jusqu'à un petit rocher dressé presque au centre de la clairière.

– Vous voyez la faucille gravée ici ? C'est le symbole de Cronos.

Le ton de Nat était las. Amer.

– Cet endroit était jadis un temple qui lui était consacré. Je m'en souviens.

– Tu es sûr, Nat ? questionna Theron. Pourquoi exige-t-il un sacrifice, subitement ?

– Tu n'es tout de même pas aussi idiot que tu en as l'air, mortel ? rétorqua Nat d'un ton brusque.

À cette remarque humiliante, la peau de Theron se marbra.

– Tout sacrifice offert aux dieux renforce leur pouvoir. Voilà pourquoi nous les exigeons.

– *Nous* ? railla Theron. Hadès t'a privé de ton pouvoir. N'es-tu pas un des nôtres désormais ?

– Theron…, avertit tout bas Deina.

Nat bouillonna de colère. Elle crut un instant qu'il allait sauter à la gorge de Theron. Au lieu de ça, il grogna en se laissant choir sur le tapis vert de la forêt.

– Je n'ai pas de pouls. Je ne sais plus ce que je suis.

À l'entendre, il était… totalement abattu.

Deina regarda Theron. Il râla, atterré, mais l'aida quand même à se relever et alla s'asseoir avec elle près de l'endroit où était prostré Nat.

– Est-ce qu'on peut faire quelque chose ? demanda Deina.

– Non. À moins que vous soyez capables de briser le sort qui a permis à Hadès de me voler mes pouvoirs.

Il tourna légèrement la tête vers Deina.

– Regarde-nous. Nous sommes l'un comme l'autre devenus ce que nous ne voulions surtout pas être. Ça me ferait rire si la situation n'était pas aussi… *pitoyable*.

Il cracha le mot avec mépris.

– Je ne sais pas comment vivre dans la peau d'un mortel si c'est effectivement ce que je suis en train de devenir, et vous n'avez aucune idée de…

– On devrait vite trouver quelque chose à sacrifier, coupa Deina. Le jour baisse.

Elle voulut se relever, mais Theron la freina d'une main.

– Je m'en occupe.

Il dégagea le sac de Deina qu'il avait fourré dans le sien et en sortit un de ses couteaux.

– Attendez-moi ici. J'en ai peut-être pour un moment.

Il lui fit un signe de tête et s'éloigna d'un bon pas dans les bois.

Nat cessa de fixer d'un œil noir un massif de fougères flétries par le gel, le temps de lâcher à Deina :

– Tu devrais lui avouer que tu as bu le nectar. Ça finira de toute façon par se voir.

– Je lui dirai, acquiesça-t-elle. En temps voulu.

Elle lui donna une petite bourrade affectueuse.

– Au fait, merci d'avoir neutralisé Tisiphone.

– Je t'en prie. Tu aurais fait pareil.

C'est vrai, se dit-elle. Elle n'aurait pas hésité.

– Et si Hadès perd le combat ? Même avec l'aide des Érinyes, les Titans étaient plus nombreux. Si Cronos la vainc, tu récupéreras sûrement tes pouvoirs. Peut-être même que tous les Dissociants seront affranchis.

– Les Titans ne l'emporteront pas. Ils n'ont eu aucune offrande ni réel disciple depuis plusieurs générations d'hommes. Comparés à ne serait-ce qu'un seul Olympien, ils ne font pas le poids.

Nat cueillit une feuille de fougère qu'il se mit à déchirer.

– Tu as vu que Cronos se tenait à l'écart pendant que ses pairs se battaient ? À l'heure qu'il est, il se sera enfui en laissant les autres se faire capturer.

– S'il est libre, alors il pourra nous aider.

Nat pouffa de rire.

– Il faudra d'abord que tu le retrouves.

La brève pointe d'humour s'évanouit.

– Non. Hadès ne sera probablement pas vaincue. Elle sera peut-être affaiblie. Il se peut qu'elle se replie temporairement pour panser ses plaies et son orgueil blessé. Mais elle ne tardera pas à nous retrouver. J'ai réussi à lui cacher que tu cherchais le torque. Mais ça ne l'empêchera pas de tout faire pour se venger. Je crois que…

Il passa la main dans ses longs cheveux.

– J'ai peur, Deina.

Ses mots jetèrent une ombre sur le cœur de Deina. Sous le regard de Nat, elle tendit sa main droite mutilée et tenta de faire apparaître quelque chose : une flamme, une étincelle de feu ou une mince couche de givre. En vain. Elle ne savait même pas par où commencer. Tentant de saisir son couteau de sa main la plus adroite, la gauche, elle pleura presque de douleur et de frustration devant la faiblesse de sa poigne.

– Je ne sais pas comment on va s'en sortir, Nat.

– On ? répéta-t-il. Tu oublies un détail : je n'ai plus de pouvoir.

Deina se pencha vers lui.

– Tu disais que tu ne voulais plus être le dieu de la Mort. Au moins, te voilà libéré de ce fardeau. Tu pourrais peut-être… apprendre à être heureux en qualité de mortel ?

– Tu veux dire qu'Hadès m'aurait fait un cadeau ?

Nat scruta le ciel.

– Les dieux ne font pas de cadeaux, c'est bien connu.

Ses épaules s'affaissèrent.

– Je ne voulais plus incarner la mort. Mais je n'ai jamais dit que je ne voulais plus être un dieu. Qui aurait idée de vouloir être aussi vulnérable et impuissant ?

Deina ne sut quoi répondre.

– Quoi qu'il arrive dorénavant, je ne te serai d'aucune utilité. Je ne peux même pas m'aider moi-même.

Nat serra ses jambes contre lui et laissa tomber sa tête sur ses genoux.

Deina s'allongea sur le flanc et tâcha de se reposer. Quand Theron réapparut enfin, elle avait perdu la notion du temps. Il tenait un rat par la peau du cou.

– Cette sale bestiole m'a mordu ! s'exclama-t-il.

La créature se tortillait en chuintant. Deina eut de la peine pour elle.

– Un rat ? C'est ça que tu comptes offrir à Cronos ? objecta Nat.

– C'est ça ou rien. J'ai égaré mon arc dans l'Olympe, c'est tout ce que j'ai réussi à attraper. Où dois-je accomplir le sacrifice ?

Nat se leva en lui faisant signe de le suivre jusqu'à un gros amas rocheux au centre de la clairière.

– C'était l'autel. Je perçois encore des réverbérations de pouvoir.

Deina resta où elle était. Le soudain silence qui s'ensuivit lui fit dire que Theron avait tué l'animal capturé. Il soumit une prière à Cronos et elle frémit à l'idée qu'il était sûrement en train d'étaler le sang chaud du rat sur la pierre de l'autel. Manifestement, la mort profitait aux anciens dieux comme aux nouveaux. L'astre du jour disparut sous la cime des arbres et la lumière déclina. Soit le crépuscule tombait vite par ici, soit le soleil était éclipsé par les fantômes d'anciens sacrifices.

– Il y a une cabane de berger à l'orée de la forêt.

Theron indiqua d'un geste la direction par laquelle il était revenu.

– Le froid commence à tomber. On devrait dormir là-bas cette nuit et partir pour Thèbes au réveil. Il y a peut-être des patrouilles qui sillonnent le coin, et aucun de vous deux ne semble en état de marcher de nuit.

Deina approuva d'un signe de tête tandis que Theron l'aidait à se remettre debout. Nat ne dit rien, mais se leva.

– Bien.

Malgré son ton aimable, Theron rongeait son frein, Deina le voyait.

– Suivez-moi.

*

* *

La cabane de berger était toujours en usage. Quelqu'un avait récemment balayé et seules quelques feuilles mortes avaient glissé sous la porte. L'équipement était sommaire : un tas de bois à brûler pour le foyer situé dehors, une barre pour fermer la porte, un balai et une bêche à long manche. L'unique meuble était un lit rudimentaire, pourvu d'un matelas taché rembourré de laine, assez large pour que deux personnes s'allongent sans être trop serrées. Theron entreprit d'allumer un feu. Deina voulut l'aider, mais il l'en défendit en s'apercevant qu'elle suait sang et eau pour éviter d'utiliser sa main mutilée. En dépit des ronchonnements et des regards appuyés de Theron, l'ancien dieu de la Mort ne proposa nullement son aide et resta assis contre le mur en pierre, à fixer ses pieds d'un air déprimé.

Au moins, la chaleur du feu les réconforta un peu. Ils n'avaient rien d'autre à faire qu'en profiter tranquillement, sans devoir voler, se bagarrer, conspirer. Cependant, la tension entre Nat et Theron devenait ingérable pour Deina. En plus, elle n'avait pas faim. Alors au bout d'un moment, elle laissa Theron finir son repas – une galette de pain, un peu de viande séchée et de l'eau tirées de leurs provisions – et rentra dans la cabane. L'obscurité fut presque un soulagement. Elle ôta sa robe bleue en lambeaux et remit sa tunique et sa grande cape dont elle eut toutes les peines du monde à fermer les broches. Demain, il faudrait qu'elle examine le moignon de son doigt et le nettoie de nouveau. Grâce à Anteïs, elle en avait assez appris sur les blessures mal soignées pour savoir qu'elle ne pourrait pas se dispenser longtemps de s'en occuper. Mais pour l'heure, même si elle était soi-disant en passe de devenir une immortelle, tout ce qu'elle voulait, c'était dormir. Elle s'emmaillota dans sa cape et s'allongea sur le matelas. La porte s'ouvrit et Theron entra, sa silhouette découpée contre le ciel nocturne. Il s'empara de la bêche.

– Je vais étouffer le feu. Il ne faudrait pas qu'on nous repère pendant la nuit.

Il donna un petit coup de bêche à Nat.

– Rentre. On va mettre la barre à la porte.

Deina entendit un grognement réticent, puis Nat apparut dans l'embrasure. Il avança à pas lourds vers le lit et s'étendit à côté d'elle. Elle voulut protester, mais il en avait tellement bavé. Le sol en terre était froid et dur, et le lit était assez grand pour trois.

Theron revint après avoir barré la porte.

– Euh ? Et moi, je dors où ?

Deina ne discerna pas son expression, il faisait trop sombre, mais son intonation était suffisamment éloquente.

– Allonge-toi à côté de Nat. Il y a largement la place s'il se décale un peu.

Nat laissa échapper un ricanement.

– Ça ne me dérange pas du tout d'être au milieu.

– Pas question. Je préfère encore dormir par terre.

– C'est toi qui décides, répliqua Nat.

Theron lâcha un juron.

– Et si je décidais de flanquer dehors tes fesses désormais inutiles ?

Nat se redressa sur les genoux.

– Essaie toujours, espèce de pauvre…

– Ça suffit, vous deux ! hurla Deina au bord des larmes. Vous n'avez pas assez d'ennemis comme ça ? Il faut en plus que vous vous comportiez l'un envers l'autre comme des coqs sans cervelle ? J'aimerais dormir.

Elle poussa doucement Nat.

– Décale-toi. Je vais me mettre au milieu.

Après un instant d'hésitation, il obéit.

Deina changea de position.

– Voilà, il y a toute la place qu'on veut.

Elle s'allongea sur le dos, fâchée contre eux et contre elle-même. Elle avait renoncé à sa mortalité en échange d'un prétendu pouvoir divin, alors qu'attendait-il pour se manifester ?

– Excuse-moi, Deina, murmura Theron.

– Moi aussi, ajouta rapidement Nat.

Étendu sur le côté, Theron glissa un bras autour de sa taille. Quelques minutes plus tard, elle sentit Nat effleurer le dos de sa main blessée.

Pour l'heure, elle avait zéro pouvoir, mais des problèmes de plus en plus nombreux.

*

* *

Au point du jour, Deina se glissa hors du lit – remarquant avec un sourire sans joie que Theron et Nat se roulèrent en même temps à la place qu'elle occupait – et sortit pour ausculter ses blessures. Les entailles sur ses bras avaient presque cicatrisé, comme si elles dataient de plusieurs semaines et non quelques heures. Toujours sanglant et suintant, le moignon de son doigt manquant était répugnant ; elle grimaça, les yeux embués. Quelque chose dans la salive de Tisiphone freinait peut-être sa guérison ? Elle le lava dans le ruisseau glacial qui coulait près de la cabane et l'avait déjà rebandé quand Nat et Theron émergèrent. Peu après, ils se mirent en route pour Thèbes. Éviter la route principale et se dérober aux regards d'une patrouille équestre ajouta au moins deux heures à leur trajet presque silencieux. Des rafales de neige les ralentirent un peu plus. Le soleil avait sombré sous l'horizon quand ils atteignirent l'imposante enceinte érigée de gros rochers de la cité fortifiée. Ils firent une pause pour accorder leurs violons – obtenir le droit d'entrer par la ruse leur paraissait plus sûr que tenter un passage en force –, puis gravirent la passerelle menant au grand portail.

Ils n'eurent cependant pas besoin de tromper qui que ce soit à l'entrée : les portes de la cité étaient béantes. Personne ne leur barra le passage et aucune sentinelle n'était postée au sommet de l'épaisse muraille encadrant le portail. Une fois celui-ci franchi, ils s'engagèrent dans le passage entre les deux murs d'enceinte pour accéder au deuxième portail. Ici non plus, pas de garde de faction sur les ouvrages défensifs en surplomb, mais des cadavres jonchaient le passage suivant. Le troisième portail était lui aussi grand ouvert. Thèbes était apparemment sans défense. Tous trois s'enfoncèrent en catimini dans les rues de la ville.

Bien qu'il n'y eût personne en vue, le vent portait des éclats de voix et des pleurs. Deina balaya du regard les pentes de la ville qui s'élevaient vers le cœur de Thèbes : la Cadmée, sa citadelle fièrement perchée au sommet, protégée par le célèbre mur de sept portes. Sourcils froncés, elle se frotta les yeux sans y croire. Un regard à Theron lui confirma toutefois ses craintes. Il était bouche bée de stupeur.

La Cadmée avait été totalement détruite.

16

Le palais, la citadelle tout entière, avait disparu. Ce n'était plus qu'un champ de ruines, une coquille vide. De la fumée s'échappait encore des décombres. Les portes avaient été entièrement démolies ou pendaient de travers, à moitié arrachées de leurs gonds.

Deina posa une main sur l'épaule de Theron. Il n'était pas né ici. Avant les révélations d'Hadès, il ignorait être le prince de Thèbes. Néanmoins, cette ville était son héritage. Elle coulait dans ses veines. Ses citoyens étaient son peuple.

– Je suis navrée.

– Un coup d'Aristée ? finit-il par murmurer. Pourtant, il avait revendiqué le trône. Serait-il vraiment prêt à détruire son propre palais ?

– Oui, si ça lui donnait un avantage, supposa Deina.

Aristée avait été le complice avoué d'Orphée et il se délectait à exercer sa cruauté.

– Si la population a refusé de l'accepter en tant que roi, il a peut-être voulu la punir. Ou alors Aster, Dendris et Archis ont échappé à ses sbires et c'est la conséquence de sa fureur.

Cette idée la réconforta, mais de là à affirmer qu'Aristée avait péri dans ces dévastations, il y avait une marge.

– Il faut qu'on trouve la Maison d'Héphaïstos. J'ai l'impression qu'il reste des habitants qui pourraient nous indiquer le chemin.

Deina se détendit un peu tandis qu'ils avançaient avec précaution à travers les larges rues menant à la Cadmée. Contrairement à ce qu'elle redoutait, les cadavres étaient moins nombreux que les gens barricadés dans leurs maisons. Frapper aux portes ne donna rien ; personne n'osa sortir. À mesure que le jour baissait, des bandes de pilleurs se déchaînaient, insensibles au froid mordant, mais ils faisaient un tel boucan que Theron et elle, formés à la Maison d'Hadès, n'eurent aucun mal à les esquiver. Bien que privé de ses pouvoirs, Nat, lui, semblait toujours se fondre dans la nuit. Quand ils trouvèrent enfin quelqu'un disposé à leur parler, ils étaient presque au pied du sentier le plus raide de la Cadmée. La fumée persistante saisit Deina à la gorge et la fit tousser.

Theron discutait avec le gamin qu'il avait trouvé en train de fourrager dans ce qui restait d'une boulangerie mise à sac.

– Il est d'accord pour nous montrer le chemin en échange de nourriture. Je donnerai mes rations. On aura toujours les tiennes.

Deina avisa le ventre maigrichon de l'enfant et ses lèvres desséchées.

– Donne-lui tout. Ils auront sûrement à manger à la Maison.

Theron se retourna vers le petit garçon pour lui remettre une outre d'eau et un petit baluchon.

– Voilà pour commencer. Tu en auras plus une fois que tu nous auras conduits au bon endroit. Entendu ?

L'enfant hocha la tête avant de boire goulûment. Puis il s'essuya la bouche avec le bras et s'élança à vive allure en leur faisant signe de le suivre. Deina dut se concentrer pour ne pas le perdre de vue tandis qu'il se faufilait dans les rues étroites et sombres. Mais les ruines fumantes et rougeoyantes de la Cadmée, source d'inquiétude constante en toile de fond, attiraient tout autant son regard. Le vent forçait ; s'il soufflait sur les braises et que les flammes se propageaient au reste de la ville, que se passerait-il ? Les maisons et les temples étaient presque tous en bois. La population thébaine n'aurait pas la moindre chance.

Le petit garçon les fit contourner un temple d'Apollon, dont la cour était déserte et plongée dans l'obscurité, puis s'arrêta face à deux grandes portes encadrées par un haut mur en pierre.

– Voilà. Maison d'Héphaïstos. Où est le reste de nourriture ?

Deina scruta les portes jusqu'à trouver ce qu'elle cherchait : un symbole gravé dans le vieux bois vermoulu et incrusté d'un brin d'or pas plus épais qu'un cheveu. Le sigil de l'ordre d'Héphaïstos.

– C'est bien ici.

Theron tendit le reste de leurs rations à l'enfant qui détala aussi sec et se volatilisa dans la nuit alors que Deina levait le poing pour tambouriner à la porte.

Pas de réponse.

Ramassant un gros caillou par terre, elle réessaya en martelant le bois. Son vacarme résonna en vain dans le silence. Toujours aucune réponse.

– Soit ils ont déserté, soit ils se terrent, présuma Theron.

– Vous perdez votre temps, grommela Nat. Partons d'ici.

Deina l'ignora et jeta un coup d'œil au sommet de l'enceinte pour évaluer sa hauteur. Pas évident dans cette pénombre brumeuse, mais d'après elle, c'était jouable. D'une manière ou d'une autre, ils devaient entrer.

– Theron, tiens-toi prêt à me propulser. Je vais prendre mon élan.

Il acquiesça d'un signe de tête. Elle repartit à toutes jambes dans la ruelle en s'éloignant de quelques mètres. Quand elle se retourna, Theron était prêt, accroupi au pied du mur de la Maison, les mains en courte échelle. Deina inspira un bon coup, fonça et sauta en l'air pour prendre appui du pied gauche sur les mains de Theron. Il poussa un grognement en la soulevant de toutes ses forces et elle tendit les bras vers le mur – l'impact fut violent, mais elle parvint à s'accrocher en appui sur ses avant-bras, ses orteils tâtonnant pour trouver une prise. Elle tint bon, balança une jambe par-dessus le mur et se hissa, haletante, sur la pierraille irrégulière qui hérissait le sommet du mur. Malgré l'inconfort, Deina roula sur le dos et resta étendue là un instant pour reprendre son souffle. Sa main mutilée lui causait des élancements ; il lui sembla qu'elle s'était remise à saigner. Tant pis – il y avait forcément un herbarium dans la Maison, et avec un peu de chance, elle trouverait un ancien aussi qualifié qu'Anteïs pour la soigner.

– Deina ! lança Theron à voix basse. Tout va bien ?

– Oui. Attends deux secondes.

Elle s'accroupit et regarda de l'autre côté de l'enceinte. Située à quelque distance, la Maison était séparée du portail par une étendue d'herbe égrenée de puits et traversée par une allée sinueuse. À l'intérieur, des lampes se consumaient ; quelqu'un s'y cachait sûrement. Plus près, hérissés à intervalles réguliers le long de la paroi, il y avait des piles de gravats. Deina s'interrogea et finit par comprendre que c'étaient des vestiges de bornes frontières, semblables à celles de la Maison d'Hadès. Elle ne savait pas que les Maisons des autres Ordres y avaient recours. Mais qu'avait-il bien pu leur arriver ? Ces bornes étaient protégées par de puissantes incantations, conçues pour empêcher l'intrusion de toute personne extérieure à l'Ordre. Quelle force surnaturelle avait pu les pulvériser ? Les paroles de Lysigoras lui revinrent en mémoire : *Aristée pourrait ordonner à ses gardes de fer de passer la Maison au peigne fin. Nous ne pouvons pas nous permettre de leur barrer la porte.* Avait-il appris quelque chose au sujet des gardes de fer et du genre de pouvoir qu'ils exerçaient ? Il était maintenant trop tard pour lui poser la question.

– Il y a un problème, Deina ? relança Theron.

– J'essaie justement de le résoudre.

La distance jusqu'au sol était trop importante. Deina se leva et parcourut des yeux la zone, elle repéra un chariot arrêté contre le mur un peu plus loin. Prudemment, elle se faufila sur les blocs de pierre aux contours irréguliers pour l'atteindre. De là, elle n'eut aucun mal à se laisser tomber sur le chariot, puis à sauter dans l'herbe. Elle repartit en courant vers les portes en bois de la Maison et ôta la barre pour laisser entrer Theron.

Nat s'attarda à l'extérieur de l'enceinte.

– Ce que vous pouvez être têtus, râla-t-il. Je vous dis que vous ne trouverez rien ici.

Deina parvint à réduire d'un cran son agacement en se rappelant ce qu'il avait enduré.

– On va quand même faire un tour, Nat. Viens si tu veux. Ou reste ici. Franchement, ça m'est égal.

Nat se rembrunit, mais en se dirigeant vers la Maison avec Theron, Deina vit du coin de l'œil qu'il les suivait.

Ils arrivèrent devant l'entrée principale. Comme Deina tendait le bras vers la corde de la cloche pour appeler le portier, Theron retint son geste.

– C'est ouvert.

Effectivement, il lui suffit d'une petite poussée pour que la porte s'ouvre en grand. Dans le vestibule, une grande lampe à huile était allumée dans une niche murale, mais son préposé était introuvable. Sourcil en circonflexe, Theron lança un regard à Deina. Elle haussa les épaules, la peur au ventre. Ils s'enfoncèrent dans le silence.

La Maison n'était pas grande, il ne leur fallut pas longtemps pour trouver la grande galerie. La lueur d'un feu filtrait par l'encadrement des portes closes. Les épaules voûtées de Deina s'affaissèrent un peu plus. Étant donné l'état de la ville, il n'était pas étonnant que tous les Theodesmioi d'Héphaïstos se fussent réfugiés ensemble au centre de leur Maison. Elle poussa les portes, s'attendant à ce qu'elles soient barrées, mais elles s'ouvrirent rapidement et Deina trébucha en avant sous la relative luminosité de la salle.

Avant même que sa vue ne s'accommode, elle comprit à l'odeur ce qu'elle venait de découvrir.

Ils avaient retrouvé les Ensorceleurs de Thèbes.

Tous morts, jusqu'au dernier.

*

* *

Dans l'immense salle à colonnades, les cadavres s'entassaient. Certains jonchaient le carrelage comme s'ils étaient morts sur le coup. D'autres, empilés les uns sur les autres, membres et visages tordus, projetaient des ombres monstrueuses sous la lueur dansante du feu. Leurs peaux cireuses grouillaient de mouches. Deina se détourna de cette scène d'horreur. Elle s'en prit alors à Thanatos.

– Tu savais ?

– Je m'en doutais. J'ai beau ne plus être le dieu de la Mort, ça fait trop longtemps que j'ôte la vie pour ne pas reconnaître l'odeur aigre-douce de la mort.

Il tiqua.

– Ce lieu grouille de fantômes. Vous devriez propager le feu du foyer et laisser brûler ces corps. Vous ne pouvez plus rien pour eux.

Theron se rua sur lui et le poussa brutalement en arrière en le plaquant contre le mur.

– C'est tout ce qu'on représente à tes yeux : des animaux bons à sacrifier ? De quel crime étaient-ils accusés, sinon celui de servir leur dieu ? Où était Héphaïstos quand ils se faisaient massacrer ?

Nat grogna et le repoussa de côté.

– Qu'est-ce que j'en sais ? Cette tuerie est récente. Je te rappelle qu'il y a encore peu, j'étais coincé dans les Enfers où j'ai tout perdu pour te protéger contre Hadès.

Theron beugla et baissa le front en chargeant vers lui. Nat serra les poings.

– Arrêtez !

Deina s'interposa entre eux en écartant les bras.

– Ça suffit, tous les deux ! Vous vous étriperez plus tard. Mais pas ici. Pas maintenant.

Theron respirait fort. L'œil mauvais, les deux hommes se toisaient en montrant les dents. Deina dégaina le dernier couteau qui lui restait.

– Je vous défends de faire davantage outrage aux morts en vous bagarrant sur leurs dépouilles.

La peur qu'elle avait jusqu'ici tenue en échec rejaillit.

– Dendris pourrait se trouver parmi eux. Ou Aster.

Avec un sanglot, elle rengaina son arme, se hâta vers la pile de corps la plus proche et entreprit de les retourner un par un sur le dos, cherchant parmi ces inconnus les traits familiers de ses amis.

Une main agrippa son épaule. Elle leva les yeux vers le visage épuisé de Theron.

– Deina…

– Il faut qu'on les retrouve…

– On les retrouvera. On les cherchera ensemble demain, quand il fera jour, c'est promis. Mais pas maintenant. Tu es blessée. Tu devrais te reposer.

Il lança un regard à Nat en soupirant.

– Je crois qu'il a besoin de souffler aussi.

L'ancien dieu de la Mort s'était avachi contre un mur, la tête enfouie dans les bras.

Theron tendit la main vers elle.

– Viens. J'ai soif. Trouvons un puits et un endroit sûr pour dormir.

À contrecœur, Deina hocha la tête et se laissa entraîner hors de la grande galerie. En passant devant Nat, Theron lui donna un petit coup de coude.

– Allez, viens. Sauf si tu veux rester ici.

Nat marmonna dans sa barbe, mais il les suivit.

*

* *

Ils passèrent la nuit dans un des nombreux ateliers regroupés autour des principaux bâtiments de la Maison. L'endroit était chaud et sec, et il y avait un puits d'eau fraîche à l'entrée. Nat proposa de monter la garde et ni Deina ni Theron n'objectèrent. Deina n'arriva toutefois pas à trouver le sommeil dont elle avait tant besoin ; elle renonça finalement à l'idée de s'endormir paisiblement, sans penser à rien, quand elle entendit un chant d'oiseaux et comprit que la lueur gris pâle sous la porte était celle de l'aube. Près d'elle, Theron ronflait. Elle tendit le bras pour le secouer.

– Theron, réveille-toi.

Il grogna doucement.

– C'est le matin. Il faut qu'on cherche les autres.

Le fragment de torque qu'elle avait pris à Tisiphone pesait lourd à son cou. Si par miracle leurs amis étaient encore en vie et avaient réussi à repousser les sbires d'Aristée et à conserver les deux autres fragments, il ne restait plus personne à Thèbes qui fût capable de le reconstituer.

Ils seraient contraints de se rendre à la seule autre Maison d'Ensorceleurs qui existait.

– À ton avis, combien de temps on mettrait à rejoindre Mycènes d'ici ?

Theron se redressa en bâillant.

– Aucune idée. Tout ce que je sais, c'est que cette ville se situe plus ou moins à l'opposé de Iolcos. Malheureusement, je suis toujours aussi mauvais pour lire une carte. C'est surtout la chance qui nous a guidés, avec Dendris et Aster, jusqu'à Iolcos.

Il se frotta la figure d'une main et lui adressa un sourire contrit.

– Si Drex était là...

Il s'interrompit en fronçant le nez.

– Ça sent le brûlé.

Deina renifla. Reconnaissable entre mille, l'odeur âcre de la chair brûlée emplit ses narines.

– Noms de dieux, les corps...

Ils quittèrent précipitamment l'atelier et sortirent sous un matin d'hiver radieux. Une fine couche de neige recouvrait toutes les surfaces planes. Nat, qui était censé monter la garde dehors, était introuvable, mais une colonne de fumée s'élevait de l'autre côté du groupe de bâtiments autour de la grande galerie. Deina s'élança à toutes jambes. Les deux premiers tournants qu'elle prit étaient des culs-de-sac, mais elle finit par trouver l'entrée d'une cour bornée sur trois flancs par des murs percés d'embrasures sombres, et par les piliers peints d'un temple sur le quatrième. Theron arriva en courant bruyamment juste après elle. Au centre de la cour, face à l'autel, quelqu'un avait dressé un immense bûcher funéraire – Nat peut-être ? De violentes flammes rouges dévoraient les dépouilles disposées dessus. Nat apparut à côté, il tenait délicatement un corps dans ses bras robustes.

Sous le regard de Deina, il le jeta dans les flammes, avec autant d'insouciance qu'un enfant qui lance un ballon.

– Mais qu'est-ce que tu fais ? cria Theron. Arrête ! Il faut qu'on vérifie qu'Aster et Dendris ne sont pas ici, et on risque d'attirer l'attention avec cette fumée !

– Oh, arrête de geindre, rétorqua Nat. Je n'ai pas trouvé vos amis.

Il haussa les épaules en montrant d'un geste une pile de cadavres qui attendaient d'être jetés dans le bûcher.

– Même si pour moi, les morts se ressemblent tous, je pense quand même que je les reconnaîtrais. Et puis, qu'est-ce que vous vouliez que je fasse ? Je n'allais pas les laisser sans sépulture. Vous avez vu le nombre d'âmes qui errent sur les rives du Styx. C'est ce que vous voulez pour eux ?

Il lança un regard mauvais aux cieux.

– Les cadavres humains, ça ne me dérange pas, leurs fantômes si. Et ils sont trop nombreux ici, grommela-t-il en ramassant un autre corps.

Deina se mordit la lèvre en le regardant à l'œuvre. Comment était-il possible qu'il voie encore des fantômes s'il avait perdu ses pouvoirs ? Peut-être qu'il finirait par devenir mortel, mais aussi lentement qu'elle semblait se transformer en immortelle. Le moignon de son doigt lui faisait atrocement mal. Elle se sentait plus faible qu'elle ne l'était avant de boire le nectar et, à ce sujet, elle n'avait toujours rien dit à Theron… Du coin de l'œil, elle décela un mouvement. Elle se figea, jeta des coups d'œil de biais et vit une silhouette émerger derrière un des piliers colorés du temple.

Archis.

La Duelliste se précipita vers eux en dévalant les marches.

– Vous êtes en vie ! Je pensais ne jamais vous revoir !

Elle s'arrêta à quelques mètres d'eux, son regard oscillant d'un air hésitant entre Deina, Theron et Nat. Ses mains, ses bras et sa figure étaient mouchetés de sang, et son armure cabossée.

– C'est bien vous, n'est-ce pas ?

– Oui, assura Deina. C'est nous. On a essuyé quelques pertes dans les Enfers – dont un doigt, précisa-t-elle en levant la main avant de désigner Nat du menton –, et des pouvoirs divins. Mais on est toujours en vie. Toujours dans la course.

Plus ou moins.

– Où sont les autres ?

Archis inspira profondément et pressa brièvement le talon de ses mains contre ses yeux.

– C'est ce que j'attendais de vous dire. Le temps presse. Aster et Dendris ont été capturés par Aristée.

*

* *

Archis les conduisit aux cuisines. Même d'ici, assis autour d'une table en bois criblée d'éraflures de couteaux et de fendoirs, ils sentaient l'odeur du bûcher. La fumée et le crépitement des flammes soulignaient tristement le sinistre récit de la Duelliste. Les hommes de main d'Aristée avaient eu de la veine : malgré la dissipation des camouflages de Circé, ils avaient pu sortir à temps les trois Theodesmioi de l'Olympe et boire la potion pour regagner le royaume des mortels. Archis et les autres avaient été emmenés à Thèbes où ils s'étaient retrouvés plongés en pleine guerre civile.

– On était détenus dans un cachot de la Cadmée, raconta Archis.

Elle affûtait son couteau à l'aide d'une pierre à aiguiser qu'elle passait et repassait sur la lame.

– Mais on entendait les gardes parler. Les habitants se battaient entre eux, certains soutenaient Aristée, d'autres appelaient au retour du souverain légitime.

Elle frémit.

– Ils parlaient de renards qui mangeaient les cadavres dans les rues.

– Et ici, que s'est-il passé ? questionna Theron.

Archis interrompit son affûtage en serrant très fort la pierre et le manche de son poignard.

– Aristée nous a fait venir ici avec les deux fragments du torque. Il voulait que les Ensorceleurs entament sa reconstruction. Même incomplet, il pensait que l'assemblage des deux premiers fragments lui conférerait déjà un certain degré de pouvoir.

Elle leva les yeux vers Nat.

– Il avait l'air de savoir quelque chose au sujet des symboles gravés dans le métal. Enfin, bref...

Archis haussa les épaules.

– Les Ensorceleurs ont refusé. Le chef de la Maison aurait évoqué un pouvoir absolu sur les Theodesmioi et les gardes de fer – je n'ai pas bien compris – et affirmé qu'ils préféreraient mourir. Alors Aristée a...

Tout à coup, Archis planta son couteau dans la table en bois et fendit la planche en deux.

– Il a ordonné aux gardes de fer de parquer les Ensorceleurs dans la cour. Puis ils les ont fait venir un par un dans la grande galerie et les ont étranglés. Certains sont morts lentement. L'un d'eux...

Sa voix faiblit, elle but une gorgée d'eau.

– Un des gardes lui a brisé le cou, il l'a balancé sur une pile de cadavres et abandonné à son agonie. Totalement indifférent. Aussi insensible que ses semblables. Les gardes de fer étaient des gens ordinaires autrefois. Des mortels aimés par leurs familles. Mais Aristée en a fait des monstres.

Theron laissa entendre un grognement, la figure enfouie dans ses mains. Le front légèrement plissé et la tête penchée de côté, Nat l'observait, d'un air de ne pas comprendre ce qui le contrariait.

– Et maintenant, où est Aristée ? demanda Deina. Et Aster et Dendris ?

– Aristée a mis le feu à la Cadmée et il est parti à Mycènes en emmenant Aster, Dendris et les deux fragments. Moi, je me suis échappée ; on n'était surveillés que par une poignée de gardes humains, et j'ai profité d'une diversion.

Elle rougit légèrement.

– Mais alors que fais-tu encore ici, Archis ? réclama Theron. Pourquoi ne t'es-tu pas enfuie ? Je ne peux pas croire que tu les as abandonnés ! Tu as essayé de les aider, au moins ?

– Je te rappelle que c'est toi qui les as abandonnés à la base, riposta Archis avec colère. Si j'avais tergiversé, je serais à Mycènes aussi à l'heure qu'il est.

Pour toute réponse, Theron la fusilla du regard. Deina comprenait pourquoi il en voulait à Archis, mais la Duelliste n'avait pas tort ; au fond, Theron avait mauvaise conscience d'avoir suivi Deina dans les Enfers au lieu de rester à leurs côtés. Et sans doute n'avait-il toujours pas digéré qu'Archis lui demande de renoncer à son talent devant Circé. Elle glissa un bras sur ses épaules.

– C'est bien qu'Archis soit là. Au moins, grâce à elle, on sait qu'Aster et Dendris sont vivants et où aller pour les délivrer.

– Je ne suis pas dépourvue d'honneur, se défendit froidement Archis. Évidemment que je pense à moi d'abord. Je suis une Theodesmioi, c'est dans notre nature.

Elle abaissa l'encolure de sa tunique pour leur montrer ses sceaux rituels.

– Porte le coup de grâce avant qu'un autre Duelliste ne le fasse à ta place, sinon c'est lui qui sera affranchi avant toi.

Deina acquiesça, elle comprenait cette devise, et du coin de l'œil, elle vit Theron opiner. L'intérêt personnel était un argument profondément ancré dans le raisonnement des Theodesmioi, et aussi difficile à dominer que n'importe quelle habitude enracinée depuis longtemps.

– Cela dit, poursuivit Archis, j'avais promis de vous aider à retrouver les trois fragments, alors j'ai décidé d'attendre ici. Au cas où vous reviendriez, puisque c'était le point de rendez-vous qu'on s'était fixé. À supposer que vous ayez encore besoin de mon aide. Et j'ai comme l'impression que c'est le cas.

Elle retira son couteau planté dans la table, le rengaina à sa ceinture et lança un regard noir à Theron.

Theron soupira en baissant les yeux.

– Excuse-moi, Archis.

– Je comprends. Tu tiens à eux, et l'amour est un sentiment puissant. Presque aussi puissant que la haine.

Archis tourna la tête vers Deina.

– Tu m'as parlé de vos infortunes dans les Enfers. Mais est-ce que vous avez tiré profit de votre passage là-bas ?

– Oui, confirma Deina. On a retrouvé le dernier fragment. Il est en lieu sûr.

Elle envisagea de soulever la chaîne sous sa tunique pour le montrer à Archis, mais se ravisa. Ça lui semblait… personnel. Comme si ce fragment était un bien précieux qu'elle devait protéger contre le monde entier. Il était à elle et elle seule.

Theron se leva, s'approcha des étagères et se mit à remplir son sac de provisions.

– Il faut qu'on aille à Mycènes aussi vite que possible – qui sait combien de temps Aristée les gardera en vie ? Depuis quand sont-ils partis ?

– Dix jours, répondit Archis. Peut-être plus. Je n'ai pas beaucoup dormi et j'ai un peu perdu la notion du temps. À ce qu'il paraît, il avait des chevaux, des chars et des navires qui l'attendaient à Aulis. On devrait suivre le même itinéraire.

– Je suis d'accord.

Theron mit une autre étagère sens dessus dessous pour trouver des outres d'eau fraîche.

– Il faut qu'on termine de brûler les dépouilles des Ensorceleurs…

– Ah, tiens, il admet finalement que j'avais raison, dit Nat à mi-voix d'un ton maussade.

– … puis on devrait se mettre en route demain à l'aube.

– Inutile, prince de Thèbes. Vous ne le rattraperez pas.

Nat gratta du doigt une tache de gras sur la table.

– Vous êtes à pied. Et vous ne pouvez pas prendre l'itinéraire le plus direct. Ces montagnes sont sûrement déjà recouvertes d'une épaisse couche de neige.

Il lança un regard à Deina.

– Vous autres, mortels, mourrez de froid – littéralement.

– Et donc, que préconises-tu, ô créature autrefois nommée dieu de la Mort ? railla Theron.

Deina fut soulagée que sa colère l'empêche de comprendre le sous-entendu de la remarque de Nat sur les mortels.

– Puisque tu es si malin, dis-nous comment rejoindre Mycènes avant qu'Aristée n'exécute nos amis.

Nat lui tourna délibérément le dos.

– Je te l'ai dit, Deina, je ne suis plus en mesure de t'aider. Et si tu n'as pas encore…

– Il y a forcément quelqu'un à qui tu peux réclamer une faveur, le coupa Deina.

Nat avait l'air déterminé à la forcer à parler du nectar à Theron.

– Quelqu'un qui t'est redevable ?

Elle fit le tour de la table pour venir s'asseoir à côté de lui, et quand Nat l'agrippa par les épaules, elle ne chercha pas à se dégager. Elle soutint son regard perçant qui semblait vouloir sonder son âme.

– Je t'en prie, murmura-t-elle.

L'ombre d'un de ses bons vieux sourires erra sur les lèvres de Nat.

– Très bien. Je connais quelqu'un qui devrait nous aider.

Nat saisit avec douceur sa main mutilée. Était-ce l'imagination de Deina ou sa main était moins glaciale qu'avant ?

– Il faut qu'on trouve le… le… comment vous appelez ça déjà ? L'herbarium. Je vais devoir accomplir un rite pour l'invoquer.

– Je sais où il se trouve, offrit spontanément Archis. J'ai exploré les lieux. Je n'avais rien de mieux à faire.

Vraiment ? N'aurait-elle pas pu commencer à faire ce que Nat avait entrepris ? Pourquoi n'avait-elle pas tenté d'offrir aux Ensorceleurs un semblant de sépulture ?

Deina se leva en s'étirant. La douleur et le ressentiment la faisaient peut-être dramatiser.

– Je t'accompagne, Nat. Des pansements propres ne me feraient pas de mal.

Theron eut l'air prêt à protester et insister pour les accompagner, mais l'idée que les deux recommencent à se chamailler horripila Deina d'avance. Elle lui glissa à voix basse :

– Est-ce que tu pourrais nous trouver d'autres armes ? Je ne suis pas sûre de pouvoir encore me défendre avec deux couteaux, mais il faut que j'essaie.

Lâchant Nat du regard, Theron lui sourit à contrecœur en étreignant sa joue.

– Bien sûr. Tant que j'y suis, je vais voir si je peux aussi trouver la salle des trésors, au cas où Nat échouerait et où on aurait besoin d'acheter des chevaux ou une traversée. On se retrouve ici.

Il déposa un baiser sur son front et s'éloigna à grandes enjambées.

*
* *

L'herbarium ressemblait beaucoup à celui de la Maison d'Hadès à Iolcos. Bien que plus grand, le même arôme suave et herbacé flottait dans l'air. Au plafond étaient suspendus le même genre de séchoirs, certains vides, d'autres chargés d'herbes. Et le même type d'étagères bordaient les murs, garnies de vases en terre cuite marqués de symboles que Deina ne savait toujours pas déchiffrer.

– Voulez-vous que je reste ? proposa Archis.

– Oui, répondit Nat qui se baladait le long des étagères en examinant les vases. J'aurai besoin de quelqu'un sur qui accomplir le rite. Ah – c'est ça, je crois.

Tout en attrapant une urne dont il versa le contenu dans un des bols rangés sous les tables au centre de la pièce, il adressa un sourire las à Archis.

– Sois tranquille, l'effet est temporaire. Bien, allonge-toi là et ferme les yeux.

Deina le regarda ajouter d'autres ingrédients dans le bol : un assortiment d'herbes, du vin et quelques gouttes de sa propre salive. Le tout fut mélangé pour former une espèce de boue. Il en étala un peu sur les paupières et les lèvres d'Archis. Avec le reste, il façonna cinq petites boules qu'il disposa autour du corps de la Duelliste. À la surprise de Deina, Archis se mit à ronfler. Nat hocha la tête avec satisfaction.

– Bien, vu que je ne sais plus produire mon propre feu, peux-tu me trouver un silex ?

Deina partit vers la porte d'entrée où elle trouva, comme elle s'en doutait, une pierre à feu et un silex posés à portée de main sur une étagère. Nat alluma des étincelles et mit le feu aux petites boules moulées ; elles émirent des flammes d'un vert intense et vif même sous la clarté du jour qui entrait à flots dans l'herbarium depuis son jardin.

– À quoi servent ces boules ? interrogea Deina.

– Le dieu que j'invoque a une prédilection pour le vin et pour ce mélange spécifique d'herbes. Il semble que ça lui rappelle une nymphe avec laquelle il a jadis vécu une passion durable.

Nat fit la moue.

– Enfin, durable pour lui. À présent, si tu veux bien reculer un peu…

Deina obéit. Nat entonna un chant.

Elle n'aurait pas imaginé une telle mélodie. Sa voix semblait étrangement aiguë, comme si ce n'était pas la sienne.

Près de la table, l'atmosphère commença à chatoyer et s'unifier. Une silhouette apparut de loin et s'approcha, de plus en plus distincte. Peu à peu, Deina distingua aussi une voix.

– Nomia, est-ce vraiment toi ? Ai-je à nouveau trouvé grâce à tes yeux ? M'as-tu enfin pardonné ?

La silhouette devint nette : un homme à l'allure de mortel, mais dont les ailes argentées qui battaient de façon intermittente trahissaient la nature divine. Le dieu avisa la table, puis recula rapidement la tête.

– Nomia ? Tu as changé d'apparence ? Non que celle-ci me déplaise. En fait, cette armure est même assez érotique.

Il prit le temps de bâiller comme une carpe avant de se pencher vers la Duelliste assoupie, s'apprêtant à l'embrasser.

Nat émergea de l'ombre.

– Salut, frangin.

17

La tunique blanche du dieu était froissée, ses cheveux en bataille et ses yeux bleus voilés. Malgré ça, il ressemblait tellement à Nat que Deina ne cessait de les observer tour à tour avec étonnement. On aurait dit que l'ancien dieu de la Mort s'était subitement dédoublé.

Hypnos, le dieu du Sommeil, s'assombrit.

– En réalité, ce n'est pas Nomia, n'est-ce pas ? Tu as encore imité sa voix ?

Il lança un regard noir à Nat, mais sa colère se dissipa rapidement pour laisser place à une expression plus solennelle.

– On m'a informé des agissements d'Hadès. Es-tu mortel, désormais ?

– Je l'ignore pour l'instant.

Nat s'avança prestement jusqu'à lui et l'agrippa par le col.

– Mais je serai toujours plus fort, plus sournois et plus impitoyable que toi, mon frère. Ne l'oublie jamais.

Les yeux d'Hypnos pivotèrent comme s'il cherchait une sortie de secours.

– Je pourrais très bien m'en aller. Sans tes pouvoirs, tu ne peux pas me retenir.

– C'est vrai, concéda Nat en relâchant son col. Mais si tu t'en vas et que je récupère un jour mes pouvoirs…

Il haussa un sourcil.

– C'est toi qui vois.

Le dieu du Sommeil déglutit nerveusement.

– Bon, dis-moi ce que tu veux. Tu as toujours quelque chose à me demander. Tu ne m'appelles jamais juste pour dire : « Bonjour, mon cher frère, que dirais-tu de passer un peu de temps ensemble et de boire une bonne coupe de nectar ? »

La voix d'Hypnos se fit geignarde.

– Un de ces jours, je raconterai à notre mère comment tu me traites !

– Vas-y, rétorqua Nat. Pour ce que ça lui fera. Mais d'abord, j'ai besoin de ton aide.

Il fit signe à Deina d'approcher.

– Deina, je te présente mon frère Hypnos. Hypnos, voici Deina, la fille d'Hadès.

Le regard endormi d'Hypnos s'écarquilla.

– La fille d'Hadès ? Mais alors, que fais-tu avec lui ?

Il désigna son frère d'un bref signe du menton.

Deina haussa les épaules.

– C'est une longue histoire.

– Bon, maintenant que les présentations sont faites, reprit Nat, laisse-moi t'expliquer pourquoi je t'ai convoqué.

Hypnos se hérissa au mot « convoqué », mais n'osa pas protester.

– Nous devons nous rendre le plus vite possible à Mycènes. Deina, moi et deux mortels.

– Oh… il te faut un moyen de transport, déduisit Hypnos d'un air boudeur. Et pour quatre passagers.

Il grimpa sur une des autres grandes tables et s'allongea dessus.

– Hypnos…, grogna Nat.

– Je réfléchis mieux sur le dos.

Le dieu du Sommeil croisa les mains sous sa tête et contempla le plafond un moment.

– Il est évident que le char d'Hadès n'est même pas envisageable. Ça nous laisse celui d'Hélios ou d'Éos.

Un mince sourire se dessina sur ses lèvres.

– Va pour Éos. Elle m'en doit plus d'une.

Hypnos se redressa sur un coude.

– Et elle est très fâchée de ce qui t'est arrivé. À l'instar de nombreux dieux parmi les anciens. Ils en ont assez des Olympiens qui se comportent comme s'ils étaient les seuls dieux au monde alors que nous étions là en premier.

Il se rallongea en bâillant.

– Inutile de préciser que le coup que t'a fait Hadès ne me dérange pas plus que ça.

– Et pourquoi Éos vous est-elle redevable ? questionna Deina. Je sais qu'elle est la déesse de l'Aurore, mais personne ne nous a enseigné ses mythes.

Hypnos se redressa de nouveau.

– Éos fait partie des Titans, de ceux qui n'ont pas fini dans le Tartare, et elle a un faible pour les jeunes et séduisants mortels. Pour les courtiser, sa méthode de prédilection consiste à d'abord les enlever et ensuite se justifier. Je l'ai aidée à plonger ses… euh…

– Victimes, marmonna Nat.

– Je préfère employer le terme « élus », merci bien, rétorqua Hypnos. Je ne fais que les endormir profondément pendant que l'enlèvement se produit. Bref, je pense qu'elle me prêtera volontiers son char. Voulez-vous que je la fasse venir ?

Nat acquiesça.

Atteint de la même manie que son frère, Hypnos se volatilisa.

Deina retourna voir Archis. Elle semblait dormir d'un sommeil paisible et naturel.

– Dois-je la réveiller ?

– Non. C'est son sommeil qui retient mon frère ici ; je dissiperai l'effet des herbes et la réveillerai une fois qu'Hypnos aura fait ce qu'on lui demande.

D'un pas nonchalant, Nat s'approcha de vases posés sur un banc à part. Il souleva le couvercle de l'un d'eux, huma son contenu puis jeta un coup d'œil aux lettres gravées dans l'argile.

– Celui-ci est recommandé en cas de coupures. Montre-moi des plaies.

À contrecœur, Deina tendit les bras vers Nat qui déroula un à un ses vieux bandages. Les profondes entailles infligées par le fouet de Tisiphone formaient déjà des cicatrices roses qui présentaient de légères touches dorées. Même le moignon de son doigt avait formé une croûte ; elle aussi luisait d'un reflet doré. Toutefois, Nat étala un peu d'onguent dessus avant de remettre un bandage propre à sa main. Ses gestes étaient délicats.

– Il va falloir que tu parles à Theron. Quand il verra tes bras, il comprendra que quelque chose a changé.

– Dans ce cas, je garderai ma cape. Je n'ai aucune faculté divine pour l'instant. Le nectar n'a peut-être pas fonctionné correctement. Finalement, avec un peu de chance, je ne deviendrai pas une déesse.

Nat la toisa.

– Avec un peu de chance ? Dans ce cas, pourquoi as-tu l'air déçue ?

Deina se retourna dos à lui.

– Tu as bien vu tous ces cadavres dans la grande galerie. Tu as entendu les atrocités commises par Aristée. Tu as souffert aux mains des Érinyes et regardé Hadès exhiber tes pouvoirs. Malgré tout, tu poses quand même la question ?

Elle eut presque envie de rire.

– Je vais mettre un terme à tout ça, Nat. Je veux affronter les dieux et les renverser. Planter un couteau dans le cœur d'Aristée et jeter ma mère des sommets de l'Olympe…

Elle s'arrêta au milieu de sa phrase, le corps parcouru par une vague de chaleur qui la fit suffoquer et frémir à la fois. Sur le moment, elle eut l'impression qu'une flamme allait jaillir de ses doigts, mais la sensation s'estompa aussi vite qu'elle était survenue, ne lui laissant qu'un goût de cendre. Elle s'assit et posa la tête sur ses mains en attendant que la nausée passe.

– Tu as soif de pouvoir, observa Nat.

– Oui. En quelque sorte. Mais uniquement dans le but d'aider mes amis et de libérer les Theodesmioi.

– Vraiment ? En es-tu certaine ?

Il s'éloigna et entreprit de ranger les vases d'herbes et d'onguents sur les étagères. À quoi bon, puisqu'il ne restait plus une âme dans cette Maison pour les utiliser ?

– Au fond, ces arguments ne sont qu'un prétexte. Pourquoi refuses-tu d'admettre que tu aspires à l'immortalité ?

– Que sais-tu de mes aspirations ? Avant notre rencontre à la Lisière, tu ne m'adressais même pas la parole. Tu… tu ne sais rien de moi.

Nat reposa brutalement le vase qu'il tenait, revint vers elle d'un pas décidé et la souleva dans ses bras.

– Si, je te connais Deina. Je t'ai accompagnée jour et nuit, pendant tes heures de veille comme dans tes rêves. Je t'ai regardée manœuvrer, voler et espérer trouver une échappatoire.

Il leva une main près de son visage, effleura sa joue du bout des doigts.

– J'ai éprouvé la colère qui rongeait ton âme, couru à tes côtés durant les derniers tours de piste d'une course et goûté à la joie qui a fait vibrer tout ton corps en la remportant.

Du jour où j'ai épargné ta vie jusqu'à l'instant où tu as ingéré ces maudites graines, j'ai ressenti chaque battement de ton cœur comme si c'était le mien. Et plus il battait, plus mon amour pour toi se renforçait.

Sur ces mots, il pencha la tête pour l'embrasser. Ce ne fut pas un simple frôlement de bouches l'une contre l'autre, mais un long baiser passionné. Deina sentit son corps se coller au sien à mesure que le désir l'envahissait. Quand leur baiser s'acheva, il la berça tendrement contre son torse.

– Embrasse ton destin, Deina. Tue Aristée, brise les torques des Theodesmioi et fais monter Theron sur le trône de Thèbes. Renverse Hadès et rends-moi mes pouvoirs. Ensuite, laisse-moi t'aimer et te vénérer jusqu'à la fin des temps et l'extinction des astres.

Deina n'eut aucun mal à s'imaginer l'avenir que décrivait Nat. Elle était assise sur un trône avec Nat à ses côtés et les dieux de l'Olympe prosternés à ses pieds. Et elle avait l'intime conviction de diriger tous les royaumes avec sagesse et bienfaisance, et que les dieux et les mortels la craignaient autant qu'ils l'adoraient.

Tu vois ? C'est l'avenir que tu mérites. Celui dont tu as toujours rêvé.

La petite voix dans sa tête avait peut-être raison. Pour autant, n'avait-elle pas jadis aspiré à autre chose ? Un idéal plus simple et plus doux ? Voguer sur la mer, main dans la main avec quelqu'un.

– Nat…

La tête d'Hypnos apparut dans un angle au-dessus d'eux en suspension dans le vide comme si elle dépassait d'un placard invisible.

– Tiens, tiens. Ravi de voir que je vous dérange, s'amusa le dieu du Sommeil en leur décochant un clin d'œil suggestif.

– Alors ? répondit froidement Nat. Éos est d'accord ?

– Tout à fait. Je vous retrouverai avec son char au coucher du soleil dans la cour principale. Ça vous laisse quelques heures à tuer, et je suis sûr que vous trouverez une façon de vous divertir.

Nouveau clin d'œil.

Nat maugréa tout bas.

– Entre-temps, n'oubliez pas…

D'un signe de tête, Hypnos leur montra les flammes qui se consumaient autour de la silhouette endormie d'Archis.

Toujours en ronchonnant, Nat agita une main en direction des boules de boue enflammées ; Deina comprit qu'il s'attendait à ce qu'elles s'éteignent toutes seules. Mais en vain. Elle le sentit se raidir.

– Je m'en occupe.

Deina se pencha au-dessus des sphères et les éteignit une par une en soufflant sur les flammes tandis que Nat attrapait un linge propre sur la table pour essuyer la boue sur les paupières et la bouche d'Archis. La Duelliste remua un peu.

– Merci, frangin. À plus tard.

Hypnos s'éclipsa de nouveau. Archis rouvrit les yeux en battant des cils.

– Qu'est-ce qui s'est passé ? demanda-t-elle en se redressant pour s'asseoir et se frotter les yeux. Votre rite a-t-il fonctionné ?

– Oui, confirma Deina. Départ pour Mycènes au coucher du soleil.

Dans le jardin qui jouxtait l'herbarium gargouillait une fontaine ; le bruit de l'eau qui éclaboussait la margelle lui fit prendre conscience de son corps aussi crasseux que poisseux.

– On a quelques heures devant nous. Une fois que j'aurai averti Theron de notre départ, je chercherai les thermes pour voir s'ils sont encore utilisables. Et il faut vraiment qu'on termine de brûler les dépouilles.

– Raison pour laquelle j'ai dressé un bûcher, répéta Nat à qui voudrait l'entendre.

Quand ils quittèrent l'herbarium, Deina marcha au pas à son côté.

– Tout à l'heure, tu as dit qu'il y avait trop de fantômes. Qu'est-ce que ça sous-entendait ?

– Tu ne perçois donc pas leur présence ? répondit Nat. Les fantômes des Ensorceleurs assassinés errent encore ici. Je perçois leur rage. Leur désespoir. Ils contaminent l'atmosphère. Je pensais qu'en leur offrant un semblant de funérailles, ils se disperseraient petit à petit, mais pour l'instant, c'est peine perdue.

Il se tut, la mine contrariée. Deina ralentit pour regarder derrière elle le long couloir sombre qu'il remontait. Si elle n'était pas une Theodesmioi de l'ordre d'Hadès, elle aurait peut-être qualifié de chimériques ces ombres qui semblaient marcher sur ses talons. Même au titre de Dissociante, sans doute aurait-elle eu cette réaction si elle n'était pas descendue en personne dans les Enfers. Mais dans l'état actuel des choses, elle distinguait presque ces âmes désincarnées. Elle les entendait pratiquement chuchoter et sentait leurs doigts spectraux tenter de l'agripper. Un frisson la poussa à rattraper sans traîner Nat et Archis.

*

* *

Ils passèrent les heures suivantes à entasser les cadavres des Ensorceleurs sur le bûcher et à attendre qu'ils se réduisent en cendres. En tant que Dissociants, Deina et Theron maîtrisaient les rites funéraires. Ils les accomplirent à tour de rôle dans l'espoir que ces âmes ainsi commémorées traversent plus sereinement les Enfers. Tous devinrent de plus en plus crasseux, y compris Nat, leur peau et leurs habits tachés de sang et pire encore. Theron semblait particulièrement miné par leur macabre devoir ; il avait accueilli la nouvelle concernant le char d'Éos sans commenter et n'avait quasiment pas dit un mot de tout l'après-midi, hormis pour chanter les incantations rituelles. Même quand Deina, Archis et lui allèrent se laver aux thermes – toujours fumants grâce à une source chaude –, il garda soigneusement ses distances. Deina supposa que c'était dû à la présence d'Archis, toutefois, elle ne parvenait pas à balayer le doute qui la taraudait. Ce fut un soulagement d'enfiler une tunique propre, puis d'attacher à sa ceinture les couteaux que lui avait trouvés Theron. Nat les rejoignit à l'entrée principale de la Maison, toujours vêtu de son noir habituel, mais il s'était manifestement lavé aussi.

L'ourlet du soleil commença à rougeoyer à l'horizon. Une irruption de lumière éblouissante qui poussa Deina à s'abriter les yeux d'une main. Quand la luminosité baissa un peu, elle distingua juste devant la Maison quatre chevaux blancs, dont deux de front, qui piaffaient et hennissaient en rejetant leur crinière en arrière. Ils étaient harnachés à l'aide de chaînes en bronze à un large char à deux roues entièrement forgé d'or. Le quadrige se découpait magnifiquement sur le manteau de neige. Brides en mains, Hypnos bâillait debout à son bord.

– Tout le monde est prêt ? Éos m'a conseillé de suivre le sillage d'Hélios qui va vers l'ouest, comme ça, il y aura moins de risques qu'il nous repère. Tu sais que c'est une vraie commère, Thanatos : s'il nous voit, dès demain, tout l'Olympe sera au courant. Fille d'Hadès, viens te mettre à côté de moi. Quelque chose me dit que tu n'as pas le vertige. Les autres, asseyez-vous à nos pieds.

– Je suis parfaitement capable de rester debout, ronchonna Nat.

– Possible, mais tu risques de déséquilibrer le char. Ce n'est pas toi qui m'as appris à manœuvrer cet engin, frangin, c'est Éos.

Hypnos agita un index vers lui.

– Alors, fais ce qu'on te dit.

Nat grommela tout bas, mais une fois que Deina eût grimpé dans la nacelle en s'accrochant au garde-corps, il monta derrière elle et s'assit par terre en repliant ses jambes serrées contre lui.

– Bien, si tout le monde est confortablement installé...

Hypnos donna un petit coup de brides en criant dans une langue inconnue. Les chevaux s'élancèrent au trot sur à peine quelques foulées avant de s'élever en douceur dans les airs. Ils filèrent de plus en plus haut, les roues tournoyaient et leurs sabots frappaient le vide, pendant que le char restait parfaitement stable et que le vent qui aurait dû les arracher du ciel ne demeurait qu'une forte brise. Thèbes devint une ville miniature, puis une traînée dans le crépuscule à mesure que l'équipée d'Éos s'en éloignait. Sa cape bien serrée contre elle, Deina relâcha le garde-corps, grisée par la prise de vitesse et d'altitude, et adressa un grand sourire à Hypnos. Ce dernier, qui semblait s'amuser autant qu'elle, lui rendit son sourire.

– Tu n'es pas née dans le bon royaume, fille d'Hadès. Vu ton engouement pour la sphère céleste, tu aurais dû être l'enfant de Zeus.

Le quadrige continua de filer à toute allure en suivant le soleil qui sombrait vers l'ouest. Derrière eux, la nuit enveloppait les terres.

– Bien, déclara Hypnos, Éos m'a dit de bifurquer vers le sud pour rejoindre Mycènes et d'accélérer pour qu'Hélios ne remarque pas notre passage.

Il donna un nouveau coup de rênes et cria d'autres instructions aux chevaux qui virèrent à gauche en prenant de la vitesse.

Quelqu'un tapota la jambe de Deina ; c'était Nat. Il pointa du doigt derrière eux.

Deina eut le souffle coupé. Ils chevauchaient la ligne de crête entre le jour et la nuit : d'un côté, le crépuscule où les nuages étaient encore éclairés par le soleil couchant, et de l'autre, une obscurité noire d'encre. Une traînée de poussière d'or et d'argent flottait dans le sillage du char. Deina songea aux populations tout en bas qui observaient ce char doré à traîne scintillante, sillage lumineux dans le ciel crépusculaire. Elle s'interrogea sur les odes qu'ils chanteraient peut-être pour expliquer leur vision.

– Voilà Mycènes.

Hypnos leur montra une tache vive dans le lointain.

– Je me rappelle encore l'époque où ces fortifications ont été construites.

Ils se rapprochèrent, et Deina s'aperçut que la lumière au loin était celle d'un feu. Des flambeaux brûlaient sur les hauts remparts de rochers qui encerclaient la citadelle. Au moins aussi grande que Thèbes, la cité était bâtie au sommet d'une colline escarpée entre deux cimes de montagnes qui dominaient la plaine en contrebas. Hypnos fit décrire au char un long arc de cercle et vint finalement se poser dans une clairière de l'autre côté de la ville. Malgré l'absence de neige, ici, il faisait un froid glacial.

– Suivez cette piste.

Il leur indiqua un étroit sentier.

– De mémoire, la citadelle possède deux portes d'accès ; je crois que ce sentier vous conduira rapidement à l'une d'elles.

– Merci, Hypnos.

Deina salua le dieu, puis descendit de la nacelle en trébuchant un peu, saisie d'un vertige momentané.

– Avec plaisir, Deina. Je suis sûre que tu seras en mesure de me revaloir ça sous peu.

Évidemment : l'aide des dieux n'était jamais gratuite. Hypnos bâilla.

– Thanatos, tu veux bien me suivre ?

Nat commençait à décliner, mais le dieu du Sommeil ajouta :

– Ce ne sera pas long. Certains parmi les anciens dieux aimeraient discuter de ce qui t'est arrivé et décider de la suite.

Nat saisit Deina par la main.

– Non. S'ils fomentent une révolte, ils peuvent se passer de moi. J'ai déjà trop perdu.

– Qui a parlé de révolte ? répondit Hypnos avec un regard trouble. Il s'agit juste de discuter.

– Tu devrais y aller, Nat, suggéra Theron.

Son intonation morose surprit Deina.

– Ils accepteront peut-être de nous soutenir. Sauf, bien sûr, si tu as trop peur d'eux.

– Très bien, souffla Nat en lui décochant un regard méfiant avant de remonter dans la nacelle.

– Va pour une discussion. Et vous, qu'allez-vous faire ?

Deina érafla la terre du bout de ses bottes. Ils n'avaient pas trop réfléchi à ce qu'ils feraient une fois à Mycènes.

– Eh bien, il faut qu'on infiltre le palais. Qu'on récupère les fragments et qu'on les apporte aux Ensorceleurs qui vivent ici. En espérant qu'Aristée ne les a pas tous massacrés non plus.

– Il faut surtout qu'on délivre Aster et Dendris, nuança Theron.

– Évidemment, ça va sans dire. Si possible, on cherchera les fragments après les avoir libérés.

Deina espéra que ce mensonge ne fût pas flagrant aux yeux des autres. L'espace d'un instant, elle avait bel et bien oublié Dendris et Aster. Un bref sentiment de panique lui noua le ventre. Combien de temps lui restait-il avant de ne plus pouvoir dissimuler sa transformation ?

– Pour l'instant, essayons déjà de pénétrer dans la citadelle, proposa Archis. Demain matin, nous n'aurons qu'à aller frapper aux portes des Maisons de nos Ordres respectifs. Je suis sûre qu'ils nous aideront.

– Seras-tu capable de nous retrouver, Nat ? questionna Deina.

Il hocha la tête.

– Je te retrouverai toujours, Deina.

Tandis qu'il leur adressait un signe d'adieu, son frère Hypnos cria un nouvel ordre aux chevaux qui repartirent majestueusement vers le ciel. Le char et ses passagers rapetissèrent jusqu'à ce que Deina perde leur trace parmi les innombrables étoiles.

*
* *

Il n'y avait peut-être rien d'étonnant à ce qu'Hypnos n'ait pas la même définition du mot « rapidement » que trois mortels cheminant à pied, médita Deina – si toutefois elle était encore humaine à ce moment précis. La clairière se révéla bien plus loin de la ville qu'elle ne semblait l'être, vue du ciel, et la forêt et les faubourgs prirent bien plus de temps que prévu à traverser. Cette expédition fut pour le moins désagréable. La pluie s'invita, un déluge froid et soutenu qui embourba le sentier et les trempa jusqu'aux os bien avant qu'ils n'arrivent à destination. Perdus dans leurs pensées, Archis et Theron ne disaient mot. Ils firent deux courtes haltes pour se restaurer, mais même à cette occasion, Theron ne sembla pas disposé à parler. Il se contenta de boire et manger pendant que Deina, qui n'avait pas du tout faim, discutait un peu avec Archis de l'époque où elle vivait dans la Maison de Zeus à Iolcos. Le passé lui paraissait être un sujet plus sûr que les sables mouvants de l'avenir. Quand ils arrivèrent enfin aux portes de la citadelle qui donnaient sur une cour enclavée entre le mur d'enceinte et un imposant bastion, elles étaient sur le point d'être refermées pour la nuit. Capuchons relevés pour dissimuler leurs sigils, ils se dépêchèrent de les franchir sous le regard des sentinelles au-dessus d'eux et des lionnes sculptées dans le gros linteau en pierre. Un peu plus loin, ils trouvèrent une taverne. Theron entra pour négocier une chambre. En ressortant, il leur fit signe de contourner par l'arrière du bâtiment.

– Ma tête n'inspirait pas assez le tenancier pour qu'il nous accueille à l'intérieur, mais une pièce au fond leur sert de remise lors des célébrations festives. On pourra y dormir. Heureusement que j'ai trouvé un tas de pièces de la salle des trésors des Ensorceleurs à Thèbes parce que son prix n'est pas donné.

En fin de compte, ladite remise se situait dans une écurie. Elle était meublée de quatre matelas et d'une lampe à huile suspendue à une chaîne dans le toit. On avait construit une cloison pour l'isoler de l'écurie, mais elle n'était pas assez haute pour masquer le bruit ou l'odeur des chevaux attachés de l'autre côté. Malgré la forte odeur de renfermé, Theron s'y engouffra d'un pas lourd, s'allongea sur un des matelas et rabattit le capuchon sur sa figure.

– Je vais m'asseoir un peu dehors, glissa Archis. Il fait froid, mais le ciel est dégagé maintenant qu'il ne pleut plus.

Deina envisagea un instant d'amorcer le dialogue avec Theron, mais il avait affiché sa volonté de s'isoler et de ne pas être dérangé. Alors elle suivit la Duelliste dehors et s'assit près d'elle sur le sol humide.

Archis mangea une partie des rations de nourriture qu'ils avaient rassemblées à Thèbes. Deina but son eau à petites gorgées en essayant de se rappeler à quand remontait son dernier repas – sans doute au raisin qu'elle avait picoré dans les Enfers – et en se demandant si elle aurait à nouveau faim un jour. Pour l'heure, tout ce qu'elle ressentait, c'était une légère nausée.

– Je ne t'ai jamais remerciée, lâcha soudain Archis, coupant court à la réflexion de Deina.

– À quel sujet ?

– De m'avoir défendue quand on était sur l'île de Circé. Quand les autres voulaient que je renonce aux souvenirs de mon frère.

– Ah, ça.

Deina savait que les dieux avaient de la mémoire – Hypnos avait bien fait allusion à l'époque de la construction de Mycènes –, mais les souvenirs avaient-ils la même portée pour eux que pour les mortels ? De ce qu'elle savait des mythes anciens, si un dieu perdait un amour humain, en gros, il le pleurait brièvement, plantait un arbre en son hommage et passait à autre chose. Exception faite de Nat peut-être, elle doutait que la majorité des divinités s'appesantissent sur le passé de la même manière que les mortels. Ça lui donna envie de rassembler tous ses souvenirs et de les étreindre à la manière d'un enfant qui serre sa peluche contre lui. L'idée de les perdre à mesure qu'elle devenait une immortelle la terrifiait. Les souvenirs de ses proches : Leida, Chryse, Drex. Les souvenirs de son père, surtout ; ceux qu'Hadès avait ravivés. Le seul cadeau de sa mère que Deina voulait réellement garder. Depuis sa première rencontre avec la déesse des Enfers, Deina avait réussi à faire ressurgir dans son esprit des images de sa petite enfance qu'elle croyait à jamais oubliées, et son père y était presque toujours associé. Dans ces souvenirs, il jouait avec elle, la réconfortait ou lui préparait à dîner, remuant d'une main une marmite posée en équilibre sur le feu pendant qu'il la tenait solidement de l'autre bras sur ses genoux, pour la protéger des flammes.

En se concentrant un peu, elle pensait même pouvoir se rappeler le son de sa voix quand il chantait pour l'endormir.

– Comment était-il, ton frère ? demanda-t-elle à Archis.

– C'était mon jumeau, il vivait avec mes parents à Iolcos. C'est ce qui fait qu'on ne s'est jamais perdus de vue, même quand on m'a emmenée de force à la Maison de Zeus. Les anciens n'appréciaient pas qu'on passe du temps ensemble, mais même avant que je sois assez âgée pour avoir le droit de sortir seule, ils ont eu bien du mal à nous en empêcher.

Elle sourit.

– J'avais trouvé un coin de maçonnerie dans l'enceinte qui s'était fissuré et partiellement éboulé. Mes parents redoutaient trop les sanctions de l'Ordre pour venir me voir, mais pas mon frère. Il s'asseyait de l'autre côté du mur et me racontait ce qui passait chez nous, pour que je n'oublie rien.

Éprouvant une pointe de jalousie, Deina songea qu'elle aurait donné cher pour grandir aux côtés de quelqu'un qui la connaissait presque aussi bien qu'elle-même.

– Que lui est-il arrivé ?

Archis se figea.

– Il a été enrôlé comme garde de fer.

Horrifiée, Deina frissonna malgré la chaleur de sa cape.

– Par Aristée ?

– Par les anciens de ma Maison. Un jour, des éclaireurs d'Aristée sont venus recruter de jeunes gaillards, et les anciens leur ont indiqué l'adresse de mon frère. Ils voulaient se débarrasser de lui pour nous séparer. Ils savaient très bien quel sort l'attendait.

La voix d'Archis devint venimeuse.

– Quand mon frère a disparu, j'ai soutiré la vérité à un des anciens. Comme il était vieux et souffrant, il pensait que je n'oserais pas lui faire de mal. Quel imbécile !

Comme elle tourna la tête, Deina vit ses yeux briller à la lueur des étoiles.

– Les Theodesmioi doivent se débrouiller seuls. Je sais que tu me comprends. Se méfier de tout le monde. Ne compter que sur soi-même. Risquer le coup quand on peut.

Archis n'avait pas tort. Dès le départ, les Dissociants étaient poussés à rivaliser les uns contre les autres. L'amitié était déconseillée. Et pourtant, ce n'était pas une fatalité. À son retour des Enfers, Deina se rappela avoir vu Theron, Dendris et Aster rire comme des fous. Leur joie et leur complicité les rendaient radieux. Elle n'avait jamais vu des Dissociants aussi heureux à Iolcos. Nul doute qu'il en allait de même à Mycènes et dans toutes les Maisons. Comment des Theodesmioi pouvaient-ils être heureux alors qu'on les soumettait à une compétition sans fin ? Deina les avait enviés. Mais elle ne souhaitait pas que leurs liens se distendent. Elle voulait simplement que tous les Theodesmioi éprouvent un jour le même sentiment de liberté.

Archis avait repris sa contemplation des étoiles.

– Je sais qu'on n'a qu'un fragment de torque, mais j'espère qu'on réussira à changer les choses, Archis.

Celle-ci laissa échapper un son grave qui était peut-être un rire.

– Ne t'en fais pas. Les choses vont changer. Je vais m'en assurer.

Elle se hissa debout.

– Je vais me reposer.

Deina s'attarda encore un peu dehors en observant le ciel et en se demandant où était Nat. Où était Hadès. Et combien de temps il lui restait avant que sa mère ne vienne se venger. Elle n'aimait pas attendre. Mais dans l'immédiat, c'était tout ce qu'elle pouvait faire.

*
* *

C'est à peine si Deina ferma l'œil de la nuit, et les rares moments où elle s'assoupit par intermittence lui semblèrent pétris de rêves et de cauchemars. Au petit matin, quand elle s'en libéra enfin, elle se redressa en pestant et en maudissant un des Oneiroi qui l'avait tourmentée. Le matelas d'Archis était vide. Assis en tailleur sur le sien, Theron dévorait des galettes de pain.

– Tu es donc réveillée, constata-t-il.

– Comme tu vois.

Deina se frotta la figure. Soit le jour était plus sombre qu'il n'aurait dû, soit quelque chose troublait sa vue. Et sa peau la démangeait. Elle l'étriquait. Elle se demanda si le matelas était infesté de poux. Peut-être que plonger la tête dans un seau d'eau froide lui ferait du bien. Se débarrassant brusquement de sa cape – il semblait faire plus chaud subitement –, elle se leva et partit vers la porte.

– Attends, lança Theron. Est-ce qu'on peut parler ?

Deina hésita.

– Tu n'avais pas l'air de vouloir parler, hier.

– C'est parce qu'on n'était pas seuls. Je ne sais pas où est Archis, mais je suis sûr qu'elle va bientôt revenir.

Il reposa son reste de pain dans les feuilles qui lui servaient d'emballage et tendit la main vers elle.

– S'il te plaît ?

Deina se retourna et vint s'asseoir à côté de lui.

– De quoi veux-tu parler ?

– Quand Nat, Archis et toi accomplissiez le rite, dans l'herbarium à Thèbes…

Il soupira lentement.

– J'ai passé la tête à l'intérieur pour voir où vous en étiez.

Deina se figea, redoutant la suite.

– Je vous ai vus vous embrasser avec Nat. Et j'ai vu comment tu l'embrassais. Alors je suis parti. Voilà pourquoi je me suis renfermé. J'en veux à Nat, mais pas à toi. Je n'ai pas le droit. Nous ne nous sommes rien promis.

Theron la fixa sans ciller.

– Je ne suis pas aveugle, Deina. Je me doutais de tes sentiments pour Nat. Je peux même comprendre qu'il t'attire. Mais maintenant que tu es délivrée des graines et que nous pourrions envisager l'avenir ensemble, je pensais que tu me choisirais.

Il passa la main dans ses boucles noires et courtes.

– Du moins, je l'espérais.

Deina ne savait pas si elle devait rire ou pleurer. Theron les avait vus s'embrasser, mais manifestement il n'avait pas entendu ce dont elle parlait avec Nat. Il ne savait rien du nectar. Il ignorait encore sa véritable nature.

Je devrais peut-être lui avouer. Il finira tôt ou tard par le découvrir.

Theron tendit le bras pour repousser délicatement une mèche de Deina derrière son épaule.

– Tu sais que je t'aime.

Il lui sourit en coin, l'air contrit.

– J'ai eu beau me persuader et affirmer à tout le monde le contraire, ça fait des années que je suis amoureux de toi. Quoi que tu décides, je continuerai de t'aimer – ça, ni toi ni moi ne pourrons rien y changer. Mais si c'est Nat que tu choisis…

Theron se pencha pour l'embrasser tendrement, longuement, une main posée avec délicatesse sur la joue de Deina.

Quand il recula, Deina comprit à son expression qu'il attendait quelque chose, qu'elle le rassure ou l'embrasse à son tour. Elle tenta de faire appel au désir brûlant qu'elle avait ressenti dans les Enfers quand ils avaient basculé sur le lit dans un enchevêtrement enfiévré de bras et des jambes ;

une brève lueur d'envie l'anima, mais en comparaison, ce n'était qu'une pâle flamme. Consternée, Deina le saisit par les épaules et l'embrassa avec fougue. Ce fut… amusant. Sans plus. Rien de très profond. Elle ferma les yeux en se répétant qu'elle aimait Theron et fouilla sa mémoire pour puiser en elle l'émotion d'un désir inassouvi.

Nat.

Cette fois, la passion monta en elle comme une bouffée de chaleur.

Oui. C'est Nat que je veux. Qu'il me supplie comme Theron. Et je veux ce torque !

Cette envie impérieuse lui coupa le souffle. Rouvrant les yeux, elle s'aperçut que Theron la fixait, les yeux écarquillés d'inquiétude.

– Je t'en prie, dis quelque chose, Deina.

Archis fit irruption dans la pièce.

– J'ai trouvé quelqu'un, une personne qui sait comment nous faire entrer dans le palais. Venez !

Elle les regarda tour à tour.

– Dépêchez-vous !

– Archis, soupira Theron d'une voix tendue sans quitter Deina des yeux. On était en pleine discussion. Ça ne peut pas attendre quelques minutes ?

– Non ! s'exclama Archis en plantant les mains sur ses hanches. Vous voulez avoir une chance de délivrer vos amis, oui ou non ?

Soulagée d'échapper à cette conversation et d'avoir le temps de réfléchir à ce qui lui arrivait, Deina étreignit brièvement la main de Theron.

– Il y a tant d'enjeux dans l'immédiat.

Le fragment du torque aux brins entortillés et ardents pesait lourd à son cou.

– Nous reparlerons… mais retrouvons d'abord les autres.

Theron soupira encore, hocha la tête et se leva en tendant la main pour la hisser debout.

– Et donc ? lança-t-il à Archis. Qui est cette personne ?

– Il nous attend à la Maison de Zeus. J'y suis allée dès mon réveil.

Un autre Duelliste ? Ça paraissait logique. Corps d'élite des gardes de la cité, ces Theodesmioi avaient pour mission de protéger l'archonte et le mégaron. Ils connaissaient forcément les entrées et les issues du palais que l'on cachait aux citoyens ordinaires. Deina lui sourit.

– Bien joué, Archis, approuva Deina en lui souriant. Après tes propos d'hier soir, j'ai cru un instant que tu nous avais lâchés.

Archis se mit à taper du pied impatiemment tandis que Theron se débattait pour fourrer toutes ses affaires dans son sac.

– Non, je dois régler ça. Coûte que coûte. Vous êtes prêts ?

Archis leur fit rapidement traverser la ville. Même s'il était encore tôt, Deina s'étonna du calme qui régnait dans Mycènes. Il n'y avait pas grand monde dans les parages, le peu d'habitants qu'ils croisèrent se pressaient, les yeux baissés, déterminés à atteindre leur destination le plus vite possible. Non que ce fût chose aisée. Archis se trompa de rue plus d'une fois ; l'aube avait enveloppé la ville d'un épais nuage bas qui laissa une fine couche de rosée sur leurs capes. Les bâtiments se dressaient, menaçants dans la brume, et les points plus culminants étaient presque tous invisibles. Ce fut un soulagement d'arriver enfin devant l'imposante entrée de la Maison de Zeus.

Les portes s'ouvrirent sur un vestibule décoré de mosaïques de scènes de combat. À l'évidence, ils étaient attendus. Un ancien les accueillit, et tandis qu'ils traversaient à sa suite une cour dégagée, six jeunes Duellistes – des experts, à en juger par leur tenue – se mirent au pas autour d'eux. Deina échangea un regard avec Theron. Une haie d'honneur ? Cette Maison avait peut-être décidé de soutenir Theron pour qu'il fasse valoir ses droits à la couronne. Deina avait les jambes en coton et chaud comme si elle avait une poussée de fièvre : peut-être que ça ne faisait qu'ajouter à sa nervosité ? Peut-être. Elle saisit furtivement le manche d'un de ses couteaux. Ils traversèrent la Maison en serpentant jusqu'à ce que l'ancien s'arrête devant une porte à double battant. Il les poussa.

– Après vous.

La salle était mal éclairée, mais Deina reconnut l'odeur. C'était le même parfum dispendieux dont s'aspergeait Orphée. Elle agrippa le bras de Theron.

– Il y a quelque chose qui cloche.

Les six Duellistes derrière eux avaient dégainé leur épée de sous leur cape.

– Je regrette, mais vous devez entrer, murmura l'ancien.

Deina regarda Theron et Archis. Theron haussa les épaules. Il avait raison : ils n'avaient pas le choix. Elle s'avança dans la pénombre.

Huit gardes de fer les attendaient.

Derrière eux se tenait Aristée.

18

Deina dégaina ses couteaux et se rua sur Aristée. Un des gardes de fer lui barra la route ; elle percuta la créature qui tomba à la renverse. Un autre l'attrapa par-derrière en lui ceinturant la taille de ses bras alors même qu'elle lui plantait ses couteaux dans les côtes. Du moins, elle essaya. Les lames se brisèrent contre l'armure ensorcelée.

– Ça suffit ! cria Aristée. Sauf si tu veux qu'ils l'écartèlent ?

Deux gardes de fer maintenaient Theron bras et jambes écartés. Un troisième était en position derrière lui, mains sur sa bouche et sa gorge, visiblement prêt à lui arracher la tête. Deina cessa de se débattre.

– J'aime mieux ça, observa Aristée.

Vêtu d'une des toges d'Orphée, comme à bord de son navire de guerre, il prenait appui sur une canne.

– C'est peine perdue. Tu perds tous tes combats.

– Faux ! cracha Deina. Nous avons remporté le dernier. Orphée est prisonnier à jamais de la Lisière, où il revivra ses crimes pour l'éternité. Et comment va votre cheville ? Toujours douloureuse, j'espère ?

Aristée s'esclaffa.

– C'est un désagrément mineur. Ce qui compte, c'est que je serai bientôt en possession du torque. Et c'est grâce à toi.

Il lui sourit.

– Une fois de plus, tu as fait confiance à la mauvaise personne, Dissociante. On t'a de nouveau trahie.

Trahie ? Les pensées de Deina se bousculèrent. Il faisait allusion à Chryse. Mais personne d'autre parmi ses amis n'agirait comme Chryse. Personne.

– Approche, Archis, déclara Aristée en agitant la main.

La Duelliste s'avança à hauteur de Deina, face au mur de gardes de fer. Elle salua Aristée et pivota vers Deina en la fixant droit dans les yeux, mains sur les hanches.

– Comment as-tu pu ? murmura Deina. Après ce que tu m'as confié ?

– La vengeance et la liberté. S'il y a bien quelqu'un qui peut comprendre, c'est toi, Deina. Sa Majesté le roi Aristée a déjà rasé Iolcos et massacré les anciens qui ont envoyé mon frère à Thèbes. En te livrant à lui ainsi que le dernier fragment du torque, je recevrai de l'argent et des esclaves en récompense, et je serai libre de quitter le Dominion thébain.

Elle haussa les épaules.

– Je ne t'ai pas menti. Tout va changer pour toi et moi. Mais de manière différente pour l'une et l'autre.

Deina se débattit en vain contre la poigne du garde pour se jeter sur Archis.

– Où sont les autres ? Aster, Dendris ?

Aristée leva un doigt et le garde de fer plaqua une main sur sa bouche.

– Tes amis sont en vie, pour le moment, répondit Aristée. Et toi, Dissociante, tu vas tous les regarder mourir.

Il tourna le regard vers Theron.

– Une exécution publique devrait suffire à mettre fin aux rumeurs. Au moins, le peuple de Mycènes pourra voir la vérité en face : à savoir que le soi-disant roi légitime n'est qu'un minable. Ensuite, je renverrai ton corps délabré aux ruines de la Cadmée pour que les rats et les corbeaux s'en repaissent. Ça me paraît tout à fait pertinent. Bien, où est le troisième fragment ?

– Deina le porte au bout d'une chaîne accrochée à son cou, signala Archis sans hésiter. Je l'ai vu quand on était aux thermes.

– Prenez-le-lui, ordonna Aristée.

Un des gardes de fer éventra le devant de la tunique de Deina et lui arracha d'un coup sec sa chaîne aussi facilement que s'il avait tiré un fil.

– Et où est Thalius ?

– Ici, Votre Majesté.

Un gros monsieur grisonnant s'approcha timidement. Ses bras portaient les cicatrices de vieilles brûlures ainsi que de nombreux sceaux rituels qui se chevauchaient, et le sigil d'Héphaïstos était gravé sur son front. Il prit religieusement le fragment du torque des mains du garde.

– Thalius est le chef de la Maison d'Héphaïstos de Mycènes. C'est désormais la seule Maison d'Ensorceleurs encore debout. Et si tu crois qu'ils me refuseront aussi leur aide, détrompe-toi. Je suis venu ici accompagné du chef de la Maison de Thèbes. Il a livré aux Ensorceleurs de Mycènes le récit des exécutions dont il a été témoin, après quoi je l'ai fait démembrer. La majorité des sujets de Thalius sont actuellement enfermés. Ils ne seront pas libérés avant que leur chef m'ait remis le torque restauré. Combien de temps cela prendra-t-il, Thalius ?

– Je ne sais pas trop, Votre Majesté. Je n'ai jamais travaillé sur un ouvrage forgé par le grand dieu en personne.

Aristée le congédia d'un geste impatient.

– Dans ce cas, ne traînez pas. Mes gardes vous surveilleront. À la moindre tentative de duperie, ils vous mettront en pièces. Morceau par morceau.

Thalius s'inclina.

– Comptez sur moi, Votre Majesté.

– Ne me décevez pas.

Aristée se tourna vers un des gardes.

– Quand le travail sera achevé, avertissez-moi sur-le-champ, puis escortez Thalius au mégaron. Quant à ces deux-là, prenez toutes leurs armes et leur attirail, et emmenez-les directement là-bas. Si tu causes le moindre problème, Dissociante, j'ordonnerai à mes hommes de briser les jambes de Theron. Archis, tu peux marcher derrière ma litière.

Deina fut dépouillée des couteaux à sa ceinture et du sac sur son dos. Son garde la souleva et la balança sur son épaule. Elle n'osa pas résister.

*

* *

Heureusement, le trajet jusqu'au mégaron fut court, mais l'espoir qu'avait Deina qu'on la repose à terre à l'arrivée s'envola. De sa position inconfortable suspendue la tête en bas, elle en eut un aperçu : un édifice bien plus majestueux que celui de Iolcos. Un nombre incalculable de gardes de fer. Des gardes humains dont les casques à défenses de sanglier portaient le symbole inscrit dans sa mémoire lors de sa courte incarcération dans la Cadmée : la marque de la Maison de Cadmus, la famille royale de Thèbes. Aucune trace des précédents occupants du mégaron. Après avoir reçu de nouvelles instructions, les gardes de fer les transbahutèrent dans un labyrinthe de salles souterraines. À mesure que la lumière du jour disparaissait, l'odeur de renfermé empirait : un mélange de sueur, de sang, d'excréments et de pourriture. Les gardes finirent par les jeter dans un cachot avant de bien refermer la grille qui servait de porte. Puis ils s'éloignèrent péniblement en emportant leurs torches, plongeant la cellule dans une obscurité quasi complète ; seule une pierre fendue ou manquante dans la voûte laissait filtrer un filet de lumière depuis l'étage au-dessus.

– Deina… Theron… c'est vous ? craquela la voix desséchée d'Aster.

Deina sentit d'abord sa main, puis ses bras qui les enveloppèrent tous les deux.

– Dieux merci ! s'exclama-t-il en ajoutant : si tant est qu'on ait encore le soutien des cieux.

Il palpa le front de Deina.

– Qu'est-ce qui t'arrive ?

Le contact de sa main la rafraîchit.

– Tu es brûlante. Et tu grelottes.

– Ne t'en fais pas pour moi. Où est Dendris ? s'enquit Deina.

– Elle est là.

Aster les guida jusqu'à un coin du cachot, près de la porte. Dendris était assise par terre, adossée au mur. Deina, Theron et Aster prirent place autour d'elle.

– Comment êtes-vous arrivés ici ? demanda la Mycénienne.

À l'entendre, elle était épuisée.

– On vous croyait prisonniers des Enfers. On gardait espoir, mais…

Elle rit faiblement.

– On aurait dû se douter que vous trouveriez une issue. Tu as une chance inouïe.

Deina s'efforça de sourire. Dans l'immédiat, elle s'estimait tout sauf chanceuse.

– Est-ce qu'il t'a fait du mal ?

Elle se rapprocha de son amie qui avait la mine défaite.

– Dendris a été blessée, répondit Aster. Moi, à part que je crève de faim, je n'ai rien.

Dendris abaissa le col de sa tunique pour leur montrer une entaille noire de sang séché sous sa clavicule.

– C'est qu'une égratignure.

– Bah, voyons. Pour une égratignure, ça a drôlement saigné. J'étais inquiet. On aurait bien eu besoin de ce pauvre Tauredos pour la recoudre.

– Aster exagère, comme d'habitude, réfuta faiblement Dendris. Et au moins, ça m'a occupée de l'entendre compter ses pompes, ses abdos et ses sauts…

– Hé, c'est important de s'entretenir ! se justifia Aster.

Leur ton empreint de légèreté rappela à Deina ce jour où Aster, qui se méfiait encore d'elle à l'époque, lui avait demandé de battre la mesure tandis qu'il effectuait ses exercices sur le navire d'Orphée. Néanmoins, derrière leurs taquineries, leur épuisement était palpable.

L'expression amusée de Dendris s'effaça.

– Ils nous ont tout pris, Deina. Les deux fragments, nos affaires.

Elle voulut serrer la main de Deina, mais étouffa un cri et tressaillit en constatant que Deina avait perdu un doigt.

– Comment est-ce arrivé ?

Encore hantée par le fantôme de son doigt arraché, Deina plia sa main mutilée.

– J'ai eu un différend avec une Érinye. Elle voulait la bague de Drex.

Le chagrin qu'elle éprouva à la perte de son seul souvenir de Drex lui noua la gorge, mais il fut vite englouti par un accès de rage.

Dès lors que je serai une immortelle, Tisiphone regrettera amèrement de s'en être prise à moi. Je la rosserai avec mon propre fouet. Non, mieux : je confierai ce fouet aux âmes damnées du Tartare et les laisserai se venger jusqu'à ce qu'elle ne soit plus qu'un tas de sang et d'os.

Imaginer Tisiphone hurler de douleur plongea Deina dans une douce rêverie ; par opposition, la question que lui posa Aster eut l'air de l'agacer :

– Comment ? répondit-elle d'un ton bourru.

Malgré la pénombre, Deina devina son regard interloqué.

– Je demandais juste si tu voulais bien nous raconter ce qui vous était arrivé dans les Enfers. Tu es sûre que ça va, Deina ?

– Tout va bien, je t'assure.

Le regard de Deina dériva vers Theron ; il souriait à Dendris en lui caressant le front et en repoussant ses cheveux en arrière.

– Tu veux la version longue ou abrégée de nos aventures ?

Dendris regardait Theron avec tendresse et une affection indéniable. Deina n'avait absolument pas le droit d'être jalouse. Et puis, ne serait-ce pas pour le mieux ? Ce serait quand même plus simple si Dendris pouvait la remplacer dans le cœur de Theron. La fièvre qui rongeait son corps était en train de consumer ce qui lui restait d'humanité, Deina en était persuadée. Elle avait beau être convaincue de ses sentiments pour Theron, manifestement elle ne le désirait plus comme avant. Si ça se trouve, elle l'aurait bientôt complètement oublié. Malgré la fièvre et les tremblements, et bien que sa vue eût baissé, elle sentait gronder en elle une violente agitation. Une tempête qui finirait par la dévaster.

– Allez, va pour la version longue.

De toute façon, ils n'avaient rien de mieux à faire. Deina s'adossa au mur en étendant ses jambes devant elle.

– Reprenons depuis le début. Depuis l'attaque sur l'Olympe, avant que Theron et moi ne soyons emportés dans les Enfers…

*

* *

Le récit dura un moment. Dendris et Aster multiplièrent les questions : sur le Tartare, sur Tisiphone, sur Cronos. Sur ce qu'ils avaient vu de Thèbes et sur le massacre des Ensorceleurs ; eux n'avaient pas vu autre chose que l'intérieur du caisson en bois dans lequel on les avait trimballés jusqu'à Mycènes. À l'exclusion du nectar qu'elle avait bu, Deina leur fournit une description très détaillée, jusqu'à leur tout dernier face-à-face avec Aristée. Apparemment impressionné par la conduite admirable de Nat, Aster passa un moment à encenser ce dieu devenu en fin de compte digne d'estime. Deina ne broncha pas ; elle espérait que devant son silence combiné à l'absence de réaction de Theron, Aster comprendrait qu'il valait mieux laisser tomber le sujet. Mais ce dernier enchaîna en affirmant qu'il était bien content de voir que la beauté de Thanatos s'étoffait d'une tête plutôt bien faite.

– Tu le trouves beau ? questionna Theron d'un ton monotone.

– Évidemment. Il est costaud et charmant de visage. Ses yeux d'une rare nuance de bleu sont soulignés de longs cils, et il a de splendides cheveux bruns…

Sa voix s'estompa tandis qu'il se perdait dans sa rêverie.

Malgré leur situation fâcheuse, Deina faillit éclater de rire. Aster n'avait jamais été doué pour palper l'ambiance et s'adapter en conséquence ; elle se rappelait encore ses bourdes lors de leur première confrontation avec Hadès, et encore récemment avec Circé.

– Archis nous a raconté que Iolcos a été détruite, reprit Theron avec une touche d'aigreur dans la voix.

– Détruite ? répéta Aster, abasourdi.

Il laissa sa tête tomber dans ses mains.

Deina glissa un bras sur ses épaules en jetant un regard réprobateur à Theron. Il faisait trop sombre pour qu'il ait vu son expression, mais il eut manifestement des remords.

D'un ton plus doux, il ajouta :

– Essaie de ne pas t'inquiéter, Aster. Je suis sûr que Mélos va bien. N'oublie pas que la Maison se situe à l'extérieur de la ville, et en dépit de leurs torques, des Dissociants ont peut-être réussi à se réfugier dans les collines.

– Mais, et Critos ?

– Il existe de nombreuses cachettes dans Iolcos. Il connaît bien les méthodes d'Aristée, et avec les Duellistes qui se battent à ses côtés, ils auront peut-être été avertis d'une attaque imminente ; si quelqu'un est capable d'échapper à Aristée, c'est bien Critos. Et les villes, ça se reconstruit.

Aster renifla.

– J'espère que tu as raison.

– Si un jour, j'attrape Archis, grogna Dendris, elle le sentira passer.

D'un geste, elle fit mine de casser quelque chose en deux.

– Je serai avant toi dans la queue, enchérit Theron. Cela dit, je doute que l'un de nous en ait l'occasion. Il n'est pas impossible que cet Ensorceleur échoue, mais, dans le cas contraire, Aristée sera bientôt en possession du torque.

L'évocation du puissant collier alluma à nouveau la convoitise de Deina. Elle céda mentalement à son attrait, et ce faisant, une image dansa devant ses yeux : le torque reconstitué, éblouissant de beauté et vibrant de pouvoir. Il l'appelait.

Tu m'appartiens…

Était-ce sa voix ou celle du torque ? Sa seule certitude, c'était que Thalius avait réussi à le reformer. Et la force qui sommeillait dans ses fragments s'était réveillée. Un hurlement lointain attira brusquement son attention vers la grille de la cellule ; sans doute les gardes d'Aristée qui torturaient un prisonnier.

Deina serrait et desserrait les poings sans arrêt ; elle ne pouvait plus attendre ici sans rien faire. Se rappelant les démonstrations de force de sa mère, elle tenta de s'imaginer ce qu'on ressentait en se muant en serpent ou en faisant apparaître un mur de ténèbres. Malheureusement, il fallait plus qu'un tour d'imagination pour acquérir de tels pouvoirs. Elle devrait trouver un autre moyen de s'évader.

– Cette grille est notre seule issue, affirma Dendris comme si elle lisait dans les pensées de Deina.

La Mycénienne se redressa un peu en grimaçant.

– J'ai cherché du bois à notre arrivée ici. Des racines dans le sol, des choses comme ça. Je pensais pouvoir nous faire sortir, mais ce cachot est entièrement creusé dans la pierre et le métal.

Elle inclina la tête.

– Mais tu es toujours une demi-déesse, Deina, non ? À ton avis, tu arriverais à forcer cette grille ?

Deina s'approcha à tâtons de la grille et l'agrippa.

– Possible.

– Alors tirons-nous d'ici, s'enthousiasma Theron.

– Ou essayons de retrouver le torque, suggéra Deina.

– Non.

Il s'avança à ses côtés.

– Je sais que tu ne veux pas l'entendre, mais ce combat-là est terminé, Deina. Nat a été déchu, toi, tu as perdu un doigt et nous avons tous failli y laisser notre peau en cherchant les fragments de ce maudit collier. Tu n'en as plus besoin : tu t'es débarrassée des graines. Et je suis prêt à parier que l'Ensorceleur ne parviendra pas à le réassembler correctement. Il a été forgé par une divinité. Quelles sont les probabilités qu'un mortel soit capable de ressusciter son pouvoir ?

Il lança un regard à Aster et Dendris.

– On devrait s'enfuir tant qu'on le peut. Faire le point. Voire retourner à Iolcos pour tenter de retrouver Critos.

Frustrée, Deina serra plus fort la grille.

– Hadès va revenir se venger de moi, Theron. Et de toi aussi sans doute.

– Sauf si les Titans lui règlent son compte. Je t'en prie, Deina… il faut qu'on se sauve. Et vite.

Il secoua la grille, puis palpa son front.

– Tu es souffrante. Il faut qu'on te sorte d'ici.

Deina savait qu'il se trompait. L'appel du torque était de plus en plus perceptible : un chant puissant et ambitieux, à portée de voix.

Mais sinon, Theron a raison, non ? Partir maintenant en quête du torque ne fera que mettre les autres en danger. Aster est affaibli et Dendris blessée – grièvement, apparemment.

Serrant les dents, Deina réprima son instinct.

– D'accord. Sauvons-nous.

Fermement campée sur ses jambes, elle se mit à tirer sur la grille avec l'aide de Theron. Les barreaux commencèrent à plier à mesure que les gonds grinçaient et que des bouts de roche s'éboulaient. Le premier verrou lâcha.

Soudain une torche projeta un faisceau de plus en plus gros, et un des sbires d'Aristée surgit devant la grille, accompagné par une cohorte de gardes de fer. Deina avait trop tergiversé.

*
* *

Face à la menace qu'agitait le mercenaire de torturer ses amis, Deina fut impuissante. Elle n'eut d'autre choix que de se laisser ligoter les mains devant elle. Dendris fut en outre bâillonnée – Aristée n'avait pas oublié ses pouvoirs et ne prendrait aucun risque. Ils furent tous les quatre poussés dans le tunnel, puis au sommet d'un escalier débouchant sur un étage supérieur du mégaron. À la lumière du jour, les ombres qui erraient devant les yeux de Deina étaient plus évidentes. Elle avait l'impression de regarder à travers un voilage. Escortés exclusivement par des gardes de fer, ils furent amenés dans une salle à colonnades. Un feu brûlait dans le foyer central et, tout au fond, une estrade était occupée par un trône argenté drapé de fourrures. Un lieu fastueux, quoique les fresques fussent partiellement masquées par une vaste collection de métaux qu'on avait alignés n'importe comment contre les murs. Parmi eux, des armes et tout un tas d'objets analogues.

La porte à l'autre bout de la salle s'ouvrit. Accompagné des gardes de fer suffisamment nombreux pour former un bouclier mobile autour de lui, Aristée entra à grands pas et prit place. Il portait un plastron doré sur une longue toge. Archis suivit et se tint immobile hors du cercle de soldats. Deina et ses compagnons furent poussés en avant et forcés de plier le genou.

– Savez-vous pourquoi je vous ai fait venir, Dissociants ? réclama Aristée. Connaissez-vous la signification des objets qui vous entourent ?

Personne ne dit mot.

– Ils ont tous été forgés par Héphaïstos. En tant que fervent admirateur du dieu de la Métallurgie, je me suis donné pour mission d'acquérir le plus grand nombre de ses créations. Même Orphée ignorait l'ampleur de ma collection.

Il se leva de son trône et se mit à désigner différents artefacts.

– Ici, voyez-vous, c'est le bouclier fabriqué pour le puissant Achille. Là, le filet d'Héphaïstos qui servit à piéger Aphrodite dans les bras de son amant Arès. Et tout au fond, là-bas, le collier maléfique d'Harmonie. Un autre bien de la Maison de Thèbes.

Il sourit méchamment à Theron.

– Sans l'avoir jamais eu entre les mains, sa malédiction te poursuit, semble-t-il.

Aristée se rassit.

– On m'a informé que le futur joyau de ma collection était enfin prêt. Les Ensorceleurs sont en chemin. Puisque c'est vous qui avez retrouvé les fragments, je me suis dit qu'avant de mourir, ce n'était que justice de vous présenter le fruit de votre quête. J'ai ordonné aux nobles de Mycènes, aux prêtres et aux Theodesmioi des ordres de Zeus, Poséidon et Hadès de se rassembler dans la cour devant le mégaron. Ils seront témoins du supplice de votre exécution. Je ne tolérerai plus la moindre insubordination ou menace d'insurrection.

Il observa un silence.

– Ah… et il y a une dernière chose que j'aimerais vous montrer.

Aussitôt qu'Aristée frappa dans ses mains, des domestiques entrèrent à petits pas pressés par la porte dérobée derrière l'estrade, en portant chacun quelque chose dans les bras. Les éléments d'une armure de fer. Ils posèrent leur fardeau sur le sol. Aristée désigna la pièce sur le dessus de la pile : un heaume équipé d'une visière percée de trous pour les yeux, mais rien pour la bouche ou les narines.

– Tu vois, ça, Deina ? C'est pour toi.

Deina ne put détacher son regard du casque de fer dénué de bouche.

– Une fois que tu auras assisté à la mort de tes amis, tu seras emmurée dans cette armure ensorcelée pour devenir un de mes soldats, prisonnière et forcée de m'obéir pour le restant de ta très longue vie. Thalius procédera à ta transformation avant que je l'autorise à rentrer chez lui.

Deina suffoqua d'effroi.

– Non…, souffla-t-elle, horrifiée, en fixant la figure vide et sans expression de son avenir.

Aristée se moqua.

– Pourquoi cet air si triste, Dissociante ? Tu deviendras presque immortelle : n'est-ce pas ce que tu souhaites ?

Deina entendit une voix dans son dos.

– L'Ensorceleur est arrivé, Votre Majesté.

Aristée désigna les Dissociants d'un geste.

– Qu'ils ne ratent rien du spectacle. Regroupez-les sur le côté, mais isolez-moi celle-là.

Il pointa du doigt Deina qui fut aussitôt tirée à l'écart, un couteau sous la gorge.

Thalius entra et traversa la salle, un écrin en fer fermement serré sous le bras. Il portait des gantelets de cuir et transpirait abondamment alors que sa peau paraissait moite de sueurs froides. Derrière lui marchaient deux autres Ensorceleurs vêtus de longues toges tressées de fils métalliques, capuchon rabattu sur le front. Deina dut se mordre la langue quand ils arrivèrent à sa hauteur : l'un d'eux était un jeune garçon qui, en dépit de sa tenue d'apparat, semblait pétrifié.

L'autre était Nat.

Assaillie par un élan de soulagement, elle prit conscience qu'elle s'attendait un peu à ce que l'ancien dieu de la Mort fasse défection. Pour elle, Nat se distinguait toujours par l'assurance et la force intérieure qu'il dégageait. Mais, tout comme Deina sous l'effet du nectar, sa déchéance d'être divin en simple mortel était peut-être encore en cours. Il ne lui adressa aucun signe de reconnaissance, alors elle se dépêcha de détourner le regard, de peur d'attirer sur lui l'attention du tyran. Si Nat commençait à réfléchir comme un mortel, il pourrait bien souffrir et mourir comme tel.

– Alors, Thalius ?

Le ton sec d'Aristée trahissait son avide impatience de découvrir le torque.

– As-tu réussi ?

– Je crois bien, Votre Majesté.

Thalius déglutit en dodelinant de la tête.

– Ce torque… je n'ai jamais rien vu de tel.

Aristée se pencha en avant, de plus en plus excité.

– Et que sais-tu de son pouvoir ? Quelle influence exerce-t-il au juste ?

– Je n'ai pas eu le temps de l'étudier totalement, mais d'après ce que j'ai pu déchiffrer, les formules gravées dans son métal parlent de contrôle.

– De *contrôle* ? répéta abruptement Aristée. Le contrôle de quoi ?

Une expression de détresse sur le visage, Thalius agita sa main libre en remuant les doigts avec hésitation.

– Je n'ai pas tout compris, mais je crois que... que le porteur de ce torque jouira au minimum du pouvoir de contrôler tous les métaux ensorcelés.

Aristée plissa les yeux en scrutant l'Ensorceleur.

– Donc si je mets ce torque à mon cou et que j'ordonne à une de ces lances de tuer n'importe qui, supposa-t-il en montrant les armes posées contre le mur, elle m'obéira ? Si j'obligeais tous les habitants du Dominion à porter un torque et que j'ordonnais ensuite à ces colliers de métaux d'étrangler leurs porteurs, ils m'obéiraient ?

Thalius opina.

– C'est ce que je crois, Votre Majesté.

Aristée se laissa aller en arrière dans son siège, il posa les coudes sur les accoudoirs et joignit le bout de ses doigts en clocher. Il ferma les yeux et un sourire étira sa figure émaciée.

– Fascinant. Je n'aurais qu'un mot à prononcer pour éliminer tout habitant d'une cité dissidente, homme, femme ou enfant.

Il rouvrit grand les yeux.

– Je donnerai l'ordre de faire pleuvoir du mercure ensorcelé additionné de poison corrosif. Aucun royaume au monde n'osera plus s'opposer à moi !

Aristée se cramponna aux accoudoirs.

– Apportez-moi ce torque. Dépêchons !

Visiblement embarrassé, Thalius se frotta la nuque.

– Il y avait un symbole gravé dans chacun des trois brins, Votre Majesté. Les sigils des ordres de Zeus, Poséidon et Hadès conjugués et surmontés du sigil d'Héphaïstos. Je… je ne peux pas l'affirmer, c'est incertain, mais…

– Tu deviens fatigant, Thalius. Exprime-toi clairement.

Thalius se redressa droit comme un i.

– Je crois que ce sceau indique que cet objet est la propriété des dieux. Il se peut qu'un mortel ne puisse pas exercer son pouvoir. Ou ne devrait pas s'aviser d'essayer.

– Tous ces objets ont été forgés par Héphaïstos, rétorqua Aristée en montrant du menton sa collection. Si ce dieu était courroucé de ma collection, il aurait déjà sévi depuis le temps. Allez, montre-moi.

Thalius acquiesça et ouvrit l'écrin. Les trois brins d'or, d'argent et de bronze gravés avaient été réunis pour former une spirale sinueuse qui ressemblait davantage à un serpent annelé qu'à de l'acier forgé. Le torque se tortilla dans sa poigne. Deina frémit. On aurait dit un serpent qui cherchait aveuglément quelque chose.

L'ombre d'un doute balaya la figure d'Aristée.

– Je le porterai au poignet.

Il tendit le bras.

– Remettez-le à un de mes gardes, Thalius.

L'Ensorceleur le fourra dans les mains du premier soldat qu'il trouva. Dès qu'il en fut débarrassé, ses épaules s'affaissèrent avec soulagement. Le garde de fer passa le torque au poignet d'Aristée. Le métal s'enroula en s'ajustant à son bras. Mais son agitation ne se calma pas. En ondoyant, il se mit à ramper lentement le long du bras du tyran.

– Que se passe-t-il, Thalius ? bredouilla ce dernier, son assurance ébranlée. Pourquoi remue-t-il autant ? Et ne me dis pas que tu l'ignores.

L'Ensorceleur passa une main tremblante sur son crâne dégarni.

– Il y a un passage, Votre Majesté, dans une de nos odes, répondit-il avec une boule dans la gorge. Ça n'a jamais été clair, mais à présent, je suis convaincu que c'est une allusion à ce torque.

Les yeux fermés, Thalius entonna quelques vers. Les termes étaient anciens, leur sens avait disparu avec le temps, mais leur forme restait reconnaissable.

– Ça signifie : « Tuer pour sceller, sacrifier pour unir. »

– Ah ! acquiesça Aristée. Dans ce cas, je vais de ce pas sacrifier l'un d'eux. L'autre fille. Amenez-la-moi.

Deina se tendit tandis qu'on traînait Dendris au centre de la salle. Elle croisa le regard de Nat, se demandant s'il avait une idée en tête. Pourvu que oui. La fièvre qui parcourait à présent tout son corps était si violente que ses jambes tremblaient à force de rester debout. Si les gardes ne lui avaient pas tenu les bras, elle se serait probablement écroulée.

– Si ma mémoire est bonne, celle-ci se battait à l'aide d'une hache, elle sera donc décapitée par l'arme de son choix.

Il leva le poignet devant lui et sourit au torque serpentant.

– Tu vas avoir droit à un beau bain de sang.

Deux gardes de fer forcèrent Dendris à s'allonger au sommet de l'estrade, tête dans le vide sur la dernière marche. Un troisième apporta une hache prise parmi les armes empilées contre le mur.

Vas-y, Nat. Réagis, je t'en supplie.

– Votre Majesté.

L'interruption venait d'Archis.

– Attendez.

Aristée la foudroya du regard.

– Tu as intérêt à avoir une bonne raison de m'interrompre, Duelliste, sinon je risque d'annuler notre accord.

– J'en ai une.

La voix d'Archis était tendue et crispée.

– C'est un moment crucial. Ce sacrifice assiéra votre suprématie sur le Dominion thébain. Ne devriez-vous pas porter la couronne que vous revendiquez ? La couronne de Thèbes ?

– Elle a été volée, souligna-t-il sèchement.

– Mais je l'ai récupérée.

Du coin de l'œil, Deina la vit sortir un objet rutilant de son sac.

– Non ! Où as-tu trouvé ça ?

En se débattant contre ses gardes, Theron eut droit à un coup de poing dans le ventre qui le laissa plié en deux de douleur.

– À ton avis ? Je l'ai reprise à Critos, rétorqua Archis. Je l'ai suivi quand il a quitté les Chantemers. Je l'ai poignardé dans le dos et j'ai repris la couronne.

– Je vais te tuer ! hurla Aster dont la voix se brisa en un sanglot.

Aristée s'esclaffa.

– Quel jour triomphal ! Quant à toi, Archis, tu as prouvé ta loyauté.

Il hésita.

– Approche. Pose d'abord tes armes. Ensuite, approche et présente-moi la couronne. Tu as bien mérité cet honneur.

Archis déboucla le ceinturon de son épée accroché à ses hanches. Levant haut la couronne, elle s'approcha de l'estrade.

– Ne fais pas ça, Archis. Par pitié, murmura Deina au moment où la Duelliste passa devant elle.

Archis jeta un bref coup d'œil dans sa direction.

– Je n'ai pas le choix, Deina. Je te l'ai dit. Il faut que les choses changent, et je vais m'en assurer.

Elle continua d'avancer. Les gardes de fer qui entouraient Aristée s'écartèrent pour la laisser passer. Archis s'agenouilla en présentant la couronne. Aristée s'en saisit et la souleva lentement vers sa tête.

Archis pressa brusquement ses poignets l'un contre l'autre. D'étroites lames de bronze jaillirent de ses manchettes qu'elle planta droit dans la chair exposée d'Aristée, au-dessus de son plastron.

– Ça, c'est pour mon frère, espèce de pourriture !

Aristée poussa un râle étranglé, lâcha la couronne et s'écroula en avant.

– Attrapez-la ! fulmina-t-il d'une voix sifflante.

Archis s'empara du torque à son poignet.

– Deina… attrape !

Elle lança avec force la tresse de métal, puis courut récupérer son épée alors que les gardes de fer se ruaient sur elle.

Du coin de l'œil, Deina entrevit Theron et Aster se débattre pour se libérer de leurs cerbères. Elle entendit Theron crier « Non ! », mais elle ne pouvait pas quitter des yeux la trajectoire du torque qui se rapprochait en tournoyant. Nat se jeta sur le garde qui tenait le couteau sous sa gorge pendant que Deina, dents serrées, rompait les cordes qui liaient ses poignets. Elle bondit. Attrapa le torque en vol et le passa immédiatement à son cou. Le métal ardent s'ajusta. Les extrémités s'enfoncèrent dans ses clavicules comme si elles cherchaient à percer sa peau. L'espace d'une fraction de seconde, Deina fut pétrifiée : après avoir rêvé toute sa vie de se libérer des torques que leur imposaient les Ordres, elle venait, de son plein gré, d'en attacher un autre sur sa gorge. Mais c'est alors que…

Comme l'avait prédit Archis, tout changea radicalement.

*

* *

La lumière l'enveloppa de toutes parts. Jamais sa vue n'avait été si perçante. Les lames gravées de ces lances alignées contre le mur ? Elle en discernait chaque détail aussi clairement que les poils sur son avant-bras. La fièvre qui la dévorait de l'intérieur était retombée, libérant en elle une énergie qui lui arracha un rire libérateur. Deux épées décrivirent mollement un arc dans sa direction ; c'était Nat qui les lui avait lancées, il était en train de dévaliser le stock d'armes d'Aristée. Deina les empoigna prestement. La poigne de sa main mutilée était maintenant aussi solide qu'auparavant. Il lui manquait toujours un doigt, mais visiblement, son corps avait guéri de toute infirmité. Elle virevolta et planta net ses lames dans le ventre des gardes de fer les plus proches. Le bronze ensorcelé et forgé par le dieu du métal fit voler en éclats leurs enveloppes de fer comme de minces coquilles d'œuf. Avec une précision infaillible, Nat pilonna de lances les gardes de fer qui encerclaient Theron, Aster et Dendris.

– Arrêtez-les ! geignit Aristée.

Il glissa du trône par terre, étalant du sang partout sur les fourrures grises.

– Tuez-les tous !

Les gardes qui le protégeaient encore s'élancèrent en masse vers Nat, Theron et les autres.

Non. Ça suffit.

Deina fonça vers le trône à une vitesse prodigieuse et dégomma tous les gardes en travers de son chemin comme un fermier fauchant du blé. Arrivée face à Aristée, elle laissa tomber ses épées et se pencha au-dessus de lui. Son visage n'exprimait plus ni l'orgueil ni le triomphe. Mais uniquement l'épouvante. Deina sourit. Elle empoigna sa gorge entaillée et hissa sa carcasse debout. S'assura qu'il voyait bien le torque à son cou.

– J'ai comme l'impression que tu t'es fié à la mauvaise personne, Aristée. Et tu es maintenant vaincu. Pour de bon.

– Non…

Le mot gargouilla dans sa gorge. Le torque remua en frémissant. Il voulait du sang, n'est-ce pas ? Deina serra plus fort le cou d'Aristée, ses ongles s'enfoncèrent dans sa peau jusqu'à ce que son sang perle au bout de ses doigts et finisse par gicler de la blessure infligée par la lame d'Archis. La figure du tyran devint violette. Ses yeux se révulsèrent. Un cri retentit à proximité, mais Deina resta concentrée sur sa tâche. Elle serra de plus en plus fort jusqu'à ce qu'elle entende son cou se briser net. Sa tête retomba, sans vie.

– Deina ! hurla Theron.

Elle fit volte-face et découvrit derrière elle un garde brandissant une hache. Elle se rappela la description qu'avait donnée Thalius du supposé pouvoir du torque.

– Stop… !

À sa stupeur, tous les gardes de fer dans la salle s'exécutèrent.

19

Le tumulte des combats cessa. Les gardes de fer étaient immobiles, au garde-à-vous, armes baissées. Néanmoins, quelqu'un gémissait de douleur.

Deina laissa retomber le corps inerte d'Aristée et se fraya un chemin parmi un petit groupe de gardes au milieu duquel gisait Archis. Elle tremblait. La hampe d'une lance dépassait de son torse, du sang ruisselait d'une profonde entaille dans son crâne et son bras droit avait été tranché. Deina la redressa un peu en la tenant contre elle, elle souleva légèrement son visage et essuya ses yeux couverts de sang.

– Archis, tu m'entends ?

Le regard de la jeune femme papillonna vers elle sans la reconnaître.

– Archis…

La lance l'avait transpercée de part en part. Et l'hémorragie du bout de bras qui lui restait était telle qu'une mare de sang se formait déjà par terre. Que faire ? Ces soldats étaient des armes ambulantes ; même s'ils continuaient de lui obéir, Deina ne voyait pas quelle instruction leur donner pour arranger la situation. De sa main libre, elle agrippa son torque.

Soigne-la. Guéris-la.

Archis continuait de se vider de son sang. De mourir à petit feu.

– De… Deina…

À peine un murmure.

– Je suis là.

Deina leva les yeux ; Theron, Aster, Dendris et Nat se tenaient tous à proximité.

– On est tous là.

– Devais le tuer… Pas le choix…

Elle suffoqua de douleur.

– De mes propres mains. En rêvais… depuis des années. Juré de venger mon frère.

Un bref sourire contracta ses lèvres.

– Peut-être… dû te prévenir.

Oui, elle aurait pu, si on n'avait pas tant appris aux Theodesmioi à se méfier. Deina étreignit la joue d'Archis.

– Pour Critos… pas intentionnel. Simplement… l'assommer. Pensais avoir bien visé. Mais il s'est écroulé.

La respiration de la Duelliste se fit plus laborieuse.

– Un accident.

Un spasme de douleur lui arracha un cri.

– Chut… ne dis plus rien. Aristée est mort, Archis. C'est fini.

– Non… pas fini.

Archis fixa le torque au cou de Deina.

– Se… sers-t'en. Je ne veux pas… me transformer en monstre. Finis-en, Deina.

Bien que Deina l'implorât de rester tranquille, Archis s'agrippa à sa tunique de sa main restante et se redressa péniblement.

– Promets-moi, haleta-t-elle. Finis-en en notre nom à tous.

– Je te le promets : si je trouve le moyen de changer notre sort, je le ferai.

La poigne d'Archis se relâcha. Elle retomba en arrière dans les bras de Deina. Sans plus respirer, sans vie. Deina étendit délicatement son corps et abaissa ses paupières. Elle se releva, essuyant ses mains ensanglantées sur sa tunique.

Dans le silence, la voix fêlée, Theron se mit tout doucement à chanter. Une ode ancienne, issue des rites funéraires ; la mélodie emplit Deina d'une immense tristesse. Une larme roula sur sa joue. Qu'il chantât en mémoire d'Archis ou de Critos – qu'elle pleurât les disparus ou sur son propre sort –, Deina ne savait pas très bien.

*

* *

Ils enlevèrent la lance et placèrent la dépouille d'Archis ainsi que son bras tranché sur une pile de fourrures sur l'estrade. Le cadavre d'Aristée fut tiré dans un coin. Les Theodesmioi et les deux Ensorceleurs étaient maintenant réunis autour d'un feu. Hormis Nat qui arpentait la salle, l'air perplexe, en levant les yeux au plafond, tout le monde semblait chercher le réconfort de cette source de chaleur aux flammes dansantes et vives ; ça atténuait le calme sinistre des gardes figés. Comparée aux autres, Deina avait plus de place autour d'elle ; elle pensa que c'était un hasard.

Au moins, pour l'instant, aucun autre domestique d'Aristée n'avait tenté d'entrer. Les portes à chaque extrémité avaient été barrées de l'intérieur ; de toute évidence, le despote avait voulu s'assurer que ses gardes mutiques seraient les seuls témoins de ses premières expérimentations avec le torque.

Tenant délicatement son bras cassé, Thalius se fit manifestement la même remarque.

– Il comptait nous tuer aussi, n'est-ce pas ? Comme ça, personne n'aurait su comment il se l'était procuré ni quel pouvoir il renfermait. Du moins jusqu'au jour où il s'en serait servi contre la population.

Personne ne répondit, et Deina se demanda si comme elle, ils étaient tous en train de se demander ce qu'ils seraient devenus si Aristée était parvenu à tenir ce torque en son pouvoir.

– Tu aurais mieux fait de l'assommer, commenta Theron tandis qu'il garrottait le bras de Dendris tout en surveillant Nat du coin de l'œil. On l'aurait livré aux nobles, aux prêtres et à tous ceux qui soi-disant attendent dehors. Ils l'auraient fait passer en jugement.

– C'est un peu tard pour se soucier de lui, souligna Aster. À notre arrivée ici, notre seul objectif était d'essayer de rester en vie. C'est chose faite.

Il tamponna l'entaille sur son avant-bras en grimaçant.

– Tu devrais sortir revendiquer le trône, Theron. Il est pour toi.

Theron secoua la tête.

– Je n'ai jamais voulu être roi.

Dendris serra sa main.

– Tu n'es pas obligé, du moins pas pour toujours. Mais si le trône de Thèbes reste vacant, tu sais ce qui se passera. Les archontes de toutes les autres cités le brigueront. La guerre éclatera. Une guerre meurtrière et sans fin. Personne ne sera en sécurité.

Continuant de surveiller Nat, Theron ne dit rien.

– Tu devrais aller annoncer aux nobles de Mycènes que tu as vaincu Aristée et que tu prends ta place en tant qu'héritier légitime.

– Mais ce n'est pas moi qui l'ai éliminé.

Pour la première fois, il tourna le regard vers Deina.

– C'est elle.

Subitement gênée, Deina leva une main pour cacher le torque ; sous sa paume, le métal ardent vibra, un peu comme un chat ronronnant.

– Nous avons tous contribué à sa chute. Y compris Archis.

Theron avait une façon de la regarder qui irrita subitement Deina et lui donna des picotements dans le corps.

– Dendris a raison. La couronne t'appartient. Va leur montrer la dépouille d'Aristée et revendique le trône.

– C'est un ordre ? s'enquit calmement Theron.

– Ne dis pas n'importe quoi. Et arrête de me fixer comme ça.

Elle serra ses bras croisés contre elle.

– Ce n'est pas moi qui commande.

Elle désigna du menton le plus jeune des Ensorceleurs.

– Je ne t'ordonnerai jamais de devenir roi, pas plus que je ne dirais à Siderous là-bas : « Tiens, va te jeter dans le feu ! »

Siderous blêmit. Il se leva dans un mouvement saccadé, tendit brusquement les bras devant lui et commença à se pencher vers le feu. Theron l'empoigna pour le faire reculer.

– Que se passe-t-il ?

De son bras valide, Thalius saisit le jeune Ensorceleur par la taille ; mais même à deux, Theron et lui peinaient à l'éloigner des flammes.

– Je n'y suis pour rien, se défendit Deina.

– De toute évidence, si ! cria Theron, les dents serrées. Donc si tu pouvais arrêter…

– Mais…, gémit Deina.

Elle se retourna et tomba nez à nez avec Nat ; il haussa les épaules.

– Bon, Siderous, arrête ! Réveille-toi !

L'Ensorceleur cessa d'un coup de tirer de toutes ses forces vers le feu et son corps se relâcha. Theron, Thalius et lui tombèrent tous les trois à la renverse. Un grognement sourd se fit entendre.

– Qu'est-ce que vous faites, entassés sur moi ? demanda Siderous interloqué.

Il se redressa en se frottant la figure.

– Que s'est-il passé ?

– Je l'ignore, murmura Deina en fixant le feu.

C'était plus facile que de regarder le jeune Theodesmioi. Theron vint s'asseoir près d'elle ; elle sentit sa main se poser sur son épaule.

– Ton œil gauche, Deina. Le marron avec l'anneau doré autour de la pupille.

– Qu'est-ce qu'il a ?

– Il n'est plus marron. L'iris est entièrement doré. Nat, qu'est-ce qui lui arrive ? lança Theron.

Deina jeta un coup d'œil à l'ancien dieu de la Mort dans son dos.

Par pitié, Nat, ne lui parle pas du nectar. Pas maintenant.

Nat l'observa un instant avant de montrer le torque d'un geste.

– Thalius disait vrai. Le torque donne à son porteur le pouvoir de contrôler tous les métaux ensorcelés. Dont les armes, comme l'avait compris Aristée. Mais ça inclut aussi les gardes de fer, à cause de leur armure, et les Theodesmioi, à cause de leur torque.

Il s'accroupit entre Theron et Deina.

– Rappelez-vous l'histoire que je vous ai racontée. C'est ainsi que le roi auquel Héphaïstos a offert ce torque est parvenu à contrôler les Theodesmioi.

– J'avais oublié, répondit Deina en agrippant la main de Theron. Je voulais empêcher Aristée de le récupérer, alors sur le coup je me suis dit que la meilleure chose à faire était encore de le mettre à mon cou. J'ai bêtement oublié.

Ça m'est vraiment sorti de la tête, se répéta-t-elle pour se rassurer. *C'est le torque que je voulais. Pas son pouvoir.*

Elle tira dessus. En réaction, le torque se resserra autour de sa gorge.

– Je ne crois pas que j'arriverai à l'enlever.

Dendris, Aster et les Ensorceleurs l'observaient attentivement.

– Il faut me croire. Je n'ai pas l'intention de vous ordonner quoi que ce soit. Juré.

Au moins, Theron ne lâcha pas sa main.

– Et si tu ne veux pas être roi, rien ne t'y oblige.

Theron soupira, se leva et alla ramasser la couronne qui avait roulé par terre après qu'Archis s'était jetée sur Aristée. Il leva la tresse de feuilles d'or dans ses mains.

– Je ne peux pas croire qu'elle a tué Critos. Même si c'était un accident, je ne suis pas sûr de pouvoir lui pardonner.

Il renifla.

– Critos estimait que je devais tenter le coup, alors je vais l'écouter.

Lentement, il leva la couronne et la plaça sur sa tête.

– De quoi ai-je l'air ?

Un grand sourire sur le visage, l'espace d'un instant, il redevint lui-même : sûr de lui, intrépide, le cœur libéré du passé.

Tout le monde se leva. L'ensemble des Theodesmioi se prosternèrent brièvement devant lui. Même Nat inclina la tête, remarqua Deina.

– C'est la bonne décision, approuva Dendris en le serrant dans ses bras. Et le nouveau pouvoir de Deina nous sera favorable aussi. Elle n'est pas Aristée. Elle s'en servira pour aider le peuple.

Malgré les tremblements dans la voix de son amie qu'elle s'efforça de ne pas relever, Deina rougit, touchée par ces paroles.

– Elle va pouvoir ordonner aux gardes de fer de briser les torques de tous les Theodesmioi ici présents, continua Dendris, comme ils l'ont fait avec nous. Ensuite on n'aura qu'à les envoyer dans d'autres cités.

Enthousiasmée, elle se retourna face à Deina.

– Et de la même manière que tu as délivré les gardes de bronze, tu pourrais libérer les gardes de fer. Une chose est sûre, on doit leur demander s'ils sont prêts à se battre pour Theron, sinon, on ne vaudra pas mieux que lui.

Elle désigna du pouce le cadavre d'Aristée derrière elle.

– Ni mieux que les dieux.

– Évidemment, acquiesça Deina. Je ferai tout mon possible.

Quelqu'un frappa à la porte à l'autre bout de la salle, celle par laquelle ils étaient entrés.

– Tout va bien, Votre Majesté ? s'enquit une voix.

Le temps pressait.

– Par précaution, on ferait bien de se munir de quelques-unes de ces armes ensorcelées, suggéra Aster.

– Bonne idée. Je vais ordonner à un garde de porter la dépouille d'Aristée dehors. De son vivant, il a obligé les gens à se battre en son nom ; j'ai bon espoir que sa mort leur sera indifférente.

Elle s'éloigna un peu et commença à donner ses consignes aux gardes de fer, tâchant d'ignorer la petite voix qui chuchotait dans sa tête.

Délivre les Theodesmioi. Libère les gardes de fer. Mais avant, sers-toi d'eux pour anéantir les dieux…

*

* *

Deina avait vu juste : dès que les gardes humains virent la dépouille de leur ancien roi pendiller sur l'épaule d'un garde de fer et qu'ils comprirent que les créatures de métal obéissaient désormais à quelqu'un d'autre, ils rendirent les armes. Nombreux furent ceux qui supplièrent Deina de les engager à son service. Elle fit savoir à tous que c'était à Theron d'en décider. Quand ils atteignirent le portique du mégaron soutenu par ses grands piliers, le petit groupe s'était mué en procession qui comptait même un des généraux d'Aristée. Une clameur s'éleva de la foule lorsque le corps du tyran lui fut présenté et qu'elle découvrit Theron coiffé de la couronne de Thèbes. Cependant, étant donné qu'Aristée avait exigé que le périmètre soit protégé par d'autres colonnes de gardes – de fer et humains –, personne dans l'enceinte ne s'avisa de tenter de prendre le large. Deina poussa Theron sur le devant de la scène.

– Qu'est-ce que je leur dis ? chuchota-t-il en agitant un bras vers la foule.

Aristée n'avait pas lésiné sur les invitations : la cour était pleine à craquer. D'un côté se tenait un grand nombre de religieux aux tenues bariolées et attifés de coiffes très ornées. Près d'eux se trouvait ce qui semblait être la noblesse de Mycènes, du moins ce qu'il en restait depuis qu'Aristée s'était arrogé la citadelle, dont certains en toges de cérémonie. Le reste de l'assemblée se composait essentiellement des Theodesmioi des Maisons de Zeus, de Poséidon, et tout au fond, d'Hadès. À l'exception des Ensorceleurs – que Deina supposa toujours enfermés dans leur Maison –, Aristée avait convoqué toute personne de haut rang ou possédant une fonction officielle au sein de la cité pour assister à l'exécution du jeune prince de Thèbes et de ses amis.

– Raconte tout. Dis-leur qui tu es, d'où nous venons, les épreuves que nous avons surmontées. Les atrocités qu'a commises Aristée. Dis aux Theodesmioi que tu vas les affranchir.

Elle donna l'ordre aux gardes de fer de briser les torques des Theodesmioi dès que Theron le leur demanderait. Quand il commença à s'adresser à la foule, elle s'éclipsa à l'arrière du portique où Nat se tenait en retrait.

– Pourquoi mon œil a-t-il changé ? chuchota-t-elle en tirant sur son torque, qui se resserra de nouveau. Et pourquoi est-ce que je n'arrive pas à le retirer ?

Nat baissa les yeux vers elle.

– Veux-tu vraiment le retirer ?

Deina ne répondit pas. Elle essaya de s'imaginer le remettre à quelqu'un d'autre, Nat ou Theron. Ou bien le briser à nouveau en fragments. Ou aller voir Héphaïstos pour lui demander de le détruire pour de bon. Partagée entre peur et colère, elle se refusa à chacune de ces éventualités.

Prenant conscience qu'elle tenait fermement le torque, elle s'obligea à le lâcher.

– C'est à cause du nectar, n'est-ce pas ?

Question rhétorique. Au fond, elle savait ; elle avait compris dès qu'elle avait passé ce torque à son cou. Ce métal ensorcelé forgé par le dieu du Feu avait achevé sa transformation de mortelle en divinité. Une partie d'elle-même l'avait désiré. Partie qu'elle redoutait depuis encore plus longtemps.

– J'ai peur, Nat.

Il lui prit les mains. Sa peau était chaude à présent.

Des éclats de voix euphoriques s'élevèrent dans la cour : les premiers Theodesmioi venaient d'être délivrés de leurs torques.

– Il ne faut pas avoir peur. À la longue, tu t'habitueras à tout ça. Ton pouvoir a déjà permis d'éliminer Aristée.

Tu seras peut-être en mesure d'empêcher les Theodesmioi de devenir des chasseurs de sang.

Il la contempla. Son regard était empreint de compassion.

– Si tel est réellement ton souhait.

Détruis Hadès. Prends son trône. Revendique l'Olympe.

Toujours cette voix qu'elle entendait depuis qu'elle s'était évadée avec Nat de son cachot infernal. Était-ce la sienne ou celle du torque ? Il n'y avait peut-être plus de différence. Étant donné son ascendance, depuis le début, elle ne savait peut-être même plus ce qu'elle voulait.

Ils restèrent ensemble un moment à regarder les gardes de fer à l'œuvre.

– Je dois t'avouer autre chose, reprit Nat. Les morts ne rejoignent plus l'au-delà.

– Je ne comprends pas ?

– Trop de fantômes s'attardent ici. Celui d'Archis errait encore dans la salle où elle a été tuée. Cet endroit grouille des âmes de ceux qu'Aristée a massacrés. Tu ne perçois pas leur présence ?

Deina balaya la cour du regard. Le jour déclina momentanément et une multitude de spectres hagards semblèrent englober les Theodesmioi à l'écoute. Elle cligna des yeux et la scène revint à la normale.

– Pourquoi ?

– À cause d'Hadès. Elle a beau m'avoir volé mes pouvoirs, elle ne sait pas s'en servir.

Il afficha soudain un grand sourire.

– Je l'avais prévenue qu'elle ne s'en sortirait pas sans moi. C'est parfait. L'équilibre des royaumes va être rompu. Zeus et Poséidon ne tarderont pas à l'accuser, surtout quand ils apprendront que les anciens dieux s'opposent à mon éviction. Zeus me rendra mes pouvoirs. Voire plus.

– Vraiment ? Tu crois qu'il te soutiendra quand il découvrira que tu m'as aidée ? objecta Deina.

Le sourire de Nat s'effaça.

– Si c'était à refaire, je n'hésiterais pas, Deina. Pour la première fois depuis un temps immémorial, tu m'as donné une raison d'exister.

Il glissa un bras sur ses épaules et la serra contre lui en déposant un baiser sur son front. L'enthousiasme de la foule dans la cour s'amplifiait, rappelant à Deina les jours de festivités à Iolcos. Les gardes de fer s'activaient.

– Tu ne pourras plus cacher longtemps ce que tu es, Deina, murmura Nat. Les marques sur ta peau s'estompent.

Deina jeta un coup d'œil aux sceaux rituels qui serpentaient sur sa clavicule et sous sa tunique.

– Je vais leur dire. C'est juste que… Tu as bien vu comment ils m'ont regardée tout à l'heure, quand j'ai involontairement ordonné à ce pauvre Siderous de se jeter dans le feu. Ça les a effrayés. Même Dendris, malgré le discours qu'elle a tenu. Je leur fais peur.

– Les dieux inspirent la crainte. Et à juste titre. Nous sommes capricieux, revanchards, égoïstes. Les pires d'entre nous sont comme des gamins à qui on a donné, du jour au lendemain, pouvoir de vie ou de mort, et qui n'ont rien dans la tête à part leur propre plaisir ; ils nuisent aux humains parce qu'ils le peuvent. Il se peut que tu n'aies aucun moyen de dissiper les craintes de tes amis. Tu as changé. Il faut s'attendre à ce qu'ils changent de regard aussi.

Ils se turent. Étrangement, alors que la journée débutait à peine, le ciel s'obscurcissait. Deina observa les nuages qui s'amoncelaient.

Capricieux, revanchards, égoïstes. Tel était le portrait que Nat dressait des dieux, et il était bien placé pour les connaître. Archis avait tort. Les mortels n'avaient pas les dieux qu'ils méritaient. Ils valaient beaucoup mieux.

Deina comprit qu'elle *pouvait* leur offrir mieux. Exultant, elle ne put réprimer un large sourire. Ce pourrait être son objectif, le sens à donner à sa soif de pouvoir, un sens que Theron et les autres comprendraient. Quand ils verraient qu'elle utilisait ses nouveaux dons dans leur intérêt, ils ne lui reprocheraient pas de s'être emparée du torque ou d'avoir bu le nectar. Deina se mit à faire les cent pas, rassemblant ses idées et planifiant son action.

Elle dépouillerait les dieux – tous autant qu'ils étaient, pas seulement Hadès. Si besoin, elle les condamnerait au Tartare. Et elle jurerait de ne jamais utiliser ses facultés contre les mortels. Deina opina. Si elle accomplissait cet exploit, ses amis seraient heureux. Ils ne lui reprocheraient pas ses décisions, car ils seraient libres pour de bon. Ce serait son cadeau pour eux. Ainsi, ils ne se méfieraient plus d'elle. Mais pour réussir, elle aurait besoin de la force de tous les Theodesmioi réunis.

Je les délivrerai de leurs torques. Mais pas tout de suite.

Les gardes de fer avaient brisé les torques de presque la moitié des Theodesmioi présents dans la cour.

– Il faut que j'arrête ça. J'ai une meilleure idée. Je vais…

Elle s'interrompit en sentant les poils de ses bras se dresser et sa nuque se raidir. Près d'elle, Nat se figea.

– Que se passe-t-il, Nat ?

– Oh là, là, c'est mauvais signe. Ils arrivent.

Il sembla aussi affolé que le jour où elle était subitement apparue avec Theron dans les Enfers.

– Qui arrive ? réclama Deina. Hadès ?

Nat secoua la tête.

– Je ne sais pas trop… Mais ses frères, c'est certain.

Brusquement, il tendit le bras en montrant le mur qui délimitait la cour tout au fond.

– Là-bas, regarde.

Debout au sommet du mur, deux silhouettes avaient émergé. Malgré leur apparence humaine, elles étaient immenses, largement plus grandes que n'importe quel mortel. Deina reconnut Poséidon : même dans ce contexte, son attention semblait partagée entre surveiller la foule et admirer ses muscles. Zeus était le même qu'à l'Olympe, à la différence que cette fois, il ne souriait pas. Deina se raidit. Mais elle fut bien la seule.

– Pourquoi sommes-nous les seuls à les voir ?

– Un dieu peut se montrer ou pas, c'est lui qui décide.

Il pesta.

– Zeus n'a pas l'air de très bonne humeur.

Un foudre apparut dans la main du maître céleste. Deina tira Nat en avant en direction de Theron et de leurs amis.

– Attention, Theron !

Il ne réagit pas. Il en fut empêché. Deina n'avait pas eu le temps d'arriver jusqu'à lui que les Theodesmioi, les nobles et les prêtres, les gardes de fer comme les humains, tous les mortels présents dans la cour, avaient été pétrifiés sur place. Réduites à des proportions plus normales, les deux divinités apparurent face à elle. Avant même que Deina n'envisage de viser l'un d'eux, Zeus s'adressa à elle :

– Quelle créature es-tu ?

Il n'éleva pas la voix, mais sa question gronda comme une tempête dans l'esprit de Deina. Et sous son regard argenté et limpide, rivé au sien, ses jambes semblèrent ramollir.

– Je m'appelle Deina.

Elle dut se faire violence pour répondre.

Zeus laissa échapper un son qui s'apparentait à un rire.

– Je ne t'ai pas demandé ton nom.

D'un geste, il désigna Thanatos.

– Nous avons là une créature qui était jadis un dieu. Alors je te le redemande : toi, qui es-tu ?

Deina resserra sa poigne sur les armes qu'elle avait empruntées.

– Je suis une Dissociante de l'ordre d'Hadès.

Elle leva le menton.

– Une voleuse. Une femme. La fille d'Hadès. Cette description vous suffit-elle ?

– La fille d'Hadès ?

Une pointe de soupçon transparut dans la voix de Zeus, que ce dernier s'empressa d'effacer.

– Est-ce la raison pour laquelle tu oses revendiquer ce qui ne t'appartient pas ?

Il s'esclaffa en voyant Deina porter une main protectrice devant le torque à trois brins.

– De quel droit oses-tu menacer l'ordre établi en brisant les torques de mes Theodesmioi ?

– Et des miens, ajouta Poséidon, resté jusque-là silencieux. Ainsi que ceux d'Hadès.

Le dieu de la Mer donna un coup de coude à son frère.

– Que fabrique Hadès, d'ailleurs ? Pourquoi n'est-il pas ici ?

– Hadès est en proie à quelques difficultés, interrompit Nat. Votre frère m'a usurpé mes pouvoirs, mais à l'évidence, il ne sait pas du tout s'en servir. Les morts sont coincés ici. Regardez autour de vous.

Zeus et Poséidon portèrent un instant leur attention sur la cour.

– Oh ! s'exaspéra Zeus. Ça grouille de fantômes. Qu'as-tu fait, Thanatos ?

– Je n'y suis pour rien, je le jure. Tout est la faute d'Hadès.

– Bon, nous réglerons ce problème sous peu. Mais d'abord, je vais reprendre ce torque. Ces créatures…

Poussant d'un ongle l'armure d'un garde de fer figé, il le fit basculer.

– Ne t'obéiront plus.

Il se jeta sur Deina. Elle s'accroupit vivement et brandit son épée et sa lance en visant le torse de Zeus. Le dieu marqua un temps d'arrêt.

– Deina, murmura Nat, tu vas nous faire griller vifs…

Zeus sourit.

– Crois-tu vraiment pouvoir contrecarrer ma volonté à l'aide d'une arme forgée par l'homme ?

– Ces armes ont été forgées par Héphaïstos, riposta Deina. Et à mon avis, vous le savez très bien, sinon vous n'hésiteriez pas.

– Je n'hésite jamais, répliqua Zeus. Il suffit que je t'effleure avec mon foudre pour que tu sois carbonisée.

Et pourtant, il n'en avait encore rien fait. Une bribe de souvenir que Nat leur avait raconté refit surface : Zeus ordonnant au dieu de la Mort d'ôter la vie au roi auquel Héphaïstos avait offert le torque. Deina s'interrogea. Zeus estimait sans doute cette vile besogne indigne de son rang, mais la vérité était peut-être tout autre. Il n'avait pas tué le roi de crainte d'endommager le torque. Même à cet instant, elle devinait la convoitise dans ses yeux rivés sur le précieux objet.

– Avant de t'anéantir, j'aimerais connaître tes motivations, reprit Zeus en désignant les Theodesmioi. Qu'espères-tu accomplir en libérant ces mortels ?

– Je veux qu'ils soient libres de vivre cette vie, même si leur sort dans l'au-delà est inévitable.

– Quel sort ? s'étonna Zeus.

– Les chasseurs de sang, expliqua Nat. On a promis l'Élysée à ces Theodesmioi en récompense de leur dévouement, mais en réalité…

– Oh, c'est vrai. J'avais oublié.

Il sourit froidement.

– Quel gâchis ! La destruction de leurs torques les libérera de l'autorité de leurs Maisons, mais tant qu'ils seront marqués par nos sigils, ils n'échapperont jamais à l'emprise de leurs dieux.

Zeus claqua des doigts. Les Theodesmioi et toutes les personnes qui se trouvaient dans la cour se remirent en mouvement comme s'il ne s'était rien passé. Mais cette fois, les dieux s'étaient montrés. La panique se répandit comme une traînée de poudre parmi les mortels.

Theron se retourna vers elle.

– Que se passe-t-il, Deina ?

Elle n'eut pas le temps de répondre que Zeus fit de nouveau claquer ses doigts. Tous les nobles et les prêtres qui composaient la foule avaient disparu. Quant aux Theodesmioi de Zeus, étrangement blêmes, ils se tenaient campés sur leurs jambes, face au portique, prêts à frapper.

Du moins, ceux qui étaient débarrassés de leur torque.

Poséidon frappa le sol de son trident et la même chose se produisit. Les Chantemers sans torque semblèrent dépouillés de toute émotion et de toute conscience, comme s'ils étaient devenus de simples vecteurs de la volonté divine. Deina fut bien contente qu'Hadès ne soit pas là. Elle n'aurait pas supporté de voir Theron, Aster et Dendris subjugués de la sorte.

Les autres Theodesmioi tentaient de réveiller leurs camarades en les interpellant et en les secouant. En vain.

– Que se passe-t-il, mon frère ? questionna Poséidon, l'air inquiet.

– C'est le torque d'Héphaïstos, grogna Zeus. Il interfère avec notre influence sur ceux qui portent encore son bronze ensorcelé. Aucune importance.

Poséidon et lui prirent de l'envergure.

– Theodesmioi et vous autres ici présents, tonna-t-il, inclinez-vous, sinon, j'ordonnerai à vos camarades sous notre emprise de vous attaquer et vous serez abattus comme du bétail. Prosternez-vous devant vos dieux.

Contraints par leur torque, certains Theodesmioi commencèrent à poser un genou à terre.

– Non, s'écria Deina, résistez. Nous devons détruire les dieux de l'Olympe, sinon nous ne serons jamais libres !

D'autres Theodesmioi capitulèrent. Zeus ricana.

– Toi.

Avec la pointe ardente de son foudre, il toucha un Duelliste livide à proximité.

– Apporte-moi la tête de cette insolente.

20

Un mur de feu silencieux s'éleva, encerclant Deina et le Duelliste, les piégeant à l'intérieur et empêchant quiconque d'approcher. Deina entendait les cris de Theron, mais elle s'efforça de les ignorer pour mieux se concentrer sur sa défense. Le Duelliste lui tournait autour, lance armée. Il fit un brusque mouvement en avant. Deina trancha la hampe en bois de sa lance. Le Duelliste jeta l'arme cassée et saisit sa hache en pivotant pour lancer une nouvelle attaque.

– Réveille-toi ! cria Deina en lui assénant un coup dans les jambes qui lui fit perdre l'équilibre. Il se sert de toi !

Le sigil de Zeus sur le front du Duelliste rutilait. Deina se retourna sur elle-même et, de la pointe de son épée, elle entailla le symbole. La peau autour s'ouvrit et saigna, mais le sigil sembla insensible à sa lame. Et le Duelliste se jeta à nouveau sur elle, inattentif au sang qui ruisselait sur son visage.

– Je t'en prie, arrête ! Je ne veux pas te faire de mal !

Il ne releva pas. Il recula son bras droit, prêt à abattre sa hache sur la tête de Deina. Elle pivota sur elle-même et rabattit son épée sur son poignet. La lame ensorcelée fractura l'os aussi facilement qu'une rame fendant l'eau. Pourtant l'homme ne poussa même pas un cri. Il se contenta de se pencher pour ramasser la hache de sa main gauche, secoua son poing blessé et se prépara pour un nouvel assaut. Atterrée, Deina hésita. Trop longtemps : alors même qu'elle s'écartait d'un bond, le taillant de la hache lui sectionna le lobe de l'oreille. La douleur se mêla à la rage et elle hurla une sommation en virevoltant pour esquiver les oscillations de la hache, avant de finalement transpercer le thorax du Duelliste d'un coup d'épée. Il fut secoué par un spasme et s'immobilisa. Deina retira son épée et laissa le corps s'écrouler par terre. Les flammes qui les encerclaient s'éteignirent. Zeus poussa un cri perçant de fureur.

Theron accourut tandis que les Theodesmioi sous l'emprise des dieux brandissaient leurs armes et se mettaient en marche vers eux. D'autres Theodesmioi se ruèrent vers les portes, ceux qui étaient déjà à genoux demandèrent grâce. Seul un petit nombre semblait prêt à tenir bon.

– Viens, pressa Theron, sauvons-nous tant qu'on peut. Ordonne aux gardes de fer d'ouvrir les portes !

Deina dégagea son bras d'un coup sec.

– Comment veux-tu qu'on s'échappe ? Tous ceux ici qui ont encore un torque sont prisonniers de cette ville. On ne pourra pas s'échapper. Tant que les dieux existeront, nous serons coincés.

Deina se retourna vers Aster et Dendris.

– On doit riposter. Et les détruire. Sinon, ça n'en finira jamais.

Elle pointa du doigt un des Theodesmioi agenouillés dans la crasse. Un Chantemer novice à en juger par sa tenue, à peine un adolescent.

– Toi, lève-toi et dégaine tes armes. Prépare-toi à te battre.

La réaction du Chantemer fut identique à celle de Siderous. Il devint aussi blême que les Theodesmioi contrôlés par les dieux. Il se releva et leva son épée et sa lance.

– Vous tous, cria Deina, Theodesmioi et gardes de fer, écoutez-moi ! Levez-vous. Soyez prêts à vous battre !

Tous les gardes de fer et les Theodesmioi qui portaient encore un torque s'exécutèrent, tous sans exception. Ceux qui étaient à genoux se relevèrent. Ceux qui fuyaient s'arrêtèrent et se retournèrent face aux Theodesmioi possédés qui s'avançaient vers eux. Une fièvre dévorante envahit Deina. Elle sentait son pouvoir décupler. Il ondulait sous sa peau, l'enveloppait, la caressait. Elle brandit son épée et la pointa sur les dieux qui la dévisageaient.

– Je ne me mettrai pas à genoux devant vous. Ni moi ni aucun d'entre nous.

Le foudre dans la main de Zeus brilla d'un éclat de plus en plus aveuglant jusqu'à ce qu'un coup de tonnerre ébranle la citadelle et soulève un nuage de poussière tourbillonnant : les deux divinités se volatilisèrent.

– Qu'est-ce que… que s'est-il passé ? bredouilla Dendris en parcourant du regard l'enceinte du mégaron. Ils sont partis ? On a gagné ?

Deina savait pertinemment que non. Les Theodesmioi sous l'emprise des dieux s'étaient arrêtés et avaient baissé les armes, mais ils étaient aussi immobiles et absents qu'avant.

– Ils vont revenir, avertit Nat. Ils sont simplement partis chercher des renforts. Ainsi qu'Hadès.

Il sourit d'un air sombre.

– Sur ce point, ce sera peut-être plus délicat qu'ils imaginent. Mon entrevue avec les anciens dieux à laquelle Hypnos m'a accompagné fut très fructueuse. Hadès…

Il se tut en contemplant tristement ses bras.

– Hadès va découvrir à ses dépens qu'ils sont plus puissants qu'elle ne croit.

– Ne t'en fais pas, assura Deina pour le dérider. Mon plan va marcher. Je vais détruire les dieux, tuer Hadès et te rendre tes pouvoirs.

Elle repensa brièvement à ce jour où elle était assise avec Chryse devant le temple de Poséidon à Iolcos.

Si les dieux pouvaient mourir, je les traquerais un à un pour les égorger, et tout ça avec le sourire.

Elle gloussa et se retourna pour faire part de son excitation à ses amis, persuadée qu'ils se réjouissaient autant qu'elle.

Mais aucun ne souriait.

Theron avait l'air… frappé d'horreur. C'est la seule description qui lui vint à l'esprit. Il fixait les rangs de Theodesmioi mutiques avec et sans torque qui se faisaient face en attendant de recevoir l'ordre de tuer. Les seuls Theodesmioi qui n'étaient pas touchés par la situation, les Dissociants dont les gardes de fer avaient déjà brisé les torques, commencèrent à se regrouper autour de Deina et ses camarades.

Theron s'agenouilla auprès du jeune Duelliste mort.

– Qu'est-ce que tu fais, Deina ?

– Je les libère, tiens !

– Qui vas-tu libérer ? demanda doucement Aster. Si cette confrontation se poursuit, tout le monde à part nous – il engloba d'un geste les Dissociants qui les regardaient – trouvera la mort. Si Hadès se pointe, nous mourrons aussi. Libère les Theodesmioi que tu contrôles. Laisse-les partir. Il n'y a aucune honte à admettre que tu as commis une erreur.

Une *erreur* ?

– Non, vous ne comprenez pas. Je crois qu'il existe un moyen d'utiliser les Theodesmioi pour affaiblir irrémédiablement les dieux. Je ne sais pas encore de quelle façon au juste, mais…

– Les utiliser ?

Theron leva à moitié une main vers elle.

– Nous sommes des êtres humains, Deina, pas des armes. Si tu traites les gens comme des choses, en quoi es-tu différente d'Aristée ? Ou même des dieux ?

Deina sentait son sang-froid l'abandonner. Pourquoi ne parvenaient-ils pas à comprendre ?

Aster secoua la tête.

– Que t'est-il arrivé, Deina ? Je sais bien que tu es une demi-déesse, que tu es plus solide que nous tous. Mais ça ?

Il désigna d'un geste impuissant les Theodesmioi sous son contrôle.

– Tu es mon amie, du moins tu l'étais. Je pensais te connaître. Tu vaux mieux que ça.

Le torque à trois brins autour de son cou vibra comme un battement de cœur. Deina déglutit. Était-ce la colère qui l'étranglait, ou le chagrin ?

– Comment peux-tu dire ça ? Tu te permets de me juger alors que tu étais prêt à tuer Theron parce qu'Orphée te l'avait ordonné.

– Tu es injuste, Deina.

Connaissant Dendris, le ton qu'elle employa se voulait apaisant.

– Tu sais bien que…

Son regard scrutateur dévia du visage de Deina à son cou.

– Qu'est-ce que c'est que ça ?

Elle effleura la gorge de Deina. Le bout de ses doigts fut alors maculé d'une substance scintillante.

– Que t'arrive-t-il ? Pourquoi saignes-tu de l'or et non plus du sang ?

Elle releva les yeux vers Deina.

– C'est de l'ichor, n'est-ce pas ? Oh bon sang, Deina, que t'es-tu infligée ?

– Rien. Je n'ai fait que m'acharner à tenter de vous sauver. Vous et tous les autres.

Comment pouvaient-ils la traiter ainsi ? Deina brûlait de les secouer, de les forcer à voir les choses sous son angle. Elle recula, cherchant des paroles blessantes qui leur feraient autant de mal qu'ils lui en faisaient.

– Je comprends ce qui se passe. Vous êtes tous effrayés. Theron redoute de devenir roi. Aster craint la colère des dieux. Quant à toi, Dendris…

Elle la foudroya du regard sans tenir compte de l'expression sidérée sur son beau visage.

– Tu as peur que Theron me préfère finalement à toi.

Aster jura en rougissant furieusement.

– Laisse-la tranquille.

Il fit signe aux autres.

– Allons-nous-en. Elle n'est plus des nôtres. Si elle veut se battre, elle n'a qu'à se débrouiller toute seule.

– Attendez… ce n'est pas la faute de Deina. C'est ce torque.

Theron, qui tenait toujours son épée, se rapprocha lentement d'elle. Il en appela à Nat.

– Fais quelque chose. Retire-lui ce machin.

– Je ne peux pas, Theron. Je n'ai plus aucun pouvoir, tu le sais. Et même si c'était dans mes cordes, ça ne changerait rien.

Ses yeux bleus soutinrent un instant le regard de Deina.

– Elle a bu du nectar dans les Enfers. Même sans ce torque, elle serait quand même une immortelle.

Le mot resta en suspens entre eux cinq, aussi invisible qu'un poison, mais tout aussi dévastateur.

– Au fond de moi, je m'en doutais, murmura finalement Theron. Je savais que quelque chose avait changé avant notre arrivée à Thèbes. Mais tu clamais sans cesse ta haine des dieux. Tu répétais que tu préférerais mourir plutôt que devenir l'une d'eux.

La tristesse dans ses yeux fit frémir Deina. C'était injuste – elle ne méritait pas tous ces reproches. Toutes les décisions qu'elle avait prises, elle les avait prises dans leur intérêt et le sien. Sans elle, que seraient-ils devenus, hein ? Elle aurait très bien pu suivre Nat la toute première fois où il le lui a proposé. Elle serait partie avec lui et les aurait tous laissés s'égarer dans les Enfers.

– Que voulais-tu que je fasse, Theron ? Je n'avais pas le choix. Tu ne pouvais rien pour moi – tu n'étais même pas foutu de sauver ta propre peau !

Theron eut un mouvement de recul devant la violence de sa colère, mais Deina n'en tint pas compte.

– J'étais obligée de boire le nectar. C'était le seul moyen pour moi de me débarrasser des graines et de m'échapper des Enfers, et j'estimais que si je voulais utiliser le torque, je devais…

– Alors il ne s'agissait que de ça depuis le début : le torque ?

Dendris agrippa sa hache à deux mains, défiant Deina.

– C'est pour ça qu'après le premier fragment, tu as insisté pour qu'on poursuive cette quête. Neutraliser Aristée ne te suffisait pas.

Elle parcourut Deina d'un regard dédaigneux.

– Tu avais soif de pouvoir. Tu voulais dominer à tout prix, quel que soit le nombre de victimes sacrifiées en chemin.

Nat frissonna.

– Ils seront bientôt là… Zeus et les autres. Je le sens. On n'a plus le temps pour ces débats.

– Theron, siffla Aster en attrapant Dendris par le bras pour l'éloigner. Allons-y.

– Non.

Il se rapprocha encore un peu de Deina.

– Je ne t'abandonnerai jamais, Deina. Je te l'ai assez répété. Je t'en supplie, libère-les.

Il lui montra tous les Theodesmioi soumis à son influence.

– J'ai toujours foi en toi. On trouvera ensemble un autre moyen de combattre et de renverser les dieux. Reviens-nous, par pitié.

Ses pensées en ébullition, Deina se surprit à agripper de nouveau le torque et caresser ses trois brins ainsi que les mystérieux symboles gravés dans le métal. Se pouvait-il que Theron ait raison ? Une fois de plus, elle essaya de s'imaginer arrachant le torque à son cou. Le briser en morceaux. À l'idée de le perdre, une douleur fulgurante lui transperça la poitrine au point de la faire chanceler. Non, elle ne pouvait pas y renoncer. Pas question ! Elle avait besoin de ce torque. Il lui était indispensable pour affûter son pouvoir et lui donner une force hors du commun. Une force qui réunirait celles des trois royaumes. Elle la sentait se déployer en elle, prête à s'épanouir et lui obéir. Deina laissa l'épée ensorcelée lui glisser de la main. Elle savait qu'elle n'en aurait désormais plus besoin.

Theron relâcha les épaules.

– Voilà, c'est bien.

Il se rapprocha un peu plus.

– Maintenant, ordonne aux Theodesmioi de rendre les armes aussi, Deina. Je t'en prie.

Deina jeta un coup d'œil derrière lui, au groupe de Dissociants affranchis. Ils étaient tous armés. Certains étaient en position de combat, prêts à l'attaquer. À se jeter sur *elle*, alors que c'était elle qui avait ordonné aux gardes de fer de briser leurs fers. Mais au lieu de se montrer reconnaissants, ils la dévisageaient comme un monstre. La force qui ruisselait en elle lui donna des démangeaisons dans les paumes. Elle ne pouvait se fier à personne. Pas même à ceux qu'elle comptait jadis parmi ses amis. Aster, lance en main, et Dendris avec sa hache, étaient dans le camp de Theron, pas le sien…

Theron, qui portait sur la tête la couronne de Thèbes.

Le soupçon embruma son esprit et faussa toutes ses pensées. Theron l'aimait. Il mentait. Il voulait la protéger. Et s'approprier les Theodesmioi et le torque.

– Non, tu ne l'auras pas, refusa Deina en s'écartant de lui. Ni le torque ni les Theodesmioi. Je n'y arriverai pas sans eux. Il y aura des pertes, Theron. C'est inévitable. Les dieux doivent être détruits !

– Des *pertes* ? répéta-t-il, sidéré. Mais tu t'entends, Deina ? C'est vraiment ce que tu veux ? Détruire les dieux pour régner à leur place ? Devenir reine de l'Olympe pendant que les survivants parmi nous porteront ton sigil et sacrifieront leur vie en ton nom ?

Il relâcha la tête un instant en se couvrant la figure d'une main. Lorsqu'il la regarda de nouveau, Deina lut dans ses yeux une détermination nouvelle.

– Je t'aime, Deina.

Sa voix chevrota en prononçant son nom.

– Du moins, j'aimais la personne que tu étais. Je crois qu'elle n'existe plus. Mais par amour pour elle, je ne peux pas te laisser faire ça.

Il reprit plus fermement son épée et s'avança à grands pas vers elle.

Non. Il était dangereux. Elle ne devait pas le laisser s'approcher.

– Reste où tu es !

Ses mots s'imposèrent avec force. Theron poussa un cri et recula en chancelant, le nez en sang comme s'il s'était pris un mur. Dendris cria d'effroi ; avec Aster, ils accoururent et tentèrent d'éloigner Theron tandis que les autres Dissociants prenaient la fuite ou attaquaient Deina. Leurs lances échouèrent à terre avant même de l'atteindre.

D'une secousse, Theron repoussa Aster et Dendris, et tenta encore de convaincre Deina.

– Abandonne, Theron, lança Nat. Tu n'y arriveras pas !

Il tendit la main.

Lui aussi convoitait le torque ?

– Allez, viens, Deina. Laisse ces Theodesmioi, laisse tous les mortels et allons-nous-en d'ici.

Deina fit la sourde oreille. Theron aussi. Courbé à l'image d'un homme se frayant un chemin au milieu d'une tempête, il fit un pas vers elle. Puis un autre.

– Arrête, Theron. N'approche pas !

Elle voyait bien l'effort que ça lui demandait de s'opposer à sa volonté. Le moindre mouvement lui arrachait un grognement.

– N'approche pas plus, je t'avertis !

Mais Theron s'entêta. Et il avait toujours son épée à la main. Il allait essayer de la tuer pour ensuite s'emparer du torque. L'angoisse et la fureur montèrent, engouffrant tout autre élan, jusqu'à ce que Deina craque sous la pression. Elle poussa un cri perçant en tendant brusquement le bras devant elle.

– Je t'ai dit de ne pas m'approcher !

Des flammes noires crépitantes et glaciales jaillirent de sa paume. Theron hurla.

Aussi rapidement qu'il était apparu, le feu s'évanouit en ne laissant qu'une odeur de cendre dans son sillage. La colère de Deina se dissipa pour laisser place au regret.

– Pardon… je ne voulais pas…

Theron ne la regardait pas. Plié en deux, il se tenait le ventre en suffoquant de douleur. Le sang se mit à éclabousser le sol à ses pieds.

L'effroi transit Deina. Qu'avait-elle fait ?

– Laisse-moi t'aider, Theron.

Elle s'obligea à s'avancer vers lui, mais il tenta de reculer, et ce faisant, elle vit que son abdomen était entièrement déchiqueté et sa chair carbonisée. Il tenait ses entrailles dans ses doigts ensanglantés. Deina plaqua une main sur sa bouche pour étouffer un cri. Theron fut pris de violentes convulsions et s'écroula. Nat le rattrapa dans ses bras.

Deina fit un pas en avant. Et s'arrêta, de crainte d'aggraver les choses.

– Je ne voulais pas lui faire de mal. Seulement l'arrêter. C'est tout.

Nat étendit délicatement Theron par terre. Aster et Dendris s'empressèrent de s'agenouiller auprès de lui. Les yeux de Theron étaient vitreux. Sa respiration saccadée et rauque. Un filet de sang s'écoula du coin de sa bouche.

– Ne peux-tu rien faire ? implora Aster, les yeux embués de larmes. Je t'en supplie, Nat.

Ce dernier secoua la tête.

– Ce n'est pas en mon pouvoir. Ça ne l'a jamais été : n'oublie pas que j'étais le dieu de la Mort.

– Non ! Non ! Il y a forcément une solution, paniqua Deina en s'approchant autant qu'elle osa. Il ne peut pas mourir.

Elle saisit le torque à son cou à deux mains.

– Je t'interdis de mourir.

Ses injonctions n'y changèrent rien ; la respiration de Theron devenait de plus en plus laborieuse.

– Il n'est pas fait de métal ensorcelé, souligna Nat. Tu ne pourras pas le sauver.

Deina suffoqua.

– L'armure… l'armure de fer qu'Aristée me réservait. On n'a qu'à la lui enfiler pour le maintenir en vie…

Aster se redressa en lui barrant le passage.

– Tu serais prête à le torturer en le condamnant à un tel sort ? Laisse-le partir, Deina. C'est trop tard. Tu l'as tué.

Dendris sanglotait.

Deina pressa ses paumes contre ses paupières. Pas une larme. Les dieux ne savaient sans doute pas pleurer.

N'oublie pas qui tu es, Dissociante...

Quelqu'un lui avait dit ça un jour. Elle avait oublié qui, mais aucune importance. La seule chose qui comptait, c'était que Theron ne meure pas. Pas aujourd'hui, et encore moins par sa faute.

Elle passa devant Aster en le bousculant, enfonça les doigts dans la mare de sang sous le corps de Theron et s'en servit pour marquer son front et le sien en étalant le liquide visqueux sur leurs sigils.

– Qu'est-ce que tu fais ? paniqua Dendris. Ne lui as-tu pas fait assez de mal comme ça ? Laisse-le tranquille.

Elle s'agrippa à la main de Theron.

– Tu ne le sauveras pas.

– Si, insista Deina en s'adressant surtout à elle-même. Je vais le sauver.

Elle entonna le chant destiné à invoquer la Lisière. Elle devait à tout prix empêcher Theron de mourir et protéger Aster et Dendris, Nat et tous les Theodesmioi. Elle devait les protéger contre Zeus et Poséidon, et aussi contre elle-même.

– Ne fais pas ça, Deina.

La voix de Nat était grave et pressante.

– Je ne pourrai pas t'accompagner là-bas. Plus maintenant. Tu seras seule.

Justement, c'était le but. Elle balaya la cour du regard et vit les Theodesmioi figés, prêts à s'entretuer. Les Dissociants terrifiés. Non pas par les dieux, mais par elle. Il fallait qu'elle s'isole pour toujours dans le seul endroit où personne ne pourrait la retrouver.

Theron laissa entendre un long gémissement. Ses yeux se révulsèrent.

Le temps pressait, Deina bafouilla les derniers vers du chant et adjura intérieurement la Lisière d'apparaître. Le froid la gagna peu à peu. Soulevant Theron dans ses bras, elle colla son front au sien, ferma les yeux et laissa l'obscurité les emporter.

*
* *

Elle reconnut la douce mélodie – un des morceaux mélancoliques que Theron avait composés, pensa-t-elle, ou du moins un air très ressemblant. Deina releva la tête et parcourut des yeux les alentours en cherchant la source de ce bruit. Elle ne savait pas du tout depuis combien de temps elle était ici avec Theron. Et elle n'arrivait toujours pas à déterminer si ce qu'elle entendait était vraiment de la musique ou le simple bruissement du vent entre les arbres. Non que ce fût très important. Elle changea une nouvelle fois de position. La tête de Theron était posée sur ses genoux. Sous cet angle, elle aurait presque pu prétendre qu'il était assoupi ; somnolent dans la chaleur d'un après-midi d'été avant de rentrer ensemble à la Maison. Elle tenait toujours son fil de vie de la main droite. Elle ne l'avait pas coupé, donc il n'était pas mort. Il était coincé entre la vie et la mort, mais pas mort.

Pas mort. Elle avait au moins évité ça.

Serait-ce plus sûr d'attacher le fil de vie ? Deina l'examina un instant, puis l'enroula fermement autour de son poignet. Se penchant plus bas, elle embrassa Theron sur le front. La mélodie légère résonna de nouveau à son oreille. Malgré la tristesse de ses notes, ça la fit sourire un peu. Entre ses gros rochers érodés, son herbe rabougrie, ses oliviers tordus par le vent et ce parfum diffus du thym, cette Lisière où elle les avait confinés ressemblait beaucoup à un coin perché à flanc de colline en amont de la Maison de Iolcos. Theron lui avait raconté un jour qu'il grimpait souvent là-haut pour travailler son chant. La musique avait occupé une place très importante dans sa vie. Pourquoi ne ferait-elle pas aussi partie du décor de cette Lisière qu'elle avait créée à l'aide de ses souvenirs et de son sang ?

Ici, le temps n'existait pas. Néanmoins, Deina avait le sentiment que Theron, elle, et tout ce qui les entourait se figeaient insensiblement dans l'immobilité ; peau, cheveux et os se pétrifiaient lentement, saisis à jamais dans un moment précis. Pour autant, elle refusait de l'abandonner. Elle ne pouvait se résoudre à couper son fil de vie et le regarder s'éloigner doucement dans le monde souterrain. L'imaginer en monstre sanguinaire…

Mieux valait qu'ils restent indéfiniment à la Lisière que laisser cette mutation se produire.

Deina frémit et saisit machinalement le torque de sa main libre, cette arme qu'elle avait espéré utiliser pour, d'une manière ou d'une autre, soustraire les chasseurs de sang à leur existence maudite. Trop de proches avaient subi le même sort. Leida, Chryse, Drex, Anteïs, Critos.

Seuls les héros ont une bonne chance d'échapper au destin.

C'est Nat qui lui avait dit ça dans les débuts de leur rencontre dans le royaume souterrain. Elle avait rétorqué qu'elle n'était pas une héroïne. Les événements lui avaient donné raison. Elle haïssait les dieux – et voilà qu'elle était désormais l'une d'entre eux. Elle s'était mis en tête de sauver tous les Theodesmioi – elle avait massacré celui qu'elle chérissait plus que tout et de surcroît gâché l'existence de Nat. Elle avait tenté de s'opposer à ces dieux qui l'avaient détruite. Ceux-là mêmes qui avaient fourni le poison de sa destruction.

La bouche de Deina se contracta nerveusement. La situation était si dramatique qu'elle eut presque envie d'en rire.

Elle aurait dû s'arrêter après la mort de Neidius. Ou à leur retour du royaume de Poséidon. Elle aurait dû les laisser quitter Iolcos avec le fragment de torque, partir en bateau loin d'elle et retourner dans les Enfers. Elle aurait dû boire le nectar et s'incliner devant Hadès. Elle aurait peut-être été heureuse là-bas avec Nat. Au lieu de ça, elle avait joué avec le feu.

Et la chance avait fini par l'abandonner.

Tyché, déesse de la Fortune, si vous m'entendez, accordez votre grâce à Aster, Dendris et Nat. Ils ont encore besoin de chance. Si vous m'entendez, protégez-les.

Soulevant la tête de Theron, elle la reposa sur le tapis d'herbe, se leva et s'étira. S'allonger près de lui, c'était ça qu'elle devait faire à présent. S'allonger, fermer les yeux, et malgré sa nouvelle immortalité, peut-être parviendrait-elle à s'endormir. Elle s'agenouilla pour prendre délicatement le visage de Theron dans ses mains.

– N'aie pas peur, chuchota-t-elle. Nous passerons l'éternité à dormir ensemble.

– Tu pourrais, concéda une voix qui brisa le silence.

C'était la voix d'une fillette. Deina se releva d'un bond et se campa devant Theron pour le protéger.

La petite fille qui l'observait devait avoir douze ou treize ans – l'âge d'une apprentie avancée, si elle avait été membre de l'Ordre. Mais aucun sigil ne défigurait sa peau brunie. Ce n'était pas une Dissociante.

– Qui es-tu ?

La fillette rigola, ses yeux ambrés se plissèrent avec amusement.

– Je te donne un indice : je sais où tu as trouvé les fragments du torque qui entoure ton cou, car à l'origine, c'est moi qui les ai cachés.

Deina la regarda fixement.

– Tyché ? Déesse de la Fortune ? Mais… mais vous…

– J'avais l'apparence d'une femme adulte dans la vision que tu as eue dans le royaume de Poséidon ? Depuis le temps, Deina, tu devrais savoir que les apparences sont parfois trompeuses. Surtout chez les divinités.

Tyché haussa les épaules et rejeta ses longs cheveux bruns en arrière.

– J'aime bien cet âge-là.

Son sourire se fit plus calculateur.

– J'aime l'imprévisibilité.

Deina se rappela qu'à l'époque où elle avait à peu près cet âge, la bonne humeur pouvait rapidement céder place à la rogne. La déesse pointa du doigt Theron.

– Tu pourrais t'allonger près de lui et t'endormir, mais ce serait dommage. La partie commence tout juste à se corser – si toutefois tu souhaites encore jouer.

*
* *

Elles étaient assises sur deux gros rochers, un peu à l'écart de Theron. Son fil de vie s'étirait en scintillant jusqu'à elles.

– Comment est-ce possible ? s'étonna Deina. Je croyais que les dieux ne pouvaient pas pénétrer dans la Lisière.

Le souvenir de Thanatos, mystérieux et silencieux, lui revint en mémoire. Il avait hanté les Lisières que créait Deina bien avant qu'elle ne découvre son identité. Bien avant qu'il n'eût tenté de lui parler au cours du rite punitif il y avait seulement quelques mois. Et pourtant, c'était lui aussi une divinité.

– On nous aurait encore menti ? Comme pour cette promesse de repos éternel dans l'Élysée ?

– Non. Mais on ne vous a pas dit toute la vérité, nuança Tyché qui avait replié les jambes et tenait ses genoux entre ses bras. La plupart des dieux ont interdiction de pénétrer dans cet espace entre la vie et la mort : ce sont les ordres de vos anciens. La plupart, mais pas tous. Toi qui es une déesse, tu es bien là. Quant à moi, tu m'as invoquée. Et comme tu sais, Hécate, souveraine des dimensions parallèles et des carrefours décisifs, peut, elle aussi, venir ici.

Tyché parut amusée.

– Les premiers Dissociants de ton Ordre n'auraient pas plus réussi à l'empêcher d'entrer qu'à extraire une épave des flots. Concernant le dieu de la Mort, il passe tellement de temps à naviguer entre la vie et la mort que la Lisière n'est pas un obstacle pour lui.

Elle soupira.

– Pauvre Thanatos. Les anciens dieux sont très remontés contre Hadès à cause de la façon dont elle l'a traité. Raison pour laquelle nous avons consenti à vous donner un coup de pouce : entraver la traque qu'elle mène pour te retrouver et la retenir loin de Mycènes le plus longtemps possible. Mais j'ai de la peine pour lui. Au bout du compte, il est condamné à une existence profondément solitaire. Et pourtant, il continue de lutter contre son destin.

Le destin, encore lui.

– Thanatos a toujours existé et il subsistera à travers le temps jusqu'à ce qu'il n'ait plus aucune forme de vie à consumer, poursuivit Tyché. Jusqu'à ce que le temps lui-même s'efface. En dépit de notre prétendue immortalité, un jour, il emportera aussi les dieux. Peut-être même plus tôt que nous ne le voudrions.

Pauvre Nat. Aussi silencieux qu'il fût, le cœur de Deina se serra pour lui.

Tyché se pencha vers elle.

– Puisque tu m'as appelée, dis-moi ce que tu veux, Deina.

Cette dernière hésita. Ce n'était pas la première fois qu'elle négociait avec les dieux. Elle les avait déjà dupés ou amenés à faire des promesses dont ils ne pourraient pas se dédire. Et Tyché semblait différente. Mais à quel point ?

– Je veux que Theron survive, répondit-elle. Qu'il guérisse. Mieux : j'aimerais ne lui avoir jamais fait de mal.

Deina fixa Tyché droit dans les yeux.

– Ce serait possible ? Vous pourriez changer le passé ?

– Non. Je ne peux pas remonter le temps.

La déesse étendit ses jambes devant elle en s'adossant au rocher, elle ferma les yeux et inclina le visage vers le ciel.

– Dis-moi ce que tu veux.

Deina soupira.

– Si vous ne pouvez pas changer le passé, pouvez-vous au moins m'aider à changer le futur ? Je veux finir ce que j'ai commencé. Détruire les dieux. Du moins, les Olympiens. C'est le seul moyen pour que nous soyons libres.

Elle prit une profonde inspiration.

– Le seul moyen pour que je sois libre.

– C'est tentant.

La déesse changea d'apparence et devint l'inverse de l'image qu'elle renvoyait : un teint d'albâtre, des cheveux blancs comme neige, des yeux argentés. Elle restait cependant une petite fille.

– Je suis autant Némésis que Tyché. La bonne fortune que je dispense d'une main, je dois la contrôler de l'autre. Les Olympiens ont une chance largement imméritée, ils s'exposent plus que quiconque à ma vengeance.

Tyché reprit son apparence initiale. Sous son regard, Deina eut l'impression d'être mise à nu, transpercée, comme si la déesse cherchait à sonder tout ce qui se cachait tout au fond de son âme, la laideur comme la beauté.

– Dis-moi ce que tu veux, répéta Tyché pour la troisième fois.

La réponse vint spontanément aux lèvres de Deina :

– Je veux tuer cette partie de moi qui appartient aux dieux. Je veux… l'arracher.

Elle martela sa poitrine du poing.

– Je dois me libérer de cette part de moi qui a soif de pouvoir, qui a pris le contrôle des Theodesmioi et des gardes de fer, qui espérait en secret qu'Aristée ait dévasté les deux Maisons d'Ensorceleurs pour que plus personne ne soit capable de fabriquer des torques.

Elle agrippa celui qui enserrait son cou et tira violemment dessus.

Tyché tendit le bras et l'empoigna si fermement que ce fut presque douloureux.

– Ce torque n'est qu'un instrument. En soi, il est inoffensif, tu le sais.

Deina s'affaissa en même temps que son accès de colère retombait.

– Je sais. La malédiction est plus profonde. Avant même que Cronos me donne à boire le nectar, un poison coulait déjà dans mes veines.

Sa voix se fit plus basse.

– Je suis la fille d'Hadès, et mon sang même est contaminé.

Deina se demanda si Tyché serait capable de l'anéantir. Au moins, Deina serait peut-être enfin dégagée de toute attache, tout sentiment ou toute ambition.

– Viens, Deina, ordonna Tyché en la relâchant. Allons faire un tour. Il y a d'autres choses que tu dois savoir.

Comment ça, d'autres choses ? Dubitative, Deina suivit la déesse qui se promena un petit moment dans la Lisière. De temps à autre, elle s'arrêtait pour cueillir une feuille ou un brin d'herbe dans le seul but apparemment de les mettre en pièces. Deina commença à s'impatienter.

– Qu'est-ce que je dois savoir, Tyché ?

– Je réfléchissais à la façon de te le dire, mais, à mon avis, ce sera plus simple de te montrer.

– Me montrer quoi ?

– Tu verras.

Tyché se retourna brusquement, leva les mains et pressa les doigts contre les tempes de Deina.

La Lisière s'évanouit.

21

Deina se retrouva dans une pièce lugubre uniquement éclairée par la lueur d'un feu. À mesure que sa vue s'accommodait, elle comprit qu'elle était dans une forge : au loin, une silhouette penchée sur une enclume s'affairait parmi des gerbes d'étincelles rougeoyantes. Tyché se tenait à ses côtés. Elle prit Deina par la main et, sans effort apparent, elles se retrouvèrent soudain beaucoup plus près de l'enclume. La silhouette se révéla être un homme aux cheveux brun roux et d'une beauté saisissante. Héphaïstos, le dieu du Feu. Deina le reconnut d'après le souvenir que Nat avait partagé avec eux. À cette distance, elle remarqua que les épais chaînons d'or qui quadrillaient ses jambes étaient magnifiques : ciselés et ornés de gemmes. L'élégante béquille sculptée sur laquelle il prenait appui d'un bras n'entravait en rien son ouvrage. Jusqu'ici, il n'avait pas l'air d'avoir conscience de sa présence ou de celle de Tyché. Deina regarda ses bras.

– Le fil de vie…

– Il est toujours là, dans la Lisière, comme toi.

Tyché sourit.

– Tu vois le passé à travers mes souvenirs. Un passé ancestral, comme diraient les mortels. Je dois jouer mon rôle ; en attendant, sois bien attentive.

La déesse se fit femme, mais garda le même éclat malicieux dans les yeux.

Quelqu'un d'autre approcha.

– Un peu de lumière ne ferait pas de mal, Héphaïstos, dit le nouveau venu d'un ton brusque. Sauf si tu veux que tes invités se prennent les pieds dans les débris de ta forge ?

La voix d'Hadès. Même si elle savait que sa mère n'était pas réellement là, Deina ne put s'empêcher de se replier un peu dans l'ombre.

Héphaïstos marmonna un mot que Deina ne saisit pas. Un éclairage doré se répandit depuis des dizaines de sphères lactées suspendues à des chaînes au plafond, et Deina prit conscience du volume de l'espace dans lequel il œuvrait, qui s'apparentait davantage à une salle de bal qu'à un atelier de forgeron.

– Il n'y a pas de débris dans ma forge, grogna Héphaïstos, et tu n'es pas mon invitée. Je ne t'ai pas demandé de venir.

Hadès, qui s'était approchée de l'enclume d'un pas léger, balaya sa remarque d'un geste dédaigneux.

– Je pensais que ça te ferait plaisir d'avoir de la visite. J'ai proposé à Tyché de se joindre à nous.

Tyché émergea de l'ombre.

– Salutations, Héphaïstos, l'habile de ses mains.

Il la salua d'un signe de tête.

– Tyché. Sais-tu ce que nous veut Hadès ?

– J'ai un projet auquel vous pourriez avoir envie de prendre part, roucoula la déesse des Enfers.

Héphaïstos leva les yeux au ciel.

– Autrement dit, elle a besoin de notre aide.

Il soupira en posant ses outils.

– Qu'est-ce que tu veux, Hadès ?

Celle-ci se mordit la lèvre, le temps de jauger son public.

– Aucun de nous n'a de raison d'apprécier Zeus. Lui ou les autres résidents de l'Olympe. Tyché, tu es un Titan qui a été autorisé à conserver tes pouvoirs par la seule grâce de Zeus. Quant à toi, Héphaïstos, tu es la risée des autres dieux qui te font clairement comprendre que tu es *persona non grata* dans leurs palais dorés. Pas étonnant que tu sois un solitaire. Ni que tu aies écouté Éris et forgé ce torque qu'on t'a depuis obligé à démolir. Ce plan-là fut un échec. Mais j'en ai un autre. Bien meilleur. Un plan qui tient vraiment compte des travers de mes frères.

Hadès attrapa la ferronnerie sur laquelle travaillait Héphaïstos – un bouclier qui avait été poli pour lui donner un effet de miroir – et sourit à son reflet.

– Je veux que tu recrées une femme, une nouvelle Pandore. Une femme à laquelle Zeus et Poséidon ne pourront pas résister. Mais celle-ci n'accablera pas les mortels de malheurs. Avec la bénédiction de Tyché, elle s'emparera du pouvoir des dieux.

Héphaïstos lança un regard à Tyché.

– Pour ensuite t'investir de ce pouvoir. C'est bien ce que tu sous-entends, Hadès ?

Sans attendre sa réponse, le dieu du Métal signifia son refus d'un signe de tête :

– C'est non.

– Non, tu ne peux pas ? s'étonna Hadès.

– Non, je ne veux pas. Une fois m'a suffi.

Il lui arracha le bouclier des mains et ramassa un gros marteau qui était posé contre l'enclume.

– Maintenant, sors de ma forge avant que je trouve un moyen de te piéger, comme j'ai piégé Héra et Aphrodite…

Le son et l'image s'estompèrent. Deina se frotta les yeux. Tyché et elle se tenaient maintenant sur le flanc d'une montagne couverte de neige fraîche et éblouissante. Hadès était là aussi, un peu plus loin devant.

– Un autre souvenir, murmura Tyché. J'ai suivi Hadès à sa sortie de la forge.

Elle rejoignit Hadès en hâte.

– Attends.

Le dieu des Enfers se retourna, et ce faisant, revêtit son apparence masculine.

– Qu'y a-t-il ? grogna-t-il.

– Je suis disposée à t'aider, même si Héphaïstos s'y refuse.

– S'il refuse de fabriquer le support, tu ne me seras d'aucune utilité.

Hadès s'éloigna d'un pas lourd dans la neige.

– Il existe une autre solution, lança Tyché dans son dos. Pour ça, il nous faudrait une mortelle, mais ça peut marcher.

Hadès s'arrêta en lui jetant un regard par-dessus l'épaule.

– Une mortelle ?

Il grimaça de dégoût.

– Explique-toi.

– Il faut que tu engendres un enfant. Une demi-déesse qui aura ton pouvoir dans les veines. Occupe-toi de procréer, je me chargerai de la suite. J'existais bien avant toi, Hadès. Il y a toujours un moyen. À défaut de me faire confiance, fie-toi à mon expérience…

La scène devint floue, ses éléments s'éparpillèrent et recomposèrent un nouveau lieu que Deina reconnut : la salle du trône au palais d'Hadès. De nouveau femme, la déesse des Enfers était assise sur son siège royal. Près d'elle se tenait une nymphe vêtue d'une tunique ample lie-de-vin – une des Lampades ; elle tenait dans ses bras un paquet emmailloté.

– Eh bien, Tyché ?

Hadès lui fit signe et Tyché s'écarta de Deina pour s'approcher du trône. Elle salua la déesse des Enfers.

– Voici l'enfant, continua Hadès. Une fille, mi-mortelle mi-divine. J'ai rempli ma part du marché. Maintenant, à toi de remplir la tienne.

Tyché prit le paquet des bras de la nymphe ; il gigota en chouinant et le cœur de Deina, clouée sur place, s'emballa. Le paquet en question était un nourrisson.

Et ce nourrisson, c'était elle.

Tyché sourit au bébé.

– Qu'elle est mignonne ! Il me faut un endroit où la poser.

Hadès se leva de son trône, congédia la nymphe et guida Tyché vers une porte latérale. Deina les suivit.

Plus petite, mais tout aussi somptueuse, la pièce de l'autre côté était meublée de sofas et de tables richement sculptés, et un chevauchement de fourrures adoucissait la dalle de marbre luisante. De longues arcades ouvertes d'un côté offraient une vue panoramique sur des collines onduleuses et verdoyantes. D'un claquement de doigts, Hadès en changea pour un océan moucheté de lumière qui projeta des rayons de soleil mouvants en travers du plafond décoré.

Tyché posa le nourrisson sur l'une des tables et sortit une bourse souple de sous sa longue cape. Elle contenait des herbes séchées, deux petites fioles et un couteau. Une pointe de panique noua le ventre de Deina.

– Qu'est-ce que tu fais ? lui lança-t-elle.

Tyché tourna la tête, laissant derrière elle une image fantomatique toujours penchée au-dessus de la table, absorbée par ses herbes.

– Ce que je pensais devoir faire pour équilibrer le jeu, empêcher Hadès de tout rafler et laisser aux autres la possibilité de participer.

La déesse lui fit un clin d'œil, se retourna et fusionna avec son moi mémoriel. Elle se mit à fredonner à voix basse, tout en saupoudrant d'herbes la tête et la poitrine du nourrisson.

Ce dernier, qui se tortillait en gazouillant, s'immobilisa. Ses paupières diaphanes se fermèrent en papillotant.

– Voilà, petite, chantonna Tyché. Endors-toi pendant que je travaille.

D'un geste prompt, elle lui retira ses langes, dénuda sa poitrine et se munit du couteau. Elle déboucha les deux fioles qu'elle tendit à Hadès.

– Tiens-moi ça.

– Ah !

Hadès eut une étincelle dans le regard.

– Tu t'es procuré l'ichor.

L'équivalent du sang chez les dieux. Deina comprenait mieux pourquoi les fioles miroitaient d'un éclat légèrement doré.

– Naturellement.

Tyché haussa un sourcil.

– Doutais-tu de moi ? Il vient directement des veines de Zeus et de Poséidon. Renforcé par les incantations que j'ai formulées, cet ichor se liera avec ce qui coule déjà dans les veines de l'enfant. Elle puisera son pouvoir non seulement des Enfers mais aussi des cieux et de la mer.

Hadès sourit.

– Continue.

Tyché prit le couteau, un objet funeste avec une longue lame fuselée qui ressemblait plus à une aiguille qu'à une arme blanche. Reprenant son chant, dont les paroles n'avaient aucun sens pour Deina, mais qui résonnaient de magie noire, elle leva la lame un instant au-dessus du cœur de l'enfant endormi – même si l'événement remontait à longtemps et qu'elle n'en avait aucun souvenir douloureux, Deina retint son souffle en se tenant la poitrine – et elle l'enfonça dans la chair du nourrisson. Elle le retira aussitôt. Une unique goutte de sang apparut. Reposant le couteau, Tyché prit un brin d'herbe qu'elle pinça entre ses doigts pour former un entonnoir et l'inséra dans la petite plaie. Deina dut se faire violence pour continuer à regarder. Penchée sur elle, Hadès était captivée. Goutte après goutte dorée, psalmodiant des incantations tout du long, Tyché transvasa peu à peu les deux fioles d'ichor dans le corps de l'enfant. La cérémonie fut alors terminée. La déesse retira le brin d'herbe et posa une main sur la plaie. Quand elle l'écarta, la peau avait cicatrisé. Elle était intacte. Mais curieusement, Deina eut l'impression de sentir le fantôme de cette étroite lame et la désagréable sensation de ce liquide froid incorporé de force dans son organisme.

– Je te revaudrai ça, Tyché, conclut Hadès en reprenant l'enfant qui commençait à remuer.

Elle la contempla.

– Étrange : elle avait les yeux marron. À présent l'un d'eux est gris-vert.

Tyché acquiesça.

– L'ichor de Zeus et Poséidon laisse déjà son empreinte sur elle.

– Aucune importance. Personne n'aura l'occasion de commenter sa beauté ou sa laideur. Je l'élèverai ici et lui apprendrai tout ce qu'elle doit savoir pour accomplir sa destinée. Elle incarnera l'arme absolue. *Mon* arme.

Horrifiée, Deina se détourna, prête à s'enfuir. Quelque part, n'importe où. Mais elle n'eut pas le temps de faire deux pas que le décor changea de nouveau. La pièce somptueuse se désintégra comme de la neige fondue et elle se retrouva à la Lisière. Le fil de vie de Theron était toujours enroulé autour de son poignet, et Tyché, de nouveau sous les traits d'une petite fille, était assise à côté d'elle sur le rocher. La déesse attendait sans mot dire tandis que Deina luttait pour endiguer le dégoût qui lui donnait envie de vomir et l'angoisse qui l'étranglait. L'angoisse de l'enfant qu'elle avait été. De ce dont les dieux l'avaient privée. Et de ce qu'ils l'avaient forcée à devenir.

– Une arme ? finit-elle par bredouiller. C'est ce que je suis ?

– Oui, confirma Tyché. Mais tu n'es pas *que* ça.

– Et ces souvenirs de mon père ?

Deina entendit sa voix trembler.

– Tout est faux ? Si Hadès m'a élevée dans les Enfers, alors...

– Elle ne l'a pas fait. Je l'ai convaincue qu'en te gardant dans le monde souterrain, les autres dieux risquaient de découvrir ton existence. Elle a donc accepté de te laisser grandir parmi les mortels, auprès de ton vrai père, à condition de pouvoir te recruter comme Dissociante pour mieux te protéger et nourrir ton pouvoir émergent.

La déesse gratta une touffe de lichen qui poussait sur le rocher.

– L'ambition d'Hadès est vaste, et son plan bien conçu.

Tyché décocha à Deina un regard de biais.

– Mais pas autant que le mien. D'après toi, qui t'a amenée à croiser le chemin d'un mourant atteint de la peste – il y a plus de deux ans maintenant, selon tes calculs de mortelle ? Qui a dissimulé ta maladie à Hadès ? Qui a veillé à ce que Thanatos vienne en personne t'ôter la vie ? Qui t'a suffisamment stimulée pour que ton pouvoir et ta nature lui soient révélés ?

Tyché haussa joyeusement les épaules.

– Mes plans sont infaillibles, car je suis toujours la plus chanceuse. D'ailleurs, ce plan a même fonctionné au-delà de mes espérances puisque Thanatos est tombé amoureux de toi.

Deina recula un peu. Malgré sa jovialité et son apparente franchise, Tyché ne valait peut-être pas mieux que les autres dieux. Elle traitait les mortels, et même le dieu de la Mort, comme de simples jouets.

– Mais pourquoi vous souciiez-vous des manigances d'Hadès ? Je ne comprends pas. Êtes-vous si dévouée à Zeus ?

– Oh, non. Je le méprise au plus haut point. Mais lui au moins, la plupart du temps, il laisse les mortels se débrouiller. Si on la laissait faire, Hadès vous dépouillerait de votre libre arbitre et de toute liberté. Elle ferait en sorte que vous soyez tous sans exception marqués par son sigil et arracherait en secret votre consentement.

Tyché tapota la main de Deina.

– Alors que moi, je préfère les mortels tels qu'ils sont aujourd'hui. Surprenants. Imprévisibles. Et souvent incontrôlables, malgré tous nos efforts. J'adore les voir constamment contrecarrer les desseins de mes sœurs les Moires.

Elle sourit de toutes ses dents à Deina.

– C'est amusant. Alors, quand j'ai eu vent de la requête d'Hadès à Héphaïstos, j'ai su que je devais agir. Elle aurait fini par l'amadouer ou le contraindre à l'aider, c'est pourquoi j'ai suggéré l'implication d'un enfant qui serait ensuite élevé parmi les mortels. Je me doutais qu'Hadès trouverait cette enfant bien plus difficile à contrôler que prévu. Que son arme absolue deviendrait peut-être une personne opiniâtre.

La déesse gloussa.

– J'aurais aimé être là pour voir sa tête quand elle a découvert que tu étais descendue dans les Enfers de ton propre chef avant qu'elle ne soit prête à te convoquer.

– Elle n'a pas eu l'air surprise de nous voir, répondit Deina.

– Si, crois-moi, réfuta Tyché avec un sourire narquois : celle-là, elle ne l'a pas vue venir !

Un petit papillon rouge voltigea devant elles et se posa momentanément sur les minuscules fleurs qui piquetaient l'herbe. Bizarre… c'était la première fois que Deina voyait une créature vivante reconstituée dans la Lisière. Ça lui rappela ce pendentif que Theron lui avait fabriqué et qu'Aristée lui avait arraché. Un papillon en cuivre, symbole de l'âme. Entre l'ichor que Tyché lui avait injecté enfant et le nectar que lui avait fait boire Cronos, avait-elle seulement conservé la sienne ?

– Puisque c'est vous qui m'avez injecté l'ichor, pouvez-vous l'extraire de mon organisme ?

La déesse soupira.

– Je te l'ai dit : je ne peux pas modifier le passé. Hadès, Zeus et Poséidon font partie de toi, pour le meilleur et pour le pire, et ton père aussi. C'est la conjonction de tes origines divine et mortelle qui fait de toi celle que tu es. C'est ce qui te rend… unique.

– Unique ?

Deina laissa sa tête tomber entre ses mains.

– Une créature qui n'a sa place nulle part, oui ! Un monstre.

– Les choix que tu as faits ne sont pas plus monstrueux que ceux de n'importe qui, dieux et mortels réunis. Tu as la force et le pouvoir absolu des dieux, mais ce dont tu as hérité de ton pauvre père mortel est peut-être plus important encore. La compassion. La bonté. L'amour. Ces qualités font totalement défaut aux divinités. Malgré l'ichor qui coule dans tes veines, tu les possèdes toujours en abondance. Et ça, Deina, ça te confère un pouvoir que les autres dieux ne pourront jamais acquérir ni comprendre.

Comment Tyché pouvait-elle parler de compassion ? Deina se détourna. Elle n'avait pas fait preuve d'une grande compassion à l'égard de ce Duelliste qu'elle avait tué sans pitié. Ni de ces Theodesmioi qu'elle était prête à sacrifier. Elle sentit la main de la déesse sur son épaule.

– Deux natures s'affrontent en toi. Tu dois dompter les deux. Les réconcilier. Sinon leur antagonisme finira par te détruire.

Nat n'avait-il pas formulé une remarque similaire un jour ?

– Comment faire ?

– Prends en main ta destinée, conseilla Tyché. Accomplis ce pour quoi tu es née.

Renverser les dieux ? Deina connaissait les mythes antiques. L'enfant destitue son parent et devient chef à sa place. Cronos et Zeus l'avaient tous les deux fait. Était-ce la seule voie qui s'ouvrait à elle : détruire Zeus, Poséidon et Hadès, les trois plus puissants Olympiens, et régner à leur place sur les trois royaumes en tant que reine des dieux ?

– Ce pouvoir est déjà en toi. Avec Hadès, nous nous en sommes assurées, poursuivit Tyché. Il faut simplement que tu apprennes à le canaliser.

Elle tendit le bras vers le torque encore chaud autour du cou de Deina.

– Cet instrument t'aidera, je pense. Mais je dois reconnaître que je ne m'attendais pas à un tel résultat.

– C'est-à-dire ?

– J'ai employé la même méthode pour aider Héphaïstos à la fabrication de ce torque que pour aider Hadès à ta création – mais *ça*, je ne lui ai pas précisé. Je lui ai dérobé de l'ichor à elle et ses frères, et Héphaïstos l'a incorporé au métal ensorcelé à l'aide des sigils qu'il a gravés dedans.

Tyché se pencha pour regarder le collier de plus près.

– Quel travail minutieux ! C'est ce qui t'a donné cette emprise sur les Theodesmioi – à l'instar de ce roi qu'il affectionnait.

Elle se mordilla la lèvre inférieure, l'air un peu embarrassée.

– Mais je crains que le fait d'avoir utilisé la même méthode ait créé un lien entre toi et cet instrument.

Deina effleura le torque d'une main et le sentit vibrer. D'une certaine manière, ces vibrations l'apaisaient.

– Il me parle, je crois. Il chuchote.

Elle laissa retomber sa main.

– Il me parle d'influence.

– Ah. Eh bien, il veut qu'on l'utilise.

Le torque voulait qu'elle prenne le contrôle des Theodesmioi. Qu'elle les manipule pour les obliger à assouvir ses désirs.

Non.

Elle avait déjà tenté et ça avait engendré un désastre. Mais peut-être que… une autre solution existait.

– Je crois qu'il faut que je parle à Héphaïstos. C'est possible, vous croyez ?

– Cet espace est le tien, répondit Tyché en désignant la Lisière d'un geste. Qu'en dis-tu ?

*

* *

Cette fois, Deina n'eut pas besoin de recourir à un rite pour soumettre la Lisière à sa volonté. Elle visualisa simplement la forge du dieu du Feu telle qu'elle lui était apparue dans le souvenir de Tyché, et ordonna à la Lisière de créer une passerelle. Quand elle la franchit, le fil de vie de Theron toujours scintillant autour de son poignet, Tyché et elle trouvèrent la divinité en appui sur sa béquille en train de marteler quelque chose sur son enclume – la lame d'une épée, pensa Deina. Il s'interrompit, leva la lame devant lui en l'examinant de haut en bas, la reposa et salua Tyché d'un signe de tête.

– Comme toujours, tu es la bienvenue ici, déesse de la Fortune ; que ta bénédiction m'accompagne. Que me vaut ce plaisir ?

Sans attendre de réponse, Héphaïstos reprit l'épée et s'approcha d'un établi, changeant au passage son apparence d'homme pour celle d'une femme, comme Deina avait vu faire Hadès. Le dieu prit place sur un tabouret en posant la béquille de côté, il se saisit d'un petit outil doté d'un manche en bois et rapprocha une pile de gemmes. Levant les yeux, il sembla remarquer Deina pour la première fois. Elle lui sourit.

– Les deux apparences ont leurs avantages et leurs inconvénients. Sois la bienvenue aussi, Chthonia.

– Je préfère Deina.

– Comme tu voudras.

– Néanmoins, j'aimerais bien savoir comment vous connaissez mon nom.

– La rumeur de tes méfaits enfle au sommet de l'Olympe. La libération de Cronos. Les menaces contre Zeus. Le vol des fragments de mon torque.

Héphaïstos arbora un large sourire.

– C'est le spectacle le plus amusant qu'il m'ait été donné de voir depuis le pillage de Troie.

La divinité renifla.

– Contrairement à ce que prétend Athéna, c'est moi qui ai soufflé à Ulysse l'idée du cheval de bois géant.

– Alors vous m'aiderez ? demanda Deina. Je sais que ce torque peut contrôler les Theodesmioi, les gardes de fer et tout ce qui est fait de métal ensorcelé, mais si je veux l'utiliser différemment ? J'aimerais m'en servir en *accord* avec les Theodesmioi, contre les dieux.

Le dieu du Feu reprit son apparence masculine, sa béquille, et se rapprocha pour étudier Deina et son collier de métal.

– Je me rappelle sa fabrication. Et sa destruction aussi.

Il sourit à Tyché.

– Tu avais bien caché les fragments, ma vieille amie.

– Je me suis beaucoup amusée. Les trois ont tout tenté pour me tirer les vers du nez, mais j'ai fait mine d'avoir oublié. « Oh, Zeus, gros bêta ! »

Elle prit brièvement une voix d'adulte qui monta crescendo dans les aigus.

– « Je l'ai sûrement caché dans la salle des trésors ou un endroit comme ça ! Je m'en souviens à peine ! Tu sais quelle étourdie je suis ! »

Héphaïstos rit à gorge déployée.

– J'aurais aimé voir ça !

Il se tamponna les yeux.

– Mais pour répondre à ta question, Deina : je suis convaincu que ce torque pourrait s'employer autrement.

Il croisa les bras et appuya son menton sur une main.

– Il existait une ode, il y a très longtemps. Un chant inventé par les Ensorceleurs…

Deina essaya de se remémorer la formule qu'avait prononcée Thalius.

– Tuer pour souder. Tuer pour sceller, sacrifier pour unir.

– Voilà, c'est ça, approuva Héphaïstos. Bien, manifestement tu as procédé au scellage. Cette partie est plutôt facile. Les dieux n'hésitent pas à ôter la vie, pour eux trop de mortels se ressemblent. Cela aura déverrouillé la capacité du torque à contrôler les métaux ensorcelés. Mais par l'intermédiaire de ces sigils étroitement liés, j'ai voulu y souder un plus grand pouvoir…

Le dieu pointa le petit doigt en l'air.

– Et l'acquérir exige de se sacrifier. Ça, c'est plus difficile. Le roi auquel était destiné ce torque n'avait pas la moindre idée de la valeur d'un sacrifice. Je m'étais entiché de lui. Mais il n'avait pour lui que sa beauté. Au fond, il était superficiel, cruel, irréfléchi.

– Il était indigne de toi, ajouta Tyché.

– Je ne comprends pas.

Deina les observa tour à tour.

– Un sacrifice ne consiste-t-il pas à tuer encore quelqu'un ?

– Pas dans ce cas précis. Pour que le torque obéisse totalement à ta volonté, tu dois renoncer à une chose chère à tes yeux. Ce genre de sacrifice.

Héphaïstos contempla ses mains robustes.

– Je l'ai intégré au torque pour tester l'homme que j'aimais. Test qu'il s'est avéré incapable de comprendre et encore moins de réussir.

– Toi, en revanche, murmura Tyché, tu serais capable d'un tel sacrifice.

Deina regarda le fil de vie de Theron encore enroulé autour de son poignet.

– Tu sais ce que tu as à faire, l'encouragea gentiment la déesse de la Fortune. Tu dois le laisser partir.

Deina fit non de la tête. Une boule se forma dans sa gorge.

– Il est encore en vie. Tant qu'il restera à la Lisière, il sera toujours en vie.

– Certes, il est en vie, mais est-il vivant ?

Tyché tendit le bras vers Deina.

– Si tu pouvais l'interroger, que voudrait Theron ?

Deina recula.

– Je préfère le savoir en vie dans la Lisière, quel que soit ce que ça implique, qu'errant dans les Enfers en chasseur de sang. Si je coupe son fil de vie, c'est à ça que je le condamne.

Elle se tourna vers Héphaïstos en l'implorant.

– Il y a forcément une autre solution. Qu'est-ce que je peux vous offrir d'autre ?

– Dès l'instant où tu as passé ce torque à ton cou, tu as condamné Theron, insista Tyché. Tu l'as déjà tué. Maintenant, laisse-le mourir.

Deina jeta un coup d'œil par l'embrasure vers l'endroit où Theron était étendu, pâle et immobile, dans l'herbe de la Lisière. Ils avaient grandi ensemble, et elle avait une myriade de souvenirs avec lui. Des mauvais : le coup qu'il lui avait porté la dernière fois qu'ils s'étaient bagarrés ou la colère dans sa voix quand il l'avait mise au pied du mur le jour du rite punitif. Et des meilleurs : le chant qu'il avait entonné pour qu'elle échappe à Cerbère. Le mal qu'il s'était donné pour la retenir alors que Thanatos l'entraînait dans les Enfers. Son irrésistible sourire de guingois.

Même si elle restait indéfiniment à la Lisière pour surveiller le fil de vie de Theron, il ne sourirait plus jamais. Il ne lui tiendrait plus la main, il ne chanterait plus pour elle. Il ne ferait ou n'éprouverait plus jamais rien. Ni la joie, ni le bonheur ou la tristesse. Pas même l'amour.

Elle ne pouvait pas réparer le mal qu'elle lui avait fait ni le sauver. Mais elle pouvait au moins faire en sorte qu'il ne soit pas mort en vain. Elle pouvait libérer les Theodesmioi et les délivrer une bonne fois pour toutes de l'emprise des dieux. C'est ce qu'aurait souhaité Theron.

Elle se retourna face à Héphaïstos.

– Si j'accepte, que se passera-t-il ? Comment utiliser le torque sans blesser les Theodesmioi ?

– En puisant une fraction du pouvoir des dieux qu'ils servent, les Theodesmioi canalisent cette force. Ils ont été créés pour servir de symbole vivant et stimuler la foi qui nourrit notre puissance. Néanmoins, leur existence nous rend aussi vulnérables. Si tous mes Ensorceleurs étaient subitement détruits, ça me priverait d'une grande partie de mon influence, assez pour m'affaiblir. Je l'ai compris il y a longtemps. À ma connaissance, Zeus, Poséidon et Hadès l'ignorent encore.

Deina repensa à la façon dont Zeus et Poséidon s'étaient éclipsés après qu'elle avait pris le contrôle du reste des Theodesmioi. Ils commençaient peut-être à mesurer le risque. En anéantissant les Theodesmioi qui osaient les défier, il se pourrait qu'ils s'anéantissent eux-mêmes.

– Ainsi, je crois que le torque pourrait s'utiliser comme un aimant naturel, poursuivit Héphaïstos.

Il attrapa un marteau qu'il se mit à lancer en l'air avec désinvolture, suivant du regard sa courbe jusqu'à ce que le manche retombe droit dans sa paume, et le lança de nouveau.

– À travers les Theodesmioi, je pourrais canaliser les pouvoirs de Zeus, Poséidon et Hadès et te transmettre la puissance de leurs royaumes. Ponctionner les ressources des dieux sans blesser les Theodesmioi.

Il sourit malicieusement.

– Zeus et les autres ne s'en rendront même pas compte. Du moins, pas avant qu'il ne soit trop tard.

Deina était une Dissociante. Elle maîtrisait au moins le pouvoir des Enfers. Au milieu de l'affliction qui enveloppait son esprit émergèrent peu à peu les contours d'un plan. Mais elle aurait besoin de Nat.

– Et quand le pouvoir de chaque frère sera épuisé…

Héphaïstos flanqua un brusque coup de marteau sur l'enclume.

– Tu les videras de leur propre force vitale. Avec leur disparition, leur pouvoir deviendra tien et tu régneras sur leurs royaumes.

– J'encourage toujours ceux qui tentent de déjouer leur destin, souligna Tyché. Cependant, cette fois… il me paraît inévitable.

Deina ne répondit pas. Au cours de sa jeune existence, rien ne l'avait préparée au futur qui semblait se dessiner. Un monde dans lequel les trois plus puissantes divinités n'existaient plus et où elle avait pris leur place – elle n'arrivait même pas à imaginer à quoi pourrait ressembler ce monde. Les paroles de Dendris à Theron lui revinrent en mémoire :

Tu serais un roi digne de son peuple. Pourrait-elle être une déesse digne de son peuple elle aussi ? Impossible de le savoir. Mais avait-elle encore le choix ?

Héphaïstos retourna à son établi en claudiquant, de nouveau sous son apparence féminine.

– Quand Zeus ne sera plus, Deina, n'oublie pas l'aide que je t'ai fournie. Une nouvelle forge au mont Olympe ne serait pas de refus.

Tandis que la déesse reprenait ses outils et se penchait sur la poignée de l'épée, Deina reconduisit Tyché à la Lisière. Derrière elle, la porte s'évanouit.

– Es-tu prête à couper son fil de vie ? s'enquit Tyché.

– Non. Je ne serai jamais prête, mais… je vais m'y résigner.

Ensuite, elle retournerait à Mycènes. Pour essayer d'arranger les choses.

– Deux dernières choses avant de te quitter, ajouta Tyché. D'abord ton père. Hadès le croit mort : c'est faux. Il a réchappé de justesse à l'incendie qui a dévasté le chantier naval où il travaillait…

Tyché lui fit un clin d'œil.

– Il est toujours en vie. Quant à ta mère, les incantations et les ruses qu'ont déployées les anciens dieux pour la retenir dans le monde souterrain ne dureront plus très longtemps. Elle est trop puissante. Elle va revenir se venger, Deina. Très bientôt.

Pour la première fois depuis ce qui lui parut être une éternité, Deina sourit.

– J'y compte bien. D'ailleurs, je l'attends de pied ferme.

22

Tyché avait-elle dit la vérité au sujet de son père ? La nouvelle la laissait un peu de marbre. Son père appartenait au passé et, pour l'heure, la possibilité qu'elle ait un semblant d'avenir lui semblait éloignée. Tout ce qui comptait, la seule chose qui existait, c'était l'instant présent : ses amis à Mycènes, le torque autour de son cou et Theron.

À nouveau seule, elle s'agenouilla auprès de lui et saisit ses mains froides dans les siennes. Elle n'avait toujours pas réussi à le pleurer. Ici, il n'y avait ni onguent ni plantes pour préparer son corps, aucun linceul pour dissimuler l'étendue de ses blessures, aucune pièce à poser sur ses yeux. Tout cela pouvait attendre ; elle aurait le temps plus tard, espérait-elle. Dans l'immédiat, elle ne pouvait que chanter pour lui. Une thrénodie. Un chant funèbre. Elle en psalmodierait les vers éculés et pleurerait sa vie écourtée. Pour tout ce qu'ils avaient perdu.

Deina se racla la gorge. Elle ne chantait pas trop mal quand il s'agissait d'accomplir les rites, mais en dehors de ça, elle savait qu'elle n'avait pas une belle voix. Une chance que Theron ne puisse pas l'entendre.

« *Nous, les affligés, nous attardons ici,*
Plongés dans le deuil d'un proche
Nous honorons sa mort par nos larmes,
Encore retenus sur les rives de la vie... »

La mélodie antique serpenta à travers l'air immobile de la Lisière. Deina chanta en prenant son temps. Elle arriva à la fin et la dernière note s'éteignit. Le moment était venu.

Elle embrassa tendrement Theron. Se releva, prit son fil de vie dans les mains et le brisa en deux. Presque palpable dans la dimension intermédiaire que symbolisait la Lisière, le fantôme de Theron s'éleva de son corps. Il pivota lentement en regardant autour de lui. Son regard s'arrêta sur son cadavre mutilé, puis il leva les yeux vers elle. Le chagrin et la stupeur qu'y lut Deina la transpercèrent comme un coup de couteau dans le cœur. Elle tendit le bras vers lui.

– Je te demande pardon... je n'ai jamais voulu te faire de mal. Je t'aime.

– Deina...

Leurs doigts se frôlèrent. Deina lui prit la main alors qu'un vent violent se levait brusquement.

– J'aurais aimé que nous ayons plus de temps. Que nous...

La bourrasque emporta les mots sur ses lèvres : la Lisière se désintégrait. La main de Theron lui glissa des doigts. Deina se pencha pour soulever sa dépouille dans ses bras à mesure que le royaume des mortels commençait à la réclamer. Theron l'appela, mais elle ne pouvait pas l'entendre dans le mugissement de la tempête, et ils étaient déjà trop éloignés pour qu'elle devine ce qu'il avait dit.

– Theron !

Trop tard. Néanmoins qu'espérait-elle de plus ? C'était légitime qu'elle n'ait pas eu l'occasion de lui faire ses adieux ni de soulager sa conscience en implorant son pardon.

Elle l'avait tué. La souffrance qu'elle endurerait à partir de maintenant serait entièrement méritée.

Comme en réaction à ses pensées, une douleur fulgurante se propagea dans son front et autour de son cou tandis que les fragments de torque s'éparpillaient pour devenir de simples points lumineux au milieu des ténèbres qui l'enveloppaient. Deina agrippa le torque d'une main et la sensation qu'elle eut lui coupa le souffle. On aurait dit que le métal ensorcelé avait produit des racines – racines qui s'étaient enfoncées sous sa peau, attachant fermement le torque à sa chair. Elle tira sur le métal. À ce geste, la douleur déferla de plus belle au fond de sa gorge.

Sacrifier pour unir.

Elle avait accompli son sacrifice. Le torque était désormais uni à elle. Pour le meilleur et pour le pire, ils étaient liés à jamais.

L'obscurité elle-même vola en éclats, le jour envahit les fissures, et la cour du mégaron de Mycènes réapparut soudain autour d'elle. Elle se tenait au sommet des marches menant de la cour au portique du mégaron. Le corps de Theron était toujours dans ses bras. Elle le déposa en douceur sur la dalle de marbre et tendit les mains vers les Theodesmioi et les gardes de fer qu'elle avait contraints à s'aligner en position de combat.

– Reprenez votre liberté. Agissez selon votre volonté.

Les Theodesmioi sous l'emprise des dieux restèrent parfaitement immobiles, mais Deina fut soulagée de voir les autres se ranimer. Désorientés, ils se mirent à tourner en rond tandis que Nat, Aster et Dendris gravissaient les marches en accourant vers elle.

– Deina ! s'écria Nat. Tu es revenue ? J'ai cru que tu avais disparu pour toujours.

Il fronça les sourcils.

– Que t'est-il arrivé à la Lisière ?

– Je me suis absentée longtemps ? s'étonna Deina.

– Quelques instants seulement.

Aster lança un regard à Dendris.

– On allait partir.

Il regarda la cour derrière lui.

– Tu les as délivrés.

– Je n'aurais jamais dû entraver leur liberté en premier lieu.

Le corps mutilé de Theron gisait à ses pieds, telle une accusation.

– Je suis vraiment désolée, lâcha-t-elle. Je regrette tout, mes paroles comme mes actes.

Aster voulut intervenir, alors elle enchaîna laborieusement :

– Je ne vous demande pas de me pardonner, moi-même, je n'y arrive pas. Mais si vous pouvez l'endurer, j'aimerais que vous restiez avec moi. Si nous réussissons ensemble, je ne vous demanderai plus rien.

Elle regarda Nat.

– À aucun d'entre vous. C'est promis. Je le jure sur le Styx.

Voilà, c'était fait : elle avait admis être une déesse. Pendant un temps fou, personne ne réagit.

– Rester *où* avec toi ? finit par demander Aster. Pour accomplir quoi ?

À l'entendre, il n'était pas convaincu par son discours, et Dendris continuait de fixer en silence le cadavre de Theron. Deina se demanda s'il était trop tard pour regagner leur amitié.

– Ce qui n'a été que quelques instants pour vous fut un intervalle très différent pour moi. J'ai beaucoup appris à la Lisière, concernant le torque et moi-même. Je comprends enfin ce que j'étais destinée à devenir. Mais je sais aussi que je peux choisir une autre voie. Une meilleure issue.

Deina cherchait ses mots, consciente qu'elle n'aurait qu'une seule occasion de les convaincre, pas deux.

– J'ai aussi appris qu'il existait un moyen de vaincre les dieux sans avoir à contraindre les Theodesmioi d'agir contre leur volonté ou les obliger à se battre. Je pourrais me débrouiller seule, mais je m'y refuse.

Elle joignit les mains.

– Nous avons commencé en équipe. En dépit de mes actes, j'aimerais qu'on finisse ensemble. Je vous en prie.

– Bon, et c'est quoi le nouveau plan ? répondit Dendris.

Son ton demeurait glacial.

– Tous les Theodesmioi puisent dans le pouvoir du dieu dont il porte le sigil. Maintenant que ses capacités sont maximisées, le torque devrait me permettre de canaliser tout ce pouvoir vers moi. Plus je polariserai cette force, plus les Theodesmioi épuiseront les dieux qui seront alors irrémédiablement affaiblis.

– Ils t'en empêcheront certainement, non ? Ils détruiront tous les Theodesmioi !

Aster semblait sceptique.

Deina leur expliqua la faille inhérente à la création des Theodesmioi par les dieux, en précisant que c'était Héphaïstos en personne qui avait attiré son attention sur ce point.

– Les dieux hésiteront à prendre le risque de perdre un grand nombre de Theodesmioi. En outre, je ne vais pas me gêner pour révéler à Zeus et Poséidon les intentions cachées d'Hadès. Si je réussis à éliminer en premier la déesse des Enfers et affaiblir les deux autres, ils seront peut-être disposés à satisfaire nos exigences. Mais bien sûr…

Deina balaya du regard tous les Theodesmioi encore rassemblés dans la cour.

– Ce sont eux que je vais d'abord devoir convaincre. Je l'ai enfin compris. Je ne pourrai pas demander la permission à tous les Theodesmioi du Dominion entier, mais si ceux qui sont ici aujourd'hui acceptent en tant que représentants de leurs Ordres que j'aspire le pouvoir des dieux à travers eux… d'après vous, ce serait une offre valable ?

– Possible, dans ces circonstances, supposa Aster. Mais si on fait ce choix, ce ne sera pas uniquement contre la mort que nous devrons lutter. Les chasseurs de sang : ça aussi, il faut y mettre fin.

Il haussa un sourcil en regardant Dendris.

– Je suis d'accord.

– Alors vous restez ? demanda Deina avec empressement. On se lance ensemble ?

Aster et Dendris échangèrent un regard. Les deux hochèrent la tête.

– On reste unis, soupira Aster. C'est ce qu'aurait souhaité Theron.

– C'est vrai, approuva Dendris.

Elle regarda sévèrement Deina, malgré une pointe de compassion perceptible dans ses yeux.

– J'espère que ça va marcher.

– Moi aussi, répondit Deina.

Sa réussite était peut-être le seul moyen de recevoir le gage de leur pardon.

Nat glissa une main dans la sienne.

– Je reste dans le coin aussi. Personne ne m'attend ailleurs.

Son regard dévia vers son front.

– Ça, c'est nouveau.

Deina tapota l'emplacement de son sigil. Son front continuait de lanciner légèrement depuis la douleur atroce qu'elle avait ressentie en quittant la Lisière. Le sigil en soi avait changé. Elle suivit sa trace du bout des doigts et tenta de saisir la signification de son contour.

– Qu'est-ce que c'est ?

– Le même symbole que celui gravé sur les trois brins du torque, annonça Nat. Les sigils de Zeus, Poséidon et Hadès réunis, couronnés du sigil d'Héphaïstos.

Aster et Dendris se rapprochèrent.

– Ça a l'air douloureux.

Dendris observa les filaments de torque qui avaient percé la peau de Deina.

Elle esquissa un petit sourire.

– Ce n'est que mérité, sans doute.

– Sans doute, admit Deina. Mais la douleur est moins vive à présent. À condition que je n'essaie pas de l'arracher.

Elle posa une main sur le torque. À son contact, le métal chanta. Trois brins de musique, tous différents mais entrelacés de façon complexe et harmonieuse, envahirent son esprit et se répandirent dans ses veines. Malgré son chagrin, son corps bourdonnait d'une puissante énergie. Elle se sentit plus forte que jamais.

– M'aiderez-vous à convaincre les autres Theodesmioi ?

– Oui, affirma Dendris. Mais ensuite ?

– Ensuite, on attire l'attention des dieux. C'est à nous de jouer. N'attendons pas qu'ils reprennent la main.

*

* *

Comme elle s'y attendait, Deina eut bien du mal à convaincre les Theodesmioi libres de se rallier à sa proposition. Entre leur crainte des dieux et la peur et la méfiance qu'elle leur inspirait, beaucoup demandèrent simplement la permission de partir. Jusque-là épargnés par l'emprise de leur divinité en raison de l'absence d'Hadès, les Dissociants étaient particulièrement anxieux de fuir l'enceinte du palais. Dendris était membre de leur Maison, mais tous les arguments qu'elle avança furent balayés. Devant les yeux contrastés de Deina, leur cheffe esquissa le signe pour conjurer le mauvais sort. Elle ne se donna même pas la peine de dissimuler son geste.

– Si tu étais vraiment une déesse, tu nous obligerais tous à rester, argua la femme qui auparavant s'était plainte que Deina utilise son pouvoir à cette seule fin. Puisque tu t'y refuses, je doute que tu sois assez solide pour résister au puissant Zeus…

Elle jeta un coup d'œil inquiet au ciel.

– Qui sera bientôt de retour. Je suis une ancienne.

Elle scruta tour à tour Deina, Dendris et Aster.

– Vous n'êtes que des experts. J'insiste pour que vous ouvriez les portes sur-le-champ. Et, Dendris, je t'ordonne de me suivre.

– Pas question, rétorqua cette dernière.

Elle souleva sa hache par-dessus son épaule et fixa sa cheffe droit dans les yeux jusqu'à ce que la femme s'exclame avec indignation et tourne les talons :

– Je t'avertis : si tu survis, tu n'auras plus ta place à Mycènes. Si on te surprend sur notre territoire, tu le paieras cher. Ouvrez les portes !

Frustrée, Deina en donna l'ordre aux gardes de fer. Elle était impuissante. Elle ne pouvait pas les contraindre. Mais si les autres Theodesmioi suivaient l'exemple des Dissociants et refusaient tous de lui prêter main-forte, son plan tomberait à l'eau.

– Ne te soucie pas d'elle, murmura Aster. Elle me rappelle Madame Kalistra à Iolcos : aussi aigre que de la vinasse et tout aussi irritante. Je suis certain que la majorité des autres resteront.

Les Dissociants se mirent en marche vers les portes qui s'ouvrirent en grand, mais une foule de gens arrivant dans l'autre sens les obligea à s'arrêter. Déterminé à suivre celle qui les avait délivrés d'Aristée malgré sa blessure, Thalius, le chef des Ensorceleurs, poussa un cri de joie.

– Mes Ensorceleurs… je pensais que les hommes d'Aristée les avaient tous massacrés !

Deina éprouva un immense soulagement. À mesure que ses Theodesmioi approchaient, elle constata qu'ils étaient tous armés. Et tous, même les plus jeunes, arboraient un air résolu. Parmi les meneurs de la foule, l'un d'eux salua Thalius.

– Nos geôliers ont déserté, Thalius. Ils ont eu vent de la défaite d'Aristée et de l'arrivée des dieux, et ont pris la fuite. La population abandonne la cité, mais nous, nous voulons nous battre.

Deina remarqua que malgré l'insistance de leur cheffe, de nombreux Dissociants s'étaient arrêtés pour observer la scène. Elle exposa rapidement son plan aux Ensorceleurs.

– Le fait d'attirer à nous le pouvoir des dieux ne risque-t-il pas d'occasionner notre mort ? interrogea un des Ensorceleurs. Et eux, que deviendront-ils ?

Il pointa du doigt les Theodesmioi affranchis de leur torque qui étaient toujours sous l'emprise de Zeus et Poséidon.

– Je ne pense pas que les dieux soient prêts à en sacrifier autant. Cette opération les affaiblira. Ils tenteront d'abord de m'éliminer et j'espère que vous en sortirez tous indemnes.

– Mais ce n'est pas garanti.

– Non. Je suis cependant certaine d'une chose.

Deina prit le temps de parcourir des yeux la cour pour tenter d'accrocher le regard de tous ceux qui l'écoutaient.

– Si nous ne faisons rien, nous condamnons d'autres enfants à subir cette existence à laquelle nous souhaitons échapper. Pire, nous les condamnons à cette abominable éternité qui nous attend sous la forme de chasseurs de sang : de pauvres créatures qui ne sont ni tout à fait mortes ni tout à fait vivantes. Que ce soit pour nous ou pour eux, je n'accepterai pas cette fatalité.

Elle se redressa de toute sa hauteur et éleva la voix.

– J'embrasserai soit la mort soit la liberté !

– La mort ou la liberté ! répéta Thalius.

Ce cri de guerre fut repris par ses Ensorceleurs et se propagea dans la cour sur les lèvres des Theodesmioi des autres Ordres.

Aster se pencha pour chuchoter à l'oreille de Deina :

– Leur peur laisse enfin place à la révolte. Saisis l'occasion d'emporter leur conviction.

Deina hocha la tête.

– Je ne sais pas exactement de quelle manière ça va se dérouler, mais j'ai espoir qu'à la fin de cette journée, nous soyons tous débarrassés de la marque des dieux. Terminés les torques. Plus de Theodesmioi.

Son discours se transmit d'une personne à l'autre ; Deina percevait l'optimisme qui renaissait dans la cour. Elle lança un regard souriant à Aster.

– On devrait agir vite, avant que leur ferveur ne se refroidisse, suggéra Nat.

– Je suis d'accord. Dendris, cette statue de Zeus…

Deina montra du doigt une immense sculpture en marbre et peinte de couleurs vives représentant la divinité, installée de l'autre côté du portique du mégaron.

– Tu crois que ça enverrait un message clair si on la détruisait ?

– Probablement.

Dendris marqua un temps d'arrêt, observant la statue en question et son environnement. Deux chênes majestueux étaient plantés de part et d'autre.

– Je crois que ça ne ferait pas de mal à ces chênes d'avoir un peu plus d'air pour respirer.

Elle descendit les marches en hâte, s'arrêta à quelques pas de la statue et tendit les bras vers les arbres. Comme d'habitude, Deina ne reconnut que très peu des mots que prononça Dendris. Tandis qu'elle continuait à chanter, les autres Theodesmioi se préparèrent comme ils purent, comprenant que quelque chose était sur le point de se produire. Dendris chanta jusqu'à ce que le sol au pied des arbres s'ouvre en projetant une volée de terre, et que des racines et des branches se déploient vers la statue. Elles s'agglutinèrent autour en faisant pression jusqu'à ce que la pierre se fissure et cède. Zeus vacilla de son piédestal. Des acclamations frénétiques s'élevèrent parmi les Theodesmioi spectateurs.

Aster tapota l'épaule de Deina.

– Tiens. Un gage de réconciliation.

Il lui remit un grand bouclier rond en bronze rutilant.

– Je suis retourné dans cette salle qui renfermait toutes les créations d'Héphaïstos. Si on en croit Aristée, c'est le bouclier d'Achille.

Il haussa une épaule en lui glissant un petit sourire.

– Je me suis dit que ça pourrait te servir.

Émerveillée, Deina contempla les scènes finement ciselées qui ornaient la surface de l'épaisse plaque.

– Il est magnifique. Merci, Aster.

– Démolir une statue de Zeus : je crois que l'idée était astucieuse, commenta Nat d'une voix tendue. Vous avez toute leur attention.

Deina ferma les yeux et sollicita ses autres sens. Nat avait raison : sous la clameur des mortels dans la cour, un silence aussi terrifiant que troublant venait d'éclore, empreint d'évidentes souffrances à venir. L'odeur du sang imprégnait l'air. Son crâne fourmilla. Quand elle rouvrit les yeux, Nat l'observait. Il avait l'air inquiet.

Elle se hissa pour planter un baiser sur sa joue.

– Qu'ils viennent. Je suis prête.

*

* *

Plus grands que nature, les dieux débarquèrent non pas séparément mais à plusieurs, ils s'engouffrèrent dans le royaume des mortels et foulèrent les pavés poussiéreux de la cour en toisant ces Theodesmioi qui étaient rassemblés en face d'eux. Cette fois, Zeus et Poséidon étaient venus avec des renforts. Athéna, parée au combat, se tenait aux côtés du dieu suprême. Muni de son précieux arc flamboyant, Apollon secondait le dieu de la Mer. Répondaient également à l'appel Héra, Déméter et Arès. C'était plus que n'avait espéré Deina, mais moins qu'elle n'avait redouté. Certains Olympiens attendaient peut-être de connaître l'issue de cette confrontation. Héphaïstos était, lui, introuvable. Mais Hadès, cette fois sous son apparence masculine, était bien là, entre ses frères. Le dieu des Enfers avisa le torque à son cou et Deina vit ses yeux s'agrandir de convoitise.

Zeus tendit sa paume et le rayon d'un éclair scintilla dans les airs.

– Puisque vous portez la marque de nos sigils, mortels, je vous accorde une dernière chance. Implorez notre pardon et éliminez de votre plein gré votre meneuse et je ferai peut-être preuve de clémence malgré les exhortations véhémentes de mes frères.

Son sourire s'effaça.

– Quant à toi Thanatos, ajouta Zeus d'un ton cinglant, le regard mauvais, nous te réglerons ton compte plus tard.

Il envoya l'éclair déchirer le ciel. S'ensuivit un coup de tonnerre si assourdissant que Deina et tous les Theodesmioi baissèrent vivement la tête en se couvrant les oreilles.

– Faites ce que je vous dis, mortels ! Sinon, j'abattrai moi-même celle qui vous protège. Une fois que ce torque sera mien, vous serez tous sous notre emprise et serez forcés de vous arracher les yeux et la langue de vos propres mains, et d'éventrer vos fragiles carcasses humaines pour répandre vos tripes dans la crasse.

Personne ne réagit, mais Deina vit trembler certains des jeunes Theodesmioi et remarqua bon nombre de regards anxieux.

– Je te l'ai dit, frangin, intervint Hadès. Ils sont faibles d'esprit et ma fille les a convaincus de ne pas abdiquer. Nous devrions tous les détruire sans différer.

Poséidon opina énergiquement. Hadès brandit sa fourche et s'avança, mais Zeus le retint par le bras. Le dieu suprême n'avait de cesse de lorgner furtivement le torque qui enserrait le cou de Deina. Et c'est là que pour la première fois, derrière son air de bravade, elle décela autre chose dans ses yeux : l'incertitude.

Une émotion peu familière à de nombreuses divinités, se dit-elle.

– Qu'en penses-tu, fille d'Hadès ?

Zeus haussa un sourcil.

– Es-tu prête à livrer tes semblables au supplice par ta faute ?

Deina s'avança.

– Peut-être bien. Après tout, ma mère est bien prête à supplicier les siens. À moins qu'elle ne vous ait pas raconté les souffrances qu'elle projette de vous infliger, ainsi qu'à Poséidon ?

Hadès hurla de rage et arma son bras pour lancer avec violence sa fourche dans le cœur de Deina.

– Attends !

Le dieu des Enfers était manifestement incapable de désobéir aux ordres de Zeus. Il grogna, frustré.

– Mais, mon frère…

– Avant de l'exécuter, je souhaite entendre ce qu'elle a à dire.

– Elle ne te racontera que des mensonges !

– Il n'empêche.

Le ton de Zeus était glacial.

– Alors, dis-moi, Dissociante : quel est ce projet auquel tu fais allusion ?

– Celui de ma conception, qui lui permettrait de m'utiliser comme une arme contre vous. Sa conspiration pour régner sur l'Olympe à votre place.

Un murmure s'éleva parmi l'assemblée divine. Poséidon s'écarta subrepticement d'Hadès.

Hadès eut un rire méprisant.

– Soit ! J'ai couché avec un séduisant mortel et elle est le regrettable fruit de cette union. Qui d'entre nous n'a pas déjà cédé à la tentation de profiter de l'épanouissement fugace de la beauté humaine ?

Héra croisa les bras en le fusillant du regard, mais il l'ignora.

– J'aurais mieux fait de noyer cette sale gosse à sa naissance. Voilà ce qui arrive quand on est trop clément – laisse-moi la liquider !

– Pas encore, objecta Zeus. Il pourrait être amusant qu'elle étaye ses affirmations.

Il grimaça à son frère un sourire grotesque.

– Parle, nièce.

Deina se racla la gorge.

– Ma naissance ne fut pas fortuite. Hadès souhaitait qu'Héphaïstos conçoive une nouvelle Pandore pour déchaîner un fléau sur les dieux. Comme il a refusé, ma mère a couché avec un mortel pour avoir un enfant susceptible de devenir l'arme qu'elle ambitionnait. Elle a contraint Tyché à m'injecter votre ichor dans les veines. Ainsi que le vôtre, Poséidon.

Le dieu de la Mer parut outré.

– Je n'ai jamais consenti à un tel sacrilège !

Deina ne put se retenir :

– Parce que Médée était consentante, peut-être ? Les dieux ne font que se servir. Ils ne demandent pas la permission. N'est-ce pas là votre fonctionnement ?

Tandis que Poséidon bafouillait d'indignation, Deina entrechoqua avec fracas son épée contre son bouclier.

– Trêve de discussion, mère. Prouvez que je mens. Triomphez de moi en combat singulier.

Hadès frappa le sol avec l'extrémité de sa fourche.

– J'en ai assez de ces mensonges. Mes frères et sœurs, agissons maintenant pour faire taire cette petite morveuse.

Un bref silence, le temps d'un battement de cœur.

– Très bien, répondit Zeus.

Hadès décocha un regard triomphant à Deina. Cette dernière se prépara à essuyer un assaut, elle se connecta au pouvoir du torque et sentit son interaction avec les autres Theodesmioi éparpillés aux quatre coins du Dominion, prêts à unir leurs forces.

Cependant, bien que les dieux apprêtassent leurs armes, aucun éclair n'apparut dans la main de Zeus.

– Mon frère ? questionna Hadès.

– Détruis-la si tu veux.

Zeus haussa les épaules.

– Détruis-les tous. Si tu peux. Ce sera un jugement par le combat. Si elle ment et qu'elle n'est qu'une demi-déesse, elle ne sera pas en mesure de se défendre.

– Mais… mais elle a le torque…

Nouveau haussement d'épaules.

– En effet. Mais si elle n'a pas véritablement le pouvoir de le contrôler, il ne lui sera d'aucune utilité.

Il claqua des doigts. Un énorme trône doré apparut, garni d'une pile de coussins et incrusté de gemmes qui étincelaient en dépit du ciel couvert au-dessus d'eux. Zeus s'installa confortablement. Les autres dieux se rassemblèrent en hâte derrière lui.

Hadès se retrouva seul. Il lança un regard furieux et glacial à sa fratrie avant de reprendre l'apparence féminine que Deina lui connaissait.

– Bien.

Hadès s'était parée de sa tunique bleue préférée, mais version courte, au-dessus des genoux, et un plastron et un casque en bronze remplaçaient ses bijoux qui s'étaient volatilisés.

Près de Deina, Aster gémit tout bas.

– Je la sens. Elle essaie de pénétrer mes pensées, de me manipuler...

Il serra les dents, les tendons de son cou et de ses bras saillirent alors qu'il luttait pour résister à l'influence de la divinité. D'autres Dissociants se tenaient la tête dans les mains. Deux d'entre eux, qui avaient été délivrés de leurs fers et n'étaient pas protégés par le torque d'Héphaïstos, avaient pivoté face à Deina. Le visage blême, ils tirèrent leurs épées.

Deina serra les poings.

Reste calme. Elle est en train de leur transmettre davantage de son pouvoir. Ce sera autant que tu pourras lui extorquer.

Le torque ardent pesait lourd à son cou. Les éclats de métal perforaient sa peau. L'espace d'un instant, Deina eut peur. Peur de cette force dont elle s'apprêtait à s'emparer, des séquelles qu'elle pourrait en garder. Peur que cette création d'Héphaïstos ait ses propres visées. Elle refoula ses émotions. Ce n'était plus le moment de douter alors que plusieurs Dissociants avaient brandi leurs armes et marchaient vers elle d'une démarche saccadée. L'énergie qui émanait du torque s'amplifiait. Il ne lui restait plus qu'à s'abandonner à elle. Et cesser de résister.

La force combinée de tous les Theodesmioi s'empara d'elle et la submergea d'une douleur intense qui s'estompa aussi vite qu'elle était apparue. Les Dissociants qu'Hadès contrôlait jusque-là s'immobilisèrent et lâchèrent leurs armes lorsque Deina, épée et bouclier d'Achille bien en main, poussa un grand cri de bravoure en se ruant sur sa mère.

23

Un glaive sorti de nulle part apparut dans le poing d'Hadès. Elle se jeta sur Deina et para le coup de sa fille à l'aide de son sceptre. Deina brandit le bouclier pour se protéger et allongea une nouvelle botte qu'Hadès esquiva d'une pirouette. Ce fut alors une succession de coups : parades, attaques, esquives. Grâce à la longueur de son sceptre, Hadès pouvait empêcher Deina de l'atteindre en la tenant à distance. Cependant, sa propre force convergeait vers Deina en se mêlant au pouvoir que sa fille tirait des Theodesmioi de Zeus et Poséidon. En se concentrant un peu, elle sentit la différence : le pouvoir d'Hadès avait un goût amer et dégageait une forte odeur de fumée et de terre humide. Deina fixa l'épée dans sa main, puis se focalisa sur l'unique atout de sa mère, fixant cette image dans son esprit. La poignée de son épée se torsada. La lame s'allongea et se divisa en deux fourches identiques à l'arme de la déesse des Enfers. Ce changement déstabilisa momentanément cette dernière. Deina profita de son hésitation. Elle s'élança d'un bond et planta les dents pointues du sceptre dans son mollet.

Hadès hurla, vacilla et se métamorphosa en un gigantesque serpent qui se dressa en sifflant avant d'abattre ses crochets venimeux. Deina posa un genou à terre en levant le bouclier au-dessus de sa tête. De justesse : les crocs raclèrent le bronze ensorcelé. À mesure que le venin rongeait le métal, des fissures apparurent. Elle écarta vivement le bouclier. Risquant le tout pour le tout sur un dernier jet, elle recula le bras et lança le sceptre de toutes ses forces sur le serpent. La fourche s'enfonça solidement dans son corps. Le reptile se débattit, cracha et se dressa pour frapper de nouveau, mais alors même qu'il fondait sur Deina, sa silhouette se mua tour à tour en femme, en serpent, en homme et encore en serpent jusqu'à ce qu'Hadès, de nouveau sous son apparence féminine, la jambe et l'abdomen suintant d'ichor doré, s'écroule sur le dos sur les pavés de la cour. La déesse souleva juste assez la tête pour retirer son casque, puis retomba en arrière.

– Tu m'as affaiblie, mais tu ne pourras pas me tuer. Je suis immortelle !

Grognant de douleur, Hadès tira en vain sur le sceptre fiché dans son ventre.

– Et maintenant, que comptes-tu faire, Chthonia ? Suivre son exemple ?

Elle lança un regard à Zeus.

– Ou plutôt celui de Cronos en étripant ta propre mère pour prouver ta force ?

– Tu crois que je ne peux pas te tuer ? rétorqua Deina. En es-tu bien sûre ? Moi, je crois que je peux. Je vais drainer ton pouvoir jusqu'à ce que tu ne sois plus qu'une coquille vide, un murmure dans le vent. Cette mort sera-t-elle suffisante à tes yeux ?

Hadès se tordit de douleur, et ce faisant, quelque chose glissa de sous son armure. Une chaîne en argent ornée d'un gros pendentif en forme de goutte. Deina reconnut l'objet que Dédale avait levé devant lui pour l'examiner quand ils étaient dans les Enfers. Il miroitait étrangement, comme si sa surface bouillonnait. Deina fit un brusque mouvement en avant pour lui arracher la chaîne. De près, elle constata que le pendentif était rempli d'infimes lignes argentées. Identiques à celles qui serpentaient autrefois sur les bras de Nat. Alors qu'Hadès se démenait pour le récupérer, Deina le lâcha par terre et le pulvérisa d'un coup de talon.

Une vapeur noire aux éclats argentés s'échappa des débris du pendentif et enveloppa Nat en le masquant entièrement. Quand cette brume se dissipa, il était redevenu Thanatos. Le dieu de la Mort était aussi beau que la première fois où Deina l'avait croisé. Les circonvolutions de symboles sur ses bras nus chatoyaient de reflets gris métallisé qui contrastaient avec sa peau diaphane. Le blanc de ses globes oculaires avait disparu et c'est avec des yeux d'un bleu incandescent qu'il fixa avec dédain les Olympiens. Quant à ses ailes qui balayaient le ciel… Deina eut l'impression qu'elles étaient faites de la même obscurité veloutée et insondable que le mur de nuit qui encadrait la cour d'Hadès : des plumes noires acérées capables de rompre les amarres qui rattachent les étoiles à l'univers. Thanatos tira l'épée accrochée à sa taille : une lame non pas en fer mais forgée de longues langues de flammes sinueuses d'autant plus terrifiantes qu'elles ne produisaient aucun son.

Ses ailes se réduisirent à des ombres épaisses derrière ses épaules, ses yeux reprirent un aspect normal et il tournoya en riant et souriant à Deina, Aster et Dendris.

– Je suis de retour ! Ah ! Rien de tel que de tester la mortalité pour se réjouir d'être un dieu.

Son sourire s'évanouit. Il frappa le ciel de son épée rougeoyante et un souffle pareil au fracas d'une puissante vague se fit entendre. Les nuages noirs au-dessus de la cour s'éclaircirent un peu. Nat vint se camper derrière Deina.

Il jeta un regard dédaigneux à Hadès, puis porta son attention sur Zeus.

– J'ai réglé le problème qu'avait causé Hadès. Les âmes défuntes sont passées dans le royaume souterrain.

– Aiguise ton épée, Nat.

Deina attira à elle davantage du pouvoir d'Hadès, ce qui arracha un faible grognement à la divinité.

– J'imagine que mon oncle souhaite que j'achève ma tâche.

– Non, restons-en là, réfuta hâtivement Zeus en se levant de son trône.

L'idée que les dieux soient aussi vulnérables que les mortels ne devait pas trop lui plaire. Il adressa un signe de tête à Deina.

– Tu as prouvé que tu étais digne de l'Olympe, Chthonia. À présent, laisse-la et prends la place de ta mère en qualité de souveraine des Enfers. Hadès rejoindra les autres traîtres condamnés au Tartare.

Le fond de peur que Zeus s'escrimait à dissimuler n'échappa pas à Deina. Poséidon et lui le sentaient-ils arriver, l'épuisement de leurs forces qu'elle siphonnait et absorbait lentement par l'intermédiaire des Theodesmioi qui portaient leurs sigils ? Le pouvoir de Poséidon était glacial. Il lui rappelait les vents marins et les embruns. Celui de Zeus évoquait tout à la fois la neige, le chèvrefeuille et l'herbe mouillée réchauffée par le soleil. Le roi des dieux lui souriait, du moins il essayait, mais, derrière ton teint hâlé, Poséidon, lui, avait pâli.

– Alors ? s'impatienta Zeus en faisant signe à Deina de les rejoindre. Viens, Chthonia.

Deina déclina d'un signe de tête.

– Ce n'est pas mon nom. Et régner sur les Enfers, c'est insuffisant.

Le sourire forcé de Zeus s'effaça.

– Tu oses me défier ? Idiote. Tu as le torque, mais tu es seule. Moi, je suis accompagné d'une foule de dieux. Un mot de ma part et vous serez anéantis. Toi et cette poignée de mortels qui te soutiennent.

Ressentant la force qui s'écoulait lentement des Theodesmioi de Zeus jusqu'à elle, Deina accéléra le tempo. Zeus tressaillit. Les dieux qui l'entouraient échangèrent un regard gêné.

– Vous ne les voyez pas, mais bien d'autres gens adhèrent à ma cause, observa Deina. Vous avez les dieux avec vous, moi, j'ai tous les Theodesmioi du Dominion et plus encore. Écouterez-vous leurs revendications ?

Zeus ronchonna.

– Si tu veux.

Il se tourna vers Hermès.

– Où est passé Héphaïstos ? Il y a des mortels ici marqués par son sigil. Son absence est inacceptable.

Le messager des dieux hésita.

– C'est que… il a dit…

– Va le chercher immédiatement ! tonna Zeus.

Hermès s'éclipsa. Zeus revint à Deina en s'efforçant de se calmer.

– Je les écouterai. Ensuite, je t'anéantirai.

Deina comprit. Zeus jouait la montre. Il espérait contraindre ou convaincre Héphaïstos de lui arracher son torque.

– Les revendications des Theodesmioi sont les suivantes : que les sigils sur nos fronts disparaissent. Que le recrutement de Theodesmioi cesse irrévocablement. Que les Ordres soient démantelés et que vous cessiez tous d'interférer dans les vies des mortels.

– En somme, vous ne demandez pas grand-chose, n'est-ce pas ? répondit Zeus avec hargne. C'est hors de question.

Nous sommes vos dieux. Votre foi est notre prérogative. Prosternez-vous ou nous vous détruirons.

Son expression se fit railleuse.

– Sans toi, ta petite troupe de dissidents implorera bientôt notre pardon à genoux.

Deina capta le flux de pouvoir de Poséidon et s'imagina l'aspirer et l'absorber de plus en plus vite par le biais des Chantemers. Le dieu de la Mer s'écria, chancela et s'effondra dans les bras d'Apollon. Les Chantemers, jusque-là paralysés par le pouvoir de leur dieu, revinrent peu à peu à eux.

– Nous ne pouvons pas attendre Héphaïstos, père ! lança Athéna. Elle est seule et sans défense. Réagissez !

Deina capta le pouvoir de Zeus et l'absorba d'un trait. Le maître des dieux tomba à la renverse sur son trône et resta assis là, cramponné à l'accoudoir, tremblant. Elle demanda :

– Nat, peux-tu plonger cette cour dans l'ombre, pour qu'ils ne nous voient plus ?

– Évidemment, répondit-il d'un ton suffisant. Facile. Maintenant ?

Athéna brailla un cri de guerre en brandissant sa lance.

Deina hocha la tête.

– Maintenant.

Les ailes de Nat reprirent consistance. Il ouvrit grand les bras et jeta un voile ténébreux sur la cour qui enveloppa les dieux et brouilla leur vision. Deina fit signe à Dendris et Aster de se rapprocher d'Hadès. Elle retira le sceptre de son ventre, ignorant ses gémissements, et le jeta. Assise à hauteur de sa tête, Deina plongea les doigts dans l'ichor qui continuait de couler des plaies de sa mère. Elle l'étala sur les sigils qui marquaient son front et sur ceux d'Aster, Dendris et Hadès, puis entonna l'incantation pour faire apparaître la Lisière. Aster et Dendris se joignirent à elle. Le chant fut bientôt repris par les autres Dissociants présents dans la cour. Un froid mordant se manifesta rapidement, l'air se rafraîchit et la pluie incessante s'intensifia en neige fondue, puis abondante. Au froid s'ajouta une obscurité de plus en plus profonde qui engloutit les pavés aux pieds de Deina et se propagea plus loin. Cette Lisière ne ressemblait à aucune autre. Deina prit ses amis par les mains.

– Vous êtes prêts ? Je peux y aller seule.

– Non, objecta Dendris en serrant sa main plus fort. Je veux aller au bout.

– Moi aussi, enchérit Aster. On doit y mettre un terme ensemble. Pour tous ceux que nous avons perdus, et pour nous-mêmes.

Deina ne chercha pas protester. Elle colla son front contre celui d'Hadès.

Les ténèbres environnantes se soulevèrent et se brisèrent sur eux.

*
* *

Ils se tenaient sur une étendue de sable noir, encerclés par la noirceur de la nuit que seule une grappe d'étoiles lointaines éclairait faiblement. C'était l'espace que Deina avait traversé avant de pénétrer dans le Tartare.

– Alors tu m'as amenée ici pour me tuer ? écuma Hadès d'une voix rauque. Espèce de lâche ! Tu aurais dû m'éliminer tant qu'on était là-haut. À moins que tu n'en sois pas capable ?

C'est Aster qui répondit :

– Ne vous en faites pas. Nous n'allons pas vous tuer.

La figure renfrognée d'Hadès s'assouplit.

– Comment ça ? Qu'allez-vous faire ?

– Nous sommes des Dissociants de votre Ordre. D'après vous, qu'allons-nous faire ?

À l'entendre, il était bien plus sûr de lui que ne l'était Deina. Elle songea à ce que lui avait rappelé Tyché : c'étaient les Dissociants qui avaient fait naître la Lisière et ils étaient libres d'en faire ce qu'ils voulaient.

– Et maintenant, que fait-on ? marmonna Dendris. On l'enchaîne aux Rémanents ?

Ça avait marché pour Orphée, mais Hadès n'était pas une simple mortelle.

– Non, à mon avis, il faut qu'on crée autre chose par un chant. Une prison propre à un dieu.

Deina regarda autour d'eux.

– Il faut qu'on distorde cet endroit pour former une sphère indépendante des autres dimensions de la Lisière. Vous vous rappelez ce chant pour éloigner les fantômes et emprisonner un esprit si sa présence devenait trop importune ? Et celui pour sanctuariser une maison ?

– Et le chant dédié aux funérailles, pour empêcher les morts de revenir parmi les vivants, ajouta Aster qui saisit l'idée. Je vois où tu veux en venir.

– Toute formule qui nous paraît cadrer, on l'incorporera dans un nouveau chant et on inventera les détails.

Dendris approuva d'un signe de tête.

– Ces lianes qu'elle a utilisées pour nous ligoter lors de notre premier face-à-face… je vais les ajouter.

Ils se reprirent les mains – ça semblait approprié – et se mirent à chanter. Deina commença, Aster puis Dendris enchaînèrent ; à mesure qu'une phrase se terminait, un des trois la complétait. Peu à peu, l'espace qui les entourait commença à se déformer. Les dunes se courbèrent vers le ciel noir d'encre tandis que celui-ci s'infléchissait vers le bas. Seule une bande de terre plus claire et de plus en plus étroite indiquait le chemin de retour vers la cour. Des lianes noires surgirent du sable, elles s'enroulèrent autour du corps d'Hadès avant de replonger sous terre, clouant la divinité au sol.

– Non, ne me laissez pas ici ! hurla Hadès. Vous ne pouvez pas me faire ça – je vous offrirai tout ce que vous voulez, je suis prête à tout !

Chantant en chœur, Aster, Dendris et Deina tournèrent le dos à la silhouette qui gesticulait et marchèrent vers la sortie.

– Je vous en supplie, implora Hadès. Ne me laissez pas ici pour l'éternité. Promettez-moi de revenir !

Aster et Dendris traversèrent les ténèbres. Deina les suivit dans la cour. Derrière elle, une sphère sinistre se réduisait à vue d'œil. L'ouverture dans son flanc s'était presque refermée. La voix d'Hadès était encore tout juste audible.

– Chthonia, je t'en prie !

Deina chanta la dernière phrase du nouveau chant qu'ils avaient composé avec Aster et Dendris.

– Chthonia, non !

L'ouverture se scella, coupant court aux cris d'Hadès. La sphère n'était maintenant pas plus grande qu'une pomme. Deina la ramassa. Elle pesait lourd et sa surface lisse, froide et noire était mouchetée de ce qui ressemblait à de minuscules cristaux : les étoiles lointaines d'un autre royaume tenaient dans la paume de Deina.

– C'est quoi ça ? s'étonna Dendris en poussant du doigt le bracelet qui était apparu au poignet de Deina. Tu ne l'avais pas tout à l'heure, si ?

Elle recula.

– Et d'où sort cette tenue ?

Deina baissa les yeux. Sa tunique sale et déchirée avait disparu. À la place, elle portait une tunique plissée vert foncé confectionnée dans une belle étoffe, coupée à hauteur de genou et retenue à la taille par une ceinture en argent.

À cette ceinture étaient accrochés deux poignards dans des gaines fleuronnées et une bourse ornée de superbes broderies.

– Deina ayant usurpé le pouvoir de sa mère, les Enfers l'ont reconnue comme étant leur nouvelle souveraine, expliqua Nat.

D'un geste protecteur, il replia une aile autour de l'épaule de Deina.

– Ça…

Il montra le bracelet.

– C'est le sceptre à deux fourches d'Hadès. Quant à la tenue…

Il leva les mains en l'air.

– Les Lampades, ces nymphes au service des divinités infernales, connaissent bien leur métier. Et elles ne perdent pas de temps. D'autres questions ? Je ne vais pas pouvoir aveugler indéfiniment les Olympiens.

– Ce ne sera pas nécessaire. Il nous reste une dernière chose à faire. Et maintenant que j'ai le pouvoir de ma mère, je pense pouvoir y arriver.

– De quoi s'agit-il ? demanda Dendris. Tu veux créer une autre Lisière ? On va aussi emprisonner les autres dieux ?

– Non. Pas une Lisière. Je veux ouvrir ici même une porte des Enfers. Pour montrer aux dieux ce qui arrive vraiment aux Theodesmioi à leur mort.

Deina posa une main sur son torque et laissa son énergie l'apaiser un instant.

– On va les présenter aux chasseurs de sang.

Deina réfléchit, puis saisit le bracelet à son poignet. Sans intention délibérée de sa part, il se transforma en fourche à deux dents. Elle fronça les sourcils.

– Pas exactement ce qu'il me fallait.

Puisant en elle dans la force qu'elle identifia comme étant celle de Poséidon, elle ferma les yeux et laissa son imagination faire le reste. Ce qu'elle voulait, c'était un trident avec une pointe centrale plus longue que les deux autres. Quand elle regarda à nouveau, l'arme dans sa main était parfaitement conforme à ses attentes. Elle dessina rapidement le sigil d'Hadès dans la boue de la cour. À l'aide d'un de ses nouveaux couteaux, elle s'entailla une paume. Elle fit tomber quelques gouttes d'ichor sur le sigil au sol, après quoi la plaie cicatrisa presque aussitôt. Pour finir, Deina enfonça le trident au centre du symbole. La terre s'ouvrit, exactement comme dans les grottes de Diros lors de leur première intrusion dans les Enfers avec Theron, Aster, Drex et Chryse. Deina s'obligea à refouler ce souvenir et se tourna vers Aster.

– Je pense que pour la prochaine étape, il va nous falloir un peu de sang de mortel.

Elle lui tendit son couteau.

Il leva les yeux au ciel, sourit, tendit le bras au-dessus de la brèche et fit glisser la lame sur le dos de sa main.

Le sang se mit à couler de ses doigts dans les ténèbres.

– Nat, est-ce que tu peux attirer l'attention des chasseurs de sang ? Pour les mettre sur la piste du sang d'Aster ?

Nat se volatilisa, emportant avec lui la brume dont il avait enveloppé la cour. Zeus et Poséidon étaient encore trop faibles, mais dès qu'ils repérèrent Deina et ses amis, les autres Olympiens brandirent leurs armes.

– Arrêtez-la, ordonna Zeus d'une voix rauque. Et rapportez-moi ce…

Les hurlements caractéristiques des chasseurs de sang dont résonnait le portail le forcèrent au silence. L'instant d'après, Deina distingua la lueur verte qui éclairait leurs orbites vides. Par la pensée, elle tenta de communiquer avec eux, utilisant le pouvoir de son sang amplifié par le torque pour toucher et rehausser la part d'humanité qui leur restait et dont ils se souvenaient afin d'étouffer leurs vociférations avides de sang frais. Peu à peu, les hurlements s'amenuisèrent.

Quand la foule compacte de chasseurs de sang apparut dans la cour sous le jour déclinant, ils n'émettaient plus un son. Créatures squelettiques, certaines avaient les os rongés jusqu'à la moelle, d'autres étaient encore drapées de lambeaux de chair en putréfaction. Parmi les Theodesmioi à proximité du portail, beaucoup reculèrent, horrifiés, devant cette vision de leur avenir. Aster détourna les yeux. Son regard était néanmoins plein de pitié.

Les monstres se tournèrent face à Deina, qui leur désigna d'un geste les Olympiens.

– Je vous présente vos créateurs.

Elle puisa à nouveau dans le pouvoir de Zeus et de Poséidon. Les deux divinités gémirent. Poséidon s'affala par terre près du trône de son frère.

– Encerclez-les. Montrez-leur ce qu'ils vous infligent.

Tandis que les chasseurs de sang s'avançaient en masse vers les dieux, qui se dérobèrent devant leurs cadavres déchiquetés, Deina et les autres Theodesmioi suivirent.

– Vous vous rendez compte de la damnation à laquelle vous condamnez ceux qui sont censés être honorés de porter votre sigil ?

Tous les dieux présents restèrent mutiques. Aucun n'osait la regarder en face.

– Si vous attaquez et tuez un chasseur de sang, il se reformera purement et simplement. Vous ne pourrez jamais les vaincre. Au mieux, vous serez coincés dans un cycle d'affrontements sans fin. Et je crois que je n'aurais aucun mal à ouvrir une autre porte des Enfers sur le mont Olympe lui-même.

Deina marqua une pause, le temps qu'ils impriment ses paroles.

– J'aimerais aussi vous montrer ceci.

Elle leva la sphère noire aux petites taches argentées.

– Hadès est enfermée là-dedans. Si vous n'accédez pas à nos revendications, vous subirez le même sort, Zeus, et vous aussi, Poséidon. À condition de ne plus vous immiscer dans la vie des mortels, vous resterez des divinités et serez libres d'agir comme bon vous semble.

– Sans les Theodesmioi, la croyance en nous se perdra. La mort nous emportera lentement, grogna Zeus avant de s'enfoncer dans son trône.

– En effet, vous mourrez, confirma Deina. Mais quoi qu'il arrive, vous savez qu'en définitive, c'est inévitable.

Elle lança la sphère en l'air et la rattrapa.

– Ce n'est jamais que la réalité avec laquelle les mortels composent au quotidien. Alors, que décidez-vous ?

Nat claqua des doigts et un rouleau de papyrus se matérialisa dans sa main.

– Pour nous faire gagner du temps, j'ai rédigé un accord incluant toutes les clauses.

Il sourit gaiement à Zeus.

– Jurez sur le Styx que vous acceptez de vous conformer aux termes de ce contrat, et on pourra tous rentrer chez nous.

Zeus regarda froidement Deina.

– Je jure sur le Styx que tous les dieux de l'Olympe et moi-même nous conformerons aux termes de ce document. Mais uniquement parce que tu ne me laisses pas le choix.

– Dites-vous plutôt que c'était peut-être déterminé d'avance, rétorqua Deina. C'est peut-être ça, la force du destin. Comme a dit ma mère un jour : contre elle, personne ne peut lutter. Maintenant, débarrassez-nous de ces sigils. Et des torques aussi.

Les paupières de Zeus s'agitèrent.

– C'est fait.

Deina palpa son front : la peau était lisse et immaculée. Les sigils d'Aster et de Dendris avaient disparu aussi.

Elle se tourna pour observer les autres Theodesmioi. Plus un seul torque ou sigil en vue. C'est alors qu'elle assista à un dénouement qu'elle avait espéré sans trop oser y croire. Affranchis de leurs sigils, les chasseurs de sang redevenaient un à un les fantômes de ceux qu'ils avaient été de leur vivant. Une brise balaya la cour ; comme de simples tourbillons de nuages, les fantômes furent emportés et disparurent lentement aux regards.

– Les voilà libérés, se réjouit Nat.

– Et les Theodesmioi des autres cités ?

– Attends, je vérifie…

Nat s'éclipsa, puis réapparut presque instantanément.

– Même constat partout : plus de sigils ni de torques.

– En revanche, il nous reste les sceaux rituels, constata Aster en scrutant son épaule. Ça ne me dérange pas. Ils font partie de mon passé, mais je suis soulagé que mon avenir n'en dépende plus.

Deina s'examina à son tour. Ses sceaux n'avaient pas réapparu. Pour elle, le point de non-retour était peut-être atteint. Zeus et Poséidon semblaient avoir retrouvé de la vigueur ; elle prit conscience qu'elle ne ressentait plus l'énergie qui avait circulé entre elle et les Theodesmioi – normal, maintenant qu'on avait effacé leurs sigils. Zeus se leva, il claqua des doigts et le trône disparut.

– Adieu, fille d'Hadès. Nous respecterons le serment que nous avons prononcé, et toi, tu devras assumer les conséquences de tes actes. Tu es désormais la déesse des Enfers. Je compte sur toi pour prendre au sérieux tes responsabilités.

Il sourit d'un air malicieux.

– Au bout de quelques centaines d'années, tu cesseras peut-être de regretter ta vie au royaume des mortels. Peut-être même que tu t'habitueras aux ténèbres éternelles. Je suis toutefois navré de te signaler que Thanatos ne gagne pas à être connu.

Il se tourna face à l'assemblée de Theodesmioi.

– N'oubliez pas le marché que nous avions conclu avec vos ancêtres, ce pacte à l'origine des premiers Theodesmioi : un tribut d'enfants marqués par les dieux en échange de notre protection. C'est ce qui a permis à votre civilisation de survivre aux menaces auxquelles elle a été confrontée. Dorénavant, vous devrez vous passer de nous. Vous avez fait un choix, pourvu que vous ne vous en mordiez pas les doigts !

Les dieux s'évaporèrent, laissant la cour – et le monde – aux mortels. Ils avaient gagné. Exultant et osant à peine à y croire, Deina se tourna pour partager sa joie avec Theron.

Excepté que, bien sûr, il n'était pas là.

*

* *

Depuis la première marche du portique sur laquelle Deina était assise, la réjouissance générale lui sembla modérée. Elle ne s'en étonna pas. Quelque chose lui faisait dire que les Theodesmioi, bien que ravis d'être affranchis de leur servitude et de l'horrible destin qui les attendait dans l'au-delà, étaient aussi fort embarrassés. Leur vie entière avait été planifiée depuis très longtemps, soumise à des règles édictées dans un lointain passé, il leur faudrait donc un certain temps pour décider de la suite. Rassemblés en petits groupes dans la cour, les différents Ordres s'étaient mêlés les uns aux autres. Deina saisit des bribes de conversation. Ils parlaient des foyers auxquels on les avait arrachés et dont ils n'avaient qu'un vague souvenir, de contrées éloignées qu'ils rêvaient d'explorer ou encore – surtout les Chantemers, supposa Deina – de se trouver un lopin de terre où ils pourraient s'installer et vivre en paix, loin des Ordres, des anciens et des conflits du monde.

Pour sa part, entre ce torque qui pesait lourd à son cou, les Enfers qui l'attendaient et cette vilaine plaie béante laissée par l'absence de Theron, Deina se sentait uniquement assaillie par la peine qu'elle avait jusqu'ici tenue en échec.

– Deina ? souffla timidement Aster.

– Oui ?

– Le jour décline. On se disait qu'on devrait s'occuper des morts.

Il désigna d'un mouvement de tête Dendris et Nat qui étaient assis à proximité. Le dieu de la Mort n'avait pas l'air pressé de retourner dans les Enfers. Sans doute l'attendait-il, songea Deina. À l'idée de redescendre dans ce lieu sinistre, elle frissonna. Aster l'observait d'un air soucieux.

– Tout va bien ?

– Oui. Désolée, soupira Deina. Les morts, tu disais.

– Theron mérite des funérailles dignes de ce nom. Archis aussi, j'imagine, et ce Duelliste qui s'en est pris à toi sous la contrainte. Dendris a suggéré qu'on descende leurs dépouilles dans la crypte pour cette nuit et qu'on les enterre demain.

Il déglutit nerveusement, et Deina devina qu'il retenait ses larmes.

– Il y a aussi la question des gardes de fer. Est-ce qu'on… tu vas leur rendre leur liberté, non ?

– Eh bien…

Elle se tut, songeuse. Elle avait libéré les gardes de bronze des sortilèges d'Orphée en leur arrachant leur casque. Même après avoir passé des décennies enfermés dans leurs armures, ils n'avaient pas oublié leur humanité, néanmoins, ils étaient tous des Theodesmioi de l'ordre de Zeus. Des Duellistes qui puisaient leur pouvoir du dieu suprême. Aristée, lui, avait choisi des hommes ordinaires, tel que le frère d'Archis, pour bâtir son armée de gardes de fer. Deina fixa du regard les silhouettes immobiles encore éparpillées dans la cour comme autant de statues. Quelles conséquences avaient eu les ordres qu'elle avait donnés : pour les personnes à l'intérieur ou leurs armures ensorcelées ?

– Venez avec moi.

Aster, Nat et Dendris la suivirent jusqu'au garde de fer le plus proche. De ce qu'elle en voyait, il n'y avait pas de hiérarchie entre eux ; selon les mots exacts employés, un ordre donné à un garde serait exécuté par tous. Avec un peu de chance, le choix qu'elle s'apprêtait à leur offrir se transmettrait entre eux de la même façon. Elle scruta les fentes sinistres dans la visière de la créature. Bien qu'il fût entouré de clones, Deina eut le sentiment qu'il souffrait d'une terrible solitude.

– J'espère que tu comprends ce que je dis. Je veux que vous soyez tous libres. Libres d'exister et de faire vos propres choix : rester ou partir. Rester tel que vous êtes ou bien ôter l'armure que vous portez.

Le garde de fer inclina très légèrement la tête comme s'il tendait l'oreille.

– J'ignore ce qui se passera si vous retirez cette armure, poursuivit Deina. Vous redeviendrez peut-être des mortels comme les autres, peut-être pas. Il se peut que ça vous coûte la vie.

Sur un coup de tête, elle posa une main sur l'épaule de la créature.

– Ce qui compte, c'est que ce choix t'appartient. Aristée a pris possession de votre corps. Je vous le rends. Tu comprends ?

Était-ce une illusion d'optique ou y avait-il au cœur de ces orbites une lueur qui pourrait ressembler à une larme ?

– Vous tous : vous êtes libres.

Pas un seul garde de fer ne bougea. Deina se retourna vers Aster.

– Que dire d'autre ? Je ne sais pas comment…

Le souffle coupé, Aster saisit sa main.

– Regarde.

24

Le garde de fer avait porté la main à sa visière et crocheté deux doigts dans les fentes pour les yeux. Le métal se mit à se plier et à grincer à mesure que le garde soulevait lentement la visière du casque auquel elle était fixée. Et soudain, dans un fracas qui retentit à travers toute la cour, la visière se décrocha. Le visage qui apparut était toujours celui d'un humain – tout juste. Son nez et sa bouche se distinguaient à peine parmi les plis épais de chair livide. Deina mit quelques instants à comprendre que l'homme essayait de parler. Il tomba en avant sur un genou. Sa voix n'était qu'un murmure enroué et Deina dut se pencher plus près pour entendre ce qu'il disait :

– J'aime mieux mourir libre que… vivre une seconde de plus emprisonné là-dedans. Merci.

Il martela sa cuirasse du poing avant de s'écrouler à terre. Étouffant un cri horrifié, Deina recula : la figure de l'homme s'affaissa sur elle-même. Et se désintégra.

Nat tira son épée ; sa lame rougeoyante brilla d'un vif éclat. Alors que l'homme se désagrégeait sous leurs yeux, le dieu de la Mort brandit son arme. Une étincelle s'éleva de sa dépouille, puis s'éteignit à son tour.

L'armure retomba en tas ; à l'intérieur, plus de corps. Deina ravala sa stupeur et sa peine, et se tourna face aux autres gardes de fer.

– Vous êtes maintenant fixés. À vous de décider. Restez comme vous êtes, ici ou ailleurs, ou tombez l'armure et quittez ce monde.

En très peu de temps, il ne resta plus un seul garde de fer. Tous choisirent la délivrance de la mort. Vu ce qu'ils avaient enduré, Deina aurait sûrement fait le même choix.

Les mains sur les hanches, Dendris parcourut la cour des yeux.

– On devrait demander aux autres Theodesmioi – enfin, anciens Theodesmioi – de nous aider à nous débarrasser de ces armures. Ça m'embêterait de les laisser comme ça.

Elle avisa un groupe de nobles et de prêtres qui se frayaient prudemment un chemin vers la porte principale.

– Je me demande qui va revendiquer la ville ? Et le Dominion. Ça aurait dû être Theron.

Ses yeux s'embuèrent de larmes.

– Bonne question, murmura Deina, songeuse. Sans parler de Iolcos. Il se peut que la ville soit toujours assiégée par l'armée d'Aristée. On devrait peut-être…

– *Ils* devraient, rectifia Nat. C'est désormais aux mortels de prendre ces décisions, Deina. Pas à nous.

Son ton était gentil, mais ferme.

– Les Enfers nous attendent.

Deina s'agrippa à ses mains.

– Mais je ne veux pas y aller, Nat.

La désillusion de ce dernier se manifesta dans son regard.

– Je regrette, s'empressa-t-elle d'ajouter. Je tiens à toi, Nat. Bien plus que je ne l'aurais cru possible. Mais ma place est ici. Je veux connaître la joie, la peine, les drames et les miracles d'une vie au royaume des mortels. Je ne pourrai pas me contenter de ça…

Elle souleva l'étoffe en soie de sa tunique et la laissa glisser entre ses doigts.

Les ailes sinistres de Nat chatoyèrent derrière ses épaules.

– Même sans Theron ?

Deina hocha la tête.

– Oui, même sans lui.

Nat hésita.

– Tu es la souveraine des Enfers. Tu sais que tu pourrais le ramener à la vie, n'est-ce pas ?

Oui, l'idée l'avait effleurée. Elle secoua la tête.

– Je me méfierais de moi-même. Surtout après ce que je lui ai fait. J'aurais peur de…

Elle se tut, consciente que Dendris et Aster l'observaient, et chercha ses mots.

– Si je le ramenais, j'aurais peur de le faire uniquement pour obtenir son pardon. Et qu'il ait l'impression de me devoir la vie. Et que rien ne soit plus jamais pareil entre nous.

Le torque à son cou frémit.

– Ce serait injuste. Il commencerait peut-être par m'aimer, mais à la longue, il finirait par me craindre. J'en ai appris assez sur moi-même et sur mon nouveau pouvoir pour le savoir.

Deina sourit faiblement.

– Je ne peux pas le ressusciter parce que je suis une immortelle, mais sans pouvoir divin, je ne peux pas le ressusciter.

Aster serra son épaule avec compassion.

– Nat, tu es un homme honorable. Ou plutôt un dieu. N'y a-t-il vraiment rien que tu puisses faire ?

Nat contempla le ciel un instant, et soupira.

– Je n'en reviens pas de dire ça, mais je t'aime trop, Deina, pour t'obliger à me suivre dans les Enfers si ce n'est pas ton souhait.

Il pointa Aster et Dendris du doigt.

– C'est votre faute si j'ai cette réaction tout à fait contraire à ma nature divine. Votre humanité est…

Il grimaça.

– *Contagieuse.* Accordez-moi un instant.

Il se volatilisa et réapparut presque aussitôt avant qu'ils n'aient le temps de se demander où il était parti.

– J'ai parlé à Héphaïstos. Il existe peut-être un moyen de te délier du torque et de tes obligations, et il est disposé à t'aider. Mais tu ne survivras peut-être pas au processus.

– Pourquoi ? s'étonna Dendris. Que devrait-elle endurer ?

Le dieu de la Mort haussa les épaules.

– Pour commencer, je devrais tenter de la tuer.

*

* *

Serrés l'un contre l'autre dans l'immense forge d'Héphaïstos éclairée d'un feu, Aster et Dendris lançaient des regards nerveux autour d'eux. Deina n'avait eu d'autre choix que d'utiliser son pouvoir pour les emmener avec elle dans l'antre du dieu du métal ; Nat lui avait rappelé qu'elle était désormais plus puissante que lui et que transporter des mortels – morts ou vivants – n'avait jamais fait partie de ses compétences. Contrairement à ses compagnons humains, le dieu de la Mort flânait en inspectant les lieux d'un air captivé. Alors même qu'Héphaïstos lui parlait, Deina voyait bien qu'il suivait Nat des yeux, pour ainsi dire à la trace.

– Le torque s'est enraciné dans ta chair, tu comprends, expliquait la divinité. Vous êtes si étroitement liés qu'en cas d'agression, ton corps se défendra en puisant machinalement dans… Thanatos, arrête de toucher à tout !

– Pardon ! lança Nat.

Héphaïstos grommela.

– Où en étais-je ?

– En cas d'agression, lui souffla Deina.

– Ah, voilà. Donc, si on fait en sorte que ton corps extraie tout ce qui peut l'être du torque, poursuivit le dieu en tapotant le collier à son cou, son métal ensorcelé finira par se corroder et se dissoudre. Du moins, en théorie. Quel dommage ! soupira-t-il. C'est une de mes plus belles créations.

– Et sans ce torque, je ne serai plus la déesse des Enfers ?

– Non, tu l'es devenue parce que tu as désarmé ta mère. Le royaume souterrain a besoin d'un chef, alors il a automatiquement reporté son allégeance sur toi.

Elle avait gagné la partie et, pour récompense de ses peines, elle avait hérité des Enfers. Deina baissa les yeux vers le sceptre qui continuait de se faire passer pour un bracelet à son poignet. Elle avait tout essayé pour s'en défaire ; à chaque fois, il avait aussitôt réapparu.

– Si je comprends bien, il faut que Nat me désarme ? Et il deviendrait alors le maître des Enfers ?

– Oui. Mais la marge est étroite. Il devra t'affaiblir jusqu'à ce que tu sois presque à l'article de la mort. S'il évalue mal son coup…

Héphaïstos grimaça, puis se baissa pour ajuster les armatures en or qui cerclaient ses jambes.

– J'ignore si, à l'issue de cette opération, tu seras une mortelle, une déesse ou quelque chose entre les deux. Il se peut que tu meures. Pire : que tu demeures immortelle, mais souffres perpétuellement le martyre. Et je le répète, c'est la première fois que je tente une telle expérience.

Il désigna sa forge.

– J'expérimente. J'essaie de créer des choses qui soient esthétiques et fonctionnelles. Ça m'aide à rester sain d'esprit et m'évitera de finir comme Zeus et ses congénères qui sont obsédés par des rivalités jalouses et des liaisons futiles.

De mes expérimentations j'élabore des théories, mais ce ne sont que ça : des théories. Donc je ne te promets rien. À toi de décider.

– Je prends le risque, répondit d'emblée Deina.

Héphaïstos eut l'air surpris.

– Tu ne veux pas y réfléchir ?

– C'est tout vu.

Deina effleura le torque.

– Je l'entends, vous savez. Il a une grande puissance de séduction. En ce moment même, il me chante l'exaltation du pouvoir absolu, de ce que je pourrais accomplir si je prenais la place de ma mère sur le trône des Enfers.

Héphaïstos baissa les yeux comme s'il avait soudain honte d'avoir créé une telle arme. Deina eut de la peine pour lui : pour une divinité, Héphaïstos semblait être quelqu'un de bien.

– Ce roi dont vous étiez épris, il se peut que ce ne soit pas entièrement sa faute s'il a fini par perdre la raison. Il tenait peut-être vraiment à vous, mais ce torque était trop puissant pour qu'il résiste.

Héphaïstos se dérida un peu.

– J'ai vérifié avec Nat, ajouta Deina. Le contrat que Zeus a signé ne m'engage à rien. Par conséquent, je sais comment ça finira. Les Enfers ne me suffiront pas bien longtemps. Je finirai par combattre Zeus et l'emporter. Je conquerrai les cieux et les mers. Puis je m'en prendrai au royaume des mortels. J'entraînerai dans mon sillage un cortège de morts et de destructions, et ce en toute indifférence.

Le dieu de la Forge la fixait d'un air à la fois fasciné et horrifié.

– Je ne m'arrêterai pas, vous savez. Outre l'acharnement des humains à vouloir dominer et vaincre leurs prochains, je suis imprégnée de toute la soif de pouvoir de ma mère et de celles de Zeus et Poséidon. La seule possibilité d'empêcher ça, c'est de me neutraliser ici et maintenant. Et puis...

Elle sourit à Héphaïstos.

– Je ne veux pas être une divinité. Ça n'a jamais été mon ambition.

– Dans ce cas... commençons.

Il regarda autour de lui pour localiser Nat et pesta bruyamment.

– Repose-moi ce burin, Thanatos, et ramène-toi ici tout de suite !

S'efforçant visiblement de se calmer, Héphaïstos revint à Deina.

– Tu devrais dire au revoir à tes amis. J'imagine que tu n'as pas envie qu'ils te regardent souffrir.

Deina fit signe à Aster et Dendris d'approcher.

– Héphaïstos m'a expliqué ce qu'il doit faire. J'ignore si je survivrai, mais si c'est le cas, je crois qu'après, j'irai m'isoler quelque temps. Pour me reposer. Tyché m'a appris que mon père était toujours en vie. J'aimerais le retrouver.

– Oui... je comprends, balbutia Aster. Mais on se reverra, n'est-ce pas ?

Il tendit la main vers elle.

– J'ai déjà perdu Theron. Mélos est sûrement mort aussi. Je ne veux pas te perdre.

Deina le serra fort dans ses bras.

– Moi non plus, je ne veux pas vous perdre.

Elle attira Dendris dans ses bras pour l'enlacer rapidement.

– J'ai juste besoin de temps, c'est tout. D'après Héphaïstos, si je survis, je serai très affaiblie. Et tous les deux, vous avez plein de projets.

Elle se força à leur sourire.

– Et maintenant, vous avez toute la liberté de les réaliser. On a réussi. Ensemble.

Sans lâcher la main de Deina, Dendris lança un regard à Nat.

– Tâche de ne pas la tuer.

– Je ferai de mon mieux, assura-t-il. Et je vous préviendrai. Quoi qu'il arrive.

L'estomac d'Aster gargouilla. Ce bruit évocateur de la vie ordinaire d'un mortel fit sourire Deina.

– Il est temps pour vous d'y aller : la faim vous appelle. Prenez soin de vous, mes amis.

Elle ferma les yeux. Quand elle les rouvrit, Dendris et Aster étaient partis.

– Je les ai renvoyés à Mycènes.

Sa voix tremblait, mais au moins ça signifiait qu'il lui restait assez d'humanité pour avoir peur. Elle redressa les épaules.

– On s'y met ?

*
* *

Héphaïstos déblaya son établi et Deina s'allongea sur la surface piquetée du bois. Le dieu de la Forge n'avait pas vraiment de rôle à jouer, mais Deina lui demanda de rester pour lui tenir la main, alors il tira une chaise jusqu'à la table et s'assit près d'elle.

Nat tira son épée. Dans la pénombre de la forge et l'ombre encore plus lugubre de ses ailes, les flammes argentées de sa lame vacillèrent d'un éclat d'autant plus vif.

– Tu es certaine que tu ne le regretteras pas, Deina ? demanda-t-il doucement, d'une intonation totalement dénuée de son humour habituel. Il n'est pas trop tard. Tu peux encore venir avec moi dans les Enfers. Laisse-moi t'aimer pour l'éternité.

– Crois-moi, Nat. C'est mieux comme ça. Pour moi comme pour toi. J'ai discuté du torque avec Héphaïstos. Son pouvoir finira par me transformer. Il t'expliquera.

Nat resta muet un long moment.

– Je t'en prie, Nat. Accorde-moi cette dernière faveur.

Le dieu de la Mort inclina la tête.

– Comme tu voudras.

Deina ferma très fort les yeux. Le coup d'épée fut prompt : comme une aiguille de glace remontant sous ses côtes. Cette sensation de froid âpre se répandit et amena la douleur dans son sillage. Une douleur telle qu'elle se cambra malgré elle en plantant ses ongles dans la table. Une douleur suffocante qui l'empêcha même de hurler. Elle sentait le feu du glaive de Nat ronger son pouvoir, mais le torque continuait de l'irriguer de plus belle. Ça n'en finissait pas. Deina perdit la notion du temps. Cette douleur atroce et glaciale la dévorait sans jamais être rassasiée. Elle augmenta et irradia jusqu'à ce que l'univers tout entier de Deina se résume à cette torture insoutenable et sans fin. Elle en oublia ce qu'elle faisait là. Elle en oublia Nat, Héphaïstos et la forge. Theron. Et même son propre nom. Ce supplice la dépouilla pièce à pièce jusqu'à ce qu'il ne lui reste rien, hormis la volonté de vivre, aussi fragile qu'un flocon de neige. La situation s'éternisait quand, soudain, une brusque sensation de chaleur poussa Deina à se souvenir du torque, à prendre conscience de son corps et à comprendre que c'était sa peau couverte de cloques, carbonisée et écaillée qui engendrait cette odeur de brûlé. Le torque devint encore plus corrosif. Mais la lame glaciale de Nat était plus puissante. Une déflagration retentit. Le cercle de feu autour de son cou s'éteignit et la glace l'emporta.

*

* *

– Deina ?

La voix semblait lointaine. Deina prit conscience d'une surface dure sous son dos. Elle tenta un geste ; une douleur fulgurante l'amena à poser sa main juste en dessous de ses côtes. Elle sentit quelque chose. Un pansement rembourré maintenu contre son corps à l'aide d'une bande de tissu.

– Est-ce que tu m'entends, Deina ?

Quelque chose la poussa doucement. Non : la sensation venait de l'intérieur. Irrégulière au début, une lente palpitation émergea, bégayante, du chaos de ses pensées.

Et dans un soubresaut, son cœur qui était resté figé si longtemps se ranima.

La respiration haletante, Deina se redressa péniblement pour s'asseoir.

– Tu es en vie.

Nat se tenait face à elle. L'inquiétude sur son visage céda à la joie.

– Tu es en vie ! Merci… à moi, je suppose. Je pensais vraiment t'avoir tuée. Héphaïstos a suggéré qu'on patiente, tu pouvais encore revenir à toi, pourtant, j'étais persuadé de t'avoir achevée.

Il grimaça.

– À en juger par ta tête, ce n'est pas passé loin.

Il se tourna pour s'adresser à quelqu'un derrière lui.

– Son cou est en piteux état.

Héphaïstos le poussa à se bouger d'un coup de béquille.

– Je n'ai pas encore fini, grommela le dieu de la Forge. Si tu la fermais un peu aussi, ça me faciliterait franchement les choses !

Deina tourna lentement la tête vers lui. Ce mouvement lui déclencha une douleur cuisante qui se répercuta dans tout son corps et lui donna la nausée. Elle fut sur le point de s'évanouir.

– Le torque ? demanda-t-elle d'une voix rauque.

– Il est détruit.

Héphaïstos tira doucement sur quelque chose, lui arrachant un cri.

– Pardon : il restait des fragments de métal logés dans les tissus irradiés, il a fallu que je les ôte à la main.

Il regarda de plus près.

– Je crois que c'était le dernier. L'hémorragie a été enrayée et bien que tu aies perdu beaucoup de sang, il y a une bonne nouvelle : ton sang était rouge. Plus ou moins. Rouge veiné d'or. Comment te sens-tu ?

– Fatiguée, murmura Deina.

Elle grimaça tandis qu'Héphaïstos se mettait à étaler une sorte de baume sur ses brûlures.

– Douloureuse. Plus faible que jamais.

Mais c'était peut-être simplement l'effet que ça faisait de ne pas être une divinité. Impossible de se rappeler. Deina jeta un coup d'œil à son poignet. Le bracelet du sceptre avait disparu.

Nat leva le bras pour lui montrer.

– Vise un peu le nouveau dieu des Enfers.

Il avait retrouvé son grand sourire irrépressible.

– Ça a aussi la forme d'un bracelet pour toi ?

– Et pourquoi pas ?

Il examina le jonc en or.

– Ça me va bien, je trouve.

– Prends ça aussi.

S'efforçant de ne pas trop bouger, Deina sortit de la bourse accrochée à sa ceinture la prison miniature d'Hadès et tendit la sphère scintillante à Nat.

– Garde-la en lieu sûr.

– Compte sur moi.

Il lança la sphère qui s'évanouit dans l'air.

– Au fait, j'ai retrouvé la trace de ton père. Il vit sur la côte, pas très loin au sud d'Aulis.

– Et tu peux m'y emmener ?

– Maintenant que je suis le dieu des Enfers, oui. C'est dans mes cordes. Mais avant, il y a une dernière chose que je veux faire pour toi. Un cadeau de ma part. Tu m'as offert un royaume entier. J'aimerais t'offrir quelque chose en retour.

Deina sourit avec lassitude.

– Tu m'as rendu la vie, Nat. On est quittes.

– Ce cadeau va te plaire, crois-moi, insista-t-il en lui faisant un clin d'œil. Laisse-moi juste me concentrer…

Tandis que Nat fermait les yeux, le cœur de Deina se gonfla d'espoir malgré tous ses efforts pour le réprimer.

Nat prit une profonde inspiration et claqua des doigts. Le mur de nuit se matérialisa, ce rectangle d'un noir profond qui avait arraché Deina à l'Olympe pour la ramener dans les Enfers. Mais cette fois, on aurait dit que de l'autre côté, arrivant de très loin, une silhouette marchait vers eux. Elle se rapprochait de plus en plus. Et, d'un coup, Theron émergea des ténèbres et entra dans la forge d'Héphaïstos.

Deina plaqua une main sur sa bouche, se méfiant de ce qu'elle pourrait dire.

Theron fixa ses mains en les tournant et les retournant. Il tâta ses poignets, son cou puis son abdomen. Au grand soulagement de Deina, il n'avait manifestement aucune séquelle de la blessure qu'elle lui avait infligée. Theron avisa Nat.

– Thanatos… Je… je suis en vie ?

– Oui. Comme neuf. Mieux que ça même : avec Deina et les autres, nous avons libéré les Theodesmioi et banni les dieux.

Nat haussa une épaule.

– Enfin, la majorité d'entre eux. Au fait, c'est moi désormais le maître du monde souterrain. On s'est débarrassés d'Hadès.

Theron se palpa le front et écarquilla les yeux de plus belle. Deina porta les mains à ses joues. Ses cicatrices de variole étaient revenues, de même que les sceaux rituels, mais ça lui était égal.

– Où suis-je ? questionna Theron.

– Dans la forge d'Héphaïstos.

Déjà occupé à une autre tâche, penché sur son enclume, le dieu du Métal lui fit signe de la main. Theron lui répondit d'un geste hésitant.

– Je vais te ramener à Mycènes, poursuivit Nat. Aster et Dendris sont toujours là-bas. Mais avant, il y a une autre personne ici que tu seras content de voir.

Comme si un voile devant ses yeux s'était levé, Theron aperçut Deina et tressaillit.

Était-ce elle ou ses blessures qui le rebutaient ? Deina hasarda un sourire en montrant sa tunique maculée de sang.

– C'est moins grave que ça n'en a l'air. Nat m'a délivrée du torque, mais…

En deux enjambées, Theron combla le vide entre eux. Il leva les mains vers son visage, réprima un cri de surprise en découvrant les profondes lésions tout autour de son cou, et se contenta de saisir ses mains.

– Je te demande pardon, Theron.

Étranglée par les larmes, Deina avait du mal à parler.

– C'était un accident. Je n'ai jamais voulu te faire du mal.

– Je le sais bien.

Deina fixa ses yeux sombres.

– Je t'ai regardé mourir. J'ai coupé ton fil de vie et je t'ai regardé mourir.

– Je m'en souviens, je crois. Tout était flou et sombre, sauf toi. Tu étais si lumineuse. Comme une étoile dans la nuit.

Sa gorge se serra.

– Es-tu toujours… ?

Elle devina sa question.

– Je suis redevenue une mortelle, je crois. Plus ou moins.

Brusquement submergée de chagrin, elle serra les paupières.

– Deina..., reprit Theron en agrippant ses épaules pour l'apaiser.

– Ça va, ne t'inquiète pas. Mais il faut que je t'explique – même si je ne m'attends pas à ce que tout rentre dans l'ordre avec de simples excuses. J'aurais dû te parler du nectar sans attendre. Et de la pulsion qui me poussait à convoiter le torque.

Elle essuya en vitesse une larme sur sa joue.

– Je suis tellement heureuse que Nat t'ait ramené à la vie, Theron. Je ne trouve pas les mots, c'est indescriptible. Tu as droit à une seconde chance de vivre, il faut que tu en profites à fond.

Deina s'obligea à le regarder sans ciller.

– Après ce que je t'ai fait subir, si tu souhaites que je sorte de ta vie, je comprendrai. Tu ne me dois rien.

Il se contenta de la regarder.

– Dis quelque chose, Theron.

Theron arbora ce sourire de travers qu'elle avait appris à aimer, même s'il était maintenant dénué de son arrogance d'antan.

– Je te dois tout, Deina. Tu as vaincu Aristée. Tu as libéré les Theodesmioi comme tu l'avais promis depuis le début. Et au-delà de ça, tu m'as sauvé de moi-même. Tu m'as forcé à regarder en face l'homme que j'étais en train de devenir. Tu m'as incité à me dépasser. Tu peux tout me demander, Deina, je ferai de mon mieux pour te combler. Tu m'as donné plus que je ne pourrai jamais te rendre.

D'un geste plein de tendresse, il repoussa une mèche emmêlée devant son visage.

– Même quand tu as failli me tuer, je n'ai jamais cessé de t'aimer. Et je t'aimerai toujours.

Il l'embrassa si délicatement que leurs lèvres s'effleurèrent fugacement, mais ce baiser suffit à rallumer ce désir ardent que Deina craignait d'avoir à jamais perdu.

– Je t'aime aussi, Theron.

Elle lui prit une main pour la presser contre sa poitrine.

– Mon cœur s'est remis à battre. Et c'est pour toi qu'il palpite.

Le mélange de surprise, de soulagement et de joie qui se lut sur son visage suffit à la faire rire et pleurer en même temps. Bien que le moindre mouvement la fît souffrir atrocement, elle se pencha pour l'embrasser à nouveau. Elle ne parvint pas à étouffer totalement un cri de douleur.

– Tu as besoin d'aide, jugea Theron, l'air soudain très inquiet.

Il se retourna vers Nat.

– Est-ce que tu peux nous emmener à Mycènes ? Il y a des guérisseurs là-bas.

– Non, réagit Deina d'une petite voix. Pas Mycènes. J'ai envie d'un endroit tranquille. Et mon père est toujours en vie – Hadès a menti. Je vais aller le voir. Mais toi, va à Mycènes, rejoins les autres.

D'un coup, elle s'écroula d'épuisement dans les bras de Theron. Ce dernier l'aida à se rallonger sur la table en bois et se pencha au-dessus d'elle en lui caressant la joue.

– J'aurai tout le temps de revoir Mycènes. Et Thèbes aussi.

Devant le regard interrogateur de Deina, il hocha la tête.

– Critos avait raison. Je vais revendiquer le trône et mettre tout en œuvre pour être digne de mon peuple. Mais ça peut attendre. Je refuse de te laisser encore partir sans moi.

Même si elle avait voulu, Deina n'eut pas la force de protester.

Nat apparut dans son champ de vision.

– Alors c'est parti, deux passagers pour la maison du paternel.

Il jeta un coup d'œil au fond de la salle.

– À mon avis, Héphaïstos ne sera pas mécontent d'avoir à nouveau sa forge pour lui.

Deina bâilla.

– Je suis si fatiguée…

– Dors, mon amour, chuchota Theron. Je serai là à ton réveil.

Les paupières lourdes, Deina céda à l'appel du sommeil. La dernière image qu'elle eut en tête, c'était Theron qui lui souriait, les yeux pleins de larmes.

*

* *

Le chant des oiseaux, le soleil et le clapotement des vagues au loin. Deina se retourna en grimaçant. Elle était allongée sur une surface plutôt moelleuse – un matelas ? – et recouverte de couvertures douillettes ; son cou cependant était raide. Elle leva une main et sentit qu'un bandage maintenait fermement sa gorge jusqu'en haut de sa poitrine. Ce matelas était vraiment confortable… Depuis combien de temps n'avait-elle pas dormi dans un vrai lit ? Il y avait bien eu cette cabane de berger près de Thèbes et l'écurie à Mycènes, mais elle n'y avait pas vraiment dormi non plus…

Ses souvenirs revinrent en masse. Elle ouvrit les yeux.

De ce qu'elle en voyait, la pièce était sobrement meublée, mais propre et bien rangée. Les volets étaient fermés, mais leurs contours laissaient filtrer suffisamment de lumière éclatante pour qu'elle aperçoive Theron endormi à même le sol à proximité. Deina vérifia qu'elle était habillée – une tunique usée qui sentait vaguement la lavande – et se redressa. Elle eut beau faire tout doucement, Theron se réveilla en sursaut. Il s'empressa de se lever pour l'envelopper d'une couverture.

– Fais attention : il fait froid et tu as eu de la fièvre.

Il s'assit près d'elle sur le lit, ce qui donna l'occasion à Deina de l'observer. Ses traits étaient tirés, il avait une barbe de plusieurs jours au menton et des cernes profonds sous les yeux, mais il souriait.

– J'ai dormi longtemps ?

– Une vingtaine de jours ; à certains moments, tu étais réveillée, mais inconsciente, et tu as fini par être prise d'une forte fièvre. On était inquiets. On t'a veillée à tour de rôle.

Il lui prit la main pour planter un baiser dans sa paume.

– Tu n'étais jamais seule.

– « On » ?

Le sourire de Theron s'épanouit. Il l'aida à se lever en la tenant par les épaules d'un geste protecteur.

– Viens voir.

Ils passèrent ensemble dans la pièce voisine. Une pièce de vie où un feu crépitait dans le foyer. D'ici, on entendait mieux le bruit des flots, et Deina reconnut l'odeur caractéristique des algues. L'entrée de la petite maison se trouvait juste devant. Theron s'arrêta, l'enlaça et l'embrassa.

– Je t'attends ici.

Il lui indiqua la porte du menton. Le cœur battant, Deina l'ouvrit et s'avança sur la pelouse moelleuse. Dehors, un homme contemplait les vagues chahutées par la tempête. Des cheveux châtains qui commençaient à grisonner, noués dans la nuque. Il se retourna. Un teint et des yeux plus sombres que les siens, mais le même visage ovale. Et quand il sourit, elle comprit.

– Père…

Elle était chez elle.

Épilogue

Arrivé tardivement, le printemps semblait bien décidé à rattraper le temps perdu. Presque du jour au lendemain, les coteaux qui entouraient la petite maison avaient fleuri. Sous le soleil de la fin de matinée, leurs couleurs flamboyaient. De loin, on aurait dit qu'une dryade insouciante avait disséminé ses bijoux dans l'herbe. Deina était étendue sur le ventre au milieu des fleurs, le menton calé dans ses mains. Elle était couchée au bord du gazon. De là, elle pouvait observer le cheminement d'un lézard rayé qui avait prudemment entamé une descente le long des rochers qui séparaient l'herbe de la plage en contrebas. Dans la maison, son père chantait. Un chant de travailleur dont la mélodie était rythmée par le glissement cadencé du rabot qu'il utilisait pour planer du bois. Deina tendit l'oreille, fredonnant en chœur avec lui, jusqu'à ce que le chant soit interrompu par une quinte de toux. C'était un des rares points noirs de sa nouvelle vie. À mesure que ses plaies avaient cicatrisé durant l'hiver et qu'elle avait repris des forces, son père avait contracté une maladie dont il n'était pas encore totalement remis. De temps à autre, la petite voix refaisait surface. *Si tu étais encore une déesse, tu pourrais le guérir.* Mais avec la destruction du torque, ces chuchotements avaient perdu de leur pouvoir de persuasion. Cette part d'elle qui avait soif de pouvoir absolu ne menaçait plus de la submerger.

Une ombre se pencha sur elle. Basculant sur le dos, elle plissa les yeux en regardant le ciel.

– Nat.

Il n'avait jamais compris qu'il fallait attendre d'être invité avant de débarquer chez les gens. Le cœur de Deina s'emballa.

– Tu viens pour mon père ?

Le dieu de la Mort – et des Enfers, se reprit-elle – sourit en secouant la tête.

– Non. Simple visite de courtoisie.

Elle se redressa et il s'assit dans l'herbe à côté d'elle.

– Je te dirais bien à quand est fixée la mort de ton père, mais…

– Non. Je ne veux pas savoir.

– Tu as bien raison. Je peux toutefois te dire qu'il va se remettre de sa maladie actuelle.

Deina soupira joyeusement. Son père avait passé l'hiver à faire des projets. Il avait envie de parcourir le Dominion pour visiter les grandes cités antiques, et elle souhaitait que son vœu soit exaucé.

Nat l'observait d'un air inquisiteur. Bien que quatre ou cinq mois se fussent écoulés depuis leur dernière entrevue, Deina n'avait pas oublié l'éclat de ses yeux bleu saphir.

– Comment vas-tu ? s'enquit-il.

– Mieux.

Machinalement, elle porta une main à son cou. Les cicatrices laissées par le torque étaient toujours là, mais ne la faisaient plus souffrir.

– J'ai repris des forces. Mais tout n'est pas revenu à la normale. Si je me pique le doigt, je saigne toujours d'un sang rouge veiné d'or.

– Eh bien, tu restes une demi-déesse, Deina. Le fait d'ôter ce torque n'a pas effacé tes liens de parenté ni annulé ce que Tyché t'a fait. Comme la majorité des demi-dieux, tu vieilliras et mourras sans doute à la manière ordinaire des mortels, mais je n'en suis nullement certain.

– Ça ne fait rien.

À moins que Deina ait réussi à gagner de quoi s'émanciper – ce qui était très improbable, pour ne pas dire quasi impossible –, son avenir entier à la Maison avait été organisé pour elle. Une vie faite de rituels et de cérémonies, passée autant parmi les vivants que les morts, chaque jour presque identique au précédent. Aujourd'hui, elle appréciait l'incertitude de la vie.

– Et toi, quelles nouvelles ?

– Oh, je m'occupe.

Nat lui décocha un de ses sourires éclatants et confiants.

– Gouverner les Enfers offre quelques avantages. Désormais, ils sont obligés de m'inviter aux fêtes données sur l'Olympe. Je n'y vais pas souvent – étonnamment elles sont en fait très ennuyeuses –, mais c'est agréable de se sentir inclus.

– Aucune menace ne nous guette, n'est-ce pas ? Zeus ne va pas tenter un retour en force ?

– Non. Enfin, si, il essaiera. Comme il fallait s'en douter, il a déjà tenté. Cependant, je doute qu'il trouve un jour le moyen de contourner le contrat qu'il a consenti. Tyché avait rédigé à l'avance le cahier des charges et, hormis les sections qui stipulent que ce pacte ne s'applique ni à elle ni à moi, les conditions étaient très détaillées.

Rédigé à l'avance ? Deina ne put réprimer un sourire. Tyché savait-elle d'avance comment ça se terminerait ou n'était-ce qu'un hasard ? Elle appuya sa tête contre l'épaule de Nat.

– Ça me fait plaisir de te revoir. Tu m'as manqué. Tout le monde me manque.

Après avoir attendu d'être sûr que Deina était totalement rétablie, Theron avait regagné Thèbes. Il avait promis de lui écrire dès qu'il trouverait un scribe, et il avait tenu parole. Grâce aux messagers qui lui avaient acheminé et lu ses lettres, elle savait que grâce à un petit coup de pouce de Nat, Theron avait été couronné roi du Dominion thébain et conquérait sans difficulté le cœur de ses sujets. Elle avait appris qu'Aster était désormais archonte de Iolcos qu'il dirigeait aux côtés de Mélos. De son côté, Dendris représentait le Dominion dans la négociation d'un traité avec la reine des Amazones. Ils étaient tous très occupés et elle était fière d'eux. Et ces lettres, c'était mieux que rien. Mais ça ne suffisait pas.

Nat rigola doucement.

– Toi aussi, tu leur manques. Surtout à Theron.

Deina releva la tête d'un air renfrogné.

– Tu n'es quand même pas en train de lire dans mes pensées ?

– Non. Mais n'oublie pas que je te connais. Toi et moi, nous sommes liés par les Enfers. Et nous le serons toujours.

Il sourit en glissant sa main fraîche dans les siennes.

– Ou bien il se peut que j'aie deviné juste, partant du fait qu'une petite flotte de navires thébains entre dans la baie.

Deina se leva d'un bond en scrutant la mer.

– Quels navires ? Je ne vois…

Le sommet d'une voile blanche apparut derrière la pointe du cap. L'instant d'après dévoila la proue d'un navire long et bas sur les flots, conçu pour la vitesse. Deux autres navires suivaient de près.

Deina sentit les mains de Nat sur ses épaules. Il l'embrassa sur la joue et chuchota à son oreille :

– Mes amitiés à Theron. À la prochaine, Deina.

– Nat…

Il était déjà reparti. Deina resta un moment à se tenir les joues, puis dévala brusquement le sentier de la plage. Le navire amiral avait déjà percé l'écume ; ses matelots le tiraient sur le sable. Des gardes sautèrent de la proue et se mirent au garde-à-vous. Une grande silhouette passa devant eux, avisa Deina et se mit à courir vers elle.

Deina se jeta dans les bras grands ouverts de Theron. Il la souleva en la faisant tournoyer avant de la reposer sur la terre ferme.

– Oh, Deina !

Le baiser passionné qu'il lui donna la fit fondre et frémir à la fois. S'il ne l'avait enlacée fermement tout contre lui, elle avait dans l'idée qu'elle serait effondrée.

– Tu m'as tellement manqué. Dès qu'on m'a avisé que la situation politique était assez stable, je suis venu aussi vite que j'ai pu.

– Quelle était l'urgence ? répondit Deina en lui souriant malgré ses larmes.

Prenant ses mains, il s'agenouilla dans le sable.

– Viens vivre à Thèbes avec moi, Deina. Deviens ma reine. Sinon, je reste ici avec toi. Peu m'importe, du moment que nous sommes ensemble. C'est toi qui décides.

– Tu renoncerais à ton royaume pour moi ?

– Je donnerai mon royaume et ma vie pour toi. Tu comptes bien plus à mes yeux.

Il la regarda d'un air angoissé, et Deina revit dans ses yeux sombres toute leur histoire. L'amitié, la rivalité, le désir et la trahison. Malgré toutes les difficultés qu'ils avaient surmontées, à des degrés divers, elle l'avait toujours aimé. Et elle l'aimait toujours.

– Bien sûr que je veux vivre avec toi.

Poussant un cri de joie, Theron la souleva de nouveau dans ses bras.

– Et je viendrai à Thèbes, ajouta-t-elle, à deux conditions.

– Je t'écoute.

– Mon père vient avec nous. Hors de question de l'abandonner une nouvelle fois.

– Évidemment. Jamais je ne te demanderais ça. Et la deuxième ?

Deina jeta un coup d'œil aux navires.

– J'aimerais qu'on prenne notre temps pour cette traversée. Je serais curieuse de voir à quelle vitesse naviguent tes jolis petits bateaux.

Theron lui décocha un de ses sourires en coin ravageurs, qui mit tout son corps en ébullition.

– Une fois à Thèbes, tu seras très demandé, alors je veux te garder pour moi aussi longtemps que possible.

Entre rires et larmes, ils trouvèrent le moyen de s'embrasser encore.

– Je vais avertir Aster et Dendris : ils attendent à bord. On passera la soirée ici et on reprendra la mer demain matin.

– Fais-les venir à la maison pendant que je préviens mon père.

Encore un baiser, puis Deina s'arracha à lui et partit en cavalant entre les rochers et les herbes hautes, pressée de partager son bonheur.

Cette nuit-là, elle rêva qu'elle était debout à la proue d'un navire, pieds nus sur le pont décapé, face au grand large qui miroitait en attendant qu'elle l'explore. Elle avait déjà souvent fait ce rêve. Mais cette fois, quand l'aurore se leva sur la mer Égée, son rêve devint réalité.

Remerciements

Merci à l'agence littéraire RCW pour son indéfectible soutien et à notre agente Claire Wilson et son assistante Safae El-Ouahabi.

À la maison d'édition Hot Key Books : mille mercis à notre brillante éditrice Ruth Bennett et sa formidable assistante éditrice Tia Albert, qui nous ont poussées nuit et jour à nous surpasser. Toujours sur le plan éditorial, un immense merci à Talya Baker, Melissa Hyder et Eanna Webb grâce auxquelles Deina et notre prose sont restées dans le droit chemin. Notre vive gratitude à Emma Quick, Isobel Taylor, Eleanor Rose, Pippa Poole et Molly Holt, qui ont travaillé dur pour mettre nos livres entre les mains des lecteur·rices. Merci également à Marina Stavropoulou et la narratrice Kristin Atherton pour le magnifique audiolivre de *Queen of Gods*.

La mise en valeur d'un livre passe par une belle couverture, aussi nous sommes profondément reconnaissantes du travail de Micaela Alcaino (iconographie) et de Dominica Clements (conception) qui ont offert à *Queen of Gods* un visuel époustouflant qui aurait enchanté Zeus lui-même.

L'écriture étant parfois un exercice très solitaire (même à quatre mains !), nos remerciements chaleureux à tous nos amis auteur·ices qui nous ont tenu compagnie et soutenues. Dédicace spéciale à Pedita Cargill, Kristina Perez, Holly Race, Bex Hogan, Josh Winning, Alexia Casale, Chryse Moore, Mary Watson, Sinéad O'Hart et toute l'escouade de scénaristes qui nous entourent : vous assurez !

Les histoires sont écrites pour être partagées, par conséquent *Queen of Gods* ne serait rien sans tous les libraires, blogueur·ses et lecteur·rices d'ici et d'ailleurs, qui ont promu activement le diptyque *House of Shadows*. Un grand merci à vous tous.

Pour finir, nous devons comme toujours une fière chandelle à notre famille éparpillée aux quatre coins du Royaume-Uni et des États-Unis. On vous aime.

Katharine et Elizabeth Corr

Originaires de l'Essex en Angleterre, Katharine et Elizabeth Corr vivent aujourd'hui dans le comté du Surrey. Sœurs de plume, on les croise parfois en train de débattre sur l'éventuelle mort d'un personnage, attablées dans un café de leur quartier.

@katharinecorr
@lizcorr_writes
Instagram : katharinecorrwrites / lizcorrwrites
www.corrsisters.com

Composition et mise en pages
Nord Compo à Villeneuve-d'Ascq

Imprimé en France par
CPI Bussière
en mars 2025
N° d'impression : 2081188